W0370819

Biblioteca

Anna Campbell

Anna Campbell

POR PRIMERA VEZ

Traducción de
Yannick García

CISNE

Título original: *Untouched*
Publicado mediante acuerdo con Lennart Sane Agency AB

Primera edición: septiembre, 2009

© 2007, Anna Campbell
© 2009, Random House Mondadori, S. A.
Travessera de Gràcia, 47-49. 08021 Barcelona
© 2009, Yannick García Porres, por la traducción

Quedan prohibidos, dentro de los límites establecidos en la ley y bajo los apercibimientos legalmente previstos, la reproducción total o parcial de esta obra por cualquier medio o procedimiento, ya sea electrónico o mecánico, el tratamiento informático, el alquiler o cualquier otra forma de cesión de la obra sin la autorización previa y por escrito de los titulares del *copyright*. Diríjase a CEDRO (Centro Español de Derechos Reprográficos, http://www.cedro.org) si necesita fotocopiar o escanear algún fragmento de esta obra.

Printed in Spain – Impreso en España

ISBN: 978-84-9908-017-8 (vol. 80/1)
Depósito legal: B-27190-2009

Fotocomposición: Revertext, S. L.

Impreso en Novoprint, S. A.
Energia, 53. Sant Andreu de la Barca (Barcelona)

M 880178

Agradecimientos

Ante todo, muchísimas gracias a todos los lectores que se pusieron en contacto conmigo después de mi primer libro, *Claiming the Courtesan*, para contarme cuánto les había gustado la historia de Verity y Kylemore. Para esta autora novel fue muy bonito saber que tanta gente había abierto las puertas de su corazón a unos personajes a los que tanto quería.

En esta ocasión me gustaría dar las gracias a toda la gente de Avon Books, sobre todo a Lucia Macro, mi fantástica editora, y a su maravillosa ayudante, Esi Sogah. Los brillantes miembros del departamento artístico se han superado una vez más con esta preciosa cubierta. Me siento en deuda con los departamentos de ventas y publicidad por el trabajo que realizaron con mi primer libro y por el entusiasmo mostrado en esta segunda obra. Le transmito mi gratitud, también, a mi agente, Paige Wheeler, de Folio Literary Management.

Mis amigas escritoras son una permanente fuente de aliento y respaldo, en especial Anne Gracie, Christine Wells, Vanessa Barneveld, Sharon Arkell y Kandy Sheperd. Una mención especial para mi socia y crítica desde hace muchos años, Annie West, por proporcionarme su sabiduría, paciencia e intuición sin límites. ¡Eres la mejor, A. W.!

Dedico este libro sobre un hombre de honor a otro hombre de honor: mi querido padre, Leslie.

1

Somerset, 1822

—Esta tía no es como las demás fulanas.

Aquel hombre tenía un dejo tan cerrado de Yorkshire que devolvió a Grace a la conciencia, lo cual resultó ser una agonía. Más allá del dolor palpitante que sentía en la cabeza, reconoció el sonido de su tierra.

Si era verdad que había vuelto a la granja, a Ripon, ¿por qué se retorcía su estómago de dolor? ¿Por qué era incapaz de mover manos o pies? El miedo le helaba la sangre y la voz se le detenía, gélida, en la garganta.

«Recuerda, Grace, recuerda.»

Al intentarlo, sin embargo, solo topaba con un espeso muro de oscuridad.

—¡Hombre, pues claro que es una fulana! —insistía otro hombre a su lado— ¿Qué andaba buscando en el muelle si no es una puñetera fulana? Ya la has oído: ha preguntado cómo llegar al Cock and Crown. Seguro que lo único que buscaba era engatusar a algún primo con pasta en los bolsillos.

¿Una fulana? No podía ser que estuvieran hablando de ella. Se arremolinaba la confusión en la bruma de sus pensamientos. ¿Cómo podía alguien tomar a la respetable Grace Paget por una mujer que vendía su cuerpo en las calles?

El instinto refrenó su protesta. Algo le dijo que era esencial que aquellos aterradores desconocidos la creyeran aún inconsciente. Mantuvo, pues, los ojos cerrados, se parapetó contra aquel persistente dolor de cabeza y se obligó a discurrir a pesar de tener la mente aletargada.

Se filtró en su conciencia un goteo de detalles azarosos, a cuál más misterioso. Era de día. La luz le perforaba los párpados, que mantenía aún cerrados. Estaba atada con unas correas a una especie de banqueta acolchada, tumbada boca arriba, con los brazos a los costados. Tenía las muñecas y los tobillos sujetos con ataduras resistentes y le cruzaba el pecho otra cinta más gruesa que la oprimía al respirar.

En un instante de extremo ahogo, le pareció que la cinta más ancha estaba tan ajustada que le impedía respirar. Sintió que iba a desmayarse por falta de aire. El sudor anegó su piel y le caló hasta los huesos, por mucho que en la estancia no hiciera frío en absoluto.

Sin embargo, permaneció en silencio, callada como una tumba.

La inundaron perplejos recuerdos de violencia y amenazas que le aguzaban las náuseas y el mareo. El caos ocupó sus pensamientos; el caos y un pavor frenético, agrio.

Se obligó a respirar para escapar de aquel pánico asfixiante. ¿Dónde estaba? Al no poder contemplar la escena, se limitó a acumular impresiones incoherentes. No oía ningún sonido de tráfico. Debía de estar en una vivienda campestre o, al menos, en un barrio tranquilo de la ciudad. Todo era hedor de hombres malolientes mezclado con un incongruente toque primaveral, preñado de aromas florales.

El primer hombre produjo un ruido dudoso desde el fondo de su garganta.

—Me cuesta imaginar que una buscona se deje ver vistiendo esos trapos negros. Además, lleva alianza.

Su compadre soltó una risotada.

—A lo mejor es carne fresca, amigo Filey. A lo mejor lo de la alianza es para embaucar. A los ricachones que van al Cock and Crown estas cosas les encantan. Y si es novata, mejor que mejor. Lord John nos dijo que le lleváramos una furcia de aspecto agradable y limpia, no una vieja gruñona y marchita.

A la mujer le embargó la incredulidad y el asco. Grace era toda una dama. Una dama con ropas deshilachadas y agujeros en los zapatos, pero eso daba igual. La gente la trataba con respeto y actitud sumisa. Los hombres no se acercaban a la decente señora Paget para un revolcón rápido entre unos arbustos.

Claro que, si aquellos animales se habían molestado en secuestrarla, seguramente querrían algo más que un breve revolcón.

¿La habrían violado mientras estaba inconsciente?

«Ay, Dios mío, te lo ruego. Si me han tocado aprovechando mi inconsciencia, no podré soportarlo.»

No notaba nada extraño en la disposición de su harapiento vestido sobre su cuerpo. Era difícil asegurarlo sin moverse, pero parecía estar ilesa.

Por el momento.

No obstante, ¿qué sucedería a continuación? De repente le asaltó una visión aterradora en la que aquellos maleantes la violaban una y otra vez. Le subió a la boca una bocanada de bilis. Cada vez le costaba más permanecer callada, cuando todos los nervios del cuerpo se tensaban para gritar, luchar y patalear.

Al igual que había luchado y pataleado cuando la habían raptado en Bristol.

«Ahora sí, ahora me acuerdo. Me acuerdo de todo.»

El primo Vere le había ofrecido su casa para salvarla de la indigencia, pero había olvidado recogerla en la parada del furgón postal. Tras unas cuantas horas de espera, se había adentrado en la noche para buscarlo. No llegó a dar con su primo. En su lugar, topó con aquellos dos demonios disfrazados de hombres.

Monks y Filey: habían sido lo bastante desvergonzados para presentarse.

Se esforzó desesperada por recordar su breve y aterrador encuentro en plena noche. Había pedido indicaciones a aquel par de brutos. Camelada por su acento de Yorkshire, que conocía tan bien, aceptó que la acompañaran hasta la posada de la posta. Había pasado tanto miedo al perderse en el laberinto de las calles del puerto que cualquier tipo de ayuda era bienvenida.

«Tonta, tonta, tonta.»

La acorralaron en un callejón estrecho. Filey la sujetó mientras Monks la obligó a tragar láudano. La peste nauseabunda, repulsiva, inolvidable de Filey no había abandonado su nariz. Aquel olor pestilente se intensificó en cuanto se le aproximó lentamente.

—Pues sí, parece caída del guindo. Con ese cuerpo seguro que será del agrado del marqués. Pero vaya, no me quito de la cabeza que no tiene aspecto de fulana.

Monks refunfuñó algo.

—Da igual, hombre, hará de fulana hasta que el señor se canse de ella. Espero que se sepa un par de trucos para hacer feliz a un hombre; si no, esta no nos dura un mes siquiera.

—Yo creo que debimos tirárnosla cuando aún podíamos.

El arrepentimiento de Filey entre susurros puso a prueba el débil control que Grace ejercía sobre sus convulsas entrañas.

—Íbamos mal de tiempo. Ya te tocará el turno cuando el señor se haya desahogado con ella. Vámonos, que no tardará en desaparecer el efecto del láudano. Si recobra la conciencia y lo primero que ve es tu repulsiva cara, dudo que logremos que esté presentable para el marqués.

—A mí qué más me da —contestó Filey—. Tiene un buen par de tetas. Me juego el sueldo a que su raja es aún más apetecible.

Un aliento rancio y con aromas de ginebra resopló en pleno rostro de Grace. Unas manos ásperas hurgaron en la parte superior del escote de su vestido. El terror la paralizó cuando Filey le desabrochó los botones. Una mano carnosa empujó el extremo del corsé para manosearle un pecho con una fuerza insoportable. El individuo actuaba con tal determinación que no tuvo en cuenta todos y cada uno de los músculos de aquel cuerpo envarado por la repugnancia.

El corazón le latía como un caballo desbocado debatiéndose consigo mismo. Entre dientes reprimió un alarido.

Aun así no hizo el más mínimo ruido.

«Esto no puede estar sucediendo. Imposible. A mí no.»

—Deja a la furcia tranquila, Filey —le espetó Monks—. Si el marqués se da cuenta de que te la has cepillado tú antes, te dejará tieso.

—No tiene por qué enterarse.

Su mano, aquella pegajosa intrusa, estrechó el cerco sobre su carne.

Monks respondió quitándole importancia con un gruñido.

—Sí se enterará si ella se va de la lengua. No conozco ni una muchacha que sepa tener el pico cerrado.

—Sí, supongo que tienes razón —admitió Filey a regañadientes. Un último pellizco vicioso y apartó la mano.

Tan solo le había puesto las pezuñas encima unos segundos, pero a Grace le daba la impresión de que esas manos la habían violentado horas y horas. Se sentía sucia, contaminada.

Tras otro momento que se le hizo eterno, Filey, con una mueca de hastío, se dio media vuelta y se marchó. Entre el martilleo de sus oídos Grace oyó a duras penas el ruido de la puerta al cerrarse.

Por fin estaba sola. Exhaló sonoramente con un gran sollozo y abrió los ojos.

Se encontraba en una salita agradable, de paredes blancas y con dos puertas. La primera estaba cerrada y la otra se abría a un soleado jardín. Su sensación de irrealidad se intensificó. Era imposible que la hubieran secuestrado en plena calle y la hubieran llevado hasta allí para complacer a un desconocido.

Poco a poco fueron remitiendo los efectos narcotizantes del láudano. Algún licencioso aristócrata pretendía utilizarla antes de entregarla a sus espantososos secuaces.

Tenía que salir de allí antes de que regresaran sus carceleros. Antes de que aquel misterioso lord John, que había ordenado que le llevaran una «furcia de aspecto agradable y limpia» —la exigencia le daba escalofríos— llegara para comprobar qué le habían conseguido sus esbirros para su deleite.

Persistían aún los efectos del opiáceo y aquel regusto amargo en la boca. Necesitaba un sorbo de agua desesperadamente.

No, lo que necesitaba desesperadamente era regresar al Cock and Crown y esperar a su primo Vere.

Entre sollozos y jadeos empezó a forcejear para zafarse de las correas.

—Eso no le será de gran ayuda. —Como confirmación de lo que ya intuía, le llegó la voz de un hombre desde la puerta que daba al jardín—. Lo sabré yo, que he probado a romperlas muchas veces.

Grace volvió la cabeza en dirección al sonido con un gesto brusco. Le costó distinguir una figura alta y ancha de hombros.

Sin embargo, la voz le llegaba alta y clara.

Era una voz profunda, suave y densa como la nata que sacaba a cucharadas de la leche recién ordeñada en su granja de Yorkshire. Aquella voz refinada y hermosa de barítono la asustó aún más que las perversas conjeturas de Monks y Filey.

Entonces cayó en la cuenta de lo que había dicho.

—¿A usted también le han atado a esta mesa?

El hombre entró en la estancia.

—Pues claro —fue su simple contestación, como si admitirlo no tuviera consecuencia alguna.

La sombra de reflejos dorados se fue perfilando hasta mostrar a un caballero de veintitantos años que llevaba una camisa blanca holgada y unos bombachos beis. Medía más de metro ochenta y era de proporciones esbeltas, si bien tampoco ocultaba su fuerza física. Se trataba de un hombre delgado, pero de una delgadez vigorosa.

Era el hombre más atractivo que jamás había visto. A pesar de su terror, no pudo evitar fijarse en cada detalle de su aspecto.

De su elevada frente nacía un cabello moreno muy elegante. La nariz era larga y recta. Los pómulos parecían haber sido cincelados, prominentes por la delgadez del rostro. Sus ojos, coronados por unas oscuras cejas arqueadas, escondían una mirada alicaída. Parecía un ángel del Señor que aguardara con humildad órdenes de Dios.

Claro que, si fuera un ángel, no estaría observando su cuerpo tendido con aquella intensa curiosidad.

La inspección acalorada relamió los contornos del cuerpo femenino sin prisas, sin olvidar un solo rincón. Se detuvo en sus pechos, lo cual hizo que la joven fuese consciente de la abertura de su escote y se ruborizase. Todos sus músculos se contrajeron de pavor y odio.

Grace había convivido lo suficiente con el miedo para saber que plantar cara al libertino era la única estrategia. Le lanzó una mirada fulminante.

—¿Es usted lord John?

Él hizo una mueca que se transformó en una sonrisa de desilusión.

—No. Lord John es mi tío.

—Si no es usted lord John, ¿significa que va a ayudarme? Su tío me ha hecho traer hasta aquí para... —Le fallaban las palabras, aunque dudaba que cualquier descripción de sus temores ofendiera a ese ángel sublime y lascivo.

Otra vez la tenue sonrisa. Tenía una boca perfecta, como el resto de su cuerpo. Lo bastante ancha para resultar expresiva. Un labio superior bien definido. Una generosa curvatura en el inferior.

—¿Su diversión?

La ironía oscureció su profunda voz al elegir una palabra inofensiva para referirse a algo que ambos sabían que nada tenía de inofensivo. Se le acercó y su sombra recorrió el cuerpo de Grace. Ella contuvo otra oleada de pánico.

Apretaba los dedos debajo de las correas de sujeción.

—En efecto. Debe ayudarme a escapar.

—¿Cómo que «debo»? —El joven tendió una de sus manos de largos dedos para acariciarle la mejilla. Estaba fría al tacto, pero ella se la sacudió de encima como si se hubiera escaldado. Él la sujetó por la barbilla para observarla—. Ajá... Muy bonita.

Se asustó, pero aquel hombre era su única oportunidad de escapar antes de que apareciera el desconocido lord John. Moderó el tono.

—Se lo ruego, señor. Ayúdeme, se lo ruego.

Grace había cerrado los ojos. Aunque, de algún modo, sabía que aquella sonrisa efímera vacilaba, hasta que desapareció una vez más.

—Mejor. Mucho mejor.

El monstruo jugueteaba con ella. Lo había hecho desde el principio. Ella estaba muy nerviosa y tragaba saliva.

—Señor, por su honor se lo pido. No puede... —No, la insistencia no había sido su mejor aliada—. Le ruego que me ayude.

—Eso es, sabía que lograría el tono correcto. Señora, me ha conmovido. Esa voz ligeramente quebrada es un toque maestro. Enhorabuena.

Ella abrió los ojos de par en par. Era raro sentirse a un tiempo enfadada y asustada hasta lo más hondo.

—Protesto, señor. Habla usted como si yo fuera una... una actriz representando su papel.

—¿Así hablo? —Se mordió las palabras. Le quitó la mano de encima con brusquedad, como si su tacto lo ofendiera—. Qué descuidado por mi parte, cuando no hay duda de que este papel ya se lo han asignado.

Se apartó de su lado con una inquietud que Grace percibió a pesar del miedo que la embargaba. Consciente de haber fracasado, hizo un último esfuerzo para solicitar la ayuda de aquel joven tan peculiar.

—Su tío quiere violarme. No puede abandonarme a mi suerte.

Volvió la espalda para mirarla con una expresión que reflejaba desprecio hacia sus buenos modales.

—Entrañable esta confusión, señora. Casi convincente. Pero ambos sabemos que está usted aquí para mi disfrute, no para el de mi tío, a no ser que olvidemos el uso que desea darle como juguetito.

Grace se relamió los labios resecos.

—Usted debe de estar loco.

Él escupió una leve risotada severa y le sostuvo la mirada por primera vez. Tenía unos ojos castaños de muchos matices teñidos por el oro del sol. Unos ojos hermosos, poco frecuentes, más fríos de lo que ella jamás había conocido.

Se dirigió a Grace con dulzura mientras aquellos extraños ojos estriados se fijaban en los suyos.

—Pues claro que lo estoy, querida. Loco de atar, sin remedio aparente.

2

«Al infierno con mi tío. Que lo condenen y allí se quede.» Matthew soltaba improperios en silencio.

Se notó sumido en la desesperación en cuanto vio a aquella muchacha atada a la mesa como si de una maldita ofrenda pagana se tratara. De algún modo, lord John había logrado ocupar los rincones más secretos de su alma y reconocer las ansias que escondía en ellos. Esas mismas ansias fueron las que dieron forma a una mujer hecha de luz de luna y de tinieblas. Una mujer que rivalizaba con todos y cada uno de los sueños solitarios que habían atormentado a Matthew.

¿Cómo rayos lo había descubierto su tío?

Y si tanto sabía, ¿le quedaba alguna esperanza de ganarle la partida?

La mirada de horror de aquella mujer de mala vida, esa sombra azul marino bajo un espeso abanico de negras pestañas, no se había apartado de él. Por mucho que fingiera en todo lo demás, apostaría una fortuna, si pudiera disponer de ella, a que el pavor que sentía esa mujer era auténtico.

Deseaba que tuviera miedo. Si estaba aterrada, se sentiría desorientada. Con la guardia baja, cometería errores. Demasiados errores, y lord John se desharía de ella.

Si en algo confiaba Matthew, era en el carácter despiadado de su tío.

Ella tragó saliva y, en contra de su voluntad, toda la atención de él se detuvo en el movimiento de aquella esbelta y pálida garganta. A continuación, inevitablemente, su mirada se deslizó cuello abajo. La parte superior del vestido lucía una factura muy artística y mostraba montículos de carne y el borde blanco del viso. Apretó los puños, que tenía a los costados.

Sí, tenía que deshacerse de ella. Y rápido.

—Señor... —A la chica le temblaba la voz, que era ronca—. Está hablando en broma, ¿verdad?

Sus labios se torcieron en una amarga sonrisa.

—Pues no, señora, hablo en serio.

La sonrisa no la tranquilizó. Tampoco era esa su intención.

—Entiendo que no me servirá de nada ponerme a gritar.

Como tantas cosas en ella, el sonido de su voz resultaba inesperado. Su tono era bajo y tenue, hasta tal punto que su acento recortado de clase alta se transformaba en música.

—Bueno, puede intentarlo —fue su escueta respuesta—. A mí nunca me ha parecido que resulte demasiado eficaz. A estas horas ya se ha ganado mi atención, y Monks y Filey tienen órdenes de concedernos cierta intimidad. Diría que lo único que suscitará su clamor será la satisfacción momentánea de sus expectativas.

—En ese caso, no voy a gritar.

El escaso color que le quedaba en el rostro empezó a apagarse hasta que su piel se volvió del tono del marfil más puro.

—Aplaudo su lucidez —dijo él, ladeando ligeramente la cabeza en un gesto de reconocimiento, como apreciando un punto del rival en un combate de esgrima.

Ella se hallaba a años luz de la persona que él había imaginado cuando su tío sacó a colación por primera vez el repugnante plan que había urdido. Lord John se había ofrecido a conseguirle una ramera para que matara el tiempo. Matthew se había imaginado una pelandusca desgastada a quien la profesión había arrebatado toda sensibilidad. Por muy desesperado que estuviera, y la desesperación le rezumaba por los poros, se había hecho a la idea de que podría resistirse a los devaneos cansinos de una arpía repintada.

Su arrogante convencimiento se había desvanecido, puesto que lord John, no cabía duda, era un hombre de sutilezas y había evitado pecar de vulgaridad.

En su lugar, su tío había encontrado... ¡la perfección!

Dios, no podía quedarse así, paralizado por el poder de aquellos suplicantes ojos azul cobalto. Casi a ciegas se encaminó hacia la puerta.

—¡Espere! Se lo ruego. —Resultaba imposible pasar por alto su tono desesperado—. No me deje aquí. Al menos desáteme, apiádese de mí.

El hombre volvió la cabeza hacia ella.

—Me temo que, por mi bien, deberá permanecer atada.

Para desatarla tenía que tocarla. El recuerdo del roce de aquella mejilla satinada en sus dedos, por muy efímero que hubiera sido, todavía le quemaba como el ácido.

—Por favor. Me... me temo que voy a vomitar.

Inspiró como si le fuera la vida en ello y sus pechos se hincharon, con toda su redondez y poder de seducción, contra la pechera desatada de su descolorido vestido negro. Él se arrepintió de haber reparado en aquel detalle.

—No me vengas con triquiñuelas —le espetó.

—No, le estoy diciendo la verdad —repuso con voz temblorosa.

La tez de color alabastro de la joven se había tornado alarmantemente verde. Tenía los ojos cerrados y sus oscuras ojeras sobresalían como moratones.

Se detuvo un instante. Tal vez no fuera una artimaña.

Se acercó a regañadientes a la mesa donde había vivido tantas horas de espanto. Mientras se aproximaba hacia ella, se fustigó sin descanso por ser un calzonazos. Aquella pelandusca era una enemiga y debía de estar confabulada con todos sus demás enemigos.

Por mucho que resonaran los improperios en su mente, él acabó soltando las correas que la sujetaban.

En cuanto se vio libre, Grace sacó fuerzas para incorporarse.

—Señor, mucho me temo que...

En efecto, su piel cenicienta seguía reflejando aquel tono enfermizo. Seguro que le había mentido sobre muchas otras cosas, pero no había duda de que se encontraba mal. Recorrió la estancia con la mirada hasta que localizó lo que buscaba. Por suerte, pudo cogerlo sin desplazarse.

—Tome —dijo poniendo un enorme cuenco azul y blanco en las manos temblorosas de la mujer.

Ella murmuró algo que podría haber sido un «gracias» y al instante las arcadas la impulsaron de forma lamentable sobre el recipiente. Su penuria física despertó en él una solidaridad cargada de rencor, a pesar de todo lo que Matthew sabía de ella. Cuando al final se le aquietó el estómago, se sentó rodeándola con el brazo para que no se desplomara.

Intentó hacer caso omiso de su calidez, de su esencia femenina, pero no lo logró. Encajaba en su costado como si hubiera sido creada para adaptarse a él. La mano de Matthew también se adaptó al instante a la sinuosidad de su cuerpo, tan distinto de la dureza de los ángulos masculinos que ofrecía el suyo. El profundo escote de su corpiño desabrochado permitía vislumbrar sus pechos. «Un toque inteligente», pensó sombríamente, intentando distanciarse del deseo de ver más.

La chica tiritaba. Descansó la cabeza en su hombro en un gesto de absoluto abandono. Las trenzas que le rodeaban la cabeza estaban despeinadas y suaves zarcillos de su cabello provocaban delicadas cosquillas en su barbilla.

—Descanse un poco —murmuró al sedoso amasijo de pelo negro.

Se apartó con dulzura para alejar el cuenco. No había vomitado demasiado. Supuso que tendría el estómago vacío. Así era: el cuerpo que sostenía en sus manos contra su voluntad era escuálido, casi macilento. Ella se sentía muy frágil, como si la más mínima presión fuera a hacerla añicos.

— Lo que me dieron anoche debía de ser láudano —susurró—. Jamás me ha sentado bien.

¿Láudano? La palabra, como una insinuación, planeó en

su mente. Luego se concentró de nuevo en la mujer que descansaba rendida en sus brazos. Acomodó el cuerpo para poder observar la lisa curvatura de su frente y la recta y sorprendentemente aristocrática nariz. Era preciosa. Se había dado cuenta de ello tan pronto la vio.

Se había dado cuenta y se había sublevado contra ello.

El rostro ovalado con sus pómulos de exótico sesgo le recordaban los grabados que había visto de las madonas italianas. Su tío había sido generoso en la entrega de libros para el *Grand Tour* que jamás iba a realizar.

Su mirada se detuvo en el lugar adonde regresaba un color delicado: su exuberante boca, tan carnosa que no dejaba traslucir una impresión de pureza. Una boca que servía de fácil pretexto para que alguien como Matthew soñara con el pecado.

Ay, en esas artes ella se las sabía todas. En cuestión de momentos lo había llevado a su propio terreno. Su tío la había preparado muy bien. Aunque la razón de que una mujer con ese aspecto y ese talento interpretativo se viera obligada a prostituirse con un desequilibrado como él seguía siendo una incógnita.

Si ella fuera un poco más inocente, después de aquel alarde de vulnerabilidad y valentía frente a un terror abrumador, se lo habría metido en el bolsillo. Cualquier compañía de teatro competiría por su talento escénico. Y cualquier joven noble competiría por otros servicios más íntimos.

De golpe se sintió sucio por su lástima por ella.

La joven hurgó en su falda. Él supuso que buscaba un pañuelo. Se mordió la lengua antes de soltar otra blasfemia y se acercó apresuradamente.

—Aquí tiene.

—Gracias —contestó ella, y se limpió la boca con mano trémula.

—¿Puede seguir sentada sola? —preguntó él en un tono adusto, puesto que era la primera vez que le daba igual si salían a relucir sus auténticos sentimientos. Se había propuesto no perder la calma, no sentirse implicado, pero era imposible evitar ciertas tentaciones. Llevaba años sintiendo rabia, y aquella cruel farsa daba aún más motivo a su ira.

—Sí, creo que puedo.

Se apartó de ella con cuidado.

Al instante echó de menos su tacto cálido y su sugerente aroma de mujer. Olía a luz solar, a polvareda y a una pizca de jabón de espliego; otro toque sutil. Esa fulana no usaba embriagadores aromas de oriente para atraer la atención de los hombres. Era distinta: su olor era fresco, natural, auténtico.

Qué ironía, teniendo en cuenta que aquella mujer no era más que falsedad.

Se balanceó agarrándose con los dedos al borde de la mesa. Estaba lo bastante cerca para apreciar el temblor que azotaba su tenue figura. Le costó una inmensidad reprimir las ansias de posar su mano en ella.

Maldijo a su tío una vez más. Y, una vez más, de poco le sirvió.

Ni siquiera de pequeño Matthew había sido capaz de pasar por delante de un animal enfermo o herido sin intentar ayudarlo. Lord John había decidido que la mejor manera de destruir a su sobrino era atacando su punto flaco. La fatal simpatía del joven por los valientes, los violentados, los de buen carácter iba a ser su perdición.

La chica lo miró a los ojos por primera vez desde que la había liberado. El láudano le había empequeñecido las pupilas, que parecían cabezas negras de alfileres. Sus iris adoptaron un azul indefinible.

«Has dado en el blanco, tío», pensó Matthew con acritud. Haberla drogado le daba toda la apariencia de víctima. Tenía que recordarse que la frágil valentía de aquella mujer no era más que un ardid.

—Usted me perdonará, señor. Le he importunado y yo me he puesto en evidencia.

Persistía aquella conducta extrañamente noble. Se diría que aquella inquietud por haber perdido el control era típica de una mujer de alcurnia. Podía haberle dicho que estaba perdiendo el tiempo, pues sabía exactamente de qué pie cojeaba. Su tío le había prometido una furcia. Y una furcia debía de ser, no había duda.

Se encogió de hombros, impertérrito después de sus náuseas.

—No tiene ninguna importancia.

¿Qué derecho tenía él para mostrarse quisquilloso? Durante los ataques había perdido el control de sus funciones corporales en más de una ocasión. ¿Por qué, de no ser así, iba a tener ese cuenco tan a mano, cerca de la mesa donde tantas veces lo habían tenido atado? Afortunadamente, hacía mucho tiempo que no le administraban el mismo tratamiento.

Ella le lanzó una mirada insegura bajo unas pestañas que a él le parecieron tremendamente lujuriosas.

—Aun así, ha sido usted muy amable. Gracias.

Tenía que quitarse de encima el hechizo que ejercían sobre él las malas artes de la mujer. Abrazarla había sido una experiencia demasiado dulce. Claro que llevaba años sin proporcionar cariño a nadie, y tampoco se lo habían ofrecido. El placer insidioso que sentía era tan solo una reacción puramente animal y nada tenía que ver con la mujer de carne y hueso que sostenían sus brazos.

O de eso mismo intentaba convencerse.

—Seré muchas cosas, señora —dijo sin moverse, con frialdad en su voz—, pero la amabilidad no se cuenta entre mis virtudes.

Observó que el rostro de la mujer mudaba de aspecto. Durante un lapso de tiempo, la debilidad física de ella había absorbido el miedo que sentía, pero este regresó a sus venas al recordar que estaba a solas con un hombre que confesaba ser un demente. Con dedos temblorosos se cubrió el escote, que se mostraba generoso.

Qué actuación tan magistral. ¿Qué hacía una actriz de tanto talento en lo más oscuro y rural de Somerset, cuando podría estar deslumbrando a un teatro lleno de bote en bote en Drury Lane?

—Tengo que marcharme de aquí —farfulló, aunque él pensó que se lo estaba diciendo a sí misma, no a él.

La chica se levantó con paso inseguro y caminó de espaldas hasta la puerta. El pañuelo se cayó ondeando al suelo hasta quedar tendido cual bandera derrotada.

—No hay escapatoria —contestó él restándole importancia; tenía que reconocerlo, era muy buena, pero la tenía calada—. La finca está amurallada. Filey y Monks custodian la única puerta, y dudo que mi tío la libere de su cometido habiendo apenas empezado la temporada teatral.

Grace frunció el ceño como si no le entendiera. Tenía unos ojos preciosos cuya mirada parecía perdida. Su paso incierto empezó a flaquear manifiesta y paulatinamente.

—¡Mierda! —Se mordió la lengua al ver que la chica se iba al suelo.

Ganó de un salto el trecho que los separaba y la atrapó antes de que se desplomara. Al instante los aromas embriagadores y dolorosamente inocentes de sol y jabón subyugaron sus sentidos.

—Señor, le ruego de todo corazón que cuide su lenguaje —le susurró junto al cuello.

El aliento sobre su piel le avivó la sangre en las venas y tardó un segundo en darse cuenta de lo que le había dicho.

Su única respuesta fue una risotada de burla. Dios santo, tenía otros motivos de preocupación que sus modales. Pero se contuvo, la sostuvo con fuerza y la llevó al salón.

—Insisto, déjeme bajar —dijo lastimeramente.

—Si la dejo bajar, no logrará mantenerse en pie.

Pensaba que discutiría, pero no fue así. Se dio cuenta de que la chica estaba verdaderamente al límite.

Tras ese último año él ya no estaba tan fuerte como antes, pero aquel cuerpo tan liviano no representaba ninguna dificultad. Volvió a fijarse en los indicios de penuria: el vestido anticuado, la delgadez, incluso los zapatos ajados y raídos.

La acomodó y, estoicamente, pasó por alto aquellos senos, que rozó con el pecho al llevarla en brazos. Era una presencia magra, espectral, pero no había duda de que era el espectro de una mujer espléndida.

La dejó en el sofá que había cerca de la chimenea vacía. Al hacerlo, movió el libro abierto que se había quedado en el suelo.

—Recuéstese —le susurró mientras ponía un cojín de terciopelo rojo debajo de la morena cabellera despeinada.

Ella intentó resistirse, pero la debilidad pudo con ella. En la diáfana austeridad, su perfil impecable contrastaba con aquel material tan abigarrado. Era tan hermosa que le quitaba el aliento.

—No me toque.

Cerró los ojos y una lágrima recorrió su suave mejilla.

El terror y la infelicidad que manifestaba suscitaron en él tanta compasión que le costó un esfuerzo inmenso hablar con menosprecio.

—De momento está a salvo. —Luego, con voz más severa, porque al fin y al cabo ella era el enemigo, por encantadora y vulnerable que pareciera, añadió—: Ahora no podría hacerme daño por mucho que quisiera.

Apareció en su rostro una mirada de asombro, azul como el cobalto. Él conservó la misma expresión implacable mientras se volvía y se acercaba al mueble para servirle un brandy.

Regresó al sofá y le ofreció la pequeña copa de cristal. A duras penas le quedaban fuerzas a Grace para levantar la cabeza. Estaba tiritando y cada vez que respiraba emitía un sonido rasgado.

—Madre de Dios —murmuró él, y se inclinó para ayudarla a incorporarse mientras bebía.

La chica le ofreció una advertencia en forma de mirada de desaprobación con aquellas cejas oscuras arqueadas, aunque conteniéndose y sin censurarle. Dio un sorbo a la bebida y se atragantó al instante.

Él blasfemó otra vez y la alzó para que pudiera tomar aliento. Su tío se sentiría muy orgulloso si pudiera verle... Matthew había jurado y perjurado que jamás osaría tocar a ninguna mujer que le enviara lord John. Y, aun así, consentía todo a aquella muchacha tan intrigante como si se tratara de una afligida princesa. Apenas unos minutos había tardado la ramera en camelárselo y tenerlo en sus brazos.

Era de rigor admirar como mínimo su inteligencia.

«Vamos, hombre, no te engañes —se burlaba para sus adentros—. Hasta ahora admiras todo lo que es, salvo que esté del lado de lord John y no del tuyo.»

—Bebe, demonios —la apremió, apretando contra los pálidos labios de ella la copa que estaba a punto de caérsele al suelo.

—Con semejante invitación, ¿cómo puedo negarme? —contestó la joven sin aliento, aunque logró dar unos sorbos—. ¿Acaso podría traerme un poco de agua?

Él estuvo a punto de sonreír al añadir la osadía más pura a la lista creciente de cosas que admiraba de ella.

—Todo cuanto desee la señora. Sus deseos son órdenes para mí.

A la joven no se le iluminaron los rasgos exhaustos, y a él le inundó de repente una necesidad imperiosa de verla sonreír, pero luchó contra ella con todas sus fuerzas.

¿Qué más le daba si una furcia sonreía o no? Había tenido suficiente con su pantomima de desmayo. Devolvió la copa de brandy al mueble de la pared y llenó un vaso con el agua de una jarra.

—Gracias —respondió la mujer con su peculiar tono educado.

Se quedó plantado observándola beber. Alguno de sus protectores debió de haber aspirado a la nobleza. O tal vez fuese la hija rebelde de una buena familia. Hablaba con la suave cadencia de las clases opulentas y nadie podía poner en entredicho sus buenas maneras.

La mujer se recostó en el sofá. A él le atenazaba la tentación de volver a cogerla en brazos. Se repetía que tan solo deseaba hacerlo para tranquilizarla, para ayudarla, pero al sostenerla unos instantes antes no le habían pasado inadvertidos la flexible curva de su cintura, el atractivo arco de sus caderas, la firme redondez de su busto. El aroma que desprendía y todo lo que evocaba seguían embriagándolo, haciendo que se acercara a ella cada vez más.

La observó con una mezcla de asombro desvalido y rotundo rechazo. Deseaba blasfemar e insultarla. Quería entrar en cólera, sacar sapos y culebras por la boca y hacer trizas la habitación como correspondía al demente que todos le consideraban.

En lugar de todo ello, se descubrió preguntando:

—¿Tiene hambre?

La muchacha cerró los ojos e inspiró hondo, como si el aire por sí solo pudiera servirle de alimento. La aspiración hinchó su busto y provocó en él una mayor apreciación del hermoso perfil de sus pechos. No eran grandes, pero en una mujer de aquella extrema delgadez ofrecían una voluptuosidad milagrosa. Matthew transformó sus manos en zarpas caídas a cada costado, como dispuestas a sopesar el cuerpo y la forma de aquellos senos.

—Señora, ¿cuándo comió usted por última vez? —preguntó con verdadero interés.

Ella despertó de su ansioso estupor.

—Ayer por la mañana desayuné algo de pan y queso —contestó llanamente.

—Voy a buscarle algo —le dijo, más aliviado de lo que le habría gustado confesar por tener una excusa para desaparecer de escena. Aquel alivio vergonzoso mostraba claramente el riesgo que estaba corriendo.

Él era un hombre de voluntad férrea. La voluntad era lo único que lo mantenía con vida. Pero media hora al lado de aquella mujer estaba a punto de convertirlo en una criatura a su servicio. Y eso que ella aún no había empezado a desplegar sus estratagemas de seducción, puesto que no estaba en plena forma.

Que Dios lo ayudara cuando esa mujer recuperara las fuerzas. En apenas cinco minutos lo tendría de rodillas.

«No señor, ni por asomo. No va a salirse con la suya.»

Llevaba muchos años enfrentándose a su tío sin ceder ni un ápice. Una muchacha cualquiera no iba a vencerle.

A pesar de todo, al cruzar la cocina se permitió exhalar sin ahogos; era la primera vez que respiraba pausadamente desde que la había visto.

—Tendrá que ser un poco más de pan y queso; no había mucho otra cosa en la despensa —dijo al entrar por la puerta con una bandeja en la mano.

La chica no contestó. Supuso que estaría durmiendo. Ciertamente parecía rendida y al borde del desmayo. En silencio, rodeó el sofá.

Tanta consideración fue en balde. El sofá estaba vacío.

Dejó con un ruido seco la bandeja sobre el mueble de la vajilla. Así que la pelandusca se había marchado. Era imposible escapar de la finca. Estaba seguro de ello después de tantos años intentando salir de esa misma prisión.

No quedaba duda de que la chica había decidido que no había fortuna que compensara compartir cama con un tarado. ¿Cómo iba a culparla? Cuando se la había explicado su tío, le había parecido una misión prometedora, pues sabía hasta qué punto era convincente su tutor cuando ejercía su magnética personalidad sobre alguien a quien deseaba deleitar o manipular. «Deleitar o manipular», pensó Matthew, y lo remató con una sonrisa de desánimo. Para John Lansdowne, ambas cosas eran lo mismo.

Bueno, pues que intentara escapar. Pronto se daría por vencida y volvería. Y si no lo hacía, a él qué más le daba. Su intención era deshacerse de aquella intrusa, de modo que debería estar contento por haber logrado su objetivo tan fácilmente.

¿Contento? Debería estar entonando el aleluya a pleno pulmón.

Caería en manos de Monks y Filey y la devolverían a donde la habían encontrado. Se pondría así punto final a esa farsa de mal gusto.

Claro que Monks y Filey las habían pasado canutas para convencer a la ramera. No iba a gustarles enterarse de que había cambiado de idea. Y cuando algo no les gustaba, eran muy creativos a la hora de expresar su desagrado. Él mismo arrastraba más de una cicatriz de algunas ocasiones en las que su creatividad había superado incluso sus límites habituales.

La chica quedaría a su merced.

La chica estaba ahí para espiarle.

Se agachó para recoger el libro del suelo. Aquella mujer se había cruzado en los planes de su tío, así que merecía todo cuanto le sucediera.

Sin embargo, una vez sentado y después de haber encontrado el punto de lectura, sus pensamientos se centraron no en el tratado en latín de las páginas sino en unos enormes ojos azules que le suplicaban ayuda en silencio.

Debería abandonarla a su suerte, pero se hallaría tan desamparada en las garras de los esbirros de su tío...

—¡Mierda! —masculló, y cerró el libro de un sonoro golpe.

Al instante le sobrevino el diáfano recuerdo de la reprimenda que había recibido anteriormente por sus exabruptos.

La chica tenía agallas, pero eso no iba a salvarla de sus carceleros. Consciente de que era un tonto rematado por hacerlo, pero incapaz de detenerse, Matthew se levantó de un salto y se aventuró en busca de aquella mujerzuela tan peculiar.

3

Grace se dobló por la cintura e hizo esfuerzos por recobrar el aliento. El sol del atardecer irradiaba su calor sobre su cabeza desnuda al tiempo que un amargo desespero minaba su determinación. Desde la enfermedad de Josiah, su marido, la desesperación se había convertido en una visitante asidua, pero jamás antes había hincado de esa forma sus gélidos dedos hasta lo más profundo de su temerosa alma.

Cuando su inquietante compañero la hubo dejado sola, no se lo podía creer. El miedo le dio un empujón para levantarse del sofá y echar a correr. Desde aquel momento de euforia había estado buscando tenazmente una salida.

Pero no había salida.

El marqués, por poco que tuviera de ese título, le era hostil y no quería arriesgarse lo más mínimo a que escapara. El muro de la propiedad se extendía ante sus ojos alto, blanco y pulido para que la superficie fuera lisa y resbaladiza, sin ningún asidero posible. Aun así, intentó varias veces escalarlo negando lo evidente, pero llegó un momento en que tuvo que aceptar la realidad: alguien había puesto todo su empeño en tener a aquel joven prisionero.

También ella estaba atrapada.

La muralla delimitaba una pequeña finca, arbolada en su mayor parte, aunque también había visto algunos huertos y jardines muy cuidados cerca de la casa. En otras circunstancias le habría parecido un entorno acogedor, incluso hermoso. No obstante, sumida en esa pesadilla de pánico y coacción, la abundante vegetación primaveral le resultaba amenazante y perturbadora.

Lo más espantoso era que los muros cumplían su cometido a la perfección. Era una prisión que hacía pensar en opulencia, en recursos inagotables, inteligencia y obstinación. Hacía pensar en alguien con la suficiente osadía para secuestrar a una mujer inocente y la crueldad necesaria para no devolverle jamás la libertad.

El lugar era impenetrable. Solo había visto una puerta con candados y barrotes, construida de roble macizo. Cerca de la puerta se alzaba un complejo caótico de edificios, graneros, caballerizas, patios y una casa solariega.

Sus celadores habían permanecido sentados en un banco en la pared externa de la casa, turnándose en catar una jarra de arcilla. Resultaba indudable la implacable intensidad de su actividad etílica, incluso estando oculta entre los arbustos a más de cien metros. Sus risas denotaban un tono lascivo que le produjo un escalofrío. No podía oír lo que decían, pero sabía que estarían regodeándose en lo que imaginaban que le estaría haciendo el marqués.

No quiso engañarse pensando que estaban lo bastante beodos para dejar que se escapara. Había vivido en una pobre comunidad campesina y conocía a otros hombres de su misma calaña, si bien nunca había topado con semejante alarde de indecencia. A los cerdos que eran como sus secuestradores el licor no les hacía bajar la guardia: los convertía en seres crueles.

Tomó aire en un intento vano de calmar su alterado estómago y prosiguió su búsqueda.

En un momento dado regresó al lugar donde había empezado todo. No había logrado acercarse más a su huida al escapar de aquel hermoso perturbado de voz fría y ojos hambrientos.

La asaltó una revelación desesperanzadora: si moría entre

esos muros, nadie se enteraría. Su vientre dolorido se retorció al ser invadido por otra ráfaga de pánico. Se sentía mareada por el hambre y la sed, y las náuseas le revolvían el estómago. La piel le escocía por el sudor bajo el cuello abrochado del vestido.

Dios santo, estaba exhausta hasta en lo más profundo de su ser. Se dejó caer sobre el suelo polvoriento, ya que, por mucho que sus piernas siguieran arrastrándola, no había a donde ir.

«Piensa, Grace, piensa», se murmuró a sí misma, buscando el valor en el sonido de su propia voz.

Las palabras se sumergieron en el silencio. Temblaba de puro terror y agotamiento, y ladeaba la cabeza para contener las lágrimas. Aún le escocían los ojos de haber llorado por Josiah y la pérdida de la granja, aunque en esa ocasión las lágrimas no habían servido de nada y tampoco parecía que fueran a servir en esa ocasión.

Necesitaba llevarse algo a la boca fuera como fuese, por mucho que se le revolviese el estómago al pensar en comer. Quizá cuando oscureciera podría acercarse a la casa y robar algo de los huertos.

¿La habría dejado marchar precisamente para que deambulara por el parque? Sus secuestradores la acosarían entre los árboles como los batidores ahuyentan a los faisanes y los encaminan hacia las armas de los cazadores.

Contuvo una risa amarga. La viuda arruinada de Josiah Paget creía haber bregado ya con la catástrofe, pero aún no había visto lo peor.

—Es agradable ver que no la ha abandonado el sentido del humor —dijo una voz profunda y sutil, un tanto burlona.

Grace levantó la cabeza y halló los ojos perdidos, conmovidos, del hombre que la había abrazado mientras vaciaba las tripas. Estaba de pie, delante de ella, con esbel
lebrel irlandés se acercó furtivamente hasta é
mano del hombre se posó sobre el perro y acari
aquella cabeza desaliñada.

—¡No! —exclamó ella, y se levantó de golpe. La lógica le decía que le faltaba fuerza para escapar, aunque su corazón, latiendo a la carrera, se empeñaba en convencerla de lo contrario.

—Wolfram —pronunció él con una voz tenue.

El enorme perro de caza avanzó de un salto y la acorraló contra el roble que tenía a sus espaldas.

—Correr no le será de gran ayuda. A estas alturas, supongo que ya lo habrá constatado.

Por encima del lomo irregular del animal, ella observó al pintoresco monstruo que la atormentaba.

—Si me ayuda a ganar tiempo antes de que se me eche usted encima, habrá valido la pena —repuso con una voz temblorosa que se esforzaba en disimular.

Era una acusación que pretendía herirle, pero su melosa mirada de mosaico no vaciló en ningún momento.

—Si el cliente no es de su agrado, no me queda más opción que disculparme. Aunque, la verdad, no esperaba que una ramera fuera tan quisquillosa con quien tiene delante al abrirse de piernas. —Sus palabras contenían un agrio tono de escarnio.

La chica se incorporó del todo. En esa ocasión su voz era firme; el coraje se le había afilado.

—No soy ninguna ramera. Esos cerdos que trabajan para usted me han traído hasta aquí en contra de mi voluntad. Cualquier hombre con un mínimo de honra haría todo cuanto estuviera en sus manos para devolverme a mi familia.

—Pero yo no soy un hombre de honor —torció su boca expresiva y dibujó aquella sonrisa sardónica que ella ya conocía—, tan solo soy un pobre hombre que está loco de remate.

Dio un paso más, con un desparpajo que no pasó inadvertido a Grace, sin retirar la mano del cuello del perro. El movimiento le acercó peligrosamente a ella, que fue retrocediendo hasta que el suave gruñido del perro la obligó a detenerse.

Su actitud desafiante se evaporó.

—Deje que me marche, se lo ruego —rogó con voz quebrada.

Él frunció el ceño, indignado.

—Se lo suplico, señora, déjese ya de pantomimas —le espetó sin apartar los dedos del pelaje pardo del perro—. Mi tío, lord John Lansdowne, le ha pagado dinero para que venga aquí y haga lo que sabe hacer. Ha sido muy inteligente idear este cuento del secuestro, pero el vestido de luto, el pánico, el lloriqueo, incluso las náuseas provocadas... No me he tragado nada, no me creo sus historietas. No son más que triquiñuelas.

—Está loco —dijo suspirando, sintiendo que la pesadilla se cernía sobre ella como una neblina cegadora.

Él se limitó a encogerse de hombros.

—Ya veo que mi tío no ha olvidado un solo detalle. ¿Qué otro motivo podría existir para mantenerme preso?

Ella agitó la cabeza con incredulidad. Lo asombroso es que aparentaba estar tan cuerdo como cualquier hijo de vecino, pero solo decía majaderías. Optó por concentrarse en el dato que más fácilmente podía rebatirle.

—No conozco a su tío.

El rostro del caballero mostró una sombra de altanera molestia.

—Se reafirma usted en sus mentiras. No importa: tarde o temprano se cansará de esta farsa. —Dio media vuelta—. Vamos, Wolfram.

El perro se le acercó trotando obediente y le siguió cuando se alejó.

Aún sin creérselo, Grace observó cómo se alejaba aquella espalda recta con su holgada camisa blanca.

—¿Piensa dejarme aquí? —preguntó ella, maldiciendo interiormente sus propias palabras por sonar a protesta en lugar de exigencia.

—Sígame hasta la casa o quédese fuera con Monks y Filey; descubrirá a qué hora hacen la ronda —contestó sin mirarla. Había mudado el tono de su voz y al marcharse no exhibía más que menosprecio en sus modales.

Ella se agarró a la dura coraza de su espalda con dedos temblorosos y preguntó agitada:

—Pero... ¿va usted a violarme?

Él se detuvo para lanzarle una mirada impenetrable por encima del hombro.

—Ahora mismo, tal vez no.

Grace se quedó mirando aquellos extraños ojos y se preguntó por qué estaba convencida de que, al menos por entonces, no representaba ninguna amenaza física.

Era absurdo pensarlo, puesto que él había admitido estar loco, no le había prometido nada y evidentemente albergaba un concepto erróneo sobre el tipo de mujer que era. Lo único que tenía a su favor era que se había mostrado amable con ella cuando estaba indispuesta. Y que aún no le había hecho daño.

—¿Quién es usted? —preguntó enderezándose y levantando la barbilla.

Otra vez, esa sonrisa despiadada.

—Quién voy a ser: el señor de este reino de pacotilla, señorita.

Tragó saliva, atacada por los nervios.

—Y... ¿acaso tiene nombre, este señor?

La miró de frente. El sol le doraba los pómulos.

—¿Mi tío no se lo ha dicho?

—Hágame el favor, se lo ruego —contestó, insegura.

—Como desee. —Hizo una reverencia como si acabaran de presentarles en un baile. La elegancia de aquel gesto sarcástico hizo que casi se quedara sin aliento—. Soy Matthew Lansdowne, marqués de Sheene.

Grace arrugó la frente. ¿Debía confiar en sus palabras? El marqués de Sheene era uno de los hombres más ricos de Inglaterra. ¿Qué estaba haciendo allí, aislado del resto del mundo?

Sus secuaces lo llamaban «el marqués». El lujo del lugar indicaba que era alguien con recursos que podía permitirse todo tipo de comodidades. Tal vez fuera la persona que afirmaba ser.

Él clavó su mirada en ella como si de un espécimen botánico se tratara. Era irritante. O lo sería, si no fuera porque se estaba subiendo ya por las paredes por otros motivos.

—¿Me hará usted un favor parecido? —preguntó él.

—¿A qué se refiere?

Una sombra de impaciencia cruzó ese asombroso rostro.

—Tu nombre, muchacha. ¿Cuál es?

—Grace Paget, señor —respondió sin pensar.

—Grace —musitó él, sin apartar su mirada del rostro de ella.

No se hacía ilusiones, sabía qué estaba viendo él en ella: a una mujer deslustrada, con ropas zarrapastrosas, que había sobrellevado demasiada pena y presenciado demasiadas penurias.

En aquel momento se preguntó por qué le importaba tanto que la viera así. No quería que la mirara como miran los hombres a las mujeres, puesto que ya se encontraba en una situación suficientemente precaria.

Esperó a que hiciera algún comentario sobre su nombre, que se mostrase irónico respecto a un nombre que no la definía. El recuerdo de haber vomitado ante él la enfermaba. De repente se acordó de los cuidados que le había brindado. Seguramente, alguien tan considerado en dichas circunstancias no pretendería aprovecharse de ella.

Pero ¿qué sabía ella de los hombres de su misma edad? Josiah era un hombre mayor y la sangre corría por sus venas sin demasiada fogosidad. El cuerpo delgado y juvenil del marqués transmitía una fuerza muy viril. A decir verdad, se trataba de un gran señor, acostumbrado a obtener lo que deseaba con tan solo chasquear los dedos. Como muestra de que no iba desencaminada, en ese instante él hizo ese mismo gesto para llamar al perro, que husmeaba entre un montón de hojarasca.

El hombre le estaba ofreciendo un escudo contra Monks y Filey. Su único escudo. Lo que exigiría como recompensa era algo que no se atrevía a plantearse. Si lo único que pretendía obtener era un par de revolcones, podría haberlo hecho cuando estaba atada a la mesa.

No se fiaba de él, pero ¿acaso tenía otra alternativa?

Sin tener claro si acababa de firmar un pacto con el diablo, se incorporó, dejó el árbol a su espalda y le siguió.

Grace anduvo penosamente tras el marqués hasta alcanzar el claro que rodeaba la casa. Durante la larga caminata desde los límites de la finca, el pánico que sentía se diluyó en un aura de absoluta fatiga.

El hombre, lord Sheene, supuso, se detuvo al llegar al claro y la esperó, pues iba rezagada. El sol se ocultaba por poniente y unos rayos dorados perfilaban con fulgor toda su estatura. Grace pestañeó. Había algo en la figura de él que se le antojaba tremendamente triste.

El porte del marqués era majestuoso, pero sugería una soledad que ella jamás había conocido.

Sin embargo, aquella percepción innecesaria se esfumó en el instante en que Wolfram dio media vuelta y le husmeó las faldas. Se le escapó un tenue suspiro de sorpresa.

—No va a morderte.

Los ojos de lord Sheene no la abandonaban ni un momento. No cabía duda de que, en su aislamiento, había olvidado que era de mala educación mirar fijamente a alguien.

Grace se sorprendió haciendo una mueca de reproche. ¿De mala educación, mirar fijamente? Tenía ante ella un hombre que de un momento a otro podía exigirle que hiciera con su cuerpo lo que le ordenara. Sus ojos era lo último que debería preocuparle.

Apartó de su mente aquel desagradable pensamiento y dirigió su mirada a los ojos amarillos e inteligentes del animal.

—Me gustan los perros.

En la granja había tenido algunos. En ocasiones había pensado que eran los únicos seres de la creación capaces de dar amor incondicional. Alargó el brazo para dejar que aquella bestia impresionante le olisqueara los dedos antes de rascarle detrás de las orejas. Wolfram cerró los ojos en éxtasis. Era la primera reacción normal que recibía de cualquier cosa o persona en aquella cárcel tan singular. Grace correspondió al animal con una sonrisa.

Cuando estaba con el marqués, su conciencia era un remolino de turbadoras corrientes. En ese momento corría una suave brisa que estremecía y le ponía la carne de gallina.

Sacudió la cabeza, confusa. Lord Sheene la miraba; clavaba sus ojos en su boca como si de ella rezumara veneno. En un determinado momento su sonrisa empezó a desvanecerse y acabó por borrarse de sus labios. Grace apartó la mano de Wolfram sin pensarlo. ¿Qué había hecho para despertar semejante desagrado?

—Veo que has conquistado un corazón —exclamó el marqués con dureza—. No esperes que aquí todo el mundo caiga a tus pies ante una de tus sonrisas.

Boquiabierta por el asombro, lo vio alejarse como si no soportara su presencia un segundo más. Wolfram se marchó al instante y siguió el rastro de su dueño.

Grace se quedó a la zaga, mareada como estaba por el miedo y la confusión. Los cambios de ánimo un poco lunáticos del marqués la asustaban; la dejaban confusa y desorientada. Quizá estaba loco de verdad. Enfurecido sí lo estaba. ¿Era su aliado? ¿Una amenaza? No lo tenía nada claro.

Paulatinamente, su corazón volvió a latir a un ritmo más pausado. Vio que lord Sheene entraba a zancadas en la casa y aprovechó para observar el espacio que la rodeaba. Era un lugar muy peculiar para alojar a uno de los nobles más poderosos del país. La casa solariega no era imponente. Resplandecía ante sus ojos por los ladrillos rojos, que reflejaban la poca y tenue luz que quedaba. Era una casa de aspecto agradable y acogedor. Le pareció hogareña.

«Y el peligro aumenta a cada segundo.»

Ya se había percatado de que en aquel lugar se libraba la eterna batalla de la realidad y las apariencias. Iba a tener que prestar mucha atención para no confundir lo uno con lo otro si no quería pagar un precio muy alto por ello.

Se estremeció. Sin lord Sheene, los árboles a su espalda tenían un aspecto siniestro, por bonitos que fueran. De repente la asaltó la idea de que sus secuestradores la observaban desde el follaje. Hizo de tripas corazón y se adentró en la fina vegetación del jardín en busca del marqués.

Grace se miró en el espejo del encantador dormitorio que, según el marqués, sería el suyo. Vio en él unos ojos aterrados y un rostro convertido en un manojo de nervios que se mordisqueaba los labios, un hábito infantil del que nunca se había librado.

—Has sobrevivido hasta aquí —susurró a su reflejo—, y sobrevivirás hasta el final.

Ojalá pudiese creer en sus propias palabras.

Se tragó el espanto antes de que la ahogara, cogió uno de los pesados cepillos de plata para caballero del tocador y se retocó las trenzas a toda prisa. Había podido lavarse y se había quitado la capa de polvo más llamativa del vestido, pero seguía pareciendo cansada, hambrienta y pobre. Y aún débil para parar los pies a nobles de moral disoluta.

En el espejo vio que lord Sheen entraba a fisgonear en su habitación. El pavor que Grace tanto se había esforzado en contener la inundó de nuevo. Al instante, la enorme cama que había en una esquina del dormitorio cobró un protagonismo inesperado. Agarró el cepillo como si blandiera una arma y dio media vuelta.

Él se rió con desprecio.

—¿Qué pretendes? ¿Acicalarme hasta morir? —Regresó hacia la entrada—. Monks ha traído la cena. Si tu intención es matarme, algo tendrás que comer para coger fuerzas.

No soportaba aquella superioridad tan desenvuelta. ¿Todo aquello era simplemente un juego para él? Su miedo. Su desespero. Su resistencia. Le corrió por las venas una rabia redoblada que disipó de un plumazo la cobardía que había sentido hasta ese momento.

Durante aquellos últimos años nada ni nadie la había derrotado, así que no iba a hacerlo aquel chiflado sin remedio.

Levantó la barbilla y lo miró con frialdad. Tal vez fuera entonces una Paget, pero al nacer había sido una Marlow, y una Marlow tenía todo el derecho del mundo a mirar a un Lansdowne a los ojos. A esas alturas él debería haber entendido que era mejor no meterse con ella. No iba a dejarse llevar por el terror más lacerante tan solo porque había tenido el descaro de burlarse de ella.

—Si me hace el favor de indicarme el camino, milord... —dijo restándole importancia.

Con un gesto intencionadamente brusco devolvió el cepillo a la bandeja de plata, decorada con cenefas de «eles» grabadas. Imaginó que la letra era la de su apellido, Lansdowne, aunque a ella le cuadraba más que significara lujurioso, lascivo o lunático.

Él la miró detenidamente como si intentara resolver un rompecabezas. Ella se preparó para enfrentarse al nuevo comentario burlón, pero el noble se limitó a indicarle que pasara ella delante y le acompañara por la estrecha escalera.

En la estancia principal de la casa, la sala de la que había escapado antes con vanas esperanzas, la luz de las velas bañaba la madera pulida y las lujosas telas. La mesa estaba preparada con piezas resplandecientes de cerámica y cristal.

Toda la vivienda estaba amueblada con un gusto carísimo. El único indicio de su verdadera finalidad (ser la celda de un loco) era aquel horrible banco al que la habían atado. El resto de la casa transmitía la imagen de nidito de amor de un hombre pudiente.

Se le subieron los colores. Aquel lugar era el escondite de un libertino, pero eso no significaba que ella fuera a aceptar el papel de juguetito del libertino, el cual se le acercó por la espalda.

—La comida se enfría.

La consumían los nervios. Estaba a solas con un monstruo fuerte e impredecible.

No obstante, al sentarse a la mesa, pensó que aquel hombre parecía todo menos un monstruo. Se había preocupado de ponerse una chaqueta negra y un pañuelo en el cuello. Encima de los pliegues blanquecinos, su rostro reflejaba una expresión atenta y pensativa. Y también desconfiada. Aquellos ojos de grandes párpados y aquella fuerte osamenta escondían más de un secreto.

¿Acaso uno de aquellos secretos era que había perdido el juicio?

No, aquello lo admitía abiertamente.

El aristócrata dejó un plato lleno delante de ella y regresó al mueble para servirse. La elegancia de sus movimientos la distraía, pero un instante después observó que no había visto manjares como aquellos desde que se fugó de casa de su padre a los dieciséis años.

El marqués, al sentarse al otro lado de la mesa, debió de reparar en su mirada perdida. De nuevo Grace le sorprendió observándola. Dominó un escalofrío de temor y, a pesar de su cansancio, se sentó con la espalda derecha como una vara. Él no debía descubrir jamás lo cerca que estaba ella de desmoronarse.

—¿La comida no es de tu agrado? —se interesó.

Sus dudas respecto al banquete respondían a motivos complejos que se negó a confesar a aquel desconocido que le producía escalofríos. Su pasado caótico y catastrófico no le incumbía a nadie.

Podía sonar a lamento quejumbroso de aristócrata malcriada, pero no había tardado en darse cuenta de que estaba demasiado delgado para alguien de su constitución.

—¿La esposa de Filey es quien prepara la comida?

—Así es. Y se encarga de la limpieza. Ella, Filey y Monks son toda mi servidumbre.

Grace ya había observado la escasez de criados. Hasta un marqués perturbado merecía un servicio más amplio.

Otro misterio.

No obstante, el misterio más inmediato era por qué en esos momentos él fruncía el entrecejo.

—Come. No tienes por qué temer que te envenene. Monks y Filey te han traído aquí con una finalidad. Te aseguro que no querrán verte muerta sin que cumplas tu cometido.

—¿Y qué quiere usted? —preguntó con valentía mientras el pánico danzaba en sus venas al ritmo de una enloquecida tarantela.

El marqués sonrió por un instante como si se hubiera contado él mismo algún chiste.

—Si sigues mirándome así, te lo diré.

Ella se sonrojó. A todas luces, él no era el único que pecaba de mirón.

A Grace la intranquilizaba esa mirada penetrante y esa sombra apenas velada de resentimiento, pero era incapaz de pasar por alto su viril apostura. Había estado casada nueve años con un anciano. Por mucho que le infundiera miedo y rabia, no podía resistirse a la absoluta maravilla de la presencia física del marqués.

Aún colorada, bajó la vista y empezó a cortar su solomillo Wellington. El hambre superaba incluso a la conmoción.

A medida que se empapaba la boca de aquellos sabores intensos y conocidos, fue cerrando los ojos para contener las lágrimas. Se negaba a sollozar por que sus captores le hubieran dado una comida decente. Resultaría demasiado patético.

Aquel delicioso manjar le trajo muchos recuerdos que había enterrado en su interior durante los años de penurias, recuerdos que en aquel momento regresaban para convertirla en un ser peligrosamente vulnerable.

«Contrólate, Grace —se ordenó severa— o estarás perdida.»

Con mano trémula alargó el brazo y se sirvió vino, pero incluso el sabor frío del burdeos, al acariciarle la garganta, le recordaba su pasado, emocionándola de nuevo.

—¿El atuendo no era de tu gusto? —preguntó el marqués

despreocupadamente tras un largo silencio. Se llevó la copa a los labios y dio un sorbo al vino—. Ya te habrás dado cuenta de que lo de la viuda afligida no me ha desarmado.

Grace no prestó atención a su palabrería burlona.

—¿Qué atuendo?

Con un gesto de menosprecio y la enorme copa de cristal en ristre, señaló hacia el dormitorio.

—Tu disfraz para el segundo acto de esta pieza teatral. Las arcas del dormitorio rebosan de seda y satén.

—No he buscado.

Le cayó el alma a los pies al pensar que alguien había planeado con tanto esmero los preparativos de su llegada. Si tanto se habían esforzado para llevarla hasta allí, seguro que pensaban esforzarse para que no se fuera.

Bebió más vino para sacar fuerzas de flaqueza. Hacer preguntas podía enfurecer a su compañero de mesa, pero tendría que arriesgarse. El desconocimiento la hacía sentirse impotente.

—Milord, ¿dónde estamos?

El marqués se había peinado su tupida cabellera oscura y despejado la frente, por lo que no le costó leer la sospecha que se posó sobre sus facciones.

—Señora, ¿qué saca usted prosiguiendo con esta farsa?

Nada quebrantaba su convicción de que ella formaba parte de alguna conspiración urdida en su contra.

¿Acaso los desequilibrados no creían siempre que el mundo conspiraba para buscar su destrucción? Además de sus propias confesiones, era la primera indicación de que en verdad le faltaba un tornillo.

Aun así, prefirió dejarlo.

—¿Qué hay de malo en responder?

La examinó durante un tenso lapso mientras sus dedos jugueteaban con la copa. Se dio cuenta sin más de que tenía unas manos preciosas: esbeltas, fuertes, dedilargas, sensibles...

«¿Cuánto tardarán esas manos en tocarme, en hacerme daño?»

El noble suspiró con impaciencia.

—Nada, comparado con todo el daño que ya ha causado —acabó por refunfuñar—. Si le divierte, no seré yo quien le prive de este numerito. Está usted en un rincón aislado de Somerset, a unos treinta kilómetros de Wells.

—¿Cuánto hace que... cuánto hace que reside usted aquí?

Él reaccionó con una efímera sonrisa irónica.

—¿Que cuánto tiempo hace que estoy mochales, quiere decir? —Al no responder ella, continuó con una voz tersa—: A los catorce años contraje meningitis. Ahora tengo veinticinco.

A Grace le asombró que tuvieran la misma edad. No alcanzaba a entender por qué aquella coincidencia generaba un vínculo entre ellos, pero así era.

—¿Así que le han tenido encerrado once años?

Once años de encarcelamiento, once años de brutalidad por parte de sus celadores, once años de locura. Era imposible imaginar la pena que debía de haber sobrellevado. Él se encogió de hombros.

—Podría haber sido peor. Mi tío, en un alarde de amabilidad —se mordió la lengua—, me salvó de pasar mi vida recluido en un manicomio. Dudo que hubiera sobrevivido, de ser así.

—Aun así... Son once años preso —reparó ella, azorada.

De pronto aquella excelente comida le resultó insípida. Dejó los cubiertos en la mesa con manos temblorosas. Vio que el marqués había comido aún menos que ella de sus exquisiteces. Él encogió de nuevo los hombros.

—Creo que se hizo por el bien de todos. En aquel entonces, al menos.

La coletilla tenía un dejo mordaz.

—Habla usted de su tío. ¿Qué sucedió con sus padres? ¿O con sus hermanos?

—Mis padres fallecieron antes de que enfermara. No tuvieron más hijos. Al ser yo un niño, mi tío se convirtió en mi tutor legal y, dado que no he recuperado la cordura, sigue desempeñando el mismo papel. —Observó la mesa con un gesto de reproche—. ¿Lord John no se lo había contado? Imaginaba que querría que estuviera en posesión de los datos básicos del encargo, por si acaso usted echaba a correr presa de la histeria al saber quién era su cliente —se detuvo un momento—, aunque, claro, al final ha echado a correr igualmente, ¿me equivoco?

—No estaba histérica —le espetó—. Y, por última vez se lo digo, no sé quién es su tío.

Al aristócrata se le tensó el rostro de puro desprecio.

—Y yo le repito por última vez que no creo ni media palabra de lo que me dice. —Apartó la silla de un empujón y se puso en pie—. Me he cansado de esta conversación. Buenas noches, señora.

Y, sin más, abandonó la estancia. Grace oyó sus firmes pisadas por el pasillo y luego un portazo al salir al exterior.

Por fin estaba sola, gracias a Dios. La tensión lacerante que le había agarrotado los músculos desde que había ido a buscarla al dormitorio se relajó un poco y le permitió respirar sin cortapisas.

Tal vez la desconfianza del marqués se explicara por su aflicción. Al final Josiah también se había vuelto un poco raro, pero claro, era un hombre mayor y estaba enfermo. No tenía suficiente experiencia para juzgar el grado de cordura del marqués. En su opinión infundada, aparentaba ser desconcertantemente inteligente. A aquellos ojos no se les escapaba ni un solo detalle, de eso no había duda.

¿Era posible ser al mismo tiempo un perturbado y razonar con coherencia?

Sin embargo, la pregunta candente no era si estaba loco o qué intenciones tenía. Por el momento tan solo la había tocado para ayudarla y tampoco había mostrado actitudes violentas.

Por el momento.

Se estremeció y se quedó mirando fríamente las sombras de la habitación. El marqués era mucho más fuerte que ella.

Recordaba aquella potencia latente en sus músculos al llevarla en brazos. Si se le tiraba encima, no podría zafarse.

¿Debería huir? No podía escaparse de la finca, pero la noche estaba despejada, aunque un tanto fría. Dormir a la intemperie no le haría daño.

Fuera se arriesgaba a toparse con Monks y Filey.

Señor, aquello sí que no podría soportarlo. Hiciera lo que hiciese el marqués, no iba a ser peor que la degradación que había sentido a manos de aquellos brutos.

Se levantó y estuvo a punto de caerse, pero recuperó el equilibrio apoyándose en la mesa. Hacía años que no probaba el vino. Con el estómago vacío, lo poco que había ingerido bastaba para que le diera vueltas la cabeza. Volvió a aspirar hondo e intentó despejar su mente.

¿Por qué no había sido más cauta? Lo último que necesitaba era que el alcohol la aletargara. Era una insensata. Inclinó la cabeza y esperó a que desapareciera el mareo.

El dormitorio; ese era su único refugio. Atrancaría la puerta. Cuando volviera el marqués, al menos la hallaría esperándole, como el perro que aguarda el regreso del dueño.

¿Cuánto tiempo tenía? Se había marchado de sopetón, pero quizá decidiese que deambular a esas horas no era la única forma de desahogarse tras su enfado.

Tenía que ponerse a salvo. Y rápido.

Necesitaba un arma. Con sus dedos rodeó, aún vacilante, el cuchillo de la cena. No era lo bastante afilado para causar una herida profunda, pero al menos lo detendría un momento.

Sin soltar el cuchillo, se apresuró a subir la escalera, tan rápido que la vela que llevaba estuvo a punto de apagarse. Entró atropelladamente en aquel dormitorio tan bien decorado y cerró la puerta de una patada. Después escondió el cuchillo en el bolsillo y alzó la vela para echar el pestillo.

No había ningún pestillo. Ningún cerrojo de ninguna clase.

Evidentemente, aquello era la cárcel de un trastornado. Sus carceleros podían necesitar entrar en cualquier momento.

Tendría que haberse dado cuenta de que no podría atrancar la puerta. Dejó la vela como pudo sobre el tocador.

Contra la pared había un baúl macizo de roble. Podía arrastrarlo hasta la puerta y apilar otros muebles encima. El marqués era fuerte, pero ella se las compondría para que ni siquiera Sansón pudiera entrar en ese dormitorio y violentar a su reticente Dalila.

Se apuntaló en el extremo del baúl y empujó con fuerza.

Nada. Ni un movimiento.

Respiró hondo y volvió a intentarlo. El baúl no se movió ni un ápice. Empujó una y otra vez hasta que, al final, comprendió que no había nada que hacer.

Tal vez con el tocador bastaría. Enderezó la espalda y se acercó hasta apoyar el hombro en el armatoste.

Tampoco se movió.

Empujó hasta que le quemó el aire en los pulmones y le dieron calambres del esfuerzo.

Apesadumbrada, estudió el resto de la habitación aunque sin querer enfrentarse al miedo. Los muebles estaban clavados al suelo con tanta fuerza que sin herramientas pesadas sería incapaz de aflojarlos.

Se tumbó en el alto colchón de la cama y luchó por no llorar. La única prueba de su titánico esfuerzo eran unas cuantas uñas rotas y algunos moratones de las veces en que, desesperada, se había resbalado y caído.

No podía atrancar la puerta para dejar fuera al marqués. Estaba igual de desamparada en esa habitación que cuando la habían drogado los secuestradores.

Bueno, a lo mejor no. Hurgó en el bolsillo y palpó el cuchillo. Aunque la verdad era que tan solo le ofrecía una mínima protección.

No había oído al marqués bajar la escalera. Incluso mientras se había dejado la piel para mover los muebles macizos de madera de roble por la habitación, había seguido escuchando con atención para saber cuándo regresaba.

Se había hecho tarde y se sentía tonta, rendida y aterrada.

Le escocían los ojos de cansancio, pero no podía permitirse dormir. Se aferró con las manos sudadas al cuchillo, se tumbó contra la almohada y contempló la habitación a la luz de las velas.

Grace se revolvió en su sueño agitado. Estaba oscuro. La vela debía de haberse apagado. Tenía la extraña sensación de volver a ser una niña, de estar de nuevo a salvo en su habitación de Marlow Hall: la cama grande, las sábanas limpias, almohadas mullidas bajo la cabeza.

Después se dio cuenta de que «a salvo» era la última expresión que debía usar.

Debía de haberla despertado la suave brisa que entraba por la puerta. Aquello la desconcertó por momentos, pues estaba convencida de haberla cerrado al subir. Rodeó el cuchillo con sus dedos temblorosos.

Sus ojos se adaptaron a la oscuridad y distinguió la figura del hombre alto y silencioso en el umbral de la puerta. Su mirada ardía sin titubeos y atravesaba la noche hasta donde se encontraba ella.

4

Matthew se quedó plantado en la entrada del dormitorio, respirando fuertemente. La lujuria corría por sus venas y el corazón le latía sin mesura, como si acabara de vérselas en un cuerpo a cuerpo con un atracador.

La habitación estaba a oscuras, en silencio, pero sabía sin el mínimo resquicio de duda que la mujer estaba despierta. Y que le observaba.

Logró ver un tenue resplandor donde descansaba su rostro. No emitía ningún sonido, pero la oía respirar. Cada partícula de su cuerpo le decía que ella estaba esperando a que se aproximara a su cama.

Podía acercarse a ella en aquel mismo momento, podía poseerla, pues para eso mismo había venido esa chica.

Le abriría los brazos y le ofrecería los secretos de su cuerpo. Algo en él se endureció con solo pensarlo. Se hundiría en sus melosos recovecos y le concedería el desahogo que durante tanto tiempo le habían negado.

Apuntaló los brazos contra ambos lados del marco de la puerta como si bastara con el esfuerzo físico para abalanzarse sobre ella y poseerla. Ella no iba a rechazarlo; para eso le habían pagado. Por mucho que él no fuera de su agrado, tendría que acatar lo pactado o enfrentarse a la ira de su tío.

Había paseado sin tregua por el bosque húmedo durante horas y horas, batallando contra sus instintos más básicos.

Que Dios le ayudara, porque esos mismos instintos básicos le habían ganado la partida.

¿Qué hombre puede resistirse cuando la derrota es algo tan dulce?

Sacudió la cabeza al sentir que le resbalaba por la cara una gota de agua gélida. Había empezado a llover mientras estaba fuera. No le había dado importancia, ni siquiera se había dado cuenta de que estaba empapado. Aquello tampoco conseguía apagar el fuego que ardía en su interior.

Negarse a los planes de su tío había sido una tarea fácil cuando la meretriz era tan solo una criatura imaginada, pero ante aquella desafiante belleza su aplomo flaqueaba, se desmoronaba.

Aun así, ahí estaba, vacilante como un mendigo en la puerta de la cocina.

¿Cómo es que ella no decía nada? ¿No iba a chillar? ¿A protestar?

¿A invitarle a que la tocara?

Grace seguramente sabría que lo de menos era que se hubiera confabulado con su tío. Era una mujer y él la deseaba; la deseaba con cada latido de su ferviente corazón.

Seguro que su tío había adivinado que sucedería de esa manera.

Sus dedos se agarraron a la madera con tanta fuerza que empezaron a clavársele astillas en la piel.

Dios santo, ¿así acababa la cosa? Once años solo, bregando por conservar su humanidad, y luego, un suspiro de mujer y... ¿lo echaba todo por la borda?

«No voy a hacerlo. Ni hablar.»

Su tío no había vencido todavía, aunque, con aquella última treta, un poco más y lo conseguía.

Matthew sabía resistirse a la tentación.

Lo justo.

Valientes palabras. Le costó una barbaridad, pero irguió la espalda y dio un paso atrás.

En la batalla que libraba contra lord John había afilado su

mente como un arma, pero en ese momento descubría que su cuerpo estaba a punto de confirmar su derrota; su cuerpo y una mujerzuela cautivadora.

Al apartarse, la oyó respirar por fin y romper en un sonoro sollozo.

Tenía miedo del perturbado. Bueno, pues que no dejara de tenerlo. Si la chica permanecía en sus trece, a lo mejor acababa teniendo una oportunidad. Un desespero más oscuro que la noche que les envolvía se instaló en su corazón al bajar la escalera que le llevaría al lecho improvisado del salón.

Intentaba encontrar la postura adecuada para que cupieran sus largas piernas en un sofá que nadie había diseñado para dormir cuando oyó una sucesión de pisadas en el piso de arriba.

Alguien dio un portazo en el dormitorio con tanta fuerza que logró hacer vibrar los ventanales.

A la mañana siguiente, no muy temprano, Matthew estaba trabajando en el patio amurallado, injertando su nuevo híbrido en algún rizoma. Sintió que cambiaba la electricidad en el ambiente y levantó la vista; se encontró con la fulana, que lo observaba fijamente desde la arcada de ladrillos rojos. Aparentaba mejor salud que el día anterior, si bien su rostro permanecía todavía rígido por el sufrimiento y aquellos ojos azul cobalto seguían perforándole el alma.

—Buenos días —dijo él con tirantez. La mano que sostenía la navaja para los injertos se separó de golpe del rosal.

—Buenos días, milord —contestó ella con aquellos dichosos modales que rozaban la perfección.

Grace se quedó mirando la navaja, pero no retrocedió. En apenas un día él se había acostumbrado a su osadía. Ella se apartó con cautela de la sombra de la hiedra y avanzó hacia el corazón de su reino particular.

Al poco él cayó en la cuenta de la ropa que llevaba puesta la chica y tuvo que sofocar un gruñido. Aquel vestido verde azulado caía con holgura cubriendo su ligera constitución y se interrumpía audazmente, dejando medio al descubierto su pecho de ensueño. Podía ver la alta redondez de sus senos y el intrigante valle que se hundía entre ellos. El escote estaba dado de sí y se abría, de forma que no podía pensar en otra cosa que no fuera reclamar aquel botín de color carne que se le ofrecía.

Como buen caballero, apartó sus ojos del canalillo y observó la mirada desafiante de la mujer.

Y bien, ¿qué esperaba, bamboleándose como lo hacía con ropajes de pendón?

La noche anterior se había jurado y perjurado no volver a tocarla jamás, pero, al fin y al cabo, era humano mirar, ¿no? Mirar no hacía daño a nadie. Salvo que... la vista llevaba irremediablemente al tacto.

Si la tocaba, estaría perdido.

Ella se tapó con un abrazo para cubrirse el llamativo escote. Le subieron los colores a los pómulos, lo que aumentó su atractivo. Era de justicia reconocer a su tío que había encontrado a la única furcia de toda la cristiandad que aún recordaba cómo sonrojarse.

Volvió a meterse de lleno en su anterior tarea, aunque le costó Dios y ayuda. Por una vez había alejado sus pensamientos de los experimentos botánicos.

La conversación se había extinguido después del primer saludo. ¿Qué sabía él de entretener al sexo opuesto? Nada, pero en ese momento —de eso quiso convencerse, aunque no triunfara en el intento— se alegraba de no saber nada.

Aguardó a que ella aceptara su retirada, pero Grace se limitó a balancearse bajo la arcada como si se sintiera igual de incomodada que él.

Le pareció que aquella actitud tenía su gracia; tanto, que se pinchó el pulgar con una espina por haberse distraído.

Se limpió la mota de sangre con la camisa de lino y le dedicó una mirada de rabia. Pasó revista a regañadientes a la figura que dibujaba aquel vestido: la cintura prieta, la forma en la que la tela brillante apenas le rozaba la curvatura externa de las caderas... No llevaba viso, lo cual era prueba suficiente de su falta de virtud, y la luz a su espalda dejaba entrever fragmentos de sus piernas por debajo de la falda.

En su boca se evaporaban las partículas de saliva al recorrer con la mirada esas esbeltas piernas. Apretó los puños a los lados para obligarse a no saltarle encima y tocarla.

Tras un tenso silencio, ella acabó por moverse, pero, por desgracia, no para alejarse, sino para acercarse. Y al hacerlo la leve brisa trajo consigo, para su tormento, la fragancia de su olor.

Seguía oliendo a luz solar. Aquel día, sin embargo, el jabón que había utilizado recordaba al perfume más intenso del jazmín. Ojalá no le gustara... Cerró los ojos al enumerar los motivos para despreciar y desconfiar de esa mujer.

—Milord —empezó a decir ella. Su voz sonaba nerviosa, una sensación que el marqués corroboró cuando abrió los ojos y descubrió que Grace tenía los dedos entrelazados en un intento infructuoso de ocultar su temblor.

El gesto era arrebatador, pero precisamente por ello se negó de plano a que le arrebataran nada.

—¿Ajá?

Matthew deseaba que aquella chica desapareciera. Ojalá diera un pequeño paso e inundara su piel con aquella hermosura con olor a flores.

—Milord —repitió ella con voz más firme, aunque sin moverse de donde estaba, maldita sea. Se subió el escote del vestido, pero al instante volvió a caérsele —. Tenemos que hablar.

Matthew apenas tenía experiencia con las mujeres, pero era lo bastante espabilado para saber que esas palabras, en boca de una mujer, pronosticaban problemas.

—Estoy ocupado.

Examinó su nueva rosa como si contuviera los secretos de todos los tiempos en su tallo desnudo.

Grace soltó un suspiro de impaciencia.

—No le robaré mucho tiempo.

Levantó la cabeza sorprendido y la miró a los ojos por primera vez.

—Ya no estás asustada.

Una pétrea mirada azul acogió la suya.

—Pues claro que sigo asustada, pero no me servirá de nada amilanarme cada vez que le veo. Además, ya he entendido que si hubiera querido hacerme daño ya lo habría hecho.

Alzó la barbilla en un ademán valiente que lo conmovió. Dios mío, ¿dónde la había encontrado su tío? Aquella muchacha era un milagro.

—A lo mejor la estoy engatusando para que se sienta a salvo —dijo él. Tenía que recordar que la honestidad y el valor que mostraba eran armas que utilizaba la chica contra él.

—Créame, nada más lejos que sentirme a salvo. —Su mirada no vaciló—. Quiero pedirle que me ayude a escapar.

El marqués enderezó el cuello y se echó a reír. Ella hablaba en serio, pero debía de saber que aquella petición era ridícula.

Cuando él recuperó el aliento, la muchacha había arqueado sus delgadas cejas negras de pura rabia. Hasta se le había olvidado seguir jugueteando con el vestido.

—Me complace profundamente entretenerle hasta tal punto, milord —fue su respuesta llena de sarcasmo.

Él se desperezó al instante.

—Ese es precisamente tu cometido, ¿o me equivoco? —contestó él con voz sedosa.

Le dio la espalda para dirigirse al invernadero a buscar más aglutinante para finalizar el injerto. Tal vez mostrarse maleducado adrede la espantaría... pero no lo logró. Todo lo contrario: ella le siguió lo bastante de cerca para que el dichoso olor a jazmín se confundiera con los demás aromas que le envolvían, a flores primaverales y a tierra recién removida.

—Lord Sheene, sospecho que nuestra... intimidad le resulta igual de incómoda que a mí.

Sus palabras le hicieron detenerse de golpe, por lo que ella chocó contra él y cada pequeña partícula de lascivia de su cuerpo rozó las de ella.

Se volvió para enfrentarse a ella, reprimiendo la necesidad de cogerla en brazos, y refunfuñó:

—¿Qué te hace pensar eso?

Gracias a Dios la chica se apartó antes de que pudiera ponerle la mano encima y mandar la guerra que libraba contra su tío al inframundo. Ella se había sonrojado aún más y sus pulmones eran un fuelle que inhalaba pequeñas bocanadas de aire. Un retrato ideal de mujer inocente que encontraba molesta la proximidad de un hombre. De no haberle molestado sus palabras, habría incluso aplaudido su magnífica representación.

—En primer lugar, su apariencia. No hay duda de que le indigna mi presencia. Además, anoche no... —prosiguió Grace con voz insegura.

—¿... no te impuse mi desagradable persona? —terminó por ella la frase, viendo que pestañeaba.

—Si se hubiera dejado llevar por un arrebato de pasión, ya me habría tomado. Ya le he dicho que soy viuda y desconozco la conducta y las... necesidades de los hombres.

A punto estuvo Matthew de carcajearse otra vez. Sonaba mojigata cual maestra solterona. Entretanto seguía allí, ataviada de meretriz de lujo y volviéndolo loco con su cercanía.

Como si él no hubiera perdido ya suficientemente la chaveta.

Se cruzó de brazos y la examinó frunciendo la nariz.

—Señora, si pudiera sacarla de aquí, lo haría. Pero su única esperanza de escapar es mi tío. Y, dado que es él quien la ha traído hasta aquí, no creo que le guste la idea de tener que acompañarla a la salida.

Grace le respondió con un gesto de derrota muy curioso.

—Sé lo que piensa usted, pero le aseguro que soy víctima de estas circunstancias. Me perdí en una calle de Bristol y estuve deambulando hasta acabar en un barrio peligroso de la ciudad. Monks y Filey me atraparon y me drogaron. Entenderá perfectamente que, si no ofrecí ninguna resistencia, fue porque me administraron láudano.

Él reconoció como un mérito que no cejara en su empeño de insistir en la historia.

—Las correas y las drogas bien podrían ser una estratagema para convencerme de su inocencia.

—Sigue sin creerme —exclamó suspirando, pero siguió hablando con mayor ímpetu—: Fíjese en mí, lord Sheene. ¿Acaso le parezco... una ramera?

—Pues la verdad es que hoy lo parece más que ayer —fue su sincera respuesta.

Volvió a alisarse el vestido con tristeza, pero seguía dado de sí, como un colgajo verde.

—Soy consciente, pero es el atuendo menos sugerente que he sido capaz de encontrar.

Al marqués se le despertó la curiosidad. Eso significaba que el resto de su vestuario iba a ser de lo más provocador. Intentó contener las imágenes de lascivia que le inundaban el pensamiento.

Ella no dejó de toquetearse el vestido. Ciertamente, aparentaba sentirse incómoda con lo que llevaba puesto. Al final se cubrió el pecho cruzándose de brazos, lo cual contrarió al lord.

—Había una mujer. Imagino que sería la señora Filey. Me preparó un baño y me quitó mi vestido de luto. Pensé que querría cepillarlo, pero no me lo devolvió. Cuando le pregunté qué había hecho con él, no me contestó. Y tampoco me devolvió el viso.

—Lleva muchos años sorda —aclaró él en un tono inmutable—. Creo que Filey la golpeó demasiado en la cabeza una noche después de uno de sus arranques etílicos. No entiendo por qué no habla, pero jamás la he oído hablar.

Grace palideció hasta tal punto que casi se le transparentaron las venas.

—Qué horror.

—No hace falta que le diga que ese hombre es un energúmeno.

—En ese caso, no hará falta que le explique que necesito ayuda —contestó con un punto de aspereza en su voz.

Por unos instantes le recordó a la mujer astrosa que había conocido el día anterior con su vestido deshilachado y sus modales autoritarios.

—¿Le pedirá a su tío que me deje marchar?

Al oír aquello se echó a reír en un tono desagradable.

—Señora Paget, mi tío hace caso omiso de mis deseos. Ya le comuniqué mi desagrado sobre el plan que había urdido antes de que apareciera usted.

—Bien, pues en ese caso, tal vez podría pedírselo yo.

El marqués se encogió de hombros y dio media vuelta en dirección al invernadero.

—Si es capaz de hacerle llegar un mensaje, adelante. Es un hombre con ideas propias. Hoy por hoy, opina que me hace falta una mujer para compartir mi fantástico idilio. Sin lugar a dudas, usted es una mujer, de modo que dudo que se tome la molestia de buscarle sustituta.

—No puedo aceptar que estemos atrapados en este sinsentido.

Otra vez intentaba convencerle. ¿Acaso la dichosa jovencita no captaba una indirecta?

No se detuvo ni la miró.

—Acabará aceptándolo.

En esa ocasión logró huir entrando en el invernadero y cerrando de un portazo tras de sí.

Debería haberse imaginado que ella no iba a dar su brazo a torcer.

Esa misma tarde Matthew dio un paseo por el bosque con Wolfram, ajeno a la belleza de los destellos del sol filtrándose entre las hojas. Seguía absorto en su problema.

La mujer.

La señora Paget.

Grace...

Apenas era un niño cuando le recluyeron, aunque eso no implicaba que los recuerdos que tenía del mundo exterior no incluyeran rameras con acento culto que restaban importancia a su atractivo. Era un mujer hermosa, pero no utilizaba maquillaje y se empecinaba en lucir aquel peinado que tan poco la favorecía.

Sintió un deseo irrefrenable de verla con el cabello suelto. Sin duda sería una melena larga y reluciente que le cubriría la desnudez de los hombros. Ni siquiera sus austeras trenzas lograban ocultar la exuberancia de su cabellera.

Puso freno a su imaginación. Vestida como estaba ya representaba suficiente peligro. Bueno, todo lo vestida que aquel vestido verde le permitía.

Si no era una prostituta del montón, ¿qué era entonces? ¿Por qué iba a acceder una mujer como ella a tal estratagema?

¿Acaso era en verdad una actriz en paro? Cabía esa posibilidad. Ante la alternativa de la miseria, la idea de llevarse al huerto a un perturbado podía resultar atractiva. A lo mejor su tío ni siquiera le había proporcionado esa información.

Cuando Matthew le contó que era un demente, ella había estado a punto de convencerlo con su asombro.

Si no sabía que estaba loco, ¿por qué creía que estaba recluido? Seguro que lo sabía, lo que significaba que aquel espectáculo de miedo y consternación no era más que eso: un espectáculo.

Tal vez tuviera otros motivos para acceder a las maquinaciones de su tío. Tal vez no buscaba dinero, sino amor.

Masculló una blasfemia y propinó un puntapié de desesperación al montón de hojarasca del camino. Si la mujer no era más que la amante desechada de su tío, todo cuadraba.

Por poner un ejemplo, su aspecto inocente. Su tío era muy capaz de corromper a una mujer respetable. De hecho, pese a su fachada de rectitud, era capaz de muchas cosas. A Matthew se lo habían demostrado sus once años de cautiverio.

Aquello podía explicar por qué se empeñaba en disimular su belleza. En el fondo seguía siendo fiel a su primer protector. Tal vez no soportaba la idea de acostarse con otro hombre.

Bien podría su tío, dada su ausencia de principios, mancillar a una inocente y manipularla para sus propios fines. Cualquier goce que lord John obtuviera de la mujer sería por añadidura; lo que le sucediera después a la joven deshonrada no le importaba.

Ese razonamiento lógico suponía un problema para Matthew: le parecía aún más repugnante que las otras opciones, que de por sí eran muy repugnantes. Se le inundó la mente de imágenes infernales: su tío embistiendo contra la mujer entre la blancura de sus muslos; las manos de su tío acariciando la piel desnuda de la chica; la boca de su tío paladeando su tersa y blanca piel.

—¡Santo Dios! —exclamó, estrellando un puño contra la corteza grisácea de un abedul.

La sacudida del dolor lo devolvió a la realidad. Hacía años que no se lastimaba un puño. No podía seguir así o caería enfermo. Antes muerto que volver a ser la piltrafa rastrera, insensata y temblorosa de antes.

Sintió en la mano izquierda el frío hocico de Wolfram. Absorto, Matthew le acarició la cabeza y halló alivio en el cariño incondicional del animal.

La mujer se quedaría hasta que su tío decidiera librarse de ella. Lo único que podía hacer Matthew era evitarla, lo que no resultaba fácil compartiendo vivienda, como era el caso. Aun así, no descartaba esa opción como estrategia.

Una vez que hubo recuperado el control, emprendió el camino de regreso a la casa, pero al instante vio desmoronarse ante sus ojos el lastimoso plan que había diseñado.

Monks y Filey merodeaban por el patio trasero, cosa que, de por sí, no era nada extraordinario. Sin embargo, cuando Matthew se detuvo a la sombra de los árboles, le llegó un destello de brillante satén verde entre los ladrillos. Sus fornidos celadores estaban a medio camino entre él y la chica, de manera que la ocultaban con sus cuerpos.

¿Qué se le había ocurrido a aquella cabeza hueca?

Matthew indicó con un gesto a Wolfram que no se moviera. Monks y Filey estaban estrechando el cerco a su presa y no lo vieron acercarse de puntillas por detrás. Lo que escuchó cuando estaba cerca le heló la sangre.

—Mira, muchacha, aquí solo hay una forma de que te marches, y es metida en un ataúd. Puedes ceder ahora o esperar a que el señor se canse de ti. Como quieras, de ti depende —dijo Monks en un tono tranquilo pero sin ambages.

Matthew podría haber advertido a la joven de que cuanto más calmado parece un maleante, más mortífero resulta.

—Yo seré el primero. —Filey dio un paso adelante hacia la chica y entre los dos la acorralaron contra los ladrillos—. No voy a desperdiciar una oportunidad como esta.

—Deben entender que han cometido un error. Soy una viuda respetable, no una... una fulana.

Matthew seguía sin poder ver a la señora Paget tras las enormes espaldas de sus esbirros, pero notaba sus esfuerzos por conservar el tono dulce y razonable. El marqués se echó las manos a la cabeza porque Grace se estaba dirigiendo a aquellos cerdos como si les invitara a tomar el té.

—Todas las tías sois unas fulanas. Mira, a mí me da lo mismo qué has sido en esta vida. Vas a tener que aprender a cumplir como una fulana, y rapidito —se burló Monks.

La voz de Grace adquirió un tono de súplica.

—Déjenme marchar. No le contaré a nadie lo que me han hecho. Tienen mi palabra.

¿Era consciente del peligro que corría? Matthew sintió el regusto amargo que le causaba la imprudencia de la joven.

Monks se rió una vez más. Ni siquiera Matthew, que conocía a su sirviente desde hacía muchos años, pudo contener el escalofrío que le recorrió la columna al percibir la maldad de su réplica.

—Conque tu palabra, ¿eh? A mí tu palabra no me sirve de nada. No, tú vas a quedarte aquí para hacer feliz al señor. Estará majara, pero es resultón; vaya, digo yo.

—Él no me desea —respondió ella.

Matthew cerró los ojos, desesperado. Por Dios, ¿qué había hecho aquella mujer? Daba igual si era una herramienta voluntaria de los planes de lord John o simplemente una inocente a la que habían arrojado a aquel juego de enemistades —en ese instante era incapaz de decidirse—, pero acababa de firmar su sentencia de muerte.

—Hombre, el chico no tiene ni pizca de tímido —intentó camelarla Filey—. No tardará en apearse del burro.

—No, no soy de su agrado —insistió la muy ingenua.

—Mujer, en ese caso es absurdo que te quedes aquí —añadió Monks en un tono empresarial—. Filey, disfruta de la ramera hasta mañana, que luego la remataré yo.

—No —protestó ella enérgicamente—, no lo entienden.

Filey soltó una risotada de indecente avidez.

—Pues claro que lo entendemos, florecilla, pero que muy bien. La que está un poco confundida eres tú. Primero te dará un repaso el señor, luego lo haré yo y después vamos a finiquitarte de por vida con un golpe en la cabeza o rajándote el cuello. Si al señor no le interesas, nos saltaremos el primer paso.

La agarró del brazo y la arrastró hacia él.

—¡Suélteme! —gritó mientras intentaba liberarse de su captor.

Aunque fuera una pelandusca mentirosa, Matthew no podía evitar sentir lástima por ella ante su horror y desamparo, un horror y un desamparo que él mismo había sentido muchas veces a lo largo de los últimos once años. Aquello le irritaba, pero era incapaz de acallar aquella repentina simpatía. Ya no importaba que conspirara en contra de él. Lo único que importaba era que se trataba de una mujer frágil, indefensa y que el único defensor con el que podía contar era él mismo: Matthew Lansdowne.

—¿Qué significa esto? —gruñó al acercárseles. A un gesto suyo, Wolfram se aproximó con el lomo erizado.

Monks se volvió hacia él y dibujó un arco con la mano. Desde hacía algún tiempo sus carceleros le guardaban un mínimo respeto tan solo por su rango. Cuando en ocasiones anteriores lo habían atado de pies y manos no habían mostrado tanto tacto. Tal vez pensaran que, en su desvarío, no entendería ni recordaría hasta qué punto habían sido crueles.

—Milord, esta furcia no ha sido de su agrado. Nos la llevaremos y le traeremos otra.

—No soy ningún juguete —interrumpió ella, intentando liberarse de la presión lacerante de Filey.

—Cierra la boca, zorra —dijo Monks—, o tendré que cerrártela yo.

—No tiene usted ningún derecho a hablarme así —protestó con su acento cristalino que tan bien casaba con el de Matthew.

—Te he avisado —amenazó Monks levantando un puño.

Matthew lo alcanzó primero y la protegió con el brazo en alto. Mirando fijamente a los pequeños y asquerosos ojos de Monks, se interpuso entre este y la aterrada muchacha.

—Déjala tranquila, hombre —dijo haciendo acopio de toda la arrogancia Lansdowne de la que fue capaz, aunque sabía que quizá no bastaría.

Le bastó a Filey, que la soltó y se apartó.

—Lo lamento, milord —murmuró nervioso, vigilando a Wolfram con el rabillo del ojo.

Matthew tenía sus dudas sobre Monks. El brutal sujeto estuvo mirándolo un buen rato con enconado odio en el rostro. Al final le pasó algo (miedo a posibles consecuencias, reticencia a romper la frágil pero larga tregua entre ellos) que le hizo desviar la mirada de su patrón.

La chica seguía resguardada tras Matthew. Él la empujó suavemente con la mano, la sujetó por el brazo y le hizo dar un paso hasta colocarla a su lado. No la miró, pero percibió el temblor que le recorría el cuerpo. Por suerte la muchacha había decidido que, por una vez, el silencio sería la mejor táctica.

—Esta dama está bajo mi protección. Si alguien le hace daño, llegará a oídos de mi tío. Y os aseguro que no se alegrará.

Puede que Monks hubiera cedido, pero ni de lejos se había declarado vencido. Apretó los labios dibujando una sonrisa burlona.

—O sea, ¿que la furcia va desencaminada y sí la desea, señor?

Matthew vaciló. Si admitía que la deseaba, aceptaba que era partícipe de las odiosas artimañas de su tío; si no la reclamaba como suya, ella moriría.

En los ojos de Monks se veía claramente una sensación de triunfo. No era un zoquete en absoluto y, además, había participado en muchos otros ardides de lord John, así que entendía la importancia de aquel momento.

Matthew no logró decirlo. Si quería salvar su alma, no podía decirlo.

A su lado, la muchacha ahogó un gemido de pavor. Estaba lo bastante cerca para que el aroma de jazmín le nublara el juicio. Sentía el calor de su cuerpo, el calor y la vida.

Él miró de hito en hito a su enemigo y habló con certera calma.

—En efecto, la deseo. Esta chica es mía.

Unas palabras que no habría costado tanto verbalizar si no hubieran sido la pura verdad.

5

Grace oía hablar al marqués desde la distancia, aunque sin entender del todo sus palabras. Se aferraba a él, estremecida y aliviada a un tiempo. Era lo único que la protegía de un horror inimaginable. Que se agarrara de su brazo sin piedad era su forma de sentirse anclada a la realidad, de no echarse a gritar por el miedo.

Su corazón incrédulo emitía sin parar dos palabras que eran casi un grito: «Estoy salvada, estoy salvada, estoy salvada».

Monks sonreía a lord Sheene de una manera que este conocía y que le provocaba un sudor frío.

—Que se lo pase en grande, milord. Y, bueno, si necesita algún que otro consejo sobre cómo complacer a una muchacha, aquí me tiene.

La voz suave y profunda del marqués sonó cortante.

—Compórtate y ten cuidado con lo que dices, Monks. Tratarás a esta dama con respeto, o por Nuestro Señor que te haré responder de tus actos.

Lord Sheene deslizó el brazo por el hombro de Grace y la acercó hacia él. Como un elixir contra el pánico, a ella le llegó el olor a limpio de la piel del hombre, que también la atormentó. Le daba la impresión de que ya lo conocía, aunque el día anterior se había sentido demasiado desorientada para darse cuenta.

—También te lo digo a ti, Filey. —Hablaba como un hombre que mandaba ejércitos, no como un pobre perturbado cautivo—. Ahora dejadnos.

El aura de autoridad debió de convencerlos. Filey y Monks desaparecieron entre confusas reverencias. Lord Sheene esperó a que hubieran desaparecido para deshacer su abrazo y apartarse de ella. Al instante Grace echó de menos su calor y su fuerza.

—¿Se encuentra bien?

Su altanería se había esfumado. Parecía preocupado, incluso amable. Por primera vez no mostraba hostilidad.

Grace se abrazó para dejar de temblar, pero sus brazos no le aportaron el calor que había encontrado en el abrazo de lord Sheene. Sentía que las piernas estaban a punto de fallarle. Necesito un par de intentos para recobrar la voz y poder contestar.

—No me... no me han hecho daño.

—Lo habrían hecho. Ha sido una insensatez enfrentarse a ellos. —La recorrió con su intensa mirada de reflejos dorados. Al final Matthew asintió tras comprobar que estaba ilesa—. Creo que su historia sobre el secuestro es verdad.

Bueno, ya iba siendo hora...

Una rabia cándida, sincera, aplacó su temor. Con energía renovada, Grace logró enderezarse y mirarle a los ojos.

—Muchas gracias por su condescendencia, milord. Cualquier hombre con ojos en la cara se habría dado cuenta de que decía la verdad.

Él curvó los labios una vez más en un gesto irónico.

—Se olvida de que le ha tocado tratar con un pobre demente, señora Paget.

Aquel ponerse en evidencia, no sin cierto encanto, la enfureció. Iba a tener que apartarse de él o acabaría dándole un golpe en la cabeza.

—A mí me parece que usted está todo lo loco que le interesa, milord.

Dicho esto, dio media vuelta y se dirigió hacia la casa maldiciendo a todo hombre nacido en aquel mundo miserable.

Cuando bajó a cenar, Grace ya estaba arrepentida de su mal genio. Había sido su reacción al miedo paralizante que había sentido al oír a Monks decir tan fríamente que la mataría. Volvió a estremecerse al imaginar lo que habría sucedido si lord Sheene no la hubiera salvado.

«Si lord Sheene no me hubiera reclamado como suya...»

Aquello no significaba nada, por supuesto. No la deseaba de verdad. Si así fuera, podría haberla conseguido ya. ¿Qué le detendría si quisiera posar sus elegantes manos sobre ella y poseerla? Incluso se había acercado hasta su habitación la noche anterior, aunque los escrúpulos le habían impedido consumar el acto.

Al penetrar sigilosamente en el salón y encontrarlo de pie frente a la ventana, empezó a latirle con fuerza el corazón. Se repitió que temblaba porque estaba asustada, pero los años de penuria y desdicha le habían enseñado a ser absolutamente sincera. Se agitaban en ella otras emociones además del miedo. Las reservas que sentía respecto al marqués no le causaban la repugnancia asfixiante que le provocaba Filey.

Lord Sheene le daba la espalda; contemplaba la luz crepuscular a través de un ventanal. Una vez más la asombró su aislamiento, un aislamiento físico, pero también espiritual. Quizá fuera aquello lo único que explicaba su locura, pues hasta entonces había presenciado pocos signos más de su dolencia.

El marqués le habló sin darse la vuelta.

—No se acerque a Monks ni a Filey. Sus amenazas no son gratuitas.

Ahí estaba otra vez aquella conciencia animal, instintiva, de lo que sucedía a su alrededor. ¿Acaso todos los dementes mostraban la misma conexión con su entorno?

Jamás lo habría imaginado.

La asaltó un recuerdo de aquella intensa concentración que había mostrado el marqués con su esbelto rosal esa mañana.

Aquellas manos, tan hábiles, de pulso certero y bello que le arrebataban a una el aliento. Su corazón indómito acusó un salto con tan solo pensar en el tacto de esas manos sobre su piel.

«¡Ya está bien, Grace! Suficientes problemas tienes ya.»

Dios santo, tenía que recobrar el control de sus impulsos, y rápido. Lo último que necesitaba era encapricharse de su compañero de cautiverio. Llevaba años sin imaginar que la tocaba un hombre por placer, especialmente desde su matrimonio y el desmoronamiento de sus fantasías de niña.

Se situó al lado de él. El ventanal daba a la oscuridad del bosque. El día había sido despejado, y las primeras estrellas empezaban a brillar en el firmamento sin nubes. Podría haber sido un paisaje de Claudio de Lorena, si no supiera que aquellos árboles estaban cercados por un muro infranqueable y que dos demonios homicidas custodiaban la puerta de entrada a aquel peligroso edén.

El silencio la ayudó a decir algo que sabía que debería haber dicho antes, por lo que se sentía culpable.

—Gracias, milord. Si no hubiera estado usted allí...

—No piense en eso.

Posó su mirada misteriosa sobre ella, aunque después de un día y medio reparó menos en su extrañeza y más en su belleza.

—No puedo. —Durante mucho tiempo se había sentido aterrada, desahuciada, incluso antes del secuestro. No obstante, nada se parecía al horror que la había atenazado cuando Monks la miró a los ojos y amenazó con violarla y matarla. Comparado con aquel miedo, el marqués loco era un baluarte de seguridad. El insistente espectro del pánico que había sentido aquel día soltó su lengua—. Ha estado usted formidable.

En su generosa boca se dibujó una sonrisa desolada.

—En absoluto.

Se separó del ventanal. Quedaba claro que no soportaba tenerla demasiado cerca. A lo mejor le repugnaba su vistosa vestimenta. Se arregló el escote del vestido de seda ambarina, pero continuó igual de provocativo que cuando se lo había puesto en su habitación. Un cinturón rosa fuerte estrechaba su cintura, pero no había conseguido ajustar bien el holgado corpiño.

Había removido cielo y tierra en su habitación en busca de su vestido negro. Ni rastro de las ropas de luto, pero había encontrado tantos vestidos ceñidos que podría sacarle los colores a cualquier cantonera. No le habría faltado de nada si hubiese sido una prostituta preparándose para la faena: zapatillas teñidas para conjuntar con vestidos ordinarios; cajones llenos de ropa interior translúcida como jamás había visto, incluso en sus días en Marlow Hall; un cofre rebosante de bisutería; cajas de cosméticos...

También había encontrado un arcón con ropa del marqués.

Había algo insoportablemente íntimo, casi conyugal, en que tuviera sus pertenencias al alcance de la mano, como si fuera a entrar en cualquier momento y elegir la camisa o el pañuelo de cuello que iba a llevar esa noche. Sin pensarlo había cerrado de un golpe la tapa que contenía aquellos atavíos tan bien doblados. La idea de que podía disponer de su habitación cuando se le antojara no resultó tan fácil de digerir.

Después de un buen rato buscando, aquel vestido que parecía un tenderete era lo mejor que había encontrado. Amenazaba con resbalarse en cualquier momento y quedar amontonado en su cintura. Se imaginaba cómo reaccionaría el olfato cultivado del marqués ante aquello.

No obstante, ¿por qué iba a preocuparle su beneplácito? Eran dos desconocidos a los que habían lanzado a una situación imposible. Que le gustara o no era irrelevante. Ya había dedicado demasiado tiempo a pensar en él en todos los sentidos, incluso en los que no debía.

Cuando administraba la granja, tuvo que vérselas con hombres día sí, día también. Obreros, campesinos, comerciantes, mercaderes... Estaba acostumbrada a los hombres. ¿Por qué la turbaba tanto aquel en concreto?

Respiró hondo y se alisó la voluminosa falda; al darse la

vuelta vio al aristócrata con dos copas de vino. Sin acercarse le ofreció una.

—¿Le importa contarme otra vez cómo llegó aquí? Antes descarté sus explicaciones porque juzgué que eran mentiras maquinadas con mi tío.

Ella lo miró fijamente a los ojos y se percató al momento de la agradable distribución de planos y ángulos. Aquella... relación que les unía sería más sencilla si físicamente no fuera tan impresionante. El impacto que causaba su apariencia la distraía; era peligroso, aterrador.

Él no apartó la mirada ni un instante.

—A no ser que prefiera no hablar de su periplo.

Con un gestó le pidió que pasaran al sofá.

—Gracias.

Grace se sentó, mientras él ocupaba la silla de enfrente. Todo resultaba muy civilizado. Tuvo que recordarse que no estaban en un salón para invitados de Londres.

De haberlo conocido en el mundo exterior, ¿le parecería igual de extraordinario? Salvando la convulsa tormenta de sentimientos que la asediaba, una voz insistía en que habría reparado en sus cualidades en cualquier parte.

Al observarle recostado en su silla tapizada como un ángel decadente de pelo oscuro, sintió curiosidad, pero no aprensión. Aquella noche tenía un aspecto elegante que impresionaba; era el perfecto aristócrata. Incluso ella, tan deplorablemente ajena a la moda de la época, se daba cuenta de que el conjunto negro extrafino que llevaba debía de haber costado una fortuna. Le quedaba perfecto, con la soltura y la caída que solo podía conseguir el mejor sastre. Aquel esplendor cegaba a una mujer que había vivido en la pobreza mucho tiempo. Sintió una clara desventaja respecto a su poco favorecedor disfraz de fulana.

Inspiró muy hondo para calmar los nervios.

—Milord, soy viuda, vengo de una granja que hay cerca de Ripon, en Yorkshire.

Seguía observándola. A aquella alturas, no debería contrariarla, pero un escalofrío que le recorrió la columna le decía que no era ni de lejos indiferente a aquella mirada férrea con destellos de oro.

Los ojos del marqués fondearon su prominente escote antes de apartarse con un gesto contenido. Madre de Dios, ¿no pensaría que lo estaba seduciendo? Por fin entendía por qué le causaba repugnancia.

—Ripon está muy lejos de Somerset —argumentó él en un tono neutro—, al otro lado del país.

—Lo sé, pero es que... mis necesidades económicas me obligaron a aceptar cobijo en casa de mi primo, que es vicario en un pueblo cerca de Bristol. —Le hería el orgullo confesar su indigencia, así que prosiguió con celeridad—: Vere no fue a recogerme como habíamos acordado. Esperé y esperé, pero no apareció, así que me puse a buscarlo yo.

—Y, por el camino, topó con Monks y Filey. Qué mala pata.

«Mala pata.»

Una expresión muy trivial para describir la catástrofe en la que se había visto envuelta...

—En efecto, y una insensatez. —Pensándolo mejor, no entendía cómo había aceptado acompañar a aquellos desconocidos con tanta facilidad—. Le parecerá absurdo, pero oí sus voces y ese dejo que tienen al hablar me recordó mi tierra.

Estaba a punto de derrumbarse y para disimular tomó un poco de vino.

Mientras el marqués toqueteaba su copa, la luz captó la densidad rojiza del burdeos. A duras penas lo había probado. Grace ya se había dado cuenta de sus hábitos abstemios.

Levantó la vista para observarla por debajo de sus vigorosas cejas.

—¿Cuándo falleció su marido?

Ella volvió la cabeza para contener las lágrimas con un par de pestañeos.

—Hace un mes. —Se detuvo un instante para recobrar la compostura—. Se cumplen cinco semanas este jueves.

Le devolvió la mirada a tiempo para presenciar la cólera que retorcía la fisionomía del marqués.

—¡Madre de Dios Santísima! Casi no ha tenido usted tiempo de llorar su pérdida y mi condenado tío ya la ha arrastrado a esta situación. —Sus ardientes ojos dorados se clavaron en ella, quien, a pesar del calor que irradiaban, no dejaba de temblar como si la envolviera un gélido vendaval. Él continuó—: Cuando mencionó sus horrendos planes, supe que no se andaría con escrúpulos. Alguien tendría que sacrificarlo como a un perro rabioso.

—Usted no tiene la culpa —repuso, confusa, al percibir la culpa que había provocado aquel ataque repentino.

—Sí, la tengo —afirmó con amargura—. Ojalá me hubiera muerto hace años, cuando enfermé por primera vez.

—No. —¿Por qué la hería tanto la sola idea de su muerte?—. No diga eso jamás.

Él aguzó la vista y le preguntó:

—¿Tiene usted hijos?

Se descubrió sonrojada, tartamudeando, como si acabaran de hacerle una proposición indecente.

—No, no tuvimos... Es que nunca... No podíamos... —Inspiró aire cuando la pena amenazó con ahogarla—. No.

Esperó a que prosiguiera el interrogatorio. En las zonas rurales a nadie le daba apuro hablar de la reproducción, animal o humana. Estaba acostumbrada a que la gente chismorreara sobre su infertilidad, aunque no por habitual resultaba más cómodo.

Lord Sheene se limitó a asentir y se levantó para retirar la copa que ella sostenía con peligrosa fiereza antes de que vertiera todo el burdeos sobre su horrible vestido.

—La cena que ha preparado la señora Filey se está enfriando.

Le sirvió la comida otra vez: pollo a la crema de brandy, verduras frescas y un pastel de ternera y setas que olía maravillosamente cuando el marqués se lo ofreció. Qué raro se le hacía que Filey, aquel patán, tuviera una esposa capaz de preparar aquel festín.

Igual de raro se le hacía, pensó, que a Grace, una respetable viuda, la creyeran una fulana.

Aquel recuerdo se llevó consigo el efímero bienestar que le habían otorgado el manjar y el buen vino.

—Milord, estoy siendo víctima de un malentendido. Estoy segura de que su tío me dejará libre cuando se percate de que soy una mujer decente.

No tan decente, susurró una voz astuta en su interior. Tu marido lleva solo cinco semanas muerto y aquí estás tú, babeando por el marqués.

Lord Sheene frunció el ceño y dejó cuchillo y tenedor en el plato. Grace se dio cuenta de nuevo de que, a pesar de la fastuosidad de la comida, el marqués no tenía apetito.

—Señora Paget, me temo que la que no lo ha entendido bien es usted. Después de lo ocurrido esta tarde, comprenderá que no tiene usted salida.

Grace dejó en la mesa sus cubiertos con mucha menos elegancia que el marqués.

—Señor, todo el mundo lleva nueve años informándome de que no tengo salida. Jamás he creído a nadie y no voy a creerle ahora a usted.

Los labios del marqués dibujaron una sonrisa carente de humor. ¿Qué aspecto tendría si sonriese de verdad, sin cortapisas, por auténtica alegría? Solo de pensarlo le dio un brinco el corazón.

—Eso es encomiable, señora, pero mucho me temo que la realidad ha acabado ganándole la partida. En este lugar no hay ninguna salida.

—Me niego a aceptarlo.

—Acabará aceptándolo.

Sonaba seguro y confiado. La comida que había ingerido se le hizo una bola fría en el estómago. Las manos le fallaron al agarrar la copa.

—Tiene que haber alguna forma de escapar. —Una enorme tristeza empañó sus ojos—. A lo mejor si hablara usted con su tío...

Persistía aquella sonrisa esquiva.

—Ahora forma usted parte de este reino secreto. Una vez se entra, no hay forma de salir.

—Pero usted me cree, ¿verdad?

Por algún motivo le importaba que conservara su fe en ella.

Él examinó la comida que se enfriaba en el plato en busca de la mejor forma de decir que no, pero cuando sus ojos se posaron sobre ella no vacilaron ni un momento.

—Sí, la creo.

Al escuchar aquello Grace se relajó un poco.

—Gracias.

—Pero bueno, con virtud o sin ella, no puede irse. —Hizo una pausa y siguió hablando en voz baja, marcando las palabras—. Permítame que la tranquilice, señora Paget, pues le juré a mi tío que no tocaría a ninguna mujer que él me procurara y pienso cumplirlo, tanto si se trata de una viuda de luto como de una pelandusca.

Debería sentirse agradecida por sus palabras, pero el complicado ovillo de sentimientos que la había invadido no le permitía reaccionar con naturalidad.

Ante su silencio, él arqueó las cejas.

—Tiene usted mi palabra, aunque sé que no confía en mí. No tiene motivos para hacerlo.

A decir verdad, sí confiaba en él, lo que seguramente significaba que estaba igual de perturbada que él. Hasta aquel momento no había hecho nada más que ayudarla y protegerla; ni siquiera cuando estaba convencido de que formaba parte de una conspiración la había lastimado.

Además, la había salvado de Monks y Filey con una mentira, si bien se trataba de una mentira cuyo destinatario no era otro que su tío. Grace ahora sabía que si el marqués utilizaba su cuerpo, de alguna forma se declararía vencido ante el desconocido lord John. Aquel lugar estaba plagado de tensiones y corrientes atávicas que no llegaría a entender. Era obvio que lord Sheene y su tío se habían declarado la guerra. Lord John la había arrojado a las manos del marqués como una granada a punto de explotar.

Le tembló la mano al acercarse la servilleta a la boca.

—Me parece que estoy un poco cansada.

—Como quiera, señora Paget. Que descanse. —Inclinó la cabeza y la luz de las velas resplandeció en su negra cabellera.

Ella se quedó sin aliento. Era tan bello, y lo habían lastimado tanto... Le hacía sentir ganas de llorar.

Cuando ella se fue, él se levantó de la silla, como si la que se había ido fuera una dama y no su fulana testaruda, pues eso era, tanto si decidía aprovecharse de sus servicios como si no.

Grace esperó a estar despejada y sola en aquella enorme cama del piso superior para reconocer el sentimiento que la consumía como el ácido. No era miedo, ni rabia, ni desesperación, aunque todas esas emociones hervían sin tregua en su interior.

Al oír la promesa del marqués de que jamás la tocaría, lo que experimentó fue la más dolorosa de las decepciones.

6

Que lord Sheene aceptara la historia de Grace, además de afirmar que no iba a ponerle un dedo encima, debería haber facilitado sus relaciones. Pero al cabo de tres días la chica estaba al borde de romper a gritar debido a la tensión que se mascaba en el ambiente, una tensión que mantenía extrañamente al margen del constante miedo que sentía hacia sus cancerberos. Una tensión expresada en la manera en que se le disparaba el pulso cuando veía al marqués, cuando lo escuchaba. Que los cielos se apiadaran de ella: le sucedía incluso cuando pensaba en él.

Grace se obligó a no hacerle ningún caso del mismo modo que él no le prestaba la más mínima atención, pues no se esforzaba por ocultar su falta de interés. Por temprano que se levantara ella, él ya había abandonado la casa. Si no estuviera al corriente de las circunstancias, pensaría que se había escapado, pero cada día reforzaba su convicción de que él llevaba la razón al descartar cualquier posibilidad de escapatoria.

Seguían cenando juntos, aunque sus intentos de conversación acababan en agua de borrajas. ¿De qué se podía departir con un loco? Aunque cada vez estaba más convencida de que, por mucho que él se negara a admitirlo, la sesera le funcionaba a las mil maravillas.

La noche anterior le había permitido que fuera él quien llevara el peso de la conversación. El silencio engendró más silencio y se acostó habiendo pronunciado tan solo las cuatro palabras que se requerían por educación. «Buenas noches, milord. Gracias, milord. Que descanse, milord.»

Aun así, a pesar de lo reticente que, sin disimulo, se mostraba a su compañía, ella ardía en deseos de estar con él. Tan solo a su lado lograba aquietar el pánico que amenazaba con abatirla.

Desde el sofá observó las estanterías atestadas que ocupaban todo el salón. Josiah se había dedicado, sin éxito, a vender libros antes de dedicarse, también sin éxito, a la ganadería. No se le escapaba la fortuna exacta que representaban tanto cuero marroquí con relieves dorados y tanto papel de color crema.

Grace apartó la novela que a duras penas había ojeado en toda la tarde. El marqués debía de ser un lector empedernido. La rodeaban libros en distintos idiomas y sobre centenares de temas. A diferencia de otras bibliotecas que había visto, alguien había leído esos libros, y algunos ejemplares muchas veces, a juzgar por la encuadernación cuarteada.

Era un gran anotador. Grace buscaba volúmenes en los que hubiera apuntado algunas notas, aunque le horrorizaba pensar que alguien pudiera garabatear ejemplares tan delicados, y aquellos comentarios le aportaban indicios sobre el carácter del marqués, pistas que su perpetua ausencia le brindaba con cuentagotas.

También había inspeccionado su escritorio, lo que significaba toda una vulneración de la confidencialidad, pero estaba desesperada y no lograba contener su curiosidad. Había encontrado cartas de lord John Lansdowne, escuetas, cortantes, discretas, a menos que el lector estuviera al corriente de lo que ocurría tras la cerca de aquella finca.

Le parecieron más interesantes los borradores de artículos en inglés, francés y latín, escritos por un tal «Rhodon». Dio por sentado que Rhodon era el marqués. Intercambiaba correspondencia con directores de revistas eruditas de toda Europa: notas de admiración por parte de compañeros científicos, cifras y notaciones que no conseguía entender, montones de papeles reenviados por un abogado de Londres... Rhodon se comunicaba a través de intermediarios con sus colegas intelectuales. Incluso halló unos tomos de lo que en un principio concluyó triunfante que se trataba de sus diarios personales, pero que al final resultaron ser registros pormenorizados de una serie de experimentos botánicos.

El marqués tenía una letra clara y bonita, muy distinta de los supuestos garabatos de un orate.

Excusó su comportamiento diciéndose que era absolutamente normal curiosear. Él era el otro habitante de aquel infierno tan bien adecentado y ella estaba a su merced.

Sin embargo, en lo más profundo de su corazón reconocía que estaba obsesionada con el marqués. ¿Acaso la evitaba porque presentía su interés insano? Ninguna mujer decente debería albergar esa fijación física respecto a un hombre que no fuera su marido. Era un hombre joven y hermoso, y ella llevaba meses apresada en un mundo de decrepitud y muerte. La sangre le hervía cada vez que observaba una mano fuerte sosteniendo una copa de vino. Una mano que no temblaba, una mano ajena a las manchas parduscas de la vejez.

Suspiró con impaciencia. Podía recabar pruebas por algún escondite, a la manera del cazador que rastrea al ciervo por los matorrales. O también podía intentar atrapar a su presa a plena luz del día. Brillaba el sol, era un nuevo día y estaba harta de que solo le acompañara su nerviosismo. Tal vez si pasaba más tiempo con él, el enloquecido marqués perdería su fascinación y se convertiría en un hombre cualquiera.

Tal vez.

Al levantarse, enderezó los hombros como hacía en su día su hermano Philip al empezar la clase de esgrima. Grace, de pequeña, se colaba en el salón para observarle durante la clase. El recuerdo resplandeciente de su hermano mayor congregó en ella aquel conocido pesar. Habían pasado ya dos años desde que le anunciaran que había fallecido, pero aún le costaba creer que aquella joven promesa tan brillante yaciera entonces bajo la fría superficie de la tierra.

Ya bastaba de sentir pena. Había llegado el momento de actuar. «En guardia, milord», se susurró a sí misma, y se dispuso a plantar cara a su enigmático oponente.

Grace encontró al marqués escondido entre sus rosas. Le daba la espalda y estaba haciendo algo incomprensible con lo que, desde su visión de lega, aparentaba ser una vara inerte.

—¿Qué quiere? —refunfuñó sin mirarla.

¿Cómo sabía que merodeaba en la arcada de ladrillos que tenía a su espalda? Se secó las palmas trasudadas con la falda de su vestido amarillo chillón. Se había esmerado con la aguja y el hilo para que al menos ese vestido le quedara bien, aunque a la altura de los senos le iba un poco ceñido. La señora Filey le había devuelto las ropas de luto, pero con aquel calor la tela le picaba.

Decidida a dar rienda suelta a sus propios instintos, levantó la barbilla y dijo:

—Un recibimiento de lo más cordial, milord.

Seguía sin darse la vuelta, pero los largos músculos de su espalda se tensaron bajo su holgada camisa blanca.

—Estoy atareado, señora. Tal vez lo que la inquieta puede esperar hasta la cena...

—Sí, probablemente, pero para entonces habré perdido el juicio —respondió en voz baja, con la esperanza de que no la oyera; no obstante, su oído, aparentemente como todos los demás sentidos que poseía, mostraba una perspicacia sobrenatural.

—Muy bien. En ese caso, usted dirá... —Se hizo un silencio, un sonoro chasquido y luego...— ¡Rediós!

Ella se ruborizó ante el improperio, pero no cejó.

—A estas alturas debería saber que no conseguirá que me esfume por mucho que blasfeme.

Por fin se dio la vuelta. Como ella había imaginado, tenía

el gesto rígido por el enfado que contenían sus buenos modales. En ocasiones como esa le resultaba fácil verlo como un miembro altivo de la alta sociedad.

—Acabo de echar a perder tres horas de trabajo.

—¿Cómo? —Dirigió su atención hacia el objeto que tenía en las manos. La vara inerte de antes eran, de hecho, dos varas inertes. Lo miró a los ojos, avergonzada—. Lo siento en el alma.

Al cruzarse sus miradas, se preguntó qué le pasaría por la cabeza al marqués. Al poco este hizo una mueca con los labios y arrojó las varas al cubo de la basura.

—Caramba, qué más da. No será por que no tenga tiempo de volver a intentarlo. En esta jaula del demonio, no tendré otra cosa, pero me sobra tiempo.

Haber avistado un instante su tormento hizo que se sintiera azotada por un remolino de oscura vergüenza. Se mordisqueó el labio. ¿Qué derecho tenía ella de fastidiarle como a un niño al tiempo que exigía de él que la tratara como un adulto? No le debía nada.

Grace ladeó la cabeza y se dispuso a marcharse.

—No debería haberle molestado.

Una vez más el marqués lanzó un improperio entre dientes y dio un par de pasos hacia ella.

—No, espere.

Le rodeó el brazo con la mano. No la había tocado desde el momento en que mintió afirmando que la deseaba. A través de la fina barrera de la seda amarilla, le ardían los dedos como llamas.

Asombrado, no pudo sino mirarla de frente. Creyó observar el mismo pasmo en los ojos de ella, pero de inmediato se puso la careta y apartó la mano como si no fuera capaz de prolongar la conexión. Parecía sentirse incómodo.

—Señora Paget, discúlpeme. Estoy de un humor de perros. Llevo tres días en los que nada me sale bien.

Grace sentía un hormigueo en la piel allí donde había estado la mano de él, si bien había sido apenas un instante.

Ocultó la punzada de dolor que despertaba su constante rechazo.

—Lo lamento.

Él negó con la cabeza y se obligó a dibujar una sonrisa apenada que ella juzgó demasiado seductora.

—No, yo me disculpo. ¿De qué le gustaría hablar?

Cuando estaba a solas en el salón, Grace se había convencido de que hacía bien en acercarse a él, pero con aquel cuerpo esbelto e imponente delante esa convicción había mermado.

—No importa.

—Pues claro que importa.

Inspiró hondo y al final habló apresurada.

—Sé que no desea verme por aquí. Yo tampoco quiero quedarme, pero ¿podemos firmar una tregua?

Él elevó las cejas con la altanería de un aristócrata.

—No sabía que nos habíamos declarado la guerra.

Supo que le subían los colores. Con aquella piel tan fina y la tez clara, siempre se sonrojaba con facilidad. Pensaba que, con la edad, dejaría de reaccionar de ese modo, pero parecía que no era ese el caso o, al menos, no cuando la acorralaban nobles presuntuosos.

Llegados a ese punto, no podía echarse atrás. Juntó las manos y se obligó a continuar.

—Para convertirnos en dos seres hostiles antes tendríamos que pasar tiempo juntos, milord.

A través de sus imponentes facciones quedaba claro que había captado la indirecta.

—Está reclamando mi atención.

A ella le entraron ganas de dar un pisotón.

—No, reclamo ocupar mi tiempo con algo, reclamo una relación normal.

—Está encerrada con un enfermo mental, señora Paget. La relación normal no consta en la carta.

Una vez más recurrió a su desgracia para mantenerla a raya. Las palabras del marqués iban perdiendo acritud cada vez que mencionaba su enfermedad.

—En esta jaula somos dos. ¿No sería lógico que intentáramos ser amigos?

Él cerró los ojos. Grace supuso que la idea de trabar amistad con una humilde criatura como ella ofendía su sensibilidad. Al fin y al cabo él era el gran marqués y ella, una viuda arruinada sin distinción de ninguna clase, por mucho que hubiera nacido en un entorno señorial.

—¿Amigos? —repitió el marqués en voz baja.

Ella tuvo que contener el impulso de lanzarle una de sus macetas en plena cabeza.

—Soy consciente de que existen obstáculos jerárquicos, milord, pero en este lugar padecemos una cierta igualdad, ¿no le parece?

Contrajo las cejas como si le doliera algo.

—La igualdad que pueden compartir un desequilibrado y una mujer cuerda.

Ella le quitó importancia dando un chasquido con la lengua.

—Le doy permiso para que dude de mi cordura, señor. —Miró a su alrededor, desesperada, en busca de inspiración, que esperaba encontrar en las bellas jardineras de rosales sin hojas—. En general siempre estoy atareada con algo. En la granja, me encargaba de la mayor parte del trabajo del campo y, al mismo tiempo, cuidaba de mi esposo. Si no quiere una amiga, quizá le convendría una ayudante para sus experimentos.

Parecía sorprendido de que ella hubiera adivinado qué estaba haciendo. Parecía disgustado al ver que ella insistía en hacerle compañía. Parecía resignado una vez entendió que era más fácil ceder. Lo que no parecía era contento de aceptar su ayuda.

Grace intentó convencerse de que no le importaba. No cabía duda de que el marqués se había habituado a la soledad, pero una vez más se sintió herida por su aguijón.

Como si quisiera remachar su reticencia, dijo:

—El trabajo es insulso. Y, para una mujer, resulta sucio e incómodo.

Por Dios, ¿qué se había creído? ¿Que estaba hecha de azúcar?

—Le garantizo que estar al cargo de una granja de ovejas era igual de sucio que de insulso. —Le miró a los ojos desafiante—. Si mi carácter delicado no puede soportarlo, no se apure, que daré media vuelta, me meteré en casa y no volveré a importunarle.

No puede decirse que sonriera, pero de su expresión desapareció cierta crispación. Cuando la había visto acercarse desde la arcada, había adquirido un aspecto quebradizo, como si estuviera a punto de desmoronarse.

—Es usted una mujer dura de roer, ¿me equivoco?

Era sorprendente que el trágico marqués decidiera provocarla, pero aquel era el primer comentario afable que escuchaba de sus labios, de modo que le correspondió con una leve sonrisa.

—«Dura» no es la palabra.

—No, quizá no.

¿Se imaginaba ella que una mirada ardiente le recorría el pedazo de vestido que más se ceñía a sus senos? Se le endurecieron los pezones como si fuera él quien se los tocara, pero rezó a Dios para que no se diera cuenta.

Ya demasiado tarde, se preguntó si realmente había sido una decisión inteligente reclamar su compañía.

Madre del amor hermoso... ¡Quería que fueran amigos! ¡Amigos! Y lo miraba con unos ojos tan dulces que había sido incapaz de negárselo, por mucho que su sentido común le aconsejara a gritos lo contrario.

Tres días rayó Matthew la locura al tenerla tan cerca, hasta el punto que temió una recaída. Había hecho lo imposible por mantenerse lejos de ella, pero nada la apartaba de sus pensamientos o de sus sueños. Nada mantenía su presencia alejada de sus escondites en la finca, lugares donde no había conocido más que una insoportable soledad. Las vigilias solitarias de antaño se le antojaban un paraíso perdido, ahora que Grace Paget había irrumpido en su inmóvil existencia como un pedrusco en una charca.

Pasaba tan poco tiempo con ella como podía, la mantenía ajena a toda intimidad y, a pesar de todo, ahí estaba ella, acompañándolo en sus pesarosos paseos por el bosque. Una única visita por su parte había perturbado la paz que sentía entre sus rosales y que tanto le había costado conquistar. Lo peor era que ella se había apoderado de la casa, algo que él no había sido capaz de hacer en once años.

¿Cómo lo había conseguido? Su presencia se limitaba a unos mínimos indicios, pero tan pronto como cruzaba el umbral de la puerta se sentía abrumado por la esencia cautivadora de ella.

La esencia de Grace avivaba deseos en él que nunca podría saciar.

Todas las noches permanecía en vilo, inquieto en ese sofá infernal, a sabiendas de que le bastaba con subir la escalera para calmar todas sus ansias.

No obstante, no tenía ningún derecho a subir esa escalera. Grace era una mujer decente a la que habían encerrado en contra de su voluntad; no podía usarla como si fuera su prostituta.

Grace Paget siempre estaría fuera de su alcance.

Un deseo voraz lo carcomía por dentro. Verla, olerla, escucharla... ¡Ay, Dios, tocarla! Corría aún por sus venas el efecto que le había causado haberle agarrado el brazo sin pensar. Todo aquello era una tortura peor que las que Monks y Filey habían perpetrado jamás.

Observó sin mediar palabra la fuente de su angustia y regocijo. Su callada torpeza probablemente la aterrorizara. Al fin y al cabo, seguía siendo un demente.

Sin embargo, ella apenas mostraba temor hacia él. Insistía en recordarle su locura, pero ella no parecía amilanarse. Quizá debería haber intentado con mayor empeño convencerla del peligro que representaba para ella, pero tras años de padecer una auténtica locura no iba a considerarse a esas alturas un farsante.

Ella alzó sus grandes ojos oscuros e inquisitivos. Insuflaba delicadas ráfagas de aire por sus labios entreabiertos. Un color lascivo tiñó sus labios carnosos.

A punto estuvo el marqués de lanzar un gemido. Aquella conciencia del más mínimo detalle en otra persona era algo nuevo para él. Le molestaba, lo evitaba, pero era incapaz de ponerle freno.

—¿Milord?

Parecía haberse quedado sin aliento. Le costó mucho trabajo no desviar de nuevo la atención hacia su pecho. Había renunciado a tocar el cielo ahuecando las manos para recibir su calor.

—Necesitará usted un sombrero —respondió él de pronto, al reparar que el sol ya imprimía un tono rosáceo en su piel nívea.

Ella debió de entender que se había dado por vencido, pues sonrió. Su corazón indómito soltó un sonido de desespero al observar aquellos labios estrecharse mientras mostraba unos dientes blancos y ver sus resplandecientes ojos azules.

Tan solo la había visto sonreír una vez y, en aquella primera ocasión, la sonrisa no iba dirigida a él, sino a Wolfram. El recuerdo lo atormentaba, le robaba el sueño cuando yacía en su incómoda cama. Por el amor de Dios, ¿cómo iba a sobrevivir a aquello?

—Gracias.

Sonaba demasiado contenta para tan pequeña concesión. Su necesidad de estar ocupada resultaba patente a todas luces. Debía de haber estado acostumbrada a tener gente a su alrededor y a no parar ni un momento, algo que le recordaba los obstáculos que los separaban; obstáculos que jamás podría superar, por mucho que se lamentara su alma afligida en aquel desierto de hielo.

Acto seguido, aquella situación se hizo aún más desesperada. Le alargó una de sus manos esbeltas y él se quedó mirándola, aterrado.

Al verlo dudar, el rostro dichoso de la muchacha se vio ensombrecido por un ceño fruncido y se dispuso a retirar la mano.

—Discúlpeme, milord. Es la costumbre. Cuando cerrábamos un trato con otro granjero, solíamos darnos la mano como señal de acuerdo.

El marqués acercó su mano con torpeza y se la estrechó. El contacto duró un segundo. O un siglo. Lo suficiente para sentir la rugosidad de sus callos. No había exagerado su experiencia con el esfuerzo físico, lo que hizo que volviera a preguntarse sobre aquella mujer con aires de duquesa y manos de peón caminero.

Ahora que ya eran «amigos» (mascullo la palabra en silencio), puede que hallara respuestas. Además, con cada nuevo secreto que desvelara, resultaría más difícil ocultar su propio secreto sombrío: que la deseaba con cada partícula de su ser y que su frágil honor era lo único que la protegía.

No le caía demasiado bien al marqués. Debería dejarle en paz, pero era débil y deseaba estar a su lado. Se prometió que intentaría molestar lo menos posible; ya había perfeccionado el papel de compañera discreta cuando cuidaba de Josiah.

Grace bajó la cabeza con una mansuetud conocida y dijo con voz suave:

—Iré a ponerme algo más apropiado para la tarea, milord.

—Adelante.

Se alejó de ella como si con eso hubiera logrado apartarla de sus pensamientos. Qué duda cabía que ella le interesaba mucho menos que la vegetación que lo rodeaba.

Josiah la había acusado a menudo de vanidosa. Si su difunto marido pudiera leer el despecho que sentía en su corazón en ese momento, sabría que estaba en lo cierto. Era arriesgado y pecaminoso, pero algo en su interior pedía a gritos que el marqués se fijara en ella como mujer, que la admirara, que la... deseara.

«Y después ¿qué, Grace? Te han secuestrado para que seas su ramera de compañía. ¿Es esa la función que quieres desempeñar? ¿Estás dispuesta a asumir la vergüenza a cambio de placer?

¿Y qué te hace suponer que piensa ofrecerte placer? Ya sabes qué hacen los hombres a las mujeres. Con muy poco te sientes tú tentada.»

Al observar que el marqués se retiraba, supo que era así como se sentía: tentada, muy tentada.

Llevaba cinco días en aquel lugar y ya se estaba cuestionando todo cuanto había creído saber sobre sí misma. Tenía que huir de ahí antes de que la Grace Paget que había ideado con tanto esmero durante aquellos últimos nueve años se hiciera pedazos ante sus ojos.

Consternada, emprendió el camino de regreso a la casa solariega.

—¡Mírala! Conque aquí estabas, moza...

Su ensimismamiento la había despistado tanto que no se dio cuenta de que Monks la esperaba en la entrada de la casa. Lucía su habitual expresión de hosquedad. Parecía que, por una vez, no había rastro de Filey.

—Señor Monks —dijo con cautela. No le había dirigido la palabra desde aquella horrible tarde en la que había amenazado con matarla. Dio un inestable paso atrás, preparada para echar a correr—. ¿Qué desea?

—El señor de la casa quiere verla.

Ella frunció el gesto.

—Acabo de ver a lord Sheene.

Monks refunfuñó con cierta comicidad.

—No el atractivo marqués, sino lord John Lansdowne. Y, hazme caso, no le hagas esperar.

A pesar de la advertencia se quedó mirándolo boquiabierta. Llegaba su salvación justo cuando estaba a punto de perder toda esperanza.

Estaba convencida de que, cuando lograra contar a lord John quién era en realidad, dejaría que se fuera. Quedaría libre, libre de aquella cárcel de lujo, libre de peligro, libre de tentaciones.

—Bien, pues. Acompáñeme hasta él —respondió, incapaz de reprimir cierta cadencia de alivio en su voz.

Monks la contempló vacilante, pero le indicó que lo siguiera al interior de la casa. Parecía que el influjo del desconocido lord John lograba incluso imponer buenos modales a su secuaz. Grace lo acompañó a toda prisa hasta el salón, donde por fin aguardaba su auxilio.

7

—Aquí tiene usted a la furcia, milord —anunció Monks con una reverencia, y, acto seguido, les dejó solos.

Grace pestañeó para que sus ojos se adaptaran a la penumbra después de aquel sol tan radiante. En la estancia, con las cortinas corridas, había un ambiente enrarecido. Por primera vez ardía el fuego en la chimenea, aunque fuera la jornada era calurosa.

En la misma mesa en la que compartía las comidas con lord Sheene estaba sentado un hombre con porte rígido, tan derecho que no parecía una postura natural. Llevaba un abrigo de gruesa lana marrón. ¿Cómo podía soportar aquella asfixiante temperatura?

Dio un paso adelante y se inclinó haciendo una amplia reverencia cortesana que le habían enseñado de niña.

—Milord.

Él no se puso en pie. Al levantar la cabeza, Grace topó con unos ojos de un gris gélido en un rostro alargado. Guardaba un parecido considerable con su sobrino, pero sus facciones, aunque hermosas, carecían de la portentosa belleza de lord Sheene.

De acuerdo con la descripción del marqués, esperaba encontrar al malo de un cuento de hadas, pero aquel hombre podía ser cualquier caballero pudiente de los que conocía. Estaba entrado en la madurez y tenía el pelo entrecano. No había duda de que un hombre como aquel no podía consentir un secuestro, una violación y un asesinato. Parecía la respetabilidad en persona. Sus modales expresaban desprecio, en efecto, pero tenía delante a una mujer y, además, de clase social inferior, de modo que no representaba precisamente un marchamo de maldad irredimible.

Maldijo el vestido amarillo que llevaba y que le daba la apariencia de una cualquiera. Ojalá llevara puestas las ropas de luto; al menos los andrajos negros hablarían a su favor.

—¿Eres la buscona que encontraron Monks y Filey en Bristol?

Tenía una voz profunda e inesperadamente agradable.

—Milord, permítame objetar a dicho apelativo. —El instinto le dijo que tenía más que ganar si mostraba control y serenidad que súplicas lastimosas—. Me llamo Grace Paget y soy una viuda decente. Aquí ha habido un grave malentendido. Le imploro misericordia.

Arqueó las cejas sorprendido, y Grace supuso que era por su acento de mujer culta.

—Señora, su mentira es absurda. Mis hombres me dijeron que la encontraron animando a la clientela en el muelle.

Le hablaba como si Grace fuera basura barriobajera. Su efímera esperanza se contrajo en un nudo de desesperación. ¿Acaso se imaginaba que subsanaría su error en cuanto la escuchara presentarse? ¿Qué la impulsaba a pensar que iba a creerla? Menuda mentecata estaba hecha. No iba a encontrar auxilio fácil de esa manera. Lord John había ordenado que la secuestraran, así se lo habían dicho Monks y Filey. Lord Sheene también se lo había dejado muy claro.

Hizo cuanto pudo para que no le temblara la voz, aunque a cada segundo que transcurría aquel hombre de calmadas palabras la aterraba más que sus subalternos.

—Me perdí buscando a mi primo, que tenía que recogerme en la estación del furgón postal. —Repitiéndose tan solo lograba que su relato fuera deshilachándose más que sus ropas de luto—. Le suplico que me mande de vuelta con mi familia.

—Esta invención podría ser un intento de evitar a un cliente desagradable. Monks me ha comentado que aún no se ha abandonado a la cama con mi sobrino.

Las mejillas de Grace se sonrojaron al escuchar de labios de lord John aquel comentario informal y despreciativo a la vez.

—Si en verdad fuera una de esas mujeres que... —Tragó saliva y prosiguió—: En fin, que una mujer de la calle no vacilaría en cumplir sus órdenes.

—Tal vez —repuso él dejando la mirada perdida y con la frente arrugada. Tamborileó la madera pulida de la mesa con los dedos.

La pausa se prolongó. Y siguió prolongándose.

Al final la miró a los ojos con gesto malhumorado.

—Si lo que dice usted es correcto, su presencia es problemática. Monks ha hecho bien en alertarme de las dificultades. —No sonaba para nada sorprendido; sonaba molesto. Señaló la silla de enfrente—. Siéntese, se lo ruego, señora... Paget, ¿me equivoco?

Grace siguió en pie. Sin prestar atención al miedo que le causaba hormigueos en la nuca, habló con toda la firmeza que fue capaz de congregar:

—Iré a cambiarme para vestir la ropa que llevaba cuando llegué. Llevo casi una semana desaparecida. Mi familia estará angustiada por mi paradero.

Los labios de lord John se estiraron para formar una rigurosa sonrisa que, con dolor, le recordó la del marqués en sus peores momentos.

—Pues deberán seguir angustiados, mi querida señora.

No había duda de que sabía que no tenía derecho a retenerla en contra de su voluntad para que hiciera las veces de juguetito de su sobrino. Sería pobre, pero era una dama; merecía que le ofreciera respeto y asistencia. Bastante nefasto era ya que hubiera tramado secuestrar a una mujer de moral liviana, pero someter a una mujer nacida de su misma clase a semejante trato era impensable.

—No puedo permanecer aquí. —El desasosiego y la estancia enrarecida le causaron un mareo. Se agarró con fuerza al respaldo de la silla más próxima para apoyarse—. Le ruego que me deje marchar.

Él inclinó la cabeza para observarla. Sus ojos de reptil la recorrieron y Grace combatió la necesidad de cubrirse los senos a modo de escudo.

—Ni hablar, señora Paget. Podría demandarme por secuestro.

Sus dedos se clavaron en la silla.

—¿Y si le doy mi palabra de que nunca mencionaré esta casa ni lo que ha hecho?

—Tentador, en efecto. —Grace se dio cuenta de que no lo decía en serio—. Entenderá que recele, si debo fiarme de algo tan traicionero como la promesa de una mujer.

A ella le falló la voz.

—Se lo imploraré de rodillas, si es necesario.

Una expresión de aristócrata contrariado apareció en su rostro.

—El histrionismo no hará más que alargar este violento numerito.

Como parte de la tensión que atenazaba el pecho de Grace, sus latidos emitían el inexorable mensaje de que lord John jamás la dejaría libre; ya podía ella desgañitarse e implorarle piedad.

—Algo habrá que pueda hacer. No me corresponde estar aquí.

El menosprecio en el semblante de él fue adquiriendo aspecto de crueldad.

—Su vida fuera de este recinto no importa lo más mínimo, señora. Su destino se fraguó en el mismo momento en que la encontraron mis criados, así que la única forma de abandonar esta hacienda será envuelta en una mortaja.

Aquella mirada gris no dejaba entrever ni compasión ni titubeos. ¿Cómo podía amenazarla con la muerte y la desgracia sin mostrar una pizca de sentimiento, impertérrito? El aire de la estancia cerrada era irrespirable, pero empezó a temblar cuando un frío extraño le heló el alma.

—No lo entiendo —murmuró. El corazón le latía desbocado y le costaba respirar.

—Ah, ¿no? —repuso él con una voz tranquila. Al ver que ella no contestaba, siguió perorando con cierta impaciencia—: Monks tendría que habérselo explicado y, si él no le contó exactamente cuál es la situación, mi sobrino debería haberse impuesto para dejar claras cuáles son sus obligaciones.

Se sintió invadida por la rabia, pero esta reforzó su coraje debilitado.

—Estoy al corriente de los motivos que me han traído aquí, milord, pero se habrá percatado de que no soy ninguna prostituta.

El hombre que tenía delante hizo un pequeño mohín de desagrado.

—Deberá aprender a comportarse como tal, señora Paget. La he traído aquí para que divierta a lord Sheene. Si no consigue ganarse sus favores (y me comentan que así es, pues se pasa el día esquivándola), no me servirá para nada.

—En ese caso, deje que me vaya.

Lord John se impacientó.

—¿Acaso estás sorda, jovencita cansina? Si se agota tu utilidad, se agota también tu existencia. Si eres del agrado de mi sobrino, vivirás como su amante hasta que él se canse de ti. Si no puedes soportar que te toque un chiflado, te diremos adiós al instante. No soy de los que guardan herramientas a las que no encuentran utilidad.

—No está loco —replicó ella con un hilo de voz, y a continuación se preguntó por qué, con todas las amenazas que se cernían sobre ella, su primera reacción había sido la de defender al marqués.

Lord John soltó unas risitas como si se le hubiera ocurrido un comentario ingenioso en una reunión social.

—¿Te ha hecho creer que está cuerdo? Ha logrado engatusarte, ¿verdad? Debo reconocer que puede llegar a ser muy convincente. Hasta que empieza a temblar, babear y no controla sus intestinos. Dudo que entonces corras en su defensa como ahora.

La imagen era tan gráfica que le sorprendieron las náuseas. Deseaba poder llamar mentiroso a lord John, pero ¿qué sabía ella? Llevaba cinco días en esa casa. Su tío conocía al marqués desde siempre. A pesar de todo, al hablar su expresión era tensa.

—No le creo.

—No importa en absoluto que me creas —repuso él adoptando un tono más áspero—. Te doy una semana para que seduzcas a mi sobrino y te lo lleves a la cama.

Grace dio un paso atrás desde la silla y enderezó la espalda. Incluso en aquella sala donde cada vez hacía más calor, el sudor que le cubría la piel era frío, aunque no tan frío como la comprensión del horror que se filtraba en su pensamiento.

«No hay escapatoria. Nunca habrá escapatoria.»

—¿Y si no lo consigo?

El gesto de lord John mostró aún más condescendencia si cabe.

—Morirás y ordenaré a Monks y Filey que te encuentren una sustituta. Con suerte, una que valore más su propia vida.

—Esto es monstruoso.

Lo miró intentando vislumbrar culpa o arrepentimiento en su rostro impasible, pero fue en vano.

—En efecto, no digo que no —respondió en un tono despreocupado.

Grace se llevó una mano a su vientre revuelto para apaciguarlo.

—De modo que... ¿o la muerte o el deshonor? —preguntó con falsa bravuconería.

—La muerte en cualquier caso —confirmó lord John sin darle importancia; luego se detuvo y apareció en sus ojos grises de mirada firme una expresión calculadora—. Aunque, si demuestras que eres digna de confianza y devuelves la salud a mi sobrino, tal vez no seamos tan tajantes con tu destino final.

—¿A qué se refiere? —preguntó Grace, si bien era consciente de que estaba jugando con ella para ganarse su obediencia y de que en verdad no estaba dispuesto a negociar concesión alguna. Había entrado en esa sala siendo una tontaina ingenua, pero ya no lo era. Él se encogió de hombros.

—Sencillamente digo que recompenso a los que me rinden un servicio. Este último año Sheene no ha estado en plenas facultades. Si veo que cumples mis deseos a rajatabla y mi sobrino recobra su salud y vigor de antaño, no dudes que te mostraré mi agradecimiento.

A aquellas alturas no iba a morderse la lengua.

—Así que, si me prostituyo, ¿recibiré como pago la libertad?

Ni tan siquiera pestañeó al oír su mordaz pregunta.

—Te he ofrecido esta posibilidad como simple incentivo. —Se puso en pie; era un hombre alto, pero no tanto como el marqués—. Tienes una semana. Lo que sí te aseguro es que, si no lo logras, este próximo sábado será el último que pases en este mundo. Después de que Monks y Filey puedan cobrar su parte, claro. Metieron la pata al ejecutar lo pactado, pero me son leales. Ya te lo he dicho: recompenso a los que no me fallan.

—Es usted un demonio.

Aquellas palabras parecían proceder de muy lejos. Inspiró una bocanada de aquel aire irrespirable, pero su vista permanecía nublada. Mientras una sensación asfixiante de irrealidad amenazaba con desplomarla, persistía en ella un nítido recuerdo: las manos de Filey manoseándole los pechos y su asqueroso aliento en la cara cuando le aseguró que iba a mancillarla.

La muerte podría resistirla si fuera necesario, pero bastaba imaginarse el fétido olor de lord John mientras la violaba para que quisiera gritar hasta desgañitarse.

El monstruo rodeó la mesa y la agarró del brazo con sus dedos inmisericordes.

—Piense bien en lo que le he dicho, señora Paget. Si se aplica, es usted lo bastante agraciada para echarle el lazo a mi sobrino.

Deslizó su mano blanca por la mejilla de Grace. Ella intentó quitársela de encima, pero permaneció inmóvil, tiritando, cuando él le presionó con el pulgar en la base del cuello. Aquel gimoteo de ahogo le provocaba arcadas.

Lord John siguió hablando con el mismo tono reflexivo mientras con el pulgar ejercía más y más presión sobre el esófago, asfixiándola.

—Y no crea que la falta de cooperación será correspondida con indulgencia, pues encontrarle sustituta es solo una pequeña molestia.

Dejó de ejercer aquella tremenda presión y Grace dio un traspié al saberse libre. Se esforzó por respirar a pesar del dolor que sentía en el cuello.

—No me toque —logró espetarle, buscando a tientas la pared para ayudarse a seguir de pie. Unos instantes antes se había ofrecido a arrodillarse, pero ya no podía permitirse pensar siquiera en desplomarse ante él.

Él chasqueó la lengua a modo de desaprobación, como si regañara a un niña traviesa.

—Tendrá que dejar a un lado todas estas exigencias. Le queda una semana.

—No consentiré —respondió en voz baja y quebradiza.

—Entonces, deberá asumir las consecuencias —asintió al mirarla—. Buenos días, señora Paget.

No pudo volver la vista y verlo marchar. Oyó el ruido acompasado de su bastón mientras recorría la sala y después el agradable sonido de la puerta al cerrarse. Lord John se había comportado en todo momento con cuidado y delicadeza. Su voz no había pasado de un soplo, incluso cuando prometió que la mataría.

Grace se llevó la mano a los labios sin dejar de temblar y observó la mesa a ciegas. El peligro se cernía sobre ella desde los cuatro rincones de aquella sala oscura y asfixiante.

De repente le faltó el aire y la luz. Se arrastró pesadamente para correr otra vez las cortinas y abrir las ventanas de par en par. Unas cuantas inhalaciones de aire puro primaveral le permitieron calmar su estómago revuelto, pero nada fue capaz de levantar el lastre de la desesperanza y el pánico. Imaginó que aquella iba a ser una carga que arrastraría hasta su último día.

«Puede que esta sea mi última semana de vida.»

—Enhorabuena —dijo el marqués a sus espaldas en un tono desdeñoso e hiriente—. Mi tío debe de estar encantado con usted. Al salir parecía incluso más pagado de sí mismo de lo que es habitual.

Con el pánico que sentía Grace, no le había oído entrar. No se apartó de la ventana.

—¿Ha hablado usted con él?

Las palabras le raspaban la garganta, que aún le dolía. No necesitaba mirar a lord Sheene para saber que había recobrado el mismo rencor enfurecido.

—No, no disfruta en mi compañía —una vez más aquel tono ácido en su voz—, pero estoy seguro de que haber intimado con usted le ha resultado muy agradable, señora Paget. Sobre todo, cuando le ha contado lo fácil que ha sido engatusarme.

No podía creer lo que escuchaba. Debía saber que la única «intimidad» que había tenido con lord John era la que comportaban las amenazas y el terror.

Poco a poco fue dándose la vuelta. Lord Sheene estaba apoyado con indolencia en la pared cercana a la puerta con los brazos cruzados sobre el pecho. Era imposible saber qué escondía aquel rostro, pero entrevió la ira que se congregaba tras su sangre fría.

Él era su único aliado para combatir la maldad de lord John, de modo que tenía que ganarse su confianza. Necesitaba librarse un buen rato del terror que sentía, aunque era inútil exigir sus necesidades. Se impuso la dura realidad: lo que necesitaba por encima de todo era sobrevivir.

«¿Qué precio voy a tener que pagar para sobrevivir?»

—No creerá usted que estoy confabulada con su tío —aventuró con voz quebrada.

—No puedo creer otra cosa. Han compartido una larga y aparentemente fructífera conversación, y cuando lo vi subirse a su vehículo hace unos instantes, rebosaba de autocomplaciencia. Dígame: ¿cuál será la próxima escenita de esta farsa?

Por su voz parecería que todo aquello no le importaba, pero sufrió un pequeño espasmo muscular en su tersa mejilla, lo que atestiguaba perfectamente el genio que gastaba.

Tuvo la sensación de haber estado temblando desde hacía mucho tiempo. Estaba demasiado compungida para disimular.

—Tengo que seducirle y llevármelo a la cama.

Él no alteró ni por un instante su expresión altanera.

—Lo cual, no me queda duda, ha sido su objetivo desde el principio. No se esfuerce con este numerito desesperado, porque ya me ha tomado el pelo una vez dándoselas de aterrada. El bis no resulta igual de efectivo. A lo mejor si se olvida de la vulnerabilidad y adopta un aura más seductiva...

Grace se estremeció. Por su voz se diría que la odiaba. Si realmente pensaba que conspiraba con su tío, ¿quién iba a echárselo en cara? Se enfrentó a los ojos incendiarios del marqués, buscando desesperadamente una pizca de buena voluntad, algún rastro del hombre que apenas una hora antes había mostrado una actitud afable con ella.

—Milord, estoy en peligro.

Él sonrió, torciendo su hermosa boca con cierta tristeza.

—En efecto, y menudo peligro, señora Paget. Sobre todo lo estará cuando mi tío se entere de que voy a cumplir mi promesa de no ponerle un dedo encima.

—No me ayudará.

Las palabras surgieron como un hilillo. Algo se contrajo en su interior como un témpano de hielo en forma de puño. Se sintió perdida en medio de un desierto infinito.

Los ojos hostiles del marqués la recorrieron como si la tuvieran siempre en el punto de mira. Su forma de mirar era espantosamente parecida a la que había apreciado en su tío. Al final, su sonrisa le habló de rechazo y triunfo a partes iguales.

—¿Ayudarla, señora? ¿Cómo podría ayudarla un pobre botarate cuando no puede ayudarse ni a sí mismo?

—Tiene que creerme cuando le digo que no estoy confabulada con su tío.

Su respuesta la sacudió con la fuerza de un latigazo.

—Todo lo contrario, querida señora Paget: no tengo por qué creerme nada de lo que me diga.

—Le estoy contando la verdad —insistió con desespero y desazón.

—¿La verdad? —Soltó una breve risotada de desprecio—. Usted desconoce el significado de esa palabra.

—Se lo suplico, milord, ayúdeme.

Se le endureció el gesto y cerró la boca a modo de implacable negativa.

—Pierde usted el tiempo con todo este teatro. Ya se lo he dicho: no me engañará con sus triquiñuelas.

En los ojos de Grace se acumularon unas lágrimas cansadas, inútiles. Se daba cuenta de que nada de lo que dijera lograría convencerle de que no era su enemiga. Había perdido toda esperanza; no le quedaba la más mínima desde el momento en que había partido en busca de su primo Vere, que vivía en Bristol.

Se acercó hasta la puerta tropezando. No tenía fuerzas para discutir con el hombre al que debía seducir, el hombre al que jamás había gustado, al que no la deseaba de ninguna forma y que a esas alturas, estaba clarísimo, la detestaba.

Él movió la cabeza cuando pasó por su lado y se dirigió a ella con un desapego que ella sabía fingido.

—Tan solo dígame una cosa, señora Paget: ¿es usted la amante de mi tío?

Grace se detuvo como si hubiera chocado contra una barrera invisible y se quedó mirándolo horrorizada. Por primera vez creyó de veras que tenía ante sí a un loco de remate.

Otra mujer le habría dado una bofetada, pero estaba demasiado atónita para montar en cólera.

A medida que se prolongó su silencio estupefacto, él se apartó de la pared y pasó casi rozándola. Ella no se movió al oír que se alejaba de la casa. Sus pasos rápidos la indujeron a pensar que él no podía soportar respirar el mismo aire que ella un instante más.

8

Matthew se estiró cuanto pudo (aunque no lo suficiente, demonios), tumbado en su incómodo sofá, y oyó a Grace caminando de un lado a otro de la habitación del piso de arriba. Era tarde, más de medianoche. Para confirmarlo, las campanillas del reloj dieron las dos. No conseguía conciliar el sueño y, por los sonidos que le llegaban del piso de arriba, ella tampoco.

No se habían visto desde que la había acusado de ser la amante de su tío. Era la primera vez que Grace no bajaba a cenar. No sabía si habría comido algo, pero pensándolo bien se enfadó consigo mismo por preocuparse por el bienestar de la hábil pelandusca. Por su parte, ella podía enfurruñarse hasta el día del Juicio Final; le daba igual.

La furia seguía tan viva en él que no le dejaba respirar. Estaba furioso con ella y consigo mismo, por haberle permitido colarse en su vida al bajar la barrera. Siempre había sabido que era más que la marioneta de su tío: una actriz de bandera, dispuesta a hacer todo lo necesario para convencer a su reticente público de lo que se le antojara. Dios era testigo de que había llegado a drogarse ella misma hasta vomitar para lograr ese último toque de verosimilitud.

Y con todas esas artimañas se había ganado su cooperación, su amistad, su confianza. O, cuando menos, había estado a punto de conseguirlo. De no haber regresado del patio a tiempo para ver salir a su tío, habría caído en su cálida y dulce trampa.

En aquel momento había deseado matarla.

Se dio la vuelta en el sofá, pero la experiencia de cinco noches le decían que un hombre de su altura no encontraría ninguna postura que le satisficiera. Dio unos violentos puñetazos a los cojines donde intentaba reposar su cabeza.

¿De qué servía seguir en vela rumiando sobre aquel alarde de hipocresía? Debería de estar acostumbrado a la traición, pues era algo que había marcado su vida los últimos once años. Que ella le hubiera engañado era tan solo un ejemplo más, y no el más relevante.

Aunque... no lo sentía exactamente así.

Se oyó el crepitar de un paso. ¿Qué rayos estaba haciendo? A lo mejor deseaba salir a pasear, pero a aquellas horas era poco probable. Agradecería un poco de alivio después de aquella procesión de pasos con la que llevaba rato obsequiándole.

Grace se detuvo al llegar al salón. La puerta chirrió levemente cuando la abrió. Al segundo él se quedó inmóvil fingiendo dormir.

Cuando la tenía cerca, los sentidos se le aguzaban extraordinariamente. Oyó el fuelle irregular de su respiración, el frufrú de sus ropas. No era el roce de la seda o el satén que parecían constituir su vestuario; no, era una tela más liviana que siseaba al moverse.

Entró en sigilo y se detuvo justo en medio de la sala. Él separó por un instante las pestañas para observarla. Llevaba puesto algo claro y vaporoso, de modo que no le costó ubicarla.

Jamás se le había acercado de noche. No tenía la menor duda de que la visita de lord John la había alentado a tomar la iniciativa. ¿Por qué otro motivo iba a bajar hasta él sigilosa cual un fantasma? Su tío le había ordenado que se acostara con él y, como buena marioneta, ella no hacía sino bailar al compás de sus hilos.

Recordar a su tío lo puso furioso. Gracias, Señor, dijo para sus adentros. Si no, se habría levantado de un salto, la habría agarrado por la cintura y al infierno con las consecuencias.

El aroma que desprendía le embriagaba; le tentaba a olvidarlo todo, salvo que la tenía lo bastante cerca para tocar su piel. Sus manos formaron puños prietos a su lado.

Si la tocaba, la poseería.

Estaba dolido, recelaba de ella, pero no podía negar que la deseaba.

No sabía cuánto llevaban esperando: él, fingiendo dormir; y ella, atrapada entre huir o avanzar. Sin tregua y con rebeldía se inflamaba y elevaba su propia carne, insistiéndole que le bastaba con alargar la mano para hacerla suya.

—Sé que está despierto —dijo ella con voz áspera.

—Lo estoy. —Soltó un largo suspiro y se incorporó, posando los pies descalzos en el suelo. Estaba oscuro, pero aun así tapó su desnudez con la manta.

—¿Qué desea, señora Paget? —preguntó en un tono cansado, mesándose el cabello con las manos.

—No lo sé.

Era mentira. Ambos sabían a qué había bajado. Aquella mujer era la obediente criada de su tío, pero, cielos, sonaba tan inocente y consternada... Probó a reavivar la rabia de antes, pero se sentía turbado de lujuria.

—Rediós... —refunfuñó más bien para sus adentros. No podría soportarlo mucho más. Se levantó y se ajustó mejor la manta. A ella se le cortó la respiración y dio un paso atrás. La cópula debía de ser su objetivo, pensó él, pero parecía poco amiga de la idea.

Aquella oscuridad era peligrosamente íntima. Él se inclinó y encendió una vela para despejar la telaraña de conciencia que les inmovilizaba.

Vana esperanza. Le resultaba imposible no tenerla presente.

Se había recogido sus cabellos negros en una brillante trenza que se deslizaba por encima de su hombro y le colgaba entre los senos. Por debajo de su camisón transparente, azul como el hielo, se apreciaba el perfil de su cuerpo espigado.

Ella mantuvo la vista baja, pero debió de presentir dónde la miraba. Cuando vio que se cubría el pecho con los brazos, el marqués se lamentó a regañadientes. Era un gesto característico al que ella recurría cuando se sentía aterrada, o al menos lo aparentaba.

—Está usted a salvo —dijo restándole importancia, suplicando que así fuera—. Sé contener mis pasiones de hombre.

—Carece usted de tales pasiones —contestó ella hoscamente.

—¿Cómo dice?

Él le aguantó la mirada sin salir de su asombro. El rubor se filtró bajo la piel cremosa del rostro de Grace.

—No, lo que quería decir... era que...

Respiró hondo y logró mirarlo de frente. Increíble, pero aquellos preciosos ojos se agrandaron y quedaron clavados en su pecho descubierto. El rubor se incrementó y la chica sacó la lengua para humedecerse los labios. Dejó caer los brazos sin fuerza a los lados como ofreciéndosele. Él sabía de qué pie cojeaba, de lo contrario habría pensado que lo encontraba tan irresistible como él a ella.

Grace hizo un gran esfuerzo para alzar la vista y mirarle a los ojos.

—Lo lamento, me refería a las interacciones que tiene usted conmigo. Es decir, estoy convencida de que siente pasiones de hombre. Todos los hombres... —Perdió el hilo. Miró a otro lado y acabó fijándose en el lío de cojines del sofá—. No sabía que dormía aquí abajo.

Él se encogió de hombros.

—Usted ocupa la única cama que hay en la casa.

—Lo sé. —Una vez más se relamió los labios, rosados, húmedos, suculentos; aquella acción por sí sola atizaba la lujuria que ardía en el interior del marqués—. O, vaya, ahora lo sé. Le he buscado antes en el piso de arriba, pero tan solo hay una habitación amueblada como dormitorio.

Eso explicaba algunos de los movimientos intranquilos que él había oído. La imagen de ella buscándole en la oscuridad de la casa era lo bastante evocadora para quedarse sin aliento. Gracias a Dios que llevaba la manta atada a la cintura o, de lo contrario, a su inesperada visita no le quedaría la menor duda de sus pasiones de hombre.

Inclinó la cabeza formando una reverencia irónica.

—Antes de que su exquisita presencia entrara a formar parte de mi realidad, no esperaba tener que alojar a ningún invitado.

Ella se estremeció al percibir su sarcasmo. Al marqués el cerebro no dejaba de decirle que ella era una gatita lianta, mientras su corazón insistía con testarudez en que cada vez que la atacaba, merecía que lo azotaran con la fusta.

Sin embargo, en aquel momento, incluso al rincón más obcecado de su mente le costaba creer que tuviera delante a la bruja mentirosa que pensaba conocer. Ella observaba cada uno de sus movimientos con aquellos ojos azul zafiro como si no supiera si él iba a tumbarla en el sofá o a estrangularla.

Aunque, si en verdad ella quisiera negarse, se habría tapado con una bata. Si en verdad quisiera negarse, no se habría presentado en su estancia. Tuvo que apartar la mirada de las tentadoras sombras que se formaban debajo de su vientre plano.

—Quiero hablar con usted —dijo ella con voz aflautada.

—¿Ah, sí? —preguntó él, sin ayudar demasiado.

No había bajado a hablar. Tan solo existía un motivo para tenerla delante en su formidable desnudez. Estaba intentando cautivarle tal y como se lo había ordenado su tío.

Había llegado el momento de la verdad, pero la chica no era capaz de consumar el plan. El marqués se burló de sí mismo por aquel momento candente en el que había imaginado que ella sentía las primeras chispas del deseo.

—Sí. —Se detuvo mientras buscaba alguna razón que explicara por qué le molestaba en mitad de la noche; luego, en un tono precipitado, dijo—: No es correcto que duerma aquí.

Es usted el marqués de Sheene, debería estar en el dormitorio.

«Ajá», pensó él, al tiempo que luchaba por refrenar las ganas que sentía de decirle que dejara de hablar e hiciera lo que había venido a hacer. Él echó un vistazo a aquel incómodo sofá con expresión burlona en sus ojos. Sin duda, ella estaría mucho más cómoda arriba, pero bajo el peso de su cuerpo.

Acto seguido, ella dijo algo que lo dejó confundido, como casi siempre:

—Yo podría dormir aquí.

Así que no le estaba invitando a compartir el dormitorio. No tenía ningún derecho a sentirse decepcionado. Mientras conservara su voluntad (que flaqueaba a cada segundo), no tenía intención alguna de amancebarse con ella.

—No, quédese con la cama —respondió de plano.

¿Cómo iba a lograr dormir en la cama en la que había dormido ella? La idea daba rienda suelta a su imaginación, y aquello resultaba nocivo a su férrea voluntad.

—Su tío mencionó que había estado enfermo.

Sus risas no transmitían sentido del humor.

—Pues claro que he estado enfermo. Me volví loco.

Ella no cedió ante su mirada severa.

—No, me dijo que había estado enfermo el año pasado.

—Veo que os disteis a las confidencias.

Grace examinaba aquella mirada rematadamente infranqueable como si pretendiera desvelar cada uno de sus secretos. Él sintió en sus adentros la extraña premonición de que la chica se había salido con la suya.

—Su tío es mala persona —dijo ella en voz baja.

Esas palabras sorprendieron al marqués.

—La mayoría lo encuentra encantador. Hasta yo lo veía así de pequeño. —En aquel momento le sobrevino un pensamiento inesperado—. ¿Acaso le puso la mano encima?

Su tío muy pocas veces se rebajaba a usar la violencia, pues tenía a Monks, a Filey y a una hueste de otros matones que ejecutaban su voluntad cada vez que deseaba ejercer coacción física sobre alguien.

Ella negó con la cabeza, y con el gesto la trenza resbaló lánguidamente entre el valle que formaban sus senos. Dios, era tan cautivadora... ¿Cómo podía resistirse a ella? Se recordó a sí mismo que aquella mujer era el instrumento de su tío, pero ya no estaba tan seguro de ello.

—No, no me hizo daño.

Algo en su voz lo puso en alerta.

—Pero la amenazó, ¿no es cierto?

Grace se dio la vuelta y le miró de frente, con una expresión sombría en su rostro exhausto.

—Me da miedo.

Por primera vez no podía dudar de su sinceridad. Le brindó una sonrisa torcida.

—A mí también me da miedo.

Le sorprendió que ella le devolviera la sonrisa.

—Por fin estamos de acuerdo en algo. —Se volvió para dirigirse hacia la puerta—. Buenas noches, milord.

—Buenas noches, señora Paget —repitió él mientras ella atravesaba la estancia y lo abandonaba a su soledad a la luz de las velas. En esos momentos Matthew sentía su alma exultante por un júbilo que ya tenía oxidado.

No podía malinterpretar su repulsa al hablarle él de lord John Lansdowne. Puede que fuera el juguetito de su tío, pero cuanto más se lo planteaba, más dudaba.

De hecho, y quizá fuese un crédulo rematado, pensó que aquella mujer era exactamente lo que siempre había afirmado ser: una mujer virtuosa arrastrada hasta esa catástrofe sin que ella tuviera culpa alguna.

Era una revelación importante, pero no la causa de que su corazón canturreara de alegría.

No podía estar equivocado. Los sentimientos de ella eran inconfundibles.

«No es la amante de mi tío. Nunca ha sido la amante de mi tío.»

Grace se marchó del salón con paso firme, pero después rompió a correr con torpeza, tambaleándose por la escalera. Todo aquel tiempo repetía una palabra en su mente.

Cobarde, cobarde, cobarde.

Se había armado de valor para acercarse al marqués y seducirle. Sabía perfectamente dárselas de sirena y hacer que la poseyera, pero llegado el momento no había sido capaz.

Dios, qué ganas tenía de convencerse de que había sido la virtud la que se lo había impedido, pero la verdad era mucho más humillante.

El miedo la había paralizado, un miedo más fuerte que el terror a perder la vida que la seguía a hurtadillas desde el cara a cara con lord John.

No temía que el marqués se aprovechara de ella, lo que temía era que no lo hiciera. Podría lanzarse a sus brazos desnuda y suplicárselo, pero aun así la rechazaría.

Al llegar a la ventana del dormitorio se había quedado sin aliento. Observó con la mirada perdida los árboles a oscuras, hasta donde sabía que se alzaba el muro. Más allá de aquella frontera, el mundo proseguía sin cambios. En el interior, las reglas que habían regido su vida en el pasado habían perdido vigencia.

Una de esas reglas era su inmunidad ante los hombres y sus falsas promesas de placer físico.

Se estremeció, aunque esa noche no hacía frío.

«Deseo a lord Sheene.»

Por fin confesaba el vergonzoso secreto que ocultaba su alma.

¿Cuándo había sacudido su vida el deseo? Se había sentido aterrada ante su presencia al despertarse atada, mareada y atontada por el láudano. Incluso entonces, algún demonio en su interior se había fijado en su belleza masculina, una belleza que la había tentado.

Aquella belleza seguía tentándola. Le sobrevino un recuerdo ardiente de su aspecto en el salón: su oscura cabellera despeinada y su tersa piel desnuda bajo la luz dorada. Josiah era un hombre mayor, ancho de caderas y recubierto de un grueso manto de pelo cano por pecho, hombros y espalda. En aquel momento ya sabía que lord Sheene era muy distinto: esbelto, con una musculatura perfectamente definida y el pelo suficiente para convertirlo en un macho que te quitaba el aliento; de cintura flexible; con hombros huesudos, rectos; de brazos largos, fibrados...

El demonio que la habitaba se relamía por contemplar la parte de su cuerpo que había escondido la manta: las estrechas caderas, las nalgas prietas, las largas piernas...

El órgano que lo convertía en hombre.

Cerró sus manos temblorosas sobre el alféizar de la ventana con la esperanza de encontrar estabilidad en un mundo que no dejaba de dar vueltas. La madera dolía, fría y dura bajos sus manos. El hambre retumbaba en su interior como un redoble incesante.

Jamás había deseado a un hombre antes. Aquella urgencia física implacable la acongojaba y la asombraba.

Se arrodilló y descansó la cabeza entre las manos sobre la cornisa. Era una posición de rezo, aunque sus pensamientos eran de lo más profanos.

El deseo por el marqués ardía en sus entrañas con la fuerza de un ciclón.

No podía permitirse claudicar ante la tentación. Las mujeres como ella no cedían su castidad a la primera cara bonita. Las mujeres como ella hallaban satisfacción en el deber y en los principios. Si permitía que el deseo que sentía por lord Sheene la arrojara a sus brazos, no podría culpar a John Landsowne de tomarla por una puta. Ella sería la única culpable.

«No pasarás de puta vieja.»

Las despiadadas palabras de su padre al defenestrarla después de su boda la acechaban, como la habían acechado sin fin a lo largo de su desdichado matrimonio. Había caído muy bajo, pero no tan bajo para venderse. Era una mujer decente, o eso pensaba hasta unos días antes.

No le gustaba al marqués, desconfiaba de ella. He ahí su

única salvación. Su fuerza de voluntad estaba bajo mínimos. La de él a duras penas había despertado.

Apretó los dedos contra el alféizar hasta que le dolieron. Quedó estupefacta por haber olvidado lo más importante de todo.

Si no se acostaba con lord Sheene antes del sábado, moriría.

9

Al día siguiente Grace descubrió a lord Sheene en el patio observando una rosa trasplantada en su banco de trabajo. Iba en mangas de camisa y su fina melena oscura tenía un aspecto desaliñado como si la hubiera recorrido con las manos como rastrillos varias veces. La frialdad en su rostro le obturó la respiración en la garganta.

Debió de emitir algún gruñido de ansiedad, pues el marqués la miró. De sus dorados ojos desapareció la mirada inexpresiva. Otro recordatorio más, como si aquello le hiciera falta, de que estaba lejos de ser su principal motivo de preocupación.

Wolfram levantó la cabeza al tiempo que estornudaba bajo la pálida luz del sol. Al ver quién se acercaba, volvió a sumirse en sus sueños.

—Señora Paget —exclamó el marqués con voz neutra.

—Milord —dijo ella, descendiendo dos escalones de piedra desgastados hasta las hierbas que circundaban las jardineras con las rosas. Parecía cansado, pero no airado, y aquello la alentó. Se aferró con fuerza al sombrero de paja que llevaba en la mano y se preparó para franquear la fortaleza de su desconfianza—. Sé que no me cree, pero me temo que malentendió lo que presenció ayer. Nunca antes había visto a su tío y no formo parte de sus artimañas.

La conciencia la azuzaba.

«Hoy dice la verdad, pero ¿seguirá siendo cierto el sábado?»

A lord Sheene no se le endulzó la expresión.

—¿Importa lo que yo crea?

Grace tragó saliva, pero no pudo evitar que la voz le surgiera como un susurro cavernoso.

—A mí me importa.

Aquellas reveladoras declaraciones invitaban a formular preguntas que ella no quería contestar. Para alivio suyo, él se limitó a examinarla en silencio. Se preguntó qué estaría viendo. Volvía a llevar el vestido amarillo, pues seguía siendo el que mejor le sentaba. Se había recogido el pelo con su acostumbrada austeridad. Una parte de ella era una viuda virtuosa y otra una furcia que andaba buscando cliente. Ambas descripciones contenían suficiente parte de verdad para hacerla estremecer.

¿Adivinaba el marqués la secreta lascivia que le impregnaba sigilosamente el corazón? El pavor la había mantenido en vela después de darle las buenas noches. El pavor. La humillación. Y un anhelo prohibido de tocar su fornido y hermoso cuerpo.

Como él permanecía en silencio, ella se obligó a hablar.

—Estamos juntos en esto, milord. Si confiamos el uno en el otro, acaso encontremos alivio.

Una luz amarga oscureció los ojos del marqués hasta volverlos de color caramelo.

—Aquí no hay alivio posible.

—En ese caso, la amistad es un premio que vale la pena.

Arqueó las cejas y ella esperó a que saliera echando humo como el día anterior. En lugar de eso, se apoyó en el banco de trabajo y cruzó los brazos sobre el pecho. La asaltó el recuerdo repentino de aquel pecho desnudo, duro y reluciente bajo la luz de las velas. Desde lo más profundo de su corazón empezó a latir un pulso indómito.

Él habló midiendo sus palabras:

—Creo que, en verdad, tiene usted miedo de mi tío.

Grace se estremeció al recordar el ultimátum del día anterior. Por supuesto que tenía miedo. Lord John iba a ordenar su muerte sin siquiera inmutarse.

—Así es.

Lord Sheene seguía circunspecto.

—No puedo salvarla, señora Paget.

—Usted hace que me sienta a salvo —dijo ella, y entonces supo que estaba mintiendo, si bien con el marqués no temía por su vida, sino por aquello en lo que podía convertirse—. Lord Sheene, yo no soy el enemigo.

—No —confirmó él lentamente, como si estuviese a punto de tomar una decisión importante—, tal vez no.

—En ese caso, ¿puedo quedarme?

No podía regresar a la casa y a su soledad. Todo cuanto hacía entre esas paredes era revivir su horrible conversación con lord John. Sus amenazas revoloteaban en su mente como avispas atrapadas en una botella. Con un gesto decidido, se acomodó el sombrero en la cabeza, aunque los dedos le temblaban al atarse las cintas—. Seguro que puedo ayudarle.

Resultó pasmoso que la boca expresiva del marqués se retorciera como ante un chiste de mal gusto.

—Pues muy aburrida debe de estar si lo que busca es trabajo duro.

—Ya le dije ayer que estoy acostumbrada a trabajar, milord.

Se enderezó y dio un paso hacia ella para tomarla de la mano. Bastó con tocarla para que ella se sintiera morir. Una sacudida de emoción le recorrió el brazo y desembocó en su corazón desbocado, pero también más abajo, donde un calor licencioso le humedecía las ansias. Grace se acomodó para liberar la incómoda presión que sentía entre sus muslos. Rezó para que él no se diera cuenta de lo agitada que estaba.

Él le inspeccionó las manos detenidamente con aire de científico, lo que sirvió de poco para calmar su pulso revolucionado.

—Estas manos se han ganado el sueldo.

Mezclada con su indeseada excitación, sentía vergüenza por sus callosidades y cicatrices. Hacía muchos años que ya no tenía las manos pálidas y suaves de una dama. Aquello era una nadería y no debería preocuparla, ya que era su vida la que estaba en juego, pero al observar en sus palmas las señales del desgaste y del trabajo a través de los ojos del marqués, le saltaron lágrimas de vergüenza.

El pulgar del marqués rozó una marca blancucha y gruesa.

—Esto es un corte —observó en voz baja. Su rostro expresaba la más absoluta y solemne concentración, y lo tenía lo bastante cerca para captar su olor a varón sano y algún aroma cítrico que debía de ser su jabón.

—Se me resbaló el cuchillo al construir una jaula conejera —respondió Grace con un susurro, y se aproximó a él para atrapar aquella fragancia huidiza. Cerró los ojos al impregnarse de aquella deliciosa mescolanza de olor a hombre y limón que se arremolinaba a su alrededor. Cayó en la cuenta de lo que estaba haciendo y pestañeó. Tragó saliva para humedecer la boca, que se le había quedado seca.

—Qué manos más hábiles —dijo el marqués, y de pronto las soltó. Aparentaba estar conmovido y, por primera vez, su arrogancia había desaparecido. A ella le subieron los colores. ¿Habría descubierto las ansias que sentía? En ese caso, tenía todos los motivos del mundo para detestarla. Ella misma se detestaba. Apenas un mes de viudedad y allí estaba, babeando por otro hombre.

Lord Sheene se mostró hacendoso al darse la vuelta hacia el banco, que estaba repleto de herramientas de jardinería. Le dio a Grace unos guantes.

—Pruébeselos. Seguramente le irán grandes, pero no hay otros. Si me ayuda a limpiar los hierbajos, se lo agradeceré.

Sin responder, Grace cogió un desplantador. Seguía perdida en un aura de deseo. Estaba dispuesta a vender su alma para que aquellas manos elegantes volvieran a tocarla. Se sacudió para regresar al mundo real. Quedarse prendada del marqués solo hacía que empeorar una situación insostenible.

Trabajaron largo rato sin dirigirse la palabra. El jardín estaba más dejado de lo que le había parecido en un primer momento, cuando todo aparentaba estar en orden. Había buscado su compañía para distraerse, pero un peligro acechante la asaltaba sin cesar mientras cavaba en la fría tierra. Y su deseo pecaminoso por el marqués no hacía sino recordarle lo que debía hacer, quisiera o no.

El miedo iba acrecentándose por momentos. Tenía que concentrarse en algo que no fueran sus dilemas o se echaría a gritar de un momento a otro. Y si empezaba a gritar, no se detendría. Habló rápidamente antes de que él tuviera tiempo de censurar sus palabras.

—¿Ha estado enfermo este último año?

Le daba la espalda, inclinado sobre el banco de trabajo, y Grace observó tensión en sus hombros.

—Enfermo, no; no exactamente.

La estaba avisando. Lo entendió a la perfección, como si llevara puesto el cartel de NO PASAR.

—Entonces ¿qué fue? —Ella misma se sorprendió de su persistencia.

El marqués se dio la vuelta despacio; en sus labios se perfilaba una sonrisa sardónica.

—Veo que está dispuesta a revelar confidencias, señora Paget.

La recorrió un escalofrío. Eran casi las mismas palabras que había utilizado el día anterior al acusarla de confabularse con su tío. Por supuesto, no tenía motivos para confiar en ella, pero le dolía recordarlo.

—Lo lamento, no es de mi incumbencia.

—Bueno, qué importa. Da absolutamente igual. —Bajó la mirada hasta el cuchillo que llevaba en la mano y lo soltó en el banco, produciendo un tintineo al caer—. ¿Qué desea saber?

«Absolutamente todo lo que tenga que ver contigo.»

Se detuvo justo cuando estaba a punto de confesarlo en voz alta. A cambio, buscó una alternativa más segura:

—Hay tantas cosas que se me escapan, tanto que me confunde...

El marqués deslizó un dedo por su fina cabellera.

—Demonios, Grace... Señora Paget...

El sonido de su nombre con esa voz tan intensa y profunda provocó un escalofrío peligrosamente placentero que le recorrió el cuerpo. El rubor que ya mostraba se intensificó, pero aun así no desvió la mirada.

—Usted me ha visto desvalida, incluso me ha visto en camisón. Es absurdo que conservemos las formalidades.

—Mejor nos tuteamos, entonces. —Él se quedó mirándola fijamente—. Mi tío decidió buscarme una amante cuando me escapé el año pasado.

Aquello era lo último que ella se esperaba. Poco a poco se levantó, dejó caer la pala y se quitó aquellos guantes tan rudos.

—Habías dicho que era imposible huir.

Otra vez aquella sonrisa irónica.

—Con razón.

—Pero tú lograste escapar.

—Tres veces en once años, pero jamás me he quedado fuera. La primera vez tenía dieciocho años. Incluso después de pasar los peores episodios de la enfermedad, tardé cuatro años en volver a hablar o leer. Apenas podía caminar. De vez en cuando sufría ataques.

—¿Has vuelto a tener? —preguntó imaginándose al chiflado de remate que le había descrito su tío el día antes.

—Desde aquella primera escapada, no.

Grace dio un paso para colocarse a su lado.

—Siete años sin ataques significa que ya estás bien —repuso con suavidad, deseosa de tomarle las manos, aunque se dio cuenta de que ya lo había hecho.

—No lo sé. —Por una vez sonaba joven e inseguro. En lugar de rechazarla, entrelazó los dedos con los de ella y la agarró con tanta fuerza que dolía. El calor de su piel hizo que a ella le ardiera todo el cuerpo—. Dios santo, cómo voy a saberlo.

Ella entendió el miedo en el que vivía inmerso. No era

miedo a la crueldad de su tío, sino a que le traicionara la mente, acaso para siempre. Su fortaleza la derrotó. Aquel dolor le rompió el corazón. ¿Cómo iba a ser capaz de destruir a aquel gran hombre?

La acompañó hasta el viejo banco de madera resguardado por el voladizo del invernadero.

—Los hombres de mi tío me atraparon a unos cinco kilómetros. Pensaban que había vuelto a perder la cabeza y me tuvieron unos días atado. Estaba tan enfurecido que seguramente acabé volviéndome loco. —Bajó sus manos entrelazadas y las apoyó en uno de sus musculosos muslos. Grace hizo cuanto pudo para no fijarse en el calor y la fuerza que irradiaba a través de sus pantalones pardos—. Después de aquello mi tío hizo que reformaran el muro para que resultara imposible de escalar. Ahora resbala como el cristal.

—Lo sé —recordó sus propios intentos inútiles de escalarlo—, pero aun así te escapaste una segunda vez.

—Sí, al cabo de dos años. Monks se cortó con una hacha, con lo que tan solo tenía que preocuparme de Filey. Le engañé para que entrara en la cocina y le encerré allí. Me limité a salir de aquí. Llegué hasta Wells, donde me encontraron las fuerzas del orden, los chicos de Bow Street. No hay ninguna zona en la hacienda que esté cerrada a cal y canto, tan solo la puerta de la verja.

A Grace le aterró la ausencia total de candados hasta que entendió que lord Sheene jamás reventaría la puerta de su dormitorio exigiendo entrar.

—La esperanza es lo último que se pierde.

—Sí, una esperanza cabezona, inútil. Será la locura, que nunca desaparece.

—No —dijo ella con contundencia—. ¿Qué sucedió el año pasado?

—Descubrí las consecuencias de mis errores —fue su amarga respuesta. El dolor y la vergüenza enmascararon su rostro—. Robé un caballo y viajé hasta la casa familiar de Chartington, en Gloucestershire. Sabía que allí había gente que me escondería mientras meditaba la mejor forma de demostrar mi cordura.

—¿Te entregaron? —preguntó anonadada.

Él flexionó los dedos con fuerza sobre la mano de Grace.

—Ojalá lo hubieran hecho. Mi enfermera había desposado uno de los jardineros de la casa y no cupieron en su alegría de verme, pero mi tío sabía dónde encontrarme.

—¿Volvieron a castigarte?

—No. ¡Ojalá se pudra en el infierno! —Lord Sheene se detuvo, intentando controlarse. Su voz ganaba en firmeza mientras hablaba, si bien la rabia seguía tiñéndola de aspereza—. Es el juez del pueblo y mandó trasladar a Mary y a su marido a Nueva Gales del Sur por haber ofrecido cobijo a un demente fugitivo. Mi tío me hizo leer las cartas en las que suplicaban clemencia. Si está al corriente de su suerte, no me lo ha hecho saber. Puede que no sobrevivieran al viaje. Mary estaba embarazada y andaba frágil de salud.

Se apartó de un tirón y se puso en pie con brío. La mirada que dedicó a Grace era oscura, llena de culpabilidad y desprecio por sí mismo.

—Si no me hubiera aprovechado de su amabilidad, ahora estarían sanos y salvos. Mi tío ejercerá su poder contra todo aquel que me ayude.

Mientras observaba aquel rostro atormentado, Grace se acordó de algo. Cuando su hermano tenía dieciséis años, había inmovilizado a un halcón salvaje con su arma y había arrastrado el ave herida hasta Marlow Hall. Tenía conocimientos rudimentarios de cetrería. Sin embargo, por rápido que sanaran sus heridas, Philip no lograba amansar el espíritu de la criatura, hasta que finalmente el halcón murió de hambre en su jaula.

Grace había suplicado a Philip que lo soltara, pero su hermano era testarudo. El halcón murió, y hasta el final no dejó de observarla con aquellos fieros ojos amarillos cargados de odio. Durante mucho tiempo la persiguió aquella mirada obstinada y hostil.

Al mirar a lord Sheene reconocía ese mismo espíritu salvaje. Por encima de todo observaba esa misma voluntad de alcanzar la libertad. Y, cuando la libertad se tornaba un sueño imposible, la vida se iba esfumando poco a poco.

El marqués extendió el brazo. El gesto no habría parecido tan fuera de lugar en Hyde Park, entre la buena sociedad.

—¿Me acompañas a pasear?

Grace posó su brazo en el antebrazo del marqués. Notó la calidez de la camisa de lord Sheene bajo su mano y palpó a través de ella sus finos músculos. Gozando de plena salud, el marqués debía de ser un hombre de una fuerza esplendorosa.

—¿Y tus experimentos de jardinería?

—Después. Ni tú ni yo vamos a ningún lado.

Tal vez no, aunque lo más seguro era que después del sábado Grace no estuviera allí. La sangre se le heló en las venas tras un escalofrío que nada bueno presagiaba. Él reparó en su estremecimiento.

—¿Tienes frío? ¿Prefieres entrar?

—No. —¿Volver a la casa, que aún apestaba a la fanfarrona maldad de su tío? Cielos, cualquier cosa menos eso. Antes congelada en el jardín que regresar ahí dentro—. ¿Por qué está tan empeñado tu tío en retenerte aquí?

La obsequió con una lúgubre sonrisa mientras le cedía el paso bajo las arcadas para acceder al bosque. Wolfram seguía erguido a su lado y trotaba unos pasos más atrás.

—Por avaricia. Tan simple y mundano como eso.

Después de los horrores góticos a los que se había enfrentado, Grace esperaba algún tortuoso lío de enemistad familiar.

—Avaricia, ¿por qué?

—Por dinero, ¿por qué si no? Al morir mis padres, nombraron tutor a lord John. Desde entonces ha administrado los intereses de los Lansdowne. Para un hijo joven cuya fortuna era hasta ese momento tan solo respetable, aquella repentina riqueza resultaba cegadora. Cuando alcancé la mayoría de edad, él había empezado a despilfarrarla.

—Pero te pusiste enfermo. —Grace le apretó el brazo con los dedos.

—No, me volví loco —dijo con súbita dureza. Al contacto con ella, se mostraba tenso—. Al cumplir los catorce, enloquecí.

—Pero ahora no eres ningún demente —insistió—. Llevas siete años sin sufrir ningún trastorno.

—Todos los años mi tío hace venir a dos médicos para que me examinen. Son ellos quienes corroboran que no tengo plenas facultades para administrar mis acciones ni, lo que es más evidente, mi herencia.

—Seguro que lord John les paga.

La amargura abandonó su expresión, y soltó una risotada corta y auténtica, un sonido que la recorrió como una ráfaga de viento cálido.

—Señora Paget, se arriesga usted a superarme en cinismo.

Ella no sonrió.

—Tu tío no se molestó en ocultar su verdadera naturaleza.

Él suspiró y enfiló un camino que Grace había recorrido al poco de llegar, en un tiempo en el que había sentido miedo del hombre con aquellos ojos aterradores. Parecía que había transcurrido un siglo, pero hacía apenas unos días de todo aquello.

—Mientras yo siga vivo y retenido, mi tío se las dará de hombre importante.

A Grace le sorprendió lo de «vivo».

—¿Y si mueres?

—El título pasa a mi primo Hector. Si es él quien muere, tiene varios hermanos más pequeños que se disputarían el marquesado. Mi padre engendró un descendiente enfermo y lord John tan solo ha tenido hijas, cuatro. El tío Charles fecundó una camada de seis chicos robustos antes de romperse el cuello en un accidente de caza.

—Y lord John volvería a ser tan solo uno de los hijos menores.

Grace ciñó sus dedos sobre el brazo del marqués. ¿Cómo

podía soportar lo que le estaba haciendo su tío? Se le retorcieron las entrañas en un arranque de cólera inútil.

—¿Quiere que estés sano, pero bajo su control? ¿Como un animal en el zoológico? Es algo indecente.

—En efecto, Grace, es indecente —confirmó sin aspavientos.

—Y se le ocurrió que si te procuraba una mujer...

—Aceptaría mi encarcelamiento.

Aquella actitud despiadada la dejó sin aliento. Examinó la cara de lord Sheene. Siempre había juzgado que sus facciones eran irresistibles, incluso cuando casi había perdido la conciencia por culpa del pavor y el láudano.

Sin embargo, llegados a ese punto, era capaz de ver más allá: el valor, que luchaba para recobrar la salud y las plenas competencias; la fuerza, necesaria para oponerse a las maquinaciones de su tío; el honor, pues si su libertad suponía causar daño a los demás, se resignaba a seguir encarcelado.

—Mi tío quiere utilizarte para controlarme —comentó el marqués en un tono sereno.

En ese momento Grace se dio cuenta de que él jamás querría poseerla. Si se acercaba a su cama, traicionaría sus principios más profundos. Estaba a salvo.

Y la seguridad de Grace implicaba la pérdida de Matthew. ¿Qué debía hacer? ¿Socavar la integridad que la había mantenido a flote? ¿O salvarse ella?

Abominaba la decisión que debía tomar.

El marqués se pasó los dedos por el pelo. Ella se resistió a las ansias que sentía de tocar aquella sedosa cabellera oscura con sus propias manos. Hervía en su sangre la necesidad de tocarle, pero no podía ceder. Inclinó la cabeza para que el ala de su sombrero ocultara la lujuria que, estaba convencida, debía de asomar en sus ojos.

—No hablemos más de asuntos lúgubres. ¿Te interesan las plantas, Grace?

Parecía que le hacía gracia pronunciar su nombre de pila; desconocía el motivo. Al levantar la vista, le pareció que su aspecto era aniñado, cohibido. Le hizo recordar que tampoco era tan mayor. Azorada y rebelde, se confesó a sí misma que ella tampoco.

—Nunca he tenido oportunidad de comprobarlo.

De niña, le habían enseñado las artes femeninas, entre las cuales se contaba la ilustración floral; otra disciplina que era preciso dominar antes de atrapar algún marido. Pues bien, había atrapado uno, pero no era el tipo de marido para el que la habían educado. Desde su boda, había dedicado todos sus esfuerzos a saciar su estómago y a tener donde cobijarse para preocuparse de otros menesteres.

—En este bosque tenemos orquídeas, si te apetece verlas.

Por primera vez, su sonrisa no mostraba rastro de amargura. La dulzura que transmitía la sorprendió, y le cautivó. Se descubrió a sí misma aceptando buscar flores silvestres. Podía pedirle que pintara el cielo o que se pusiera a gatas a buscar agujas en un pajar y ella le habría dicho que sí.

Grace dejó al marqués en el piso de abajo antes de la cena. Deseó, en un instante de insensatez, que tuviera algún vestido de su gusto que ponerse, como la seda que había constituido su fondo de armario en Marlow Hall. Llevaba nueve años sofocando su vanidad femenina, pero en aquel momento quería estar guapa para un hombre.

Guapa para un hombre...

Observó su reflejo en el espejo de cuerpo entero y vio preocupación en su rostro. Su vida pendía de un hilo. El hombre que deseaba estaba atrapado, atormentado y, posiblemente, perturbado. Aquello no era un coqueteo bucólico, sino una pesadilla de coacciones y violencia.

Si en algún momento se le olvidaba, estaría perdida.

Bueno, estaba perdida igualmente.

Captó su atención la cama que tenía a su espalda y por primera vez reparó en la carta que yacía sobre la colcha. Se apartó del espejo estremeciéndose y cruzó la estancia para cogerla. No llevaba ningún nombre, pero debía de ser para ella, al igual que sabía que debía de ser de lord John.

El sello era una águila bajo una corona. Seguramente el escudo de los Lansdowne. Una vez más la asaltó el fantasma del halcón muerto de su hermano.

El papel grueso crujió al desplegar la carta. Se leía una única palabra escrita con trazo violento: «Sábado».

Lord John sentía la necesidad de reafirmar su amenaza. Parecía que no era consciente de hasta qué punto la había dejado clara. Jamás había dudado de que fuera a cumplir su terrible promesa.

—Ay, Dios mío —susurró, arrugando la carta hasta formar una pelota y lanzándola contra la pared. Ahogó un gemido y se derrumbó sobre la cama cubriéndose el rostro con las manos.

No podía escapar.

No podía acatar sus órdenes.

«Tengo que acatarlas.»

Se puso de pie con las piernas aún temblorosas y sintiendo odio por Josiah por haberla dejada sola y vulnerable, odio por Vere por abandonarla a su merced, odio por lord John por su avaricia y menosprecio.

Pero, sobre todo, sentía odio por sí misma.

Esa noche iba a traicionar al marqués. Le obligaría a traicionarse él mismo. Ella no era mejor persona que el mercenario de su tío.

De hecho, era peor persona, pues ella sí entendía lo excepcional que era lord Sheene. Aquella larga tarde de confidencias y compañerismo no había hecho sino confirmar sus extraordinarias cualidades. Era un hombre al que, en otras circunstancias y en otro momento, podría haber amado.

Y, con todo, estaba a punto de destrozarle la vida.

10

Matthew se despertó al instante y no tardó en comprender que, si se estaba despertando, eso significaba que se había quedado dormido. A pesar del incomodísimo diseño del sofá, a pesar del sueño irregular que tanto le había costado conciliar los últimos días, a pesar de la presencia de Grace Paget en la casa que lo tenía en un potro de tortura de incombustible deseo.

La sala estaba a oscuras. El extraño lapso de bonanza en el clima había terminado con la puesta de sol y la lluvia repicaba contra las ventanas. Se había oído su martilleo durante una cena que había sido inesperadamente silenciosa. La señora Paget, Grace, lo había acompañado todo el día, y su presencia le había encandilado el alma, pero durante la cena se había mostrado distante.

¿Quién podía echárselo en cara? Su relato de los hechos debía de haberla convencido de que jamás lograría escapar. Aun así, le dolía saberla distante después de aquellos breves momentos de afinidad. Por un día aquella chica había sido todo cuanto él deseaba en una compañera: inteligente, comprensiva, lista...

...y hermosa.

No podía engañarse pensando que lo único que buscaba era amistad. Aunque, cielo santo, ¡la amistad ya era mucho! Si podía resignarse al cautiverio, también podría resignarse a mantener las distancias.

Algún día. Quizá al cabo de mil años.

Jamás.

En ese momento Grace lo observaba desde la entrada, con la puerta abierta.

Se sorprendió al verla. Y se sintió apenado. La penumbra electrizante susurraba todo cuanto deseaba hacerle. Quiso con todas sus fuerzas que se quedara donde estaba. Si se acercaba un poco más, no estaba seguro de poder contenerse.

—¿Qué sucede, Grace? —le preguntó preocupado, levantándose— ¿Te encuentras mal?

—No.

Aquella sílaba prácticamente inaudible no le tranquilizó. Se levantó y alargó el brazo para ponerse la ropa, que desde la noche anterior guardaba a mano por si acaso.

—Un segundo, que enciendo una vela —dijo mientras buscaba a tientas la camisa.

—No. —Esta vez lo había pronunciado con más ímpetu. La oyó coger aire y el sonido sonó rasgado, como una lima sobre sus ya tensos nervios.

—¿Grace?

—Lo siento —exclamó con voz quebrada.

Sollozando entrecortadamente, se arrojó a los brazos de él. Un aroma cálido a mujer se posó sobre su cuerpo. Al instante la rodeó con los brazos, con la camisa aún colgando inútilmente de una de sus manos.

Era esbelta y tiritaba en sus brazos. Era más dulce de lo que había imaginado. Se repetía una y otra vez que debía soltarla, pero se limitaba a abrazarla con más fuerza, a aproximarla más.

—Pero ¿qué...? —fue cuanto logró decir antes de que ella pusiera sus manos a ambos lados de la cabeza del marqués y lo inmovilizara con la fuerza de los torpes.

—Perdóname —dijo ahogando las palabras.

A continuación, aquellos labios calientes y tersos, tan por la labor, se entrelazaron con los de lord Sheene.

El mundo ajeno a aquel abrazo se detuvo. Su mente dejó

de funcionar mientras su cuerpo empezaba a funcionar, y de qué forma...

Ella llevaba un camisón fino. Él, nada. Tan solo les separaba una ligera capa de tela. A él le ardía la piel en los puntos que coincidía con la de ella, y su respuesta inmediata fue endurecerse. Aquella fragancia femenina se agolpaba en su cabeza. Su calor se filtraba en sus brazos.

Antes de poder parar, la abrazó con más fuerza, hasta el punto que sus senos turgentes quedaron prensados contra su pecho desnudo. La camisa cayó al suelo, desechada, cuando su mano se encajó en la sinuosa curvatura de su cintura.

Grace protestó con un gemido y apartó su boca cerrada de la del marqués. El beso había sido demasiado breve para justificar su nombre, pero incluso un contacto tan brutal y efímero como aquel le inflamaba los sentidos. Deseaba tener otra vez aquella boca sobre la suya. Deseaba tener tiempo para descubrir su sabor.

—Bésame —reclamó ella sin firmeza en su voz, masajeándole los músculos de los brazos con los dedos.

No ponerle las manos encima ya era bastante difícil cuando ella se mostraba decorosa. En aquellas circunstancias, se le antojaba imposible. El calor que desprendía se arremolinaba a su alrededor para hacerle caer en sus redes hasta que lo olvidó todo salvo el placer.

Él posó las manos sobre los hombros de Grace, tanto para contener sus propias reacciones tumultuosas como para contenerla a ella. Lo poco que había observado de su forma, las curvas, descensos y valles de su cuerpo, le abrasaban el pensamiento, lo azuzaban para seguir explorando, pero no había cedido del todo a la pasión. Vacilaba en el filo del abismo.

—No podemos seguir con esto. —El arrepentimiento trenzaba cada palabra que arrancaba del nudo de su garganta.

A medida que ella inhalaba temblorosa, sus senos presionaban contra el pecho del marqués. Él rechinó los dientes y batalló para que sus manos no se deslizaran por su cuerpo, y sopesaran, palparan, exploraran...

—Tengo que hacerlo —exclamó Grace con voz ronca.

Incluso en aquel estado de excitación, su respuesta le pareció extraña. En los recovecos de su mente, una voz exigía cautela.

—Por Dios, Grace...

Ella le agarró la cabeza con sus delgadas y hermosas manos.

—Bésame.

El breve vislumbre de claridad se evaporó. Bajos sus manos, ella se estiraba. Por un instante incendiario entrelazaron los labios. La intimidad que sentían les dejó atónitos. El indómito miembro de él se inflamó y se irguió. Ella tenía unos labios tan suaves que parecían de cálido satén. Probó a succionarlos levemente, lo que provocó un escalofrío que recorrió el cuerpo de Grace, quien clavó sus dedos en los brazos del marqués hasta casi tocar hueso.

Este se detuvo. Debía de estar haciendo algo mal.

Su corazón rebosaba desprecio por sí mismo, pero esperó a que ella se apartara debido a sus groseros modales. Sin embargo, con un grito, Grace se abalanzó sobre él como si aquella pequeña separación fuera imposible de sobrellevar. Las manos del marqués se posaron sobre su espalda y la acercaron hacia él.

Rozó los labios de Grace. Ella abrió un poco la boca y él absorbió su hálito. Inspiró, abriendo por instinto los labios para probar su humedad. Ella soltó otro gruñido ahogado (de malestar o de placer; lord Sheene no sabría decirlo).

Se arrojó con tanta violencia hacia el marqués que se tambalearon hasta caer en el sofá. Cuando el delicioso peso de Grace aterrizó sobre su cuerpo, el beso se interrumpió. Su camisón quedó enrollado y una de sus manos le rozó la curva de una nalga. Una nalga desnuda.

El tacto de su piel desnuda estuvo a punto de enloquecerlo de deseo. En él todo se enderezaba en una frenética búsqueda de alivio. Grace rodeaba su cuerpo en una maraña de carne ardiente y manos exploradoras. Ella le tocaba con movimientos agitados, tenaces, como si tuviera miedo de que desapareciese.

Algo iba mal. Sus sueños no podían ir tan desencaminados. No era así como había imaginado sus abrazos.

En un millar de fantasías secretas, se había ceñido a su cuerpo, la había besado y acariciado, la había embestido con fuerza. Ella se había mostrado dulce y tierna. Había saboreado que la poseyera.

La mujer que tenía en sus brazos estaba rígida y se agitaba como si la asaltaran las fiebres.

Se apoyó en los codos para besarla una vez más, pero luego se detuvo. Su desconfianza iba en aumento. No podía pasar por alto sus presentimientos. Se dejó caer, tendido debajo de Grace, y relajó las manos a los lados.

—Grace, ¿por qué estás aquí? —preguntó de pronto, apretando otra vez los puños para no arrebatarle lo que le ofrendaba y mandar al infierno las consecuencias.

Ella repartió unos besos más por su pecho desnudo. Besos de desesperación, la misma desesperación que transmitían sus manos. Los dedos se arqueaban sobre sus bíceps como garras e intentaba con todas sus fuerzas que el marqués siguiera abrazándola.

—No digas nada —contestó ella con voz entrecortada. Levantó la cabeza y pudo observar que sus ojos lo consumían en la penumbra—. Bésame. Bésame de verdad.

Se arrojó contra él como si fuera cuestión de vida o muerte, como si esperara que él se resistiera. Tomó su boca abriendo de par en par la suya con tanta fuerza que podía incluso hacerle daño. Él notó el sabor de la sangre y el miedo; levantó una mano insegura hasta su mejilla para calmar su bravura.

Grace tenía el rostro empapado de lágrimas.

—¡Cielo santo! —exclamó él.

La apartó y se reincorporó hasta sentarse en el extremo del sofá. Ella también se alejó sollozando, pero al poco volvió a acercarse al marqués a gatas hasta ponerse a horcajadas sobre su regazo. Matthew habría percibido avidez en su tacto de no haberse precipitado aquellas lágrimas en sus dedos.

Por Dios, aquello convertía sus visiones llenas de sensualidad en retorcidas pesadillas. En sus visiones, ella jadeaba de deseo, no lloraba como si se le desgarrara el corazón. Hizo esfuerzos sobrehumanos para refrenar la lascivia que hervía por sus venas. La deseaba más que a su vida, pero no de aquella manera, jamás de aquella manera.

—Para —ordenó.

—Te obligaré a poseerme —repuso ella sin aliento.

Descansó el peso sobre sus talones, de modo que se dio con el brazo del sofá en la espalda. Con gestos desgarbados, tan distintos a su habitual gracia y fluidez, tiró de su camisón, se lo quitó por la cabeza y lo arrojó al suelo.

—Dios santo... —susurro él, y cerró los ojos.

Demasiado tarde. A pesar de la oscuridad, la imagen de su cuerpo le inflamó el cerebro como una hoguera. El brillo de la blancura de su carne, los senos, redondos y elevados, con los pezones más oscuros, el remanso de sombras donde se unían sus piernas.

—Detente, Grace —exclamó mientras el demonio que llevaba en su interior clamaba a gritos que debía poseerla, poseerla.

Sus níveos muslos se fueron acomodando sobre sus piernas a medida que se acercaba él. Su postura era tan excitante que dolía. En un momento dado, Grace se detuvo: si se movía un solo centímetro más, entraría en ella. Apretó los dientes con tanta fuerza que se lastimó.

—Tengo que hacerlo —dijo ella.

Percibió el desespero en su voz. Su mano temblorosa rozó su erección. ¡Dios, lo mataría antes de terminar! A pesar de los fuegos artificiales que estallaban en su cabeza, oyó cómo Grace, estupefacta, inspiraba profundamente.

Le retiró la mano de un tirón.

—Me deseas —murmuró ella, como si, incluso ante las irrefutables pruebas físicas, no lograra creérselo del todo.

El control que mantenía Matthew se hizo añicos. Con un ímpetu desbocado que fue incapaz de evitar, la arrojó a un lado y Grace rebotó contra el tapizado. Él se levantó de un salto del sofá.

—Pues claro que te deseo —farfulló—. ¿Dónde demonios has puesto la ropa?

Buscó el camisón a tientas, pero lo primero que encontró fue su camisa. Iba a tener que apañárselas con eso.

—Toma, ponte esto.

Le lanzó la prenda, tras lo cual se puso los pantalones. Sin mirarla (si la miraba, su frágil determinación se derrumbaría), avanzó a zancadas hasta el escritorio y encendió una vela con las manos, que a duras penas se mantenían firmes.

Después de aquello, la miró de frente, deseando con todas sus fuerzas que se hubiera marchado. Grace se hallaba en un estado tan precario que algo tan sencillo como pasarse la camisa por la cabeza le llevó un tiempo excesivamente largo. Al ver los pliegues sueltos del tejido desplomarse sobre su tersa piel blanca, sintió el impacto que le causaba esa imagen al agitársele el miembro en los pantalones.

A Grace la cabeza se le ladeaba sobre el cuello esbelto y su cuerpo formaba una perturbadora curva. Unos cabellos rebeldes se pegaban a su rostro cubierto de sudor. Un largo mechón se escapaba de su trenza y zigzagueaba hasta desaparecer bajo su camisa. A Matthew el picor le consumía las manos, que soñaban con seguir los pasos de aquella resplandeciente cabellera. Se agarró con fuerza al escritorio que tenía a sus espaldas para evitar dar rienda suelta a su deseo.

Lo único que se oía en la sala eran sus sollozos rasgados y el repiqueteo de la lluvia en las ventanas. Grace se arrodilló en el sofá intentando recobrar el aliento, con lo que insuflaba su camisa, que le marcaba los senos. Unos senos que, a esas alturas, ya sabía redondos, blancos y coronados por unos pezones pequeños, perfectos. Otra sacudida de deseo le asestó un duro golpe y le dejó sobrecogido.

—¿Por qué me has besado, Grace? —espetó.

Las lágrimas resbalaban por el lánguido rostro de ella mientras lo miraba.

—Quiero que me poseas —respondió sin más.

—No, no quieres —dijo con absoluta certeza, aunque deseaba con todas sus fuerzas que no fuera así.

—Si me deseas, ¿por qué no me haces el amor?

Su desconcierto golpeó directo a su corazón.

«Porque tú no me deseas como yo, demonios.»

—Ya sabes por qué: sería una deshonra para ti, y para mí.

—No me importa la deshonra. —La misma voz plana. Más lágrimas deslizándose por sus mejillas. Debido al vaivén de su garganta, advirtió que tragaba saliva, pues estaba hecha un manojo de nervios y aterrada.

A él el corazón se le hizo un nudo. Estaba angustiado y negaba lo evidente.

—Grace, jamás te haría daño. No tienes por qué tenerme miedo.

En los ojos de Grace se reflejó el horror, y agitó la cabeza con vehemencia.

—No te tengo miedo —se le ruborizaron las mejillas al apartar la vista—, o quizá un poco.

Por supuesto, la aterrorizaba. Su deseo había sido inmediato, flagrante. Un deseo que seguía vivo, como bien sabría una mujer casada, aunque hasta ese instante Grace se había obligado a centrar su atención por encima de la cintura del marqués.

—En ese caso, ¿qué sucede? —Se aferró al escritorio como un náufrago se aferra a un madero en un mar tormentoso.

Ella juntó las manos sobre el regazo, invadida por una tristeza absoluta.

—Esto ha estado mal, no debería haber venido, lo siento.

Matthew no sabía qué hacer. La tristeza que observaba en Grace podía más que su necesidad de ocuparse de sí mismo. Se apartó de un empujón del escritorio y dio los tres pasos que lo separaban del sofá.

—Grace, cuéntamelo, no pasa nada.

Siempre intentado contener sus ansias, se sentó a su lado y le levantó una mano, entrelazada como un ovillo. Quería que se sintiera a salvo, que supiera que él ya había calmado aquella hambre devastadora, aunque sus dedos le temblasen igual que a ella.

—Dímelo —repitió, conteniendo la lujuria que luchaba denodadamente en su interior.

Ella unió su mano a la del marqués en un gesto de confianza que él no merecía y respiró hondo. El ligero rubor desapareció y su rostro se tornó aún más pálido.

—Tu tío dijo que si no te... seducía y te llevaba a la cama antes del sábado, me mataría.

¡Pues claro! ¿Cómo no me lo había imaginado?

Sorteando la humillación y el miedo que se retorcían en sus entrañas, Grace logró encontrar las palabras:

—Y antes de... —volvió a tragar saliva y, después, soltó una retahíla apresurada— ... antes de que me mate, me dejará a merced de Monks y Filey.

—¡Que lo parta un rayo en dos! —exclamó con rabia lord Sheene, agarrándola de la mano con más fuerza.

—Te he traicionado de la peor forma posible.

La vergüenza que había sentido durante aquella noche afluyó a su garganta hasta estrangularla. ¿Cómo podía mostrarse amable cuando ella se le había acercado para corromperlo? Grace se puso en pie como pudo; deseaba escapar de allí y encerrarse en la íntima soledad de su dormitorio.

De un tirón, Matthew volvió a sentarla a su lado.

—¿Y qué piensas hacer respecto al plazo del sábado?

Buscó en los ojos del marqués el menosprecio que debía de sentir hacia ella. Tan solo encontró preocupación y las ascuas vivas de la rabia que sentía hacia las maquinaciones de su tío.

—No lo sé —susurró, aunque el motivo de sus temblores era precisamente porque lo sabía.

En ese momento Grace tomó una decisión difícil. Nunca dejaría que Monks y Filey le pusieran la mano encima. Antes, muerta. Su muerte se había vuelto inevitable desde el primer momento en que aquellos asquerosos matones la habían secuestrado. Era mejor encontrar la muerte antes de que la degradaran hasta el final. Después del fiasco de aquella noche, nunca más lograría reunir el valor para seducir a lord Sheene.

Estaba abocada a una destrucción irrevocable. No debía arrastrarlo a él también hacia el abismo.

—Deberías habérmelo contado —fue su amable respuesta.

—¿Qué podrías haber hecho al respecto? Aparte de confirmar que no hay esperanza.

—Podríamos engañar a mi tío. Si compartiéramos cama... —Se detuvo—. Si compartiéramos cama, nadie tendría que saber que no somos amantes.

En un instante de lucidez, la salvación llamó a la puerta, aunque Grace no tardó en recordar el precio que podría pagar por aquel ardid.

—Entonces tu tío pensará que ha ganado. Después de lo que me dijiste ayer, sé lo que hay en juego.

—Mi orgullo bien vale tu vida, Grace.

No obstante, era el orgullo lo que mantenía con vida a lord Sheene. Si entregaba la victoria a su tío, estaba perdido. Y ella no lo permitiría.

—No.

La expresión de Matthew se retorció por el dolor que aquello le causaba.

—Prometí no hacerte daño, Grace.

Una vez más, asomaron las lágrimas sin poder oponer resistencia. Se sentía completamente desvalida.

—No hay salida.

Para su sorpresa, el marqués le regaló una dulce sonrisa que le agitó el corazón con vano deseo.

—Por la mañana lo verás todo mejor.

La tranquilidad que se transmitía a un niño. Grace reconoció la falsedad que esas palabras comportaban, pero aun así, cuando lord Sheene la rodeó con los brazos, se separó del sofá para reposar sobre su cuerpo. La acunó sobre su pecho desnudo con la ternura que brindaría, en verdad, a una criatura. Sin embargo, al descansar su rostro húmedo sobre la fría piel, los sentimientos que la invadieron fueron, a todas luces, los de una adulta.

Su seducción frustrada había abierto las puertas a un conocimiento prohibido. Después de aquella noche, su olor y su sabor calaron en sus huesos. Deseaba que sus brazos la envolvieran para siempre. Deseaba que la besara una y otra vez con su boca abierta. Los besos insatisfechos que ella había forzado sobre sus labios inapetentes excitaban su pecaminosa curiosidad. Deseaba que la empujara por la espalda y la embistiera con movimientos robustos, fuertes, posesivos. Deseaba que la hiciera suya como nunca lo había hecho su marido.

Lord Sheene le había dicho que podía confiar en él. Y lo hacía. En la que no confiaba era en ella misma.

Sobre todo a partir de entonces, una vez hubo descubierto que no era la única que ardía en ansias.

11

Mientras Grace dormía en brazos de Matthew, él la miraba y en su rostro solo observaba agotamiento y desdicha. Aquella noche se había acercado a él con intención de prostituirse. La luz de las velas mostraba el precio que había tenido que pagar por aquella decisión. Incluso dormida, parecía exhausta, abatida.

Matthew se recostó sobre el sofá para que el cuerpo de Grace se acomodara a su lado y su cabeza descansara sobre su hombro. Por primera vez agradeció que hubiera poco espacio en el que yacer. Ella se acurrucó entre gemidos contra su cuerpo y enredó sus piernas desnudas con las de él.

Había visto su cuerpo. Le había tocado la piel. Esa noche el mundo se había vuelto del revés. Ahogó un leve gemido en su aromática cabellera, por encima de la coronilla, al recordar el momento en el que la había tenido encima a horcajadas. Pasar horas con Grace en pleno día ya le obligaba a poner a prueba su capacidad de control. Las noches abrazándola tensarían ese límite hasta más allá de lo soportable.

Sea como fuere, a partir de entonces debía convencer a lord John de que eran amantes.

Tenía que protegerla. ¿Qué importaban las disputas con su tío, aunque conllevara su destrucción? Prefería morir antes que permitir que alguien hiciera daño a Grace.

Ella estaba dormida, pero parecía percibir su tormento.

Un brazo delgado, vestido con la manga de su camisa, se deslizó por encima de su pecho desnudo en un gesto de protección.

Pensarlo era absurdo. Para ella, él no significaba nada. ¿Cómo iba a sentir algo Grace? La mala fortuna la había catapultado hasta él sin avisarle ni consentir a su tragedia.

Siguió despierto, mirándola, mientras la vela se consumía y los grises albores del día se filtraban en la estancia. Sus ojos recorrían la pálida suavidad de su frente: el elegante arco de sus cejas, la nariz recta y delicada, el mentón decidido...

La había comparado con la imagen pintada de una virgen María, pero aquella madona era testaruda. El valor y la voluntad templaban su dulzura. Grace no era ningún junco dócil.

Gracias a Dios; de lo contrario, su tío la aplastaría.

O la doblegaría hasta convertirse en una marioneta obsequiosa.

Sus ojos se detuvieron en la boca, suave y vulnerable cuando descansaba, la boca que había combatido esa noche. No podía llamar beso a aquel encontronazo violento.

¿Qué sentiría si lo besase con auténtica pasión?

Imploraba comprensión a los cielos, pues no iba a poder averiguarlo jamás.

Al día siguiente Grace encontró al marqués de pie, en un claro del bosque. Un sol caprichoso le iluminaba el cabello oscuro y se reflejaba en las botas que llevaba con pantalones negros y una camisa holgada. Le dio un vuelco el corazón al observar su formidable porte.

En su interior libraban batalla la aprensión y una curiosidad insaciable. Le había besado. Había tocado todo su cuerpo. Había exhibido su desnudez ante él. Había llorado en sus brazos. Había dormido a su lado vestida tan solo con su camisa. Había sentido la fuerza contenida en aquellos largos y fibrados músculos.

Era un grado de intimidad que no había alcanzado con su marido. Había cumplido su obligación con Josiah, pero siempre se trataba de un acto rápido, furtivo, ejercido a oscuras y sin quitarse la ropa.

Fascinada, aunque en silencio, se apostó detrás de lord Sheene. Le observó apuntar con una piedra a un pequeño círculo arrancado en la corteza de una haya a casi treinta metros. El ruido agudo que produjo la piedra al dar en aquella diana improvisada explicaba el sonido que la había llevado hasta allí.

El marqués se inclinó y recogió más piedras del montón que se erguía entre las flores silvestres a sus pies. Con terca insistencia las lanzó una por una contra el árbol y siempre atinaba a dar en el centro de su marca. Su precisión era algo sobrenatural. Y triste. Una destreza que atestiguaba sin lugar a dudas las horas de soledad que había dedicado a perfeccionar aquel arte.

Una vez se hubo desprendido del último guijarro, volvió la vista por encima del hombro (y eso que ella se había acercado en silencio y no había pronunciado palabra).

—Grace.

Nada más, tan solo su nombre. Se interponía entre ellos como un desafío.

El potente recuerdo de su piel desnuda deslizándose sobre él entró en erupción como si fluyera lava en sus venas. Antes de conocerle, jamás había sentido lujuria, pero en aquel momento sí. La cegaba por completo, pero tenía claro que deseaba tocar al marqués.

Dio un paso adelante, maldiciendo su rubor.

—Lord Sheene.

Él se dio la vuelta lentamente. Grace no sabía cómo iba a reaccionar. ¿Con ira? ¿Menosprecio? ¿Asco? Tras su intento de seducción fallido, se merecía las tres reacciones, aunque al menos él ya sabía que su tío la había obligado a tomar una decisión imposible.

La asombró descubrir abiertamente el deseo que ardía en

los ojos del marqués. Grace se estremeció a medida que se hacía evidente y persistía un farragoso silencio.

Desde las profundidades de su garganta emergió un tenue gemido de deseo. A Grace el corazón le retumbaba a un ritmo lastrado y errático. Los ojos del marqués adquirían una tonalidad más oscura, cercana a la miel. Se aproximó a ella con un gesto convulso.

—Cuando te acercaste a mí... —Su voz sonaba rasgada.

—No. —Grace levantó una mano para hacerle callar. ¿Cómo hallar las palabras para expresar lo que había sentido la noche anterior? Aquel miedo. Aquella vergüenza. El deseo...

Era imposible. No en plena luz del día.

—Muy bien. —La mandíbula del marqués adoptó la consistencia del granito. De repente se acordó de que el hombre procedía de un largo linaje de magnates despiadados—. Pero hablaremos de esto.

—De acuerdo... pero no ahora. —Respiró hondo—. ¿Qué estabas haciendo con esas piedras? —Su rubor no hizo sino aumentar al formular semejante futilidad.

Él se sacudió el polvo de las manos y avanzó hacia ella.

—Mi padre me enseñó a disparar. Esto me ayuda a conservar la puntería y me permite pensar.

No tenía que preguntarle en qué pensaba. Las amenazas de lord John continuaban acechando su propia tranquilidad como leopardos hambrientos. Él la miró aún más fijamente.

—¿Qué quieres, Grace?

«A ti.»

Se mordió la lengua para acallar la respuesta irreflexiva, aunque, cielo santo, era verdad. Y tras lo sucedido esa noche, sabía que él la deseaba también. Esa revelación se interponía entre ellos como una espada desenvainada.

Grace se atrevió a tocar aquel filo invisible pero letal. Sus labios se estrecharon para formar una sonrisa incierta.

—Podríamos pasear.

—En efecto. —El marqués inclinó su reluciente cabeza,

asintiendo a regañadientes, pero su mirada se dirigía implacable hacia ella—. Podrías hablarme de tu vida.

Grace dio un paso atrás como si le hubiera asestado un puñetazo. No hablaba jamás con nadie sobre su pasado. Sin excepción.

—No puedo. —Sonaba a la criatura quejosa y malcriada que había dejado atrás junto con su vida en Marlow Hall. La niña que no quería practicar en su piano o dedicarse a sus traducciones del francés, una niña que se había desvanecido hacía años—. No es una historia edificante, no quiero...

¿Cómo iba a revelar el alcance de su egoísmo a ese hombre al que admiraba por encima de cualquier otro? No quería que la despreciara, y sin duda la despreciaría cuando supiera el daño que había causado.

—Grace, tus secretos son tuyos —respondió en un tono seco—. Puedes guardártelos o compartirlos. No tengo ningún derecho a insistir.

La calmada aceptación que leía en sus exuberantes ojos fue un bálsamo para sus temores; la llevó a plantearse confidencias hasta entonces impensables. El sufrimiento había concedido a lord Sheene una sabiduría muy singular. Si había alguien que pudiera entender su rocambolesca historia, ese era el demente del marqués.

Ningún otro hombre había visto su cuerpo desnudo, con lo que acaso se terciaba que también tuviera acceso a su alma al desnudo.

—No, quiero... quiero contártelo —dijo, enderezando los hombros. Resultaba extraño, pero era verdad.

Ambos permanecieron en silencio mientras se adentraban en la senda desdibujada que recorría la arboleda. Wolfram apareció de entre el sotobosque y siguió sus pasos, aunque al poco se aburrió de aquel ritmo tan pausado y decidió explorar por otros derroteros.

El camino era tan estrecho que apenas la separaban del marqués unos centímetros. Estaba lo bastante cerca para que su calor jugueteara con ella. La fragancia de terreno boscoso e impregnado de limo arrastraba un tentador recuerdo del jabón que usaba el marqués. A pesar del torbellino de angustia en el que su mente estaba sumida, no lograba apartar de sus pensamientos aquella presencia masculina.

—Sé que eres de buena familia —acabó ayudándola lord Sheene con su voz amable. Había utilizado el mismo tono cuando ella se encontraba mal y le creía su enemigo. También en aquella ocasión su voz había conseguido acallar los alaridos de los demonios que habitaban en su corazón—. ¿Eras hija única?

Se había estado debatiendo sobre cómo empezar. Hablar sobre Philip resultaba siempre doloroso, pero se obligó a responder.

—Tenía un hermano, pero murió hace dos años.

—Cuánto lo lamento.

—Sí, yo también. —Y más lo lamentaba por cómo había malgastado su vida. Philip había sido un hombre listo, apuesto y encantador, pero malcriado. Había muerto en un duelo provocado por la esposa de otro hombre tras una trifulca de borrachos en un antro de juego del Soho.

Con un gesto abrupto se agachó para arrancar un jacinto silvestre tardío. Jugueteó nerviosa con la frágil florecilla haciéndola girar entre los dedos. Señor, ¿por qué costaba tanto encontrar las palabras?

—Cuando tenía dieciséis años, me enamoré de un hombre pobre. Peor aún, mi pretendiente era comerciante y un radical.

Aguardó; esperaba escuchar algún comentario burlón, pero el marqués permaneció callado y se limitó a seguir recorriendo la senda penumbrosa a su lado.

Al poco Grace prosiguió en un tono de voz más relajado:

—Josiah era el librero del lugar. Hablaba conmigo sobre grandes acontecimientos, asuntos de calado. Resultaba halagador que la trataran a una como una mujer inteligente y no tan solo como una chiquilla boba. Por supuesto, yo no era más que una chiquilla boba. Engreída, testaruda, egoísta y con demasiados aires de listilla.

—No eres la primera jovencita que pierde la cabeza por las atenciones de un hombre. Me temo que te estás castigando sin razón.

—En absoluto —negó ella con aparente falsedad—, no, no me estoy castigando sin razón. Mi vanidad e insensatez destrozaron el corazón de mi padre.

—Grace.

Una única palabra pronunciada por aquella voz profunda y grave. El marqués alargó el brazo para calmar los dedos inquietos que hacían trizas el jacinto silvestre. Se tocaron durante un instante efímero, pero aun así ella sintió que ardía hasta en lo más profundo de su ser. Dejó de atenazar de gravedad a la florecilla apaleada y la dejó caer a un lado del camino. Respiró hondo para restablecerse.

—Al darse cuenta Josiah de que me interesaba por su causa, me prestó libros, libros que habrían provocado una apoplejía a mi padre de haberse enterado: Shelley, Southey, Mary Wollstonecraft, Godwin, Cobbett...

—Con esa lista basta para dar un buen susto a cualquier propietario del reino.

Interpretó aquella respuesta de cautelosa neutralidad como una crítica tácita.

—Te opones.

—En lo más mínimo. El país sufre bajo el yugo de la desigualdad. —Se apresuró para apartarle una rama que le obstaculizaba el paso—. Si bien me pregunto hasta qué punto simpatizaría con los desamparados si no hubiera sido víctima yo mismo de la injusticia. Mi tío es un reaccionario redomado que defiende la pena de muerte ante la menor de las infracciones. Detesto que haga uso de mi fortuna para respaldar su conservadurismo despiadado.

Grace se agachó para pasar por debajo de la rama y esperó al marqués.

—Cuando conocí a Josiah tenía más de cincuenta años, pero no había perdido el ardor de su juventud para salvar el mundo. Era como un profeta bíblico. —Se acordaba perfectamente de la vívida ilusión de aquellas semanas; su existencia resguardada jamás le había ofrecido algo semejante—. Incluso después de que mi doncella me delatara a mi padre, Josiah continuaba enviándome cartas clandestinas a la casa solariega. Unas cartas preciosas sobre cómo él y sus seguidores iban a crear el paraíso en la tierra. Me moría de ganas de unirme a su cruzada.

—Aun así, fue un paso importante para un hombre como él pedir en matrimonio a una señorita bien educada de dieciséis años. ¿O acaso le cegaba la fortuna de tu familia?

El tono sarcástico de lord Sheene le despertó la curiosidad. Lo observó por debajo de sus pestañas, inquisitiva, y detectó la línea severa de su boca, de habitual expresiva. Él afirmaba estar a favor de la reforma, pero su comportamiento hedía a hostilidad.

No obstante, habiendo empezado ya su historia, se vio obligada a proseguir, costara lo que costase. En su interior algo la empujaba a revelar los hechos, catastróficos, penosos como eran. Tal vez si el marqués se burlaba, aquello pondría fin a la creciente intimidad y atracción que la mantenía unida a él.

—No, fui yo quien propuso matrimonio a Josiah. No podía compartir su búsqueda por el mundo entero llamándome pelandusca, pues entorpecería la gran misión. En aquel entonces yo era un caballo desbocado; no medí las consecuencias que mis actos tendrían sobre mi familia. Lo único que me importaba era lo que yo deseaba.

Lord Sheene le enlazó el brazo con la mano y le dio media vuelta para verse las caras. Luego apartó su mano al instante. Antes Grace pensaba que lo hacía porque no deseaba tocarla, pero a esas alturas sabía que el motivo era otro.

—Cielo santo, Grace. Ese tal Paget no debió aceptar. No eras más que una niña, y él, un señor maduro.

Pues sí, el marqués estaba enfadado. Le habría gustado saber por qué se preocupaba tanto por el destino de una jovencita descerebrada y su amante entrado en años. Reanudó el paso. De alguna forma, moverse ayudaba a encontrar las palabras. Cuando lord Sheene le igualó el paso, Grace le habló sin vacilaciones.

—A Josiah no le convencía la idea de casarnos. La vida familiar le distraía de su glorioso cometido. Pero yo me dedicaba en cuerpo y alma a la causa; tenía tantas ganas de aprender. Nadie más se mostraba así. Josiah albergaba grandes esperanzas de fundar una Nueva Jerusalén. Como no lo logró, perdió toda la ilusión. —A pesar de su intento de no perder la compostura, se filtró en su voz la tristeza—. La decepción acabó convirtiéndose en su moneda de cambio y ocupó los estantes de sus polvorientos libros.

Cuánto le había dolido descubrir que su ídolo era un mojigato santurrón estrecho de miras. No tardó en enterarse de que por desgracia le había traicionado el juicio y había confundido las virtudes de Josiah. A aquellas alturas era tarde y no podía deshacer el daño que había causado en sí misma y en los demás, incluido el mismo Josiah. Había canjeado una familia que la quería por un amante dogmático que jamás la perdonó por haber nacido de un linaje mejor que el suyo. Con el desencanto de ella y la decepción de él como ingredientes, el caldo resultante era pura amargura y teñía todos los instantes de su vida de casados.

El marqués frunció el ceño observando la senda por la que caminaban, pero ella se dio cuenta de que el paisaje en el que fijaba la vista era su mundo interior.

—Seguro que tu padre se enfureció cuando le llegaron las noticias.

—Se enfureció, se sintió traicionado, incrédulo... Me había imaginado con un gran partido, al menos un vizconde. Y yo me echaba a perder entregándome a un tendero indigente que me llevaba cuarenta años y era un condenado demócrata. Al enterarse, me dio una tremenda reprimenda. A Josiah lo desterró del pueblo, lo cual resulta bastante fácil si eres dueño y señor de cada piedra. —Tomó aire e hizo esfuerzos sobrehumanos para recobrar el tono aséptico—. Josiah se marchó, se estableció en York y decidimos huir y más tarde pedir perdón. Jamás le gustó que desobedeciera a mis padres; la Biblia dice: «Honrarás a tu padre y a tu madre».

—Así que... ¿te escapaste?

El marqués seguía sin mirarla. ¿La condenaba del mismo modo en que se había condenado ella tantas veces en la soledad más profunda de su corazón? Debería.

—Sí. —Y qué ilusión le había supuesto aquello. Siempre había querido ver mundo. «¿Ver mundo?» Qué concepto más ridículo... Se había confinado nueve años a una prisión no más holgada que el cautiverio en el que se encontraba en ese mismo momento. Acalló aquel pensamiento mordaz—. Siempre había sido la favorita de mi padre. Yo pensaba que, cuando reconociera la gran alma que poseía Josiah, daría su aprobación.

—Dudo que un padre rico se digne querer a un hombre pobre, sea cual fuere su naturaleza, incluso a un hombre pobre con una gran alma —comentó lord Sheene.

—Eso lo aprendí con la experiencia. Josiah y yo nos casamos en Gretna y regresamos para pedir la bendición de mi familia. Mi padre me concedió cinco minutos para informarme de que desde ese instante dejaba de considerarme su hija. A mi madre y a Philip se les prohibió despedirse de mí.

—Lo siento muchísimo, Grace —afirmó él en un tono amable.

—Me lo merecía —espetó con voz grave. Y prosiguió con un arranque de airado desprecio por sí misma—: ¿Cómo fui capaz de causarle tal agravio a mi familia? De alguna forma Josiah logró que creyera que su causa era más importante que las personas a las que amaba. No tardé en arrepentirme de mi decisión, pero me había hecho mi propia cama y no tenía más remedio que echarme a dormir.

Se detuvo y respiró hondo, temblorosa. Estaba a punto de romper a llorar. Aquella última conversación con su padre en la biblioteca de Marlow Hall seguía atormentándola.

Lord Sheene la ayudó a saltar por encima de una rama caída. El tacto de su mano duró apenas un instante, pero lo bastante para reavivar su fuego. Para distraerse de aquel hormigueo prohibido en sus venas, se obligó a seguir con su relato.

—Durante el año siguiente no tuve contacto con mi familia salvo por el dinero que mi madre me mandaba. En aquella época los envíos se interrumpieron, supongo que porque mi padre se enteró y no le permitió que mantuviera ningún tipo de relación conmigo. Josiah no resultó ser tan solo un profeta ineficaz. Tampoco era un buen librero, de modo que sin mi madre nos habríamos muerto de hambre.

—¿No decidiste pedir ayuda a tu padre una vez más?

Grace negó con la cabeza y detuvo el paso

—Sinceramente, me parece que de haberlo intentado Josiah me habría apaleado. Detestaba a mi padre. No me atreví a decirle que era el dinero de mi familia el que costeaba lo que comíamos. A él jamás se le ocurrió que con la miseria que me pasaba no habríamos alimentado ni a una rata callejera.

—Y, a pesar de todo, intentaste ser una buena esposa.

Sonaba tan seguro al mirarla... Grace abandonó la tierra yerma de sus recuerdos y le observó de arriba abajo. Sus ojos dorados no reflejaban ni rastro de desprecio. Compasión, pena, rabia contenida que sabía que no iba dirigida a ella, pero en absoluto desprecio.

—Lo intenté, pero no lo logré. —Perfiló una sonrisa forzada. Para ser un hombre que predicaba la libertad de las masas, Josiah había adquirido una visión bastante limitada de la libertad en lo que a su esposa se refería—. Siempre le contradecía, le desobedecía, me rebelaba.

El rostro del marqués se contrajo, colérico.

—Cielo santo, ¿no te maltrataría?

—No, por Dios, no —respondió circunspecta—, jamás lo hizo.

No añadió que habría preferido una paliza a la eterna santurronería de Josiah.

—Entonces ¿cómo acabaste trabajando en la granja?

—Al cabo de tres años, la librería quebró. Con el dinero de mi madre que nos quedaba, compramos un redil de ovejas.

Josiah se había subido por las paredes. Grace pensaba que lo que le sucedía era que se había dado cuenta de que no la soportaba al haberle desvelado el apoyo secreto que les había brindado su familia. Apestaba demasiado a mecenazgo aristocrático. Josiah detestaba a los Marlow y todo cuanto significaban.

—¿Y conseguisteis salir adelante?

El marqués se agachó para recoger una vara. Ella observó fijamente cómo despedazaba la rama en cien trozos. No quedaba duda: estaba muy enfadado.

Respondió con una risotada.

—Por supuesto que no, fue una catástrofe. Josiah era un hombre de ciudad, odiaba la granja y me odiaba a mí por haberle arrastrado hasta allí. Después, cayó enfermo.

Se detuvo. Ante el fantasma de la pena oscura, implacable, del desamparo de aquellos últimos meses en Yorkshire se le hacía un nudo en la garganta. No podía hablar de esa época, por mucho que el marqués le ofreciera su escucha más comprensiva. Era tan compasivo... y ella se merecía tan poco su compasión... Era cierto que Josiah le había destrozado la vida, pero seguramente ella también le había destrozado la suya. Y en su corazón sabía que no había sido Josiah el culpable de su desgraciada historia, sino su propia cabezonería y estupidez.

—¿No os ayudó algún vecino? —preguntó el marqués, esparciendo los últimos pedazos de rama a sus pies. Luego la miró a los ojos. La severidad en su voz hizo que se esfumase el miasma sofocante que se cernía sobre su mente como una brisa gélida.

—Josiah tenía mal carácter; ahuyentaba incluso a quienes se acercaban con las mejores intenciones. Al final la única que nos visitaba era la esposa del vicario, y lo hacía para ayudar con las tareas de la casa. Josiah había esperado toda la vida a que le pusieran a prueba, y la enfermedad le puso contra las cuerdas sin remisión.

Alzó una mano temblorosa para secarse el sudor que le resbalaba, inoportuno, hasta los ojos. ¿Acaso estaba llorando?

Ya había aceptado mucho tiempo atrás que jamás había amado a Josiah, pero, a pesar de todo, su recuerdo seguía llenándola de una confusa mezcla de pena, culpabilidad y arrepentimiento.

Había sido el centro de su vida durante nueve años. Puede que no le amara, pero... había estado ahí. Hasta que un día dejó de estarlo.

—Y perdiste tu casa.

—Así es. —Inspiró sonoramente y enderezó la espalda. Si seguía por ese camino, ahondando en su lastimera historia, no haría sino ponerse en evidencia. Y ya había montado el numerito demasiadas veces ante el marqués, quien mostraba una habilidad inusitada para sacar a la luz su parte más vulnerable—. Sabe usted escuchar, milord.

—Muchas gracias —contestó él sin darle más vueltas—, pero no es algo que haya desarrollado con la práctica.

A esas alturas la conocía mejor de lo que nadie había llegado a conocerla en los últimos nueve años. Grace se sentía perdida, insegura de si sus palabras afectaban de algún modo a su dilema entre vida o muerte o a la atracción que se cocía a fuego lento entre los dos.

Su confesión ¿cambiaba en algo las cosas? Supuso que, específicamente, no, aunque en el fondo de su corazón Grace se sentía diferente.

—Te arrepientes de habérmelo preguntado —dijo ella con una risa extraña.

—Yo no me arrepiento, jamás —repuso él con el semblante serio.

Matthew la observó mientras caminaba delante de él. Se quedó unos pasos atrás, porque sabía que Grace necesitaba intimidad después de haberle revelado todo aquello, y porque sentía tanta rabia que temía sus propios actos.

Una pena enfurecida por el dolor que había sentido aquella mujer atenazó su ser con garras aceradas. Era una chica joven, casi de su edad, y ya había conocido demasiada desdicha. Estaría dispuesto a dar a cambio su alma para aliviar su dolor, aunque, mal que le pesara, sabía que su alma no guardaba gran valor para ella.

Apretó los puños junto a sus costados al ver que ella se llevaba las manos al rostro. Aunque no estaba a su lado, sabía que las lágrimas que habían asomado durante su relato habían finalmente cedido a su curso.

Dios santo, no podía soportar verla llorar. Cada una de esas lágrimas le hendía el corazón cual cuchillo de carnicero.

Ella se había empeñado en mostrarse como la mala de su propia historia. Él había reconocido la vergüenza que titilaba en su voz, y comprendía que hubiera actuado sin pensarlo, porque al fin y al cabo era una jovencita de dieciséis años y desde entonces había pagado con creces el precio de su insensatez, pero la pérdida de su familia era una herida que aún supuraba.

Él había tenido unos padres que le habían querido con locura. No podía imaginarse circunstancia alguna, por dura que fuera, que obligara a su madre o su padre a repudiarle. Y, con todo, Grace había sobrellevado un largo y solitario destierro de su propio hogar y de aquellos a quienes amaba.

Deseaba con todas sus fuerzas que el dichoso Paget ardiera sin remedio en las profundidades del infierno. Ojalá aquel desgraciado se consumiera en su propia santurronería por toda la eternidad. ¿Cómo diablos pudo un cincuentón como aquel arrebatar a aquella pobre niña malcriada todo cuanto conocía y someterla a incesantes penurias?

No costaba imaginarse los vacíos: la tristeza de una vida compartida con un hombre que se dedicaba a cortarle las alas; las inacabables y arduas tareas de la granja; el desespero al ser destituida y perder sus amistades; la fortaleza con la que había plantado cara a los contratiempos.

Matthew se encolerizó. Ella se había mostrado cauta al revelar los sórdidos detalles de su matrimonio, pero aun así se había hecho una imagen bastante vívida de aquel hombre. Un tipo esquivo, prepotente, santurrón, obsesivo.

Grace, aquella criatura hermosa y cariñosa, había permanecido atada a aquel tirano mojigato durante nueve desgraciados años.

Ya sabía que ella había cumplido los votos que había jurado a aquel vejestorio amargado y prejuicioso. Había hecho lo imposible para que la cosa funcionara, aunque aquello la fuera corroyendo, lo cual, dada su escuálida figura, se acercaba bastante a la realidad.

Paget nunca debió casarse con ella, pero Matthew podía imaginarse lo irresistible que debía de haber sido para aquel escuchar el airado compromiso de Grace para luchar por un mundo mejor. Cielos, ¿no había intentado ella enmascarar su belleza y su ardor esos últimos días? Él seguía deseándola con tanta fuerza que no lograba ingerir nada ni conciliar el sueño. El viejo de Paget no había tenido la más mínima oportunidad, metido en su pequeña y polvorienta librería. Ahí se pudriera.

El desdichado había conseguido un tesoro exquisito que nunca había merecido.

Y Matthew se enfrentaba finalmente a la vergonzosa verdad que rondaba en su interior: sentía celos. Celos de un difunto. A su manera, él no era mejor que el malnacido de Paget. Ambos deseaban a Grace, pero ninguno podía darle lo que necesitaba.

Su ardiente mirada la recorrió mientras ella ganaba camino por delante de él. Entretanto, su corazón entonaba un canto de triunfo una y otra vez: «No amó nunca a su marido».

Se había hecho tarde, pero Grace yacía en la oscuridad de la estancia, vigilando, en espera. Haber confiado al marqués los pormenores de su matrimonio la había dejado agitada, exhausta. Pero no era el esfuerzo de haber revivido su dolorosa historia lo que le impedía cada vez más el descanso.

No, lo que la mantenía en pie era una velada lascivia.

Un deseo que se había ido acumulando todas esas horas que había compartido con lord Sheene y que en esos momentos estaba a punto de explotar, e iba a ser una explosión que se llevaría consigo todo el edificio.

Con la sensación de que se trataba de algo inevitable, vio que la puerta se abría. Ahí estaba el marqués, de pie bajo el dintel, como la primera noche. Se reincorporó para apoyarse en la cabecera e intentó calmar el ebrio júbilo que le recorría el cuerpo.

—¿Milord?

La pregunta, formulada en la suave penumbra acallada por la lluvia, era una invitación.

12

Haberla tenido en sus brazos la noche anterior había aguzado los sentidos a Matthew hasta niveles insospechados. Oía su grave inseguridad. Oía el nudo que Grace tenía en la garganta. Señor, incluso podía oír el deseo que retumbaba detrás de palabras en apariencia inocentes.

Mientras se retardaba en el umbral, se dijo que se había enfrentado a desafíos mucho mayores que aquella apetitosa dama de cabellos oscuros. En esos momentos habría encomendado su alma a Hades para creerse aquello.

Se oía el frufrú de las sábanas y el rechinar de los muelles de la cama, sonidos de una sugerencia execrable. Luego la oyó manipular la yesca con la vela y al instante apareció un resplandor incandescente. Cerró los ojos unos segundos ante lo que revelaba aquella luz dorada. Grace: toda ella unos hermosos ojos inaprensibles en medio de una nívea faz ovalada. Su larga trenza descendía por encima de un hombro y se acodaba para acariciarle un seno. Él garfeó los dedos a su lado como si recorrieran aquella sinuosa línea.

—Milord, ¿qué está haciendo aquí?

Se inclinó, y al hacerlo el camisón de satén de color verde chillón le resbaló casi hasta los pezones. Antes de subirse el escote, él pudo captar un destello del rosa suave de sus areolas. Sintió el embate del deseo y tuvo que contener un gruñido de placer.

—Tendremos que compartir la cama —exclamó con sequedad; estaba a punto de perder el control y apenas podía modular el tono de sus palabras. Debería haber sacado el tema a colación a plena luz del día, pero se había resistido a perturbar la intimidad que habían generado las confidencias de ella.

Los ojos de Grace ardieron de emoción. De miedo, claro. Y de algo más, algo vaporoso y misterioso que añadía más presión a su agonía.

Siguió adelante haciendo acopio de todas sus fuerzas. No tenía otra alternativa. La vida de Grace pendía de ese mismo instante. Hablaba como si diera órdenes a sus soldados, y no como si estuviera conversando con la mujer que anhelaba sobre todas las demás.

—Debemos convencer a Monks y a Filey de que somos amantes. Tan solo pretendo dormir. Tienes mi palabra de que estarás a salvo de mis insinuaciones.

Sorprendentemente aquellos labios carnosos se retorcieron y formaron una sonrisa irónica.

—Así pues, ¿yaceremos cual Tristán e Isolda con una espada entre nosotros?

Mal que le pesaba, ¡mal que le pesaba!, pero no pudo contener una sonrisa al venirle a la cabeza aquella imagen absurda.

—En estos momentos me encuentro privado de espada.

No comentó, sin embargo, que en la leyenda la espada no llegó a ser barrera suficiente para sus pasiones. Ya bastante tenía en su mente.

Ella negó con la cabeza.

—No puede funcionar.

Atravesó el umbral de una zancada. El dichoso postigo volvió a entreabrirse, revelando un hombro terso y pálido.

—Si no paso aquí mis noches, mi tío te matará. —Vio cómo el rostro de Grace palidecía; siguió hablando, aunque midiendo más sus palabras—: Y cuando digo «aquí», me refiero a esta cama. Ya me gustaría dormir en el suelo o en una silla, pero la puerta no tiene pestillo. Monks o Filey podrían entrar en cualquier momento.

A esas alturas Grace estaba blanca como el papel. Se humedeció los labios una vez más. Por Dios, ojalá dejara de hacer esas cosas. Le dolían los puños de tanto apretar.

—Grace, esto no es más que un ardid para salvarte —explicó en un tono severo.

Sin aguardar su consentimiento, avanzó hacia la cama. Ella se apartó a un lado para dejarle sitio y habló con voz apagada.

—Como quieras.

—¡Rediós! —farfulló, y lo repitió varias veces hasta que ella se quejó de sus blasfemias—. Las cosas no son como quiero, nada en esta vida sucede como yo quiero, pero estoy intentando salvarte la vida.

Se sentó sobre el colchón y se quitó las botas de un tirón. Las arrojó a un tiempo contra la pared, que devolvió sendos sonidos sordos. Se quitó la camisa por el cuello y la lanzó sobre el calzado.

—Lord Sheene...

Se volvió para mirarla, si bien la imagen de Grace tumbada bajo las sábanas era demasiado tentadora. Ella estaba azorada después de contemplar su espalda desnuda.

—Las cicatrices... —susurró, atónita.

Ya no se acordaba de su espalda maltrecha. Hacía años que aquellas heridas habían cicatrizado y había hecho ejercicio como un condenado para que desapareciera cualquier envaramiento residual. No se había imaginado que aquello pudiera afectar a Grace.

Una vergüenza corrosiva le ruborizó el rostro. Se tambaleó hacia el suelo para recoger la camisa.

—Lo siento, deben de resultarte muy desagradables.

La mano de Grace, cálida, tranquilizante, femenina, posada sobre su espalda, le dejó de piedra. Cerró los ojos y dejó que el tacto de su mano se filtrara hasta los huesos, aunque sabía que lo que tenía que hacer era separarse sin más, ocultar las pruebas denigrantes de su debilidad.

—No, no me han ofendido —repuso ella en un tono que

se asemejaba al llanto. Matthew oyó que respiraba hondo y notó cómo se estremecía—. Cuéntame qué ocurrió.

Poco a poco el marqués se reincorporó y abrió los ojos, y vio que sus puños se contraían a la altura de las rodillas.

—Uno de los médicos quiso curarme de mi locura a varapalos. Monks prosiguió el tratamiento cuando aquel se marchó.

Aquello era toda la confesión que podía hacerle. No soportaba compartir con ella los otros vapuleos o las múltiples ocasiones en las que Monks o Filey le habían causado ampollas en la piel con un hierro caliente mientras le tenían maniatado como a un animal. Aunque, si ella lo observaba de más cerca, el mapa que sus verdugos habían trazado sobre su piel desvelaría su humillación.

—Cuánto lo lamento. —Su mano recorrió la espalda de Matthew con suaves caricias. Su tacto apaciguaba aquel dolor antiguo, por mucho que el roce de sus dedos en la piel hiciera que el deseo prohibido acrecentara la llama de su apetencia.

—Ocurrió hace mucho tiempo —repuso en un tono cortante.

Y era verdad, pero su alma no había dejado de sufrir aquellas palizas, como si se sucedieran aún entonces.

—Debes de pensar que soy una entrometida. —Apartó las manos y a punto estuvo él de suplicarle que volviera a acercarlas. Para quedarse tranquilo. Se estaba encomendando a Dios, pero también lo hacía para sentir placer.

—A mí me parece que suficientes preocupaciones tenemos ya para llenarnos la cabeza de acontecimientos del pasado —se obligó a decir.

—Has soportado tanto..., y yo no hago más que causarte dolor —respondió ella con tristeza a sus espaldas—. Seguro que me odias.

—Sabes que eso no es verdad.

Se dio la vuelta y la contempló. Estaba echada sobre su espalda y las lágrimas centelleaban sobre sus largas pestañas. A él se le detuvo el corazón con tan solo pensar que la había hecho llorar. No era más que un necio y, además, torpe. Ni siquiera sabía ofrecer un atisbo de consuelo.

Le llegó la calidez de su cuerpo, que le cautivó un poco más si cabe. ¡Ojalá lord John, Monks, Filey y el condenado mundo se fueran al infierno!

No podía ceder. Negar lo evidente hacía que le doliera cada tendón de su cuerpo, pero no podía ceder.

Con cuidado de no tocarla, se acomodó en la cama y miró fijamente al techo. Se tapó con las sábanas para ocultar el hecho de que aún llevaba los pantalones puestos. Le quemaban las entrañas como el fuego del infierno. Iba a ser una noche muy larga.

Grace ladeó la cabeza y examinó al marqués con detenimiento. Incluso de perfil, mostraba una expresión tensa. Emanaban de él la vejación y el agravio. Cuánto deseaba acariciarle las cejas, calmar el tormento que habitaba su alma. Quería besarle todas y cada una de las pálidas cicatrices que emborronaban la piel dorada de su espalda. Quería desembarazarle de tanta agonía, quedársela toda ella y ayudarle a ser él una vez más. Quería salvarle del dolor que pudiera esperarle en cualquier esquina.

Deseos todos en vano.

Acalló un suspiro y se inclinó para apagar la vela de un soplido.

—Déjala encendida —dijo lord Sheene.

A punto estuvo de decir «como quieras», pero eran unas palabras inocentes que ya habían provocado suficiente furia aquella noche, de modo que se calló. En su lugar, se recostó e intentó fingir que no sucedía nada extraordinario. Ya había compartido su cama con Josiah. Durante la mayor parte de sus años de casada, había reinado la castidad. Estaba acostumbrada a estar tumbada junto al cuerpo de un hombre sin esperar que aquel cuerpo se tendiera sobre el suyo y lo reclamara para él. ¿Cuál era la diferencia?

«La diferencia es el deseo.»

Incluso en el momento álgido de su aventura infantil, jamás había deseado a Josiah como las mujeres desean a los hombres.

Ella deseaba a lord Sheene. No había experimentado nunca el hormigueo del deseo. Qué cruel que apareciera en una situación imposible como aquella.

Se le encogió el corazón al recordar su aspecto al entrar en el dormitorio: alto, poderoso, imponente. La camisa blanca desabrochada bajo el cuello, dejando entrever la superficie umbría de su pecho. Ya sabía entonces que su piel tenía un tacto suave, moteada por algunos pelos oscuros. Sabía que en su vientre se contraían unos músculos finos, y que recorrían también sus fuertes brazos fibrados con sus venas. Le ofrecía una imagen de realidad física mucho mayor de lo que jamás le había regalado Josiah.

Tenía al marqués lo bastante cerca para sentir su calor y oler su jabón con sabor a limón mezclado con la fragancia que la sustentaba, que era su esencia más pura. Lo tenía bastante cerca para percibir su respiración a cada momento. Permanecía con los ojos cerrados, pero ni él ni ella lograban conciliar el sueño.

Como para corroborar sus sospechas, el marqués dijo:

—Lamento que mi presencia te perturbe.

Abrió los ojos, pero no la miró. Dejó la mirada clavada en el techo.

Así era, su presencia la perturbaba mucho más de lo que imaginaba.

—Lo haces por mi bien.

Observó su perfil, que parecía esculpido en piedra: el filo elevado de la nariz, los ojos misteriosos, la boca apasionada... Deseaba con toda el alma que aquella boca la atrapara. La imagen era tan gráfica que se le erizaron todos los nervios del cuerpo. Se removió, incómoda, en la cama.

El marqués no dijo nada más. Grace dio por sentado que había acabado por conciliar el sueño. Permaneció en vela y agitada hasta que el albor se coló a hurtadillas en el dormitorio.

Matthew despertó con el ruido apresurado de unas botas subiendo los escalones del pasillo. Apenas tuvo tiempo de tirar de las sábanas para tapar a Grace antes de que apareciera Monks en el hueco de la puerta.

—¿Qué significa esto? —preguntó Matthew con frialdad, abrazando a Grace firmemente en ademán de protección. De echo, ella ya estaba entre sus brazos; en algún momento de la noche, debía de haberla abrazado.

La aceptación de la lujuria sustituyó la consternación colérica que mostraba el rostro pétreo de Monks al descubrir a la pareja enlazada en la cama.

—Mil perdones, milord —se disculpó improvisando, al tiempo que sus ojos de aspecto porcino se concentraban en los pequeños retazos del cuerpo de Grace que quedaban a la vista—. Por un momento se me ha caído el alma a los pies al no hallarle en el piso de abajo.

Lo que le había preocupado era el miedo a que se le hubiera escapado el objeto de su vigilancia. La brutalidad del encarcelamiento nunca desaparecía de escena, sino que rezumaba por las ranuras del dormitorio soleado como un miasma maloliente.

—Pues bien, ahora que ya me has encontrado, retírate —ordenó Matthew. Contra su pecho, Grace mitigaba el sonido de la congoja. El marqués la abrazaba en silencio y con más fuerza como única respuesta.

—Cómo no, milord. Ya imaginaba yo que tarde o temprano lograría usted abrir las piernas a esa fulana. ¿Qué tal se ha portado, muchacho? ¿Ha sido como un rodeo? ¿O ha sido más bien fría y desaborida como el agua de cebada?

Matthew clavó la mirada en el hombre que llevaba once años torturándolo y atormentándolo.

—Un día, Monks, te mataré —dijo con voz calmada y letal. Monks no se inmutó.

—Claro, claro, me parece perfecto. Buena suerte, pues,

milord. Como decía mi madre, si los deseos fueran caballos, los mendigos se pasarían el día en la silla de montar.

—Sal de aquí —le espetó Matthew.

Grace se aferró a las sábanas con toda su fuerza y respiró junto a su cuello desnudo, atemorizada.

Monks se encogió de hombros y dio media vuelta hacia la puerta.

—Querrá usted retomar sus asuntos, imagino. Que disfrute de la diversión.

—Concédenos intimidad, Monks —farfulló Matthew.

La mole se detuvo en el umbral y los observó con sorna.

—Tímida, la niña, ¿verdad? ¿O acaso es usted el recatadito? En fin, mientras le mantenga ocupado, no tenemos por qué enterarnos de más detalles. Filey y yo ya la disfrutaremos cuando milord sacie sus ganas.

Esa vez el quejido de Grace se oyó alto y claro. Matthew no desvió en ningún momento la mirada de Monks.

—Si tocas un solo pelo de la cabeza de esta dama, pagarás por tus actos.

El tono burlesco de la sonrisa de Monks se hizo patente.

—El primer polvo siempre envalentona a cualquier muchacho. Lo envalentona y lo atonta. —Inclinó la cabeza en un gesto de respeto que resultaba poco respetuoso—. Bueno, da igual. Le deseo un día agradable, ya me entiende. —No se dignó disimular la risa por su comentario tan toscamente ingenioso y desapareció por el rellano y la escalera.

Matthew tuvo que contener la rabia. Ardía en deseos de destrozar algo. A ser posible, la cara de suficiencia de Monks.

A su lado, Grace permaneció tumbada en el más tembloroso silencio hasta que se oyó el portazo de Monks al pie de la escalera. Acto seguido se levantó de un salto de la cama y se quedó tiritando en medio del dormitorio. Se abrazó ella misma contrayendo y relajando las manos sobre los codos, por lo que se le elevaban los senos bajo el satén verde. El deseo sexual de Matthew, que por un momento había quedado oculto bajo una ira enfermiza, regresó con ansias de embestir.

—Ha sido... horrible. —A Grace los ojos le centelleaban de inquietud y todo su cuerpo vibraba de tensión—. No puedo hacerlo.

—Pues claro que puedes —contestó él implacable.

Salió de la cama y se le acercó lo suficiente para sobresalir por encima de ella.

Las finas cejas oscuras de la chica se contrajeron, negando la evidencia con furia, y levantó la barbilla hasta encontrarse con sus ojos, allí en las alturas.

—¡No, no puedo!

Se puso a andar de un lado a otro sin descanso. El vaporoso satén revoloteaba alrededor de su cuerpo esbelto, aferrándose y deslizándose por sus muslos, sus pechos, sus caderas, con un fluir tan fascinante que a Matthew le recordó las olas del mar.

Llevaba once años sin contemplar el mar, pero a pesar de la distancia se acordaba de su incesante vaivén, del rumor del agua. Recordaba no poder apartar sus ojos de él. Del mismo modo no lograba apartar su mirada de Grace, que merodeaba por la estancia cual tigresa enjaulada.

—No permitiré que a ese inmundo energúmeno le caiga la baba con tan solo pensar en lo que cree que hacemos en esta cama.

Llegó a una esquina del dormitorio y dio la vuelta con tal violencia que su trenza se agitó como el azote de la cola de un tigre.

—Qué importa lo que crea, mientras piense que somos amantes.

Matthew se mordió el labio mientras la humillación airada de Grace se cernía sobre él como el embate violento de la mar gruesa.

Tal era su pasión. ¿Cómo podía sostener Monks que era fría, cuando se entregaba en cuerpo y alma, con sentimiento y calor en sus venas? Matthew deseaba que aquella pasión le aportara calor.

—¡No puedo soportarlo!

Pasó tan cerca que su fragancia fue una provocación para sus sentidos. Dos noches llevaba sosteniéndola en brazos, hasta el punto que aquella fragancia se había convertido en parte de él, como la sangre o el aliento.

Otra vuelta. Otro frufrú del satén. Otro frenesí de pasos que se acercaban, se alejaban y regresaban.

Tendió una mano para darle la vuelta y hacer que se fijara en él. La piel del brazo era suave, aunque fría al tacto, por mucho que ella hirviera de cólera.

—Unos cuantos insultos de un monstruo como Monks son *pecata minuta* con tal de gozar de seguridad.

Estaba nervioso, enfadado. Las insinuaciones nauseabundas de Monks le habían afectado también a él. El desfile tempestuoso de Grace por el dormitorio no hacía sino agravar su sensación de impotencia. Esperaba que reencauzara toda esa energía hacia él. Si no se tranquilizaba, sería capaz de arrojarla sobre las sábanas revueltas y olvidar de un plumazo el poco honor que le quedaba.

Ella asintió con la cabeza y le miró con ojos cansados, llenos de desdicha.

—No sé cómo soportas vivir aquí.

—Lo soporto porque no tengo más remedio —respondió con tristeza. Se volvió hacia un armario y de él sacó ropa limpia sin prestar mucha atención a las prendas que escogía. Si permanecía más tiempo cerca de ella, la próxima vez que afirmara ser su amante no estaría mintiendo.

—Nos veremos en el desayuno. Deberíamos pasar el día juntos.

—Por Monks y Filey —susurró ella a sus espaldas.

No, Matthew deseaba decirle que era por él, pero calló y se marchó, dejándola con su castidad en una habitación inmersa en la luz de la mañana.

Grace reposaba sobre sus tobillos, lejos del arriate de las rosas, a esas horas muy bien cuidado, y descubrió que lord Sheene la miraba con aquella mirada dorada que la hacía arder hasta en lo más profundo de su ser.

Llevaba observándola todo el día, aunque al principio a escondidas. A medida que transcurrieron las horas, apenas se había molestado en ocultar su interés.

Estaba plantado en su mesa de trabajo trasplantando lo que parecía ser otra vara inerte. Era obvio que no lograba concentrarse en la tarea.

Ella se ruborizó y bajó la mirada hasta lo que observaban los ojos de lord Sheene. Llevaba el escote muy suelto y el bordado superior dejaba entrever su camisón.

Puede que hubiera sido un error ponerse aquel vestido. Hasta entonces tan solo había usado un par de vestidos y la señora Filey se los había llevado los dos a lavar. Levantó una mano para tirar del escote cuando algo la detuvo. A lo mejor era la ardiente intensidad de su mirada. Quizá la indisimulada desolación que se escondía bajo el interés sexual.

Su tío le había arrebatado tanto..., incluso la posibilidad de contemplar a una chica bonita.

Bueno, la única chica a la que había podido contemplar era Grace Paget y, así las cosas, ella no iba a negarse.

Una mujer decente no debería provocar de aquella manera a un hombre como él; Josiah sentiría asco si la viera. Pero Josiah había pasado a mejor vida y ella seguía entre los vivos, sin duda. Viva, y presa de un hechizo corpóreo que superaba cualquiera de sus expectativas.

«Deseo que lord Sheene me contemple.»

Posó una mano en su cintura e irguió la espalda para hinchar el pecho con orgullo. Ojalá tuviera más que enseñar, aunque lo que tenía parecía bastar a lord Sheene. A este se le contrajeron los músculos de la cara y le sobrevino un tic en la mejilla. Grace no dudaba ni por un momento que, detrás del banco que lo parapetaba, la tirantez aumentaba. Con tan solo pensar en ello, se le evaporó la humedad de los labios.

—Te quedaste en la ampliación de la franquicia —dijo él carraspeando.

—¿Ah, sí? —Se acordaba a duras penas de que estaban hablando de política. Por haber estado confinado, el marqués estaba muy al corriente de la actualidad, más que ella.

—En efecto.

Grace esperó a que siguiera hablando, pero él calló y dejó que fueran sus ojos los que devoraran las curvas que exhibía ella, como las rameras que lucían palmito en Covent Garden.

El momento se hizo infinito. Se le endurecieron los pezones. Se le hincharon los senos, apretujados tras las ballenas del endeble sostén. Sabía que Matthew era consciente de lo excitada que estaba, pero aun sabiéndolo seguía pavoneándose.

Él avanzó de sopetón hacia ella. Grace esperó a verle rodear el banco, ganar los pocos pasos que los separaban y agarrarla.

Al alargar el brazo hacia ella, dio un golpe con la mano al tiesto, que se tambaleó y se precipitó sobre las losetas de piedra causando mucho alboroto.

—¡Demonios! —exclamó entre dientes cuando se hizo pedazos la terracota alrededor de sus botas.

Grace se levantó de un salto.

—Lo lamento —se disculpó ella, consternada. Eran jueguecillos lo bastante peligrosos en el mundo exterior, pero en ese contexto amenazaban con provocar catástrofes.

—No ha sido culpa tuya —la tranquilizó él, poniéndose de rodillas y recogiendo los fragmentos más grandes entre los escombros.

Grace observó, sintiéndose culpable y aterrada, que a él le temblaban las manos.

—Sí, lo ha sido —repuso con tristeza.

No era justo atormentarlo de esa forma, por mucho que la excitase esa experiencia.

Ella también se arrodilló y sus manos coincidieron sobre el mismo pedazo. Se rozaron los dedos. Fue como tocar un relámpago. A ella el corazón le dio un sonoro vuelco y se le puso el vello de punta. Soltó un suspiro y se dispuso a apartarse de él. Él le agarró la mano y se aferró a ella con tanta dureza que dolía.

—Grace... —dijo con un hilo de voz.

La acercó a él, lo que hizo que Matthew perdiera el equilibrio y apoyara la mano de ella sobre su pecho. Su corazón latía con furia en la palma de la mano de Grace. Debajo de aquella camisa tan fina, su piel ardía.

Ella deseaba ese calor, deseaba que la envolviera, que la calcinara. Tan solo los separaban unos centímetros, una pequeña distancia que Grace podía ganar con apenas una inclinación de su cuerpo. Se congregó un deseo líquido, denso, en la parte inferior de su vientre.

Él intentó ponerse en pie y desembarazarse del deseo. Le dio la espalda y enderezó los hombros mientras probaba a recobrar el control sobre mismo.

Ella siguió de rodillas mientras se le estabilizaba el pulso. Se secó a propósito las manos en la falda y respiró hondo.

¿Debería ceder a la fuerza que se arremolinaba a su alrededor? ¿O acaso separarse de él para que recuperara la compostura? ¿Estaba dispuesta a dar ese último paso? ¿Podría enfrentarse a las inevitables consecuencias?

Su corazón proclamó un flamante «sí».

Aunque seguía albergando dudas. Durante nueve años de un matrimonio desdichado había conservado su reputación como el avaro su fortuna. ¿Estaba dispuesta a perderla?

Se mordió el labio mientras observaba la tensa espalda de Matthew, su cabeza gacha, aquellos puños prietos y rígidos que no se separaban de su cuerpo ni por un instante.

Grace eligió el camino de los cobardes.

—Voy a pasear a Wolfram —propuso con vacilación, masajeándose la mano que le había aplastado.

Tenía que salir de aquel jardín amurallado antes de que hiciera alguna locura y no hubiera vuelta atrás, antes de que Grace Paget mostrara alguna virtud que no era capaz de admitir, antes de que las últimas palabras de su padre se convirtieran en una profecía muy atinada acerca de su infortunio.

El marqués no respondió ni la miró cuando se levantó con paso frágil, a punto de desfallecer.

—Wolfram, ven.

El perro, que yacía en un rincón sombrío, levantó la cabeza y desperezándose se irguió. Obedeció, diligente, y la siguió.

Mientras se adentraba en el bosque, caminó despacio y con pesar, con el eco del aliento rasgado de lord Sheene retumbándole en los oídos.

Grace chasqueó los dedos para que Wolfram se apartara de un montón de hojarasca. Llevaban horas caminando. Sabía que debía regresar adonde estaba el marqués, pero no era capaz de sobrellevar la tensión que les separaba. Le resultaba imposible. Se detuvo sin pensarlo en medio del camino e intentó encontrar la lucidez, la fuerza y el valor necesarios.

Todas esas virtudes se le escpaban entre los dedos.

Aquel imponente perro se le acercó y le husmeó la cadera, preguntándose a todas luces por qué se había detenido. Ella tiró con suavidad de sus tiernas orejas.

—Oh, Wolfram, ¿qué puedo hacer?

Debió de oír su lamento o percibir su trémulo cuerpo, puesto que soltó un tierno ladrido y la acarició con aquella cabezota. Ella combatió las lágrimas parpadeando. Empezaba a perder la compostura.

Y se sentía cansada por momentos.

Cansada por el miedo, cansada de contener sus más profundos deseos, cansada de maquinar cada movimiento. Había deseado a lord Sheene desde el primer instante; eso lo reconocía. Ahora bien, controlar sus ansias resultaba mucho más difícil. Tenía ganas de besarlo, de abrazarlo, de tocarlo.

«A estas alturas sé que él también me desea.»

La cercanía de las amenazas de lord John había mermado al compartir cama con el marqués. A medida que fue escurriéndose aquel miedo, empezó a inundarla el terror de haber sucumbido al pecado. El deseo latía sin tregua en su interior.

Nada lo acallaba: ni el consejo de la cautela, ni la voz de la moralidad, ni las incombustibles exigencias de su propio cuerpo.

Aún le ardía la superficie de piel que había tocado antes lord Sheene. ¡Se trataba tan solo de su mano! No quedaba duda de que estaba encandilada sin remedio.

Se dejó caer sobre un lecho de hierba fresca, se recostó y cerró los ojos. Monks y Filey no vigilarían los jardines hasta al cabo de unas horas. Descansaría un minuto apenas. Antes de que volviera a embargarla aquella horrible urgencia. Antes de que retomara el ritmo de su truculenta danza con el deseo ilícito.

Lord Sheene se movía en el interior de su cuerpo. Aquellos poderosos músculos se doblaban con cada acometida y retirada. Ella se acomodó y elevó las caderas para que los embates fueran más profundos. Era una fricción deliciosa, maravillosa.

Pero no bastaba.

Gimió como toda queja. El cuerpo del marqués que la cubría era cálido y pesado, pero deseaba más. Él pronunció su nombre en un susurro, algo que ella anhelaba desesperadamente.

Repitió su nombre. Grace abrió los ojos y lo halló de pie a su lado, observándola.

Había sido un sueño, entonces. Todo aquel formidable placer tan solo había existido en su imaginación. El arrepentimiento la aguijoneó tan fuerte que a duras penas pudo reprimir un grito. Le inundaron el rostro unos calores cargados de culpabilidad. La fantasía había sido tan gráfica, tan desinhibida, tan... depravada.

Pestañeó, pero los efectos del sueño se resistían a desaparecer. Los pechos, redondos y con hambre de sus dedos, le dolían, y por vergonzoso que resultara, la humedad recorría su entrepierna.

Podía oler su propia excitación. ¿Acaso él también?

—¿Grace? —Matthew parecía crispado y exhausto—. Es tarde. Entra antes de que den contigo Monks y Filey.

Todavía envuelta en una neblina de deseo, dejó que sus ojos gozaran de la vista de aquel hombre sobre ella. Se sentía tan acalorada a su lado que parecía estar atrapada en medio del sol.

Al poco se dio cuenta de que las sombras se habían alargado. Debía de haberse quedado dormida durante horas, tumbada sobre las fragantes hierbas altas.

Soñando que hacía el amor con lord Sheene.

En su sueño, se había mostrado lujuriosa, complaciente. Más lujuriosa y complaciente de lo que se había mostrado jamás con Josiah.

Aceptó la mano que lord Sheene le tendió para ayudarla a ponerse en pie, pero le fallaron las piernas y tuvo que apoyarse en él.

—¡Al infierno, que sea lo que Dios quiera! —murmuró él con rabia. Agarró a Grace por los antebrazos y la aproximó a su cuerpo. Durante un instante confuso sintió su fuerza y su calor.

Un segundo después, sus bocas se entrelazaron.

13

A Grace le dolían los labios al aplastarlos contra los dientes. Los dedos de lord Sheene la atenazaban con lacerante fuerza por los brazos. Donde los senos se le allanaban contra el pecho del marqués, sentía el retumbo salvaje de su corazón.

El asombro la tenía petrificada. No tardó en soltar un gemido silenciado de incomodo. Él debió de darse cuenta, pues aquel feroz beso terminó al instante.

Grace intentó recuperar el aliento sin perder el equilibrio. Se frotó los brazos al sentir el hormigueo que producía la sangre al retornar a las venas. Lord Sheene se separó bruscamente y clavó la mirada en los árboles. Mostraba un gesto desolado que a ella le rompía el corazón.

—¡Mierda! —espetó.

Grace se estremeció al escuchar la soez expresión que manifestaba el desprecio que sentía por sí mismo. Que el Señor la ayudara, pues no era él quien debía sentirse culpable. Era ella la que le había provocado con su conducta imprudente en el patio. Una vergüenza amarga la corroía.

—Es culpa mía —confesó Grace con paso inestable. Sus labios seguían vibrando tras su impetuosa pasión.

Matthew le dedicó una mirada atormentada y moteada de brillos dorados. La belleza de aquellos ojos en medio de un rostro tallado por el sufrimiento resultaba impresionante.

—En absoluto, para nada es culpa tuya. No puedes ocultar aquello que ambos sabemos que es verdad. He deseado tocarte desde el primer momento en que te descubrí atada sobre aquella mesa como un maldito sacrificio pagano.

Grace sintió otro escalofrío al verse embargada por la ardiente intensidad de su mirada.

En efecto, Grace sabía perfectamente que la deseaba. Era una pasión que despertaba en ella los anhelos más secretos. Anhelos que a cada paso le resultaba más difícil negar. Entre los dos fue tomando cuerpo un ardor volcánico, pero si entraba en erupción, no dejaría más que desolación a su alrededor.

Debía admitirlo: se sentía incapaz de frenar la emoción que desmantelaba poco a poco sus defensas al imaginarlo besándola otra vez. Pero, esa vez, como debía besarse.

«Dios mío, Grace, eres una mujer infame.»

Otro escalofrío. Él se percató, como siempre.

—Tienes frío. Te acompaño de vuelta a la casa.

Hizo una reverencia y le ofreció el brazo. Se diría que paseaban por el centro de Londres en vez de estar atrapados en su jaula de lujo (otra sombra de la vida que él debería haber llevado). Como era ya costumbre, recordarlo la sumió en una mezcolanza de rabia inútil y dolorosa compasión.

—¿Grace? —Se le oscurecieron los ojos al desconfiar de sí mismo, como solía hacer— ¿O acaso prefieres quedarte a solas?

—No.

Posó la mano en el brazo de él y le asombró descubrir cuánto le temblaba. Su aparente control se tambaleaba.

Por unos instantes en los que se podía cortar el aire que les rodeaba avanzaron en silencio. Sus atenciones le habían dejado un escozor en los labios, al igual que lo habían hecho la última vez que la había besado. Se le hizo un nudo de arrepentimiento en la garganta. Se arrepentía de haberle incitado a aquello, claro, pero aún más al comprobar qué ocultaba la dulzura de su beso apasionado.

Le conocía lo suficiente para reconocer que los cimientos de su alma eran pura ternura. Ternura y fuerza, aunque era la ternura lo que ella deseaba con más ansias. Con todo, sus besos habían sido besos feroces, rápidos, sin sentimiento. Casi crueles.

Vaciló su ánimo, pero no fue capaz de contener la curiosidad que la consumía.

—¿Por qué me has besado de esa forma?

Se puso tenso bajo su mano, pero, tal y como ella esperaba, no se apartó.

—Ya te lo he dicho, no hace falta ahondar en este asunto. A menos, claro, que te divierta verme humillado.

Aquel último comentario burlón le recordó el sarcasmo que había exhibido en los primeros momentos de su estancia en la casa. Esos días, aquel ingenio mordaz le había permitido escudarse de la mujer que creía su enemiga.

¿Por qué volvía a parapetarse entonces?

Grace le agarró la manga de la camisa, con lo que se vio obligado a detener el paso y mirarla a la cara.

—¿Por qué esa agresividad al besarme?

Al marqués le subieron los colores al sentirse inquirido por aquellos ojos. Acusó un tic en su mejilla al desembarazarse de ella de un tirón.

—Ya he presentado mis disculpas. ¿Qué más esperas de mí? ¿Sangre? Porque seguro que puedo complacerte.

—Sabes que eso no es verdad —contestó ella con suavidad.

—Me dejas sin orgullo —repuso él con voz severa—. Habrás imaginado que eres la primera mujer con la que trato desde que tenía catorce años, e imaginarás también lo que eso significa. —Inspiró con dificultad—. Demonios, déjame en paz.

A duras penas escuchó la orden cortante; lo único que hizo fue permanecer atónita y en silencio.

Le estaba bien empleado, por cegata e insensible. ¿Cómo no se había dado cuenta? Él había enfermado cuando era poco más que un muchacho. Desde entonces había sido prisionero de lord John. No pasaba un día en que no resultara más lacerantemente obvio de cuánto le había privado su tío.

El marqués la observó con aquellos ojos de ensueño llenos de desesperación.

—Vamos, ríete. Tengo veinticinco años y hasta que te vi no había tocado jamás a una mujer con pasión. —Su expresiva boca se retorció formando una mueca sin sentimiento—. Mi tío debería exhibirme como una de las maravillas de nuestra época.

Aquel dolor le pedía a gritos que reaccionara, que por un momento se olvidara de sí misma, que dejara a un lado los pilares que habían regido su vida.

«Tú puedes ofrecerle una recompensa.»

La sugerencia insidiosa la inundó desde lo más profundo de su ser, desde el reino oscuro donde campan a sus anchas la lujuria y la soledad. Enderezó la espalda como si la estuvieran apuntando a quemarropa a la cabeza. Aun así, halló el tono correcto:

—No es difícil aprender a besar —dijo con voz ronca.

—Tal vez. —En su expresiva boca se dibujó una mueca de desdicha—. Si se tiene la oportunidad.

Grace se mordisqueó el labio nerviosa, un movimiento que atraparon los ojos del marqués. Para la poca experiencia con la que contaba, era un hombre con respuestas y necesidades de hombre.

Recordar aquello inclinó la balanza, que pasó de la incertidumbre a la determinación precipitada. Grace respiró hondo y habló, incapaz de contener las palabras:

—Te doy esa oportunidad.

El marqués frunció el ceño de ese rostro lleno de vida y los ojos adquirieron una tonalidad más oscura, broncínea. La suave penumbra dibujaba sombras en su oscura cabellera y en su cuerpo alto y de finos músculos. Grace era consciente en todo momento de su atracción. En esos instantes, aquella masculina belleza la dejó transpuesta.

—¿Estás segura, Grace?

No se sentía muy segura, la verdad, pero había ido demasiado lejos y no estaba dispuesta a retroceder. El corazón le iba a mil por hora y las manos, que tenía puestas en jarras, le bailaban desesperadas.

—A las... a las mujeres nos gusta que nos traten con suavidad, milord.

A él empezó a desaparecerle la tensión del rostro.

—En ese caso, seré más suave.

Grace supuso que actuaría con torpeza, acaso revelando rastros de su anterior vehemencia, pero fue un tacto calmado, ligero, el que le obsequió al sujetar sus mejillas con ambas manos y levantarle la barbilla con los pulgares.

Despacio, tan despacio que el corazón estuvo a punto de detener sus latidos cuando por fin la besó, agachó la cabeza. Sintió su respiración en los labios antes de que se entrelazaran sus bocas. Incluso después de las parodias de beso que ella le había infligido dos noches antes, el sabor de su lengua le era conocido.

El marqués movió sus labios aferrándose a ella.

El contacto entre los dos era tan dulce que la conmovía. Al poco todo terminó.

Había sido el beso de un niño, aunque las preguntas que formulaban esos ojos al escrutarla eran de una persona madura. No sabía a quién tenía ante sí, pero era alguien que no vaciló al acercar sus labios una vez más.

En esa ocasión se explayó más, saboreó, descubrió, degustó. Era asombroso ver con qué rapidez aprendía los rudimentos de la técnica. Le retumbaba el pulso en los oídos. Los dientes de Matthew rasgaron el labio inferior de Grace y el beso ganó en profundidad. Ella abrió la boca ante aquella deliciosa presión.

No daba crédito: sintió que resbalaban sus lenguas; era una invasión de calor que, por íntima, causaba zozobra. Ni los pocos besos robados en Marlow Hall ni sus años al lado de Josiah la habían preparado para algo así.

Era una sensación gloriosa, embriagadora, pero ante todo aterradora.

Gimió a modo de protesta. Al instante él la liberó, aunque

apenas se apartó unos centímetros. Estaba lo bastante cerca para que la fragancia a limones que desprendía, mezclada con la excitación masculina, provocara en ella multitud de sensaciones.

—¿Grace? —sonaba aturdido hasta lo más profundo de su alma.

Por mucho que respirara hondo, Grace no lograba calmar el caos que reinaba en sus sentidos. Se llevó una mano temblorosa a la mejilla sonrojada. ¿Cómo podía alguien tan poco avezado hacerle sentir lo que ningún hombre había podido?

—Me temo que sobreestimas mi experiencia —dijo ella, nerviosa—. Josiah no... no expresaba demasiado, físicamente.

—Entiendo —aceptó el marqués sin elevar la voz.

No estaba segura de lo que había entendido. Si actuaba como su tutora en los preliminares del amor, tenía que aceptar que en muchos aspectos ella era tan novata como él.

—Estamos más a la par en esto de lo que imaginaba —dijo él, puesto que, evidentemente, sí lo entendía.

Como de costumbre, su inusitada sonrisa hizo que el corazón de Grace diera un salto mortal. ¿Cómo iba a resistirse a los encantos de un hombre con esa sonrisa? ¿Cómo podría resistirse a un hombre que la rodeaba con sus brazos con semejante confianza?

Jamás había sido tan consciente de su fuerza como en aquel momento. Se acomodó en los duros ángulos de su cuerpo. Cuando Josiah la tocaba, siempre la había hecho sentirse como un secreto indigno. Con un beso, el marqués había logrado que se sintiera deseada, hermosa, por fin una mujer.

—¿Milord? —preguntó entre escalofríos.

—Matthew —insistió.

—Matthew. —Su nombre brotó de sus labios con la suavidad de la miel caliente, pero cien veces más dulce.

—Me gusta. Me gusta aún más cuando me rodeas con los brazos.

—Me parece que ya hemos hecho suficiente, mil... digo, Matthew. —Pretendía sonar represiva, pero sus palabras parecían una súplica ahogada. Su olor cálido, atormentador, la enloquecía como debía de ocurrirle a él también—. Mejor detenernos ahora.

—No —respondió con la arrogancia que correspondía al gran marqués de Sheene.

Su boca se cernió sobre la de Grace. Ella respondió con un impresionado placer ante su ardor indagatorio.

Aquel hombre ya no era un aprendiz. Era un hombre que sabía lo que quería y cómo conseguirlo. La ternura que contenía se había esfumado. En su lugar, se dejó poseer por el poderío, la urgencia y la exigencia.

Un espíritu demoníaco que llevaba demasiado tiempo atrapado en el interior de Grace saltó a la superficie. Su boca no tardó en reaccionar con la misma fiereza y sus manos se agarraron al cuerpo de Matthew con fuerza. Sabía a gozo prohibido. Sabía a todo cuanto había deseado en la vida. Se puso de puntillas, hambrienta de más besos, al tiempo que hincaba los dedos en su musculosa espalda como si no fuera a dejar que se separara jamás.

El beso superó con creces todo cuanto Grace había experimentado. Los pechos se contrajeron y esperaron con dolor a que los cubrieran sus manos. Sus entrañas latían con impaciencia. Entendió desesperada que aquella lujuria tan solo se apaciguaría si Matthew llenaba su vacío con su cuerpo.

¿Cómo habían levantado esa tormenta de deseo unos cuantos besos?

Claro que no eran los besos, por embriagadores que resultaran. Los besos habían sido una triste excusa que había alimentado aquel anhelo constante. Una vez liberada la pasión, lo único que aguardaba a Grace era la destrucción.

Una destrucción que se separó de ella poco a poco y le concedió una sonrisa holgazana, satisfecha, de hombre.

—Bésame otra vez, Grace —pidió él con suavidad.

Y, a pesar de todo, ella no hizo ningún mohín al ver que la levantaba y se fundían sus bocas.

Aquello, aquello era en lo que Matthew había soñado todas aquellas interminables noches. Grace, seductora y ansiosa en sus brazos. Grace, cálida y ágil bajo sus manos. Para desafiar el sino probablemente maligno que en algún momento la arrebataría de sus brazos, se la acercó un poco más y le robó un beso.

El sabor que desprendía su boca era exquisito, más suculento que la más sabrosa ciruela. El angustioso encuentro de un par de noches atrás ya le había dado pistas de cuál iba a ser su recompensa, pero jamás se había imaginado las riquezas que le esperaban al entregarse a él voluntariamente.

Nunca había supuesto que un beso podía asemejarse a lo que sentía en ese momento: algo tan completo, como si al juntarse los labios se unieran también las almas.

El instinto le hizo presionar la lengua entre sus labios una vez más. El calor le calcinaba el cuerpo al sentir la lengua de Grace rozar la suya y avanzar con una finalidad muy clara. A ella se le escapó un suspiro de su boca y con ello él abandonó todo raciocinio. El beso soltó las riendas y se convirtió en una puerta abierta que mostraba otros placeres que no tenía derecho a degustar.

Elevó la cabeza. Ella tenía los ojos ciegos, dilatados de excitación. Un color libidinoso le pintaba las mejillas, habitualmente pálidas. Los labios le brillaban, mojados e hinchados. Se abrían para inspirar, estremecidos. Matthew contuvo la necesidad de saborear su aliento. Su erección rozaba con insistencia la parte frontal de su pantalón, exigía que la recostara sobre la copiosa hierba, que era donde la había hallado durmiendo.

«¡No! Tengo que dejarla ir ahora mismo, de lo contrario no la dejaré ir jamás.»

Poco a poco retiró los brazos, a pesar de que a cada latido su corazón insistía en que siguiera besándola, que esos besos lo conducirían hasta aquello que todo su cuerpo pedía a gritos.

Separarse de ella le causaba daño, un daño físico.

Y era en vano.

Al verla moverse, volvió a atraparla. Fue el último rastro de fuerza de voluntad el que lo detuvo ante la posibilidad de abrazarla una vez más para una ración de más besos cautivadores. En su lugar la cogió por los hombros y la detuvo.

Ella se quedó mirándolo perdida, deslumbrada, en silencio. La viril proximidad le recorrió el espinazo. A juzgar por el aspecto de Grace, el mundo podía haber empezado y terminado en ese mismo instante.

—¿Grace? ¿Estás bien? —Su voz sonó como un graznido.

Ella tragó saliva y observó su boca. Él contuvo un gemido cuando a punto estuvo de sucumbir a otro arranque de deseo incendiario.

—¿Grace?

Ella pestañeó y abrió los ojos. Vio que, paso a paso, la consciencia ganaba terreno ante la vacuidad de su gesto.

Dios sabe qué debía de estar viendo al mirarlo de frente con esos ojos azul cobalto. ¿Un pobre y mísero perturbado? ¿Un torpe manazas? ¿Un muchachito inepto? ¿O un hombre al que deseaba llevarse a la cama?

—Ha sido... ha sido un error —contestó Grace con brusquedad. Su voz le rasgó los nervios, ya crispados, como papel de lija de terciopelo.

—Un error glorioso —dijo él, sin poder contenerse.

—Así es.

Aquella confesión entre dientes hizo que su corazón retumbara otra vez. No la agarró con tanta fuerza, sino más bien con una caricia. Ella cerró los ojos y se acercó inclinando la cabeza hacia él.

No era capaz de hacer caso omiso a aquella invitación. Primaba el honor. Al fundirse sus bocas, sintió su suspiro en cada poro de su piel.

Sus dedos se zambulleron en su negra y densa melena. Quería desnudarla y poseerla allí mismo. Quería que aquel beso extático no terminara jamás.

«Te deseo, te deseo con todas mis fuerzas.»

Pero nunca podría poseerla. Convertirla en su amante era

un error, no podía hacerlo. Se liberó de sus brazos y dejó caer las manos a ambos lados. No iba a seguir.

—Se suponía que esto era solo un beso —susurró ella, cubriéndose los labios con la mano como si comprobara el recuerdo de su tacto.

—Sí, era una lección.

En su voz se percibía un matiz de amargura. Hacía bien en recordarle cómo había empezado todo. Su inútil ira había traicionado la milagrosa generosidad mostrada por Grace. Gracias a sus besos, había atisbado el paraíso, pero jamás se le concedería la entrada.

Matthew se sorprendió al ver que ella le regalaba una sonrisa.

—Pues te has ganado el título, y con muy buena nota.

—Aunque dando la nota.

Al pronunciar las palabras, el corazón le dio un vuelco bajo las costillas. Había pasado parte de su vida teorizando, experimentando y recabando pruebas. No podía errar a la hora de sacar conclusiones.

«A ella le ha gustado besarme.»

¿Acaso era factible que lo deseara siquiera un ápice de lo que la deseaba él?

—No te imagino dando la nota en ninguna parte —contestó ella en voz baja pero con convencimiento; y con un revuelo de faldas se encaminó de regreso a la casa.

Pues él sí se imaginaba, sobre todo al contemplar el vaivén de sus caderas al alejarse.

Se imaginaba arrojándola al lodazal y desahogándose con ella, o acorralándola contra un árbol, o persiguiéndola hasta la casa y abalanzándose sobre ella en cuanto estuviera a resguardo de ojos espías.

Todo muy honroso, nada de dar la nota. Honroso, pero placentero.

Y vergonzoso.

Pero al observarla avanzar por el camino, no contemplaba otra cosa que el placer.

Cuando llegó la hora de cenar, a Matthew le había cambiado el estado de ánimo. El beso había sido maravilloso, lo más maravilloso que le había sucedido en la vida, pero conociendo entonces su sabor y los suaves suspiros que emitía al ceder a la tentación, ¿cómo iba a poder vivir sin tocarla una vez más?

«Si la toco otra vez, no podré detenerme en los besos.»

Tenía que seguir pasando la noche a su lado con mísera castidad. Con solo pensarlo se le crispaban todos los músculos y se repetía una y mil veces que no podría soportarlo.

Grace estaba de pie al lado de la ventana y dio media vuelta cuando él entró en el salón. Matthew dejó la mano en el pomo de la puerta mientras refrenaba sus ansias de cogerla en brazos sin miramientos. Lo que necesitaba era su protección, no su pasión. Tenía que quitarse de la cabeza los gloriosos acontecimientos de aquella tarde, como quien se quita un abrigo que ya no le cabe.

Claro que del dicho al hecho... Sobre todo cuando su sonrisa le fundía el pobre corazón. ¿Por qué rayos tenía que ser tan hermosa?

—Lord Sheene.

—Esta tarde me has llamado Matthew.

A Grace se le oscurecieron los ojos al igual que le había ocurrido esa misma tarde. Él ganó a zancadas el trecho que los separaba antes de recordar que había jurado mantener las distancias. No se detuvo hasta verla retroceder, cuando solo faltaban unos metros.

—Matthew.

Aquella voz profunda convirtió su nombre en un término cariñoso. No cabía duda, besarla había sido un error por el que pagaría con sufrimiento y congoja eternos, pero del que no lograba arrepentirse.

—Grace. —Observó que su color veleidoso fluctuaba en su piel blanquecina—. ¿Tienes hambre?

Sus ojos ardían con inconfundible interés antes de que aquellas pestañas, gruesas como el pecado, ocultaran su gesto.

—Sí —contestó, apenas audible.

A Matthew le quemaban los dedos, que suspiraban por rozar aquel rubor rosáceo en sus pómulos. No imaginaba que pudiera estar incómoda. Al fin y al cabo, ella era viuda y ya había intimado con un hombre. ¿O acaso Paget, aquel vejestorio infame, la había defraudado también en ese aspecto, como en todo lo demás?

Llevaba un vestido de seda azul bastante escotado. Su mirada descendió hasta la sombría intriga que se escondía entre sus senos. Grace se estremeció como si la estuviera tocando en aquel instante.

—Te lo ruego, di algo —suplicó ella medio sonriendo—. Aunque sea hablar del tiempo.

—Me parece que va a llover —dijo, incapaz de apartar los ojos de ella.

Y, como si quisiera demostrar la tremenda estupidez de su observación, la lluvia repicó con fuerza contra la ventana. Arreciaba temporal y ni se habían dado cuenta. Solo tenía ojos para Grace: su piel exquisita, sus esbeltas curvas vestidas de seda del color del cielo, su exuberante boca.

Despejó sus pensamientos y se aproximó al mueble-bar para servirle un poco de vino, pero estaban conectados por hilos invisibles, unos hilos que se tensaban infinitesimalmente con cada respiración, por lo que el esfuerzo que suponía apartar las manos de ella se volvía un lastre más pesado a cada segundo.

Grace se limitó a picotear la comida a pesar de haber confesado estar hambrienta. Y estaba hambrienta, eso era verdad, pero hambrienta de hombre, del hombre que tenía sentado delante y que lo estaba pasando realmente mal para darle conversación, que intentaba no mirarla mirándola, como si no existiera fuerza telúrica capaz de detenerle.

Lo mismo le ocurría a ella: no podía quitarle los ojos de encima.

No se había sentido así jamás. La poseía una descomunal tormenta de deseo. Sus urgencias ardían como un cometa en llamas. Era una sed de hombre que desconocía y que resultaba angustiante.

Admiraba la inteligencia de lord Sheene, aplaudía su actitud resoluta, celebraba su valentía, pero todas aquellas virtudes eran poca cosa al lado del deseo que la consumía por tocar su piel, sentir el calor de su boca, el latido de su corazón bajo su mano.

Nunca había entendido por qué las mujeres arrojaban por la borda la fama, el futuro o la seguridad por la mera pasión, una pasión física sobrecogedora que siempre se le había antojado ilusoria, como el alma virtuosa de Josiah.

Por fin entendía la pasión, o al menos su seductora antesala.

Después de juguetear con la comida que tenía en el plato, levantó la vista y descubrió a lord Sheene examinándola con la mirada. De nuevo. Una mirada en la que se consumía el fuego. Había dejado de disimular su interés. Iba a tener que encomendarse a los designios del cielo, pues esa actitud sincera agitaba aún más la llama de sus ansias.

¿Cómo podía haber creído que no la deseaba? Con los ojos del conocimiento abiertos por fin de par en par, se dio cuenta de que el deseo había prendido desde sus primeros encuentros: deseo con una pizca de pavor en su caso, y de sospecha en el de Matthew.

En esos momentos el deseo hacía su entrada, sin tapujos, desde las sombras.

Y sentía miedo.

A Grace Marlow la habían educado como una dama. Grace Paget jamás había quebrantado sus votos conyugales. Nunca había estado expuesta a la tentación.

Cinco semanas después de enviudar, y la tentación la había apresado con hebras del más fino acero.

Ardía en deseos de que el marqués la poseyera ahí mismo.

Con tan solo pensarlo, unos terribles calores invadían su cuerpo. Se removió en la silla hasta que se apaciguaron sus ansias, hasta que se concretaron. Matthew arrugó la nariz como si hubiera captado el olor de su excitación. La conciencia animal que compartían era de naturaleza electrizante, irrefutable.

Probó a convencerse de que aquello iba a ser el mismo numerito decepcionante de siempre. Alguna vez había tenido que soportar que Josiah hiciera uso de su cuerpo, pero nunca había disfrutado con ello.

¿Por qué motivo iba a ser distinto con lord Sheene?

Era un hombre. Seguro que se desquitaría con ella como una bestia hasta quedar satisfecho y luego daría media vuelta y se limitaría a roncar como si nada.

Sin embargo, persistía en ella el recuerdo de sus diligentes manos aquella tarde. Recordaba el aroma embriagador de su piel y el sabor de su boca.

Era un hombre joven en la flor de la vida, mientras que Josiah era un hombre mayor, un anciano.

Y ella era la primera mujer a la que lord Sheene había tocado jamás, una idea tan cargada de erotismo... Había sido ella la que le había mostrado el camino del deseo. Podía enseñarle qué era el placer. Podía...

«No, Grace. No hay nada que puedas enseñarle. ¿Qué sabes tú de la pasión?»

Se aferró con todas sus fuerzas a las imágenes de su cuerpo hermoso y larguirucho moviéndose a su alrededor, cubriéndola entera, penetrando en su interior. La poca comida que había logrado tragar se le hizo un nudo frío en el estómago, y se levantó temblorosa.

Él también se levantó, y al mirarla ella vio que sus ojos dorados eran presa de la preocupación.

—¿Te encuentras mal, Grace?

Ella negó con la cabeza.

—No, tan solo un poco cansada.

Con avaricia, Grace recorrió con la mirada sus facciones,

la potente complexión de su cuerpo. Al instante cayó en la cuenta de que estaba desnudándolo con la mirada y se marchó a toda prisa. Tenía que irse de allí.

Y, sin una explicación, desapareció.

Grace no se movía un ápice. Permanecía tumbada con Matthew a su lado, inmersa en la callada intimidad del dormitorio, bañado por la luz de la luna. Él iba vestido de los pies a la cabeza. No se había quitado siquiera la camisa, y ella sabía por qué. El fantasma de sus besos planeaba sobre sus cabezas con la corporalidad de una navaja.

El deseo la consumía. El deseo irradiaba del hombre que tenía al lado. No se había movido desde hacía una hora, pero seguía igual de desvelado que ella.

—Fue un error besarte —exclamó ella sin más.

—No.

Esperó a que Matthew añadiera algo, pero el silencio se tornó insufrible.

Grace tomó aire como pudo. La tristeza, la culpa y el deseo se confundían en su corazón. Ya se había mostrado a Matthew tal como era, más de lo que se había mostrado a otro hombre en la vida, incluso a Josiah. No obstante, parecía no bastar. Imaginaba que no tenía otro remedio que bajar todas sus defensas ante él. Una lágrima resbaló por su acalorada mejilla.

Se movió el colchón, pues Matthew se estaba dando la vuelta para hablarle. Acaso la oscuridad ocultaría sus lágrimas... pero fue una esperanza vana. Ya se había percatado de que no se le escapaba nada.

—Oh, cielo. —Con tino alargó la mano e interceptó una de sus lágrimas. Y otra. Y otra. Grace cerró los ojos e intentó recuperar la compostura.

—Llorando no se arreglan las cosas —dijo ella con voz ronca.

—Aunque a veces es lo único que nos queda. —Su voz la acarició como la seda negra.

Él suspiró y se estiró, y atrajo a Grace hacia él hasta tener los rostros de ambos prácticamente pegados. La entrelazaron unos brazos fuertes, y ella apoyó su cabeza, atenazada por el martilleo, en su hombro. Se acomodó en su cuerpo sin ofrecer resistencia y rompió a llorar sin remedio. Nadie le había ofrecido cariño o apoyo desde que era una niña. Desde su infancia había estado sola, bregando contra un mundo hostil.

Lloró por la niña insensata que era a los dieciséis; por Josiah, que nunca había encontrado la felicidad; por el hermoso marqués que había desperdiciado su juventud y su fortaleza en aquel retiro, escondido a los ojos del mundo.

Lloró por Grace Paget, que tras nueve años de matrimonio descubría por fin el deseo. La misma Grace Paget a quien alguien había tomado por una fulana y que en esos instantes prometía convertirse en una fulana, pero de verdad.

—Lo lamento —se disculpó, al tiempo que se convencía de que sería capaz de soportarlo si él decidía separarse de ella. Había aprendido que era capaz de sobrellevarlo casi todo, aunque no se lo creía. Si Matthew la rechazaba, le dolería más que los patentes esfuerzos de Josiah por ridiculizarla. Se recostó sobre el pecho de Matthew y descansó la cabeza en su suave camisa de lino, justo debajo de la clavícula.

—Yo también he aullado más de una vez como un perro apaleado —confesó en un tono que ella entendió que pretendía quitar hierro al asunto—. Cuatro tristes lágrimas que justifican mi existencia...

Qué hombre más bueno y valiente. No lograba hacerse una idea de lo que había significado conservar dicha bondad y valentía durante el infierno que había vivido. Una vez más, se despertó el deseo. El pecho que tocaban sus manos era ancho y fuerte. Podía escuchar su latido acelerado ahuecando el oído. Si avanzaba sus manos, que en ese instante estaban posadas sobre la arrugada camisa, bastaba con unos milímetros y tocaría su piel desnuda. Aunque deseaba permanecer a su lado más que el aire que respiraba, hizo esfuerzos por apartarse.

En lugar de soltarla, él la retuvo con más fuerza.

—No te vayas.

Percibió el dolor de sus palabras, sus mismas ansias. Sin decir nada, se dejó caer sobre su cuerpo.

El silencio se apoderó del aire, un silencio cargado de todo cuanto sentían pero no podían decir.

Por Dios, aquello no podía continuar así. Si no daban rienda suelta a sus deseos, estos terminarían destrozándolos.

Al cabo del rato él concilió el sueño mientras Grace le observaba en la oscuridad, ya sin lágrimas en los ojos.

En su mente desfiló la impetuosidad que había mostrado en el pasado. Recuerdos de la niña mimada, de la esposa desdichada, de la viuda indigente. Recuerdos crueles de un padre que destinó a su hija a la perdición con palabras que se le clavaron en el corazón como un puñal, que se había jurado que nunca se convertirían en realidad. Recuerdos más recientes de un hombre loco que en su momento la aterrorizó, que acabó salvándola y que a aquellas alturas le mostraba el paraíso con sus besos.

Durante aquellos últimos años de infelicidad tan solo había seguido adelante por honor. Estaba a punto de renunciar a esa única virtud, pero, aunque pareciera extraño, no se arrepentía lo más mínimo.

Transcurrieron las horas, oscuras e interminables, mientras se despedía de la mujer que había sido. Y abrió los brazos a la mujer que iba a ser desde aquel momento.

«Mañana por la noche...»

14

Grace esperaba a Matthew en la habitación, aún mareada por la mezcla embriagadora de excitación y aprensión. Poco antes, durante la cena, había hecho lo imposible para que la conversación resultase trivial, como lo habían sido sus intercambios durante el día.

Era tarde, se acercaba la medianoche, y todo había enmudecido. Lo había dejado bebiendo su oporto mientras ella subía al dormitorio con prisas, echa un manojo de nervios. Y de deseo. Un deseo que sumía su corazón desbocado en un vaivén ebrio, vacilante, que danzaba a un ansioso tres por cuatro.

«Le deseo, le deseo, le deseo…»

Su sangre hervía de anhelo al igual que fuegos de artificio. Una respiración honda. Y otra.

Estaba apoyada al pie de la cama, con desparpajo, para que la viera al entrar. Llevaba el vestido más bonito (y arriesgado) de los que había hecho traer el tío de Matthew: uno de batista ceñida, bordado con una estela de estrellitas plateadas.

El atuendo podía pasar por virginal, si uno no se fijaba en lo transparente que era. O en la forma en la que enseñaba la prominencia sin encorsetar de sus senos. O que tan solo lo ceñían cuatro cintas, dos en los hombros y dos a los lados. Dos dedos avezados de hombre bastaban para que en apenas un segundo aquel vestido se desplomara sobre el suelo.

Por fin oyó a Matthew abandonar el salón y atravesar el vestíbulo hasta la escalera. Escuchó cada uno de los pasos reticentes de sus botas al ganar los escalones. Se detuvo en el rellano superior mientras intentaba controlar sus impulsos.

¿Por qué estaba tan segura de lo que sentía él?

Porque era una batalla conocida.

Esa noche estaba a punto de rendirse.

Y de degustar su derrota. Era un resultado que le había sido predestinado desde el mismo momento en que había descubierto sus enigmáticos ojos.

Él aguardó fuera un buen rato, hasta que al final soltó un suspiro. La tristeza de aquel sonido añadió una delicada nota menor a la música rítmica que sonaba en su corazón. Oyó cómo se dirigía hacia el dormitorio.

Un paso. Dos pasos.

Hizo su entrada en el hueco de la puerta. Vio cómo probaba a entender lo que observaban sus extraordinarios ojos con un pestañeo.

Velas encendidas en la balda, el armario y el alféizar de la ventana.

Las colchas estaban dobladas, solo las sábanas les esperaba: blancas, prístinas, provocadoras.

«Reclaman tu presencia.»

El aire estaba impregnado de un aroma sensual a jazmín. Grace se lo había aplicado en las muñecas y había ungido la ropa de cama con su evocadora fragancia.

Abrió los ojos como platos al posarlos sobre ella. Grace reparó en sus dedos, que apretaba con fuerza a ambos costados, como obligándose a no moverse. Era la reacción por la que había suplicado en sus oraciones, aunque no sabía exactamente si había pedido auxilio a Dios o al diablo.

—¿Qué estás haciendo, Grace? —le preguntó sin reparos.

No cruzó el umbral de la puerta. Sus ojos estaban cargados de acusaciones, aunque no exentos de un deseo indómito. Un músculo diminuto latía en su mejilla y formaba un errático tatuaje.

—Te estoy seduciendo —contestó en un tono firme y lleno de determinación.

El rostro de Matthew se endureció y se hicieron patentes sus sólidos rasgos. Aunque... no era la cara lo que se había endurecido. La erección había aparecido con tan solo divisar su silueta. Sus pantalones, anchos y parduscos, no dejaban lugar a dudas: su excitación batallaba contra su frontal abotonado.

Grace se apartó la cabellera, recién lavada, de la frente. La melena revoloteó a su alrededor, rozándole la piel desnuda con suavidad, con ternura. Adquirió un color dulzón de madera quemada, vestigios de unos momentos antes, cuando se la había secado al calor de la chimenea. Era la primera vez que se soltaba el cabello por un hombre. El efecto era sorprendentemente erótico, extrañamente liberador.

Una sonrisa curvó unos labios carnosos, untados con bálsamo rojo. No se había maquillado nunca: otra forma de libertad.

—Ya te he dicho que esto es imposible. —Lucía una tez cenicienta y parecía perdido, perplejo, infeliz—. ¿Por qué no lo has comentado durante la cena?

—Porque sabía que intentarías convencerme de lo contrario. —Y prorrumpió en un largo discurso antes de que le fallara el valor—: Tu tío pensará que ha vencido cuando sepa que compartes mi cama. Monks y Filey pensarán que he sucumbido a la vida licenciosa. No me quedará reputación que salvaguardar, después de esto. —Tragó saliva, asustada por lo que iba a ocurrir, lo que amenazaba con suceder—. El mundo cree que soy una meretriz. ¿De qué nos sirve que no sea cierto?

—Ambos sabremos la verdad.

A Grace se le fue apagando la sonrisa al leer la desesperación que ocultaba su hostilidad.

—Lord Sheene...

—¡Santo Dios, Grace! Me llamo Matthew. En este lugar infernal, poco tengo de lord. Y mucho menos de mí mismo.

Dio media vuelta y apoyó la frente en la mano cerrada en un puño sobre la puerta.

—Matthew —probó a decir con suavidad, y se dio cuenta de que el sonido de su nombre en sus labios liberaba su larga figura de cierta tensión acumulada. En su fuero interno, un nudo de nervios empezaba a aflojarse, a volverse acuoso.

Respiró hondo y se estremeció. Esperaba que el montaje que había preparado y su manifiesta disposición arrollarían toda precaución por parte de él, que al primer vistazo habría sucumbido a una tormenta de pasión.

Debería de haberlo previsto. Gozaba de una gran fortaleza, la misma que le había ayudado a sobrevivir los últimos once años.

—Matthew. —Repitió su nombre por el mero placer de escucharlo. Enlazó sus manos temblorosas delante de él y se esforzó por encontrar las palabras adecuadas—. Esta propiedad es un mundo en sí mismo. Quizá no tengas otra oportunidad de acostarte con una mujer.

No, ahí se había equivocado. Se dio cuenta incluso antes de que él sacudiera la cabeza y la castigara con una de sus miradas de dorada ferocidad. Una vez más, ahí estaba el halcón cautivo con su sino que se agazapaba en los confines de su mente. Aquella imagen trágica y persecutoria fortaleció su frágil voluntad.

—¿Por qué haces esto? ¿Por lástima? —preguntó él en un tono contundente.

Por momentos a Grace le resultaba difícil mantener la compostura. Contuvo las ansias que sintió de correr hasta el armario y ponerse alguna bata para tapar su casi total desnudez. En su lugar, enderezó los hombros y sacó fuerzas de flaqueza para proseguir en un tono tranquilo.

—No es por lástima. —Y luego se arriesgó al todo o nada—. Te deseo. Y creo que también tú me deseas.

La expresión de su rostro de animal cazado no cobró ninguna luz de alivio.

—En efecto, te deseo, pero no por ello esto se convierte en lo correcto.

—¿Por qué?

Matthew apretó los dientes.

—Esto es una crueldad, Grace, y no es digno de ti. Pon fin a este jueguecillo lastimero. No pienso sucumbir a las artimañas de mi tío por culpa de mis antojos egoístas. Juré que no padecerías ningún daño y, si te conviertes en mi fulana, me pondré a la altura de mis carceleros.

Siguió mirándola por encima de su cabeza, pues desconfiaba de sí mismo si la miraba directamente. Ella no mostraba semejantes escrúpulos: lo estaba devorando con los ojos, desde la coronilla de su flamante melena azabache, pasando por todo su cuerpo, enjuto y fuerte, hasta sus largos pies.

La desesperación crispó el tono de su voz al hablar.

—Puede que no escape jamás de aquí. Monks y Filey podrían matarme mañana mismo. Siempre he sido una mujer decente, me casé siendo virgen, pero mi vida en el mundo exterior terminó el día en que esos maleantes me drogaron y me secuestraron.

No había hablado nunca con esa franqueza, pero los vestigios del ser que había sido se evidenciaban en el rubor de su rostro.

Al escuchar esas palabras, Matthew decidió observarla de frente. En medio de sus preciosos ojos llameaba una luz de desconsuelo.

—¿Y si quedaras embarazada? —preguntó en un tono donde se percibía el enfado.

—Mi vientre no ha engendrado jamás antes.

—Tu marido era un anciano.

—En nueve años de matrimonio nunca concebí.

—Estamos poniendo en juego el futuro de un alma inocente.

Ella apretó sus puños con una fuerza que dolía en las entrañas.

—Aquí dentro, toda nuestra vida está en juego —repuso, y añadió con una voz que flaqueaba de impaciencia—: La felicidad sería la mejor venganza contra lord John. Y pienso... pienso que podríamos encontrar la felicidad juntos.

—Entre estas paredes, no se puede ser feliz —fue su escueta respuesta.

—No tiene por qué ser siempre así. Es algo que cada cual debe procurarse; tu tío no puede controlar tu dicha. Es la única verdad, todo lo demás es un embuste. Que el orgullo no te lo arrebate, Matthew.

—Es algo más que orgullo. —Por fin entró de lleno en la habitación. Era una primera concesión, aunque él no lo reconociera.

—¿Qué? —preguntó ella sin moverse del pie de la cama.

—Si me tocas ahora, estaré perdido —confesó con brusquedad.

Grace se apartó el pelo para que cayera sobre su hombro, y al hacerlo observó que el fuego se consumía en los ojos dorados del marqués, al contemplar su oscura melena.

—Tú decides. No seré yo quien se interponga ante tu ya limitada libertad.

—Y me lo dices mientras te muestras ante mí como el mejor de mis sueños —dijo con un dejo amargo en la voz.

Avanzó unos pasos más. Faltaba poco para que, al tenderle la mano, Grace pudiera alcanzar su piel. Oh, cuántas ganas tenía ella de tocarle... pero todavía no era el momento oportuno.

—Esta podría ser nuestra única oportunidad, Matthew. Que Dios me perdone, pero nunca he deseado a ningún otro hombre. Y a ti sí te deseo. ¿Acaso estoy sola en esto?

—Sabes perfectamente que no eres la única, Grace. —Un paso más. Matthew le ofreció una mano, pero la dejó caer antes de rozar siquiera la de ella—. Puede que te decepcione. No he hecho esto nunca.

Las palabras les separaban como una llama que recorriera el aire.

«Ya lo tengo. Gracias a Dios y a todos sus ángeles, ya lo tengo.»

Grace soltó un suspiro de alivio. La dolorosa tensión que sentía entre los omóplatos por fin le daba un respiro. No sabía que le depararía el mañana, pero de momento iba a disfrutarlo intensamente. Era la primera vez desde que había empezado aquella pesadilla que controlaba su sino. Estaba ofreciendo a Matthew el mismo privilegio, si tenía el valor de hacerse con las riendas.

Jamás había dudado de su valor.

La seriedad del momento se le atragantó en la garganta. ¿Debería ser ella la que le guiara, la que le dijera qué debía hacer? ¡Si a duras penas conocía ella misma los rudimentos! Resultaba un poco ridículo después de nueve años de casada, pero esa era la verdad. Por su orgullo y para salvaguardar su masculinidad, decidió no ejercer de maestra.

—Estoy aquí para lo que dispongas. —Y, cuando Matthew dio el último paso que lo acercó por fin a ella, Grace dibujó una sonrisa en sus labios.

—Adoro tu sonrisa, ¿lo sabías? —dijo con ternura, colocando sus manos con cuidado en las mejillas de Grace—. A ver, señora Paget, ¿cómo se empieza en estos asuntos?

Ella sonrió abiertamente, al tiempo que sentía que el deseo burbujeaba en su interior como una botella de champán.

—Un beso siempre es un buen comienzo.

Matthew contempló fijamente la hermosura de su rostro mientras le embargaba una maraña de caóticas emociones.

Había soñado con tener a una mujer durante tanto tiempo... Una mujer que calmara su angustia, su rabia, su soledad.

Sin embargo, no era aquel alivio animal lo que esperaba de Grace.

De Grace esperaba... amor.

La tocó, pues, con suavidad al ahuecar las manos sobre su rostro. Lentamente bajó la cabeza hasta que se rozaron los labios.

Matthew sorbió gotas de placer, lo que hizo que ella abriera la boca. Se separaron sus labios, relajados. Grace soltó un suspiro y se rindió al beso con tal premura que el marqués no cabía en su alegría.

Matthew hizo uso de la lengua para explorar los cálidos recovecos de la boca de ella y redescubrir su dulzura, su pasión. La lengua de Grace le esperaba ondeando y el placer que sintió al reunirse con ella era capaz de hacerle perder el control en cualquier momento.

Era la misma suave delicia que había paladeado el día anterior, pero distinto. Hasta ese día Grace se había aferrado siempre a lo que conservaba de prudente. Esa noche, no obstante, no se contuvo en ningún instante. Reconoció la entrega más absoluta en sus reacciones inhibidas, en la rendición líquida de su cuerpo. Abrazándola contra su pecho, sentía sus pezones, duros como puños. No tardaría en degustarlos también. Solamente con pensarlo, se estremeció de pies a cabeza.

Al ir ganando confianza, su presión también cobró mayor intensidad. La garganta de Grace emitía ronroneos, por lo que él le introducía la lengua cada vez más adentro. El corazón le latía a mil por hora bajo las costillas ante aquella gloriosa sensación. La envolvió con sus brazos en un gesto repentino y se la acercó con fuerza. Ella suspiró y se aferró a él con más furia, hincándole los dedos en la camisa de lino que le cubría la espalda, y aflojándolos después. Tanto beso hizo que se sintieran desesperados por momentos.

«Con cuidado, Matthew. No te precipites.»

Si no disciplinaba sus ansias, le haría daño. Se apartó con violencia de su boca y clavó sus ojos en ella, derrotado. La deseaba con tanto ímpetu que estaba a punto de perder la razón. No obstante, no quería atacarla como lo haría un muerto de hambre sobre el primer plato que consiguiera tras un prolongado ayuno.

Aunque, a decir verdad (que el Señor le perdonara), estaba hambriento de Grace.

—¡Cielos! —suspiró ella al deshacer a su vez el abrazo y apoyarse de nuevo en la cama.

Parecía haber sobrevivido a un terremoto. Tenía los pómulos colorados y los labios rojos y carnosos, pero era debido a sus besos, no al maquillaje, y de pronto entenderlo hizo que él se sintiese orgulloso.

Grace se llevó una mano temblorosa hasta el pecho. A cada respiración rasgada, sus redondos senos se elevaban bajo aquel camisón tan fino. Él cerró los ojos un instante y suplicó poder contenerse, aunque a cada segundo que pasaba la contención se convertía en una noción más huidiza.

Les separaban apenas unos centímetros, ¡e incluso esa distancia parecía torturarle!

—Ven —exclamó él sin más, y la agarró para abrazarla una vez más.

Aquellos largos cabellos negros lo habían atormentado desde el mismo momento en que apareció por la puerta y por fin resbalaban por su pecho a modo de satén oscuro.

Bajó la cabeza con ímpetu para apoderarse de su boca, a lo que ella respondió con un fervor salvaje. Tenía un cuerpo esbelto y maleable como el acero candente.

La boca de Grace forcejeaba con la de Matthew con ansia, con devoción. Su deseo resultaba tan sincero que lo dejó azorado e hizo que su miembro se hinchara y latiera contra el vientre de ella.

Quería devorarla con todas sus fuerzas. Dios... Si tan solo con lo ocurrido ya había disfrutado intensamente.

Intentó contenerse para observar atentamente cómo reaccionaba Grace, pero lo hacía con tanto voluntarismo y disposición que lo único que lograba era atizar aún más el fuego que ardía en su interior hasta prácticamente consumirse en sus cenizas.

La regó de besos llenos de pasión, con su boca abierta de par en par, en las mejillas, los ojos, la nariz, la barbilla, el cuello... Quería inspirarla, ingerirla, para tenerla siempre con él. Sabía a miel salada. Sabía a paraíso. La deseaba cada vez con más fuerzas.

La envolvía una fragancia de jazmín, un olor intenso y oscuro que traía susurros de pecado y seducción, pero por debajo de ese perfume embriagador seguía oliendo a sol, como la mujer que había abrazado y deseado la primera vez; la que siempre había querido para él, la mujer que formaba parte de él al igual que su carne y sus huesos.

Dibujó una línea de besos violentos, con succión, a lo largo del tendón que descendía hasta la base del cuello. Ella se estremeció y se acurrucó, indefensa, en sus brazos.

«Muy interesante...»

La mordisqueó suavemente para no hacerle daño, pero apretando lo suficiente para provocarle escalofríos y gemidos de placer.

Qué fascinante resultaba el cuerpo de una mujer. Qué fascinante resultaba el cuerpo de Grace, y no el de cualquier otra.

Le recorrió la clavícula con los labios, pero se detuvo para explorar el pulso frenético que latía en la base de su cuello. Ella soltó un suspiro y arqueó la espalda para encajar en su cuerpo.

Abandonó a regañadientes ese hueco, un espacio cálido que le recordaba tanto a ella, para descubrir la firmeza satinada de sus hombros. Los labios hallaron unos de los frágiles nudos que le sujetaban el camisón.

Esos nudos no tardarían demasiado en caer. No tardarían nada.

Por mucho que su sangre en ebullición le exigiera premura, él se imponía paciencia. No sabía cuánto tiempo podría disfrutar de semejante felicidad, pues los ardides de su tío más de una vez habían truncado sus sueños. Experimentaría todo cuanto pudiera hasta que el destino le arrebatara su tesoro.

El olor que Grace desprendía, impregnado de lo que por instinto reconoció como excitación, lo embelesaba. Ella tiritaba cual junco en un temporal, y sus suspiros y estremecimientos eran el regalo más dulce para sus oídos, algo inaudito.

Descubrió en sí una súbita impaciencia por los obstáculos que hizo que se arrancara la camisa por la cabeza y la arrojara hecha una pelota a un rincón. No se atrevió a quitarse los pantalones. De hacerlo, no podría reprimirse. El roce del nanquín que llevaba puesto contra su sexo tumescente ya amenazaba con tirarlo por la borda.

Bregó como pudo contra sus rapaces impulsos. Grace se merecía algo mejor que el simple revolcón de un niñato sin experiencia.

Pero al poco la miró a la cara y todas sus buenas intenciones se fueron al traste.

Grace se apoyó en la cama de la misma forma que lo había hecho cuando entró Matthew por primera vez en el dormitorio, pero en lugar de transmitir la sensación de estar hecha un manojo de nervios, aunque decidida, lucía el rubor en sus mejillas y tenía la boca hinchada de tantos besos. Alargó la mano para tocarle el pecho y acariciar el escaso vello que moteaba sus pectorales.

—Eres impresionante... —musitó Grace.

Y, con el pulgar, le rozó un pezón, lo cual hizo que se estremeciera de inmediato. Aquello era una tortura; exquisita, pero una tortura. Verla tan fascinada le hacía sentirse glorioso.

—No soy más que un hombre que te desea más de lo razonable —dijo crudamente.

Las palabras enmudecieron cuando la mano de Grace bajó hasta su vientre. Inspiró con agonía mientras aquellos dedos inquisitivos le quemaban viva la carne.

Aquella curiosidad sin tapujos de ella lo dejó atónito. Evidentemente ella sabía cómo era un hombre, aunque su marido no hubiera sido un gran amante, pero a juzgar por su semblante, ambos fueron presa del asombro en el momento en que ella puso a prueba la firmeza de su abdomen, el remolino de su ombligo, el borde de sus caderas...

Y siguió más abajo.

Se le escapó un gemido de placer cuando la mano errabunda de Grace se posó sobre su erección. Aquellos dedos ensayaban un movimiento vacilante de fricción. Matthew cerró los ojos con tanto empeño que explotaron miles de estrellas en su campo de visión.

De seguir tocándole de esa forma, aquello acabaría enseguida. Seguiría sin saber qué se siente al perderse en el interior de una mujer.

El interior de una mujer.

—Grace, no —logró decir con voz tomada mientras la agarraba de la muñeca.

—¿No te gusta?

Su inseguridad fue lo único que consiguió que Matthew volviera en sí.

—Si sigues así, no tardarás en despojarme de mi hombría, Grace.

En la mirada de Grace apareció un brillo que indicaba que había comprendido y que dotó a sus ojos del color del mar durante la puesta de sol. A continuación sonrió; era la sonrisa de una bruja, una sirena.

Levantó la mano con pulso firme y tiró de uno de los lazos del camisón. El nudo se desató. Con una lentitud que obligó a Matthew a contener la respiración, la tela se aflojó. Se deslizó suavemente por el montículo de un seno hasta quedar colgando del pezón empitonado.

Él dejó de respirar, sin más.

Sus ojos siguieron los movimientos de Grace, que prosiguió a desatar el segundo lazo. Tiró de la cinta levemente.

El fino camisón blanco empezó a resbalar, y resbaló, y resbaló hasta desplomarse en el suelo.

Un contoneo que le detuvo el corazón y un delicado saltito a la derecha.

Estaba desnuda bajo el camisón.

Ya lo sabía, pues la tela, de por sí, no escondía mucho, pero saberlo y verlo con sus propios ojos eran cosas muy distintas.

La devoró con los ojos. Tenía unos pechos exuberantes que dejaban a uno sin aliento: firmes, níveos y coronados por unos prietos pezones rosáceos. Tres noches antes, en el momento en que los había intuido en la oscuridad, había empezado a imaginar su perfección.

Las curvas y concavidades en cadera, cintura y muslo. Las esbeltas y largas piernas, lisas y pálidas como todo su ser. Los tobillos finos y los pies enjutos.

Era Eva, era Venus, era Diana.

Representaba todos los sueños que habían perturbado sus solitarias noches hechos realidad.

Superaba con creces toda comparación: era Grace.

Y faltaba poco para que fuera suya.

¿Poco? ¡Nada!

A él también le temblaron las manos cuando con torpeza probó a desabrocharse los pantalones. Se sentía un manazas; la ropa le estaba ganando la batalla. Se agachó para quitarse los botines de un tirón al tiempo que intentaba mantener el equilibrio. Sus manos seguían ofreciendo resistencia cuando de nuevo lo intentó con los pantalones.

—¡Mierda! —se le escapó entre dientes. Con una súbita e inquebrantable voluntad, se arrancó la prenda hasta quedar él también desnudo.

Grace no pudo evitar fijarse en la erección, pero al instante desvió la mirada. Sin embargo, él reparó en el asombro que inundaba sus ojos. Asombro y miedo. Las mejillas de Grace enrojecieron al instante y se mordisqueó el labio, señal inequívoca de nervios. Era de complexión menuda y aquel hombre era de proporciones voluminosas.

No debía demorarse o se arriesgaba a salir de allí humillado. No obstante, recordar la relativa inocencia de ella hizo que actuara con delicadeza al tenderla de espaldas sobre el colchón.

Ella se acomodó en el lecho para que él tuviera espacio para arrodillarse entre sus piernas. Al abrirlas le llegó a Matthew su esencia a almizcle, a jazmín y a mujer, un olor más rico y terrenal que la fragancia que desprendía durante el día. Recordaría aquella combinación embriagadora el resto de sus días.

Poco a poco Grace le acarició los brazos hasta agarrarle los hombros aferrando en ellos los dedos. Él se inclinó sobre ella apoyándose en las manos.

Era la lluvia en medio del desierto. Era el ágape del hambriento. Era Grace.

Le fascinaban sus senos. Con cuidado tocó el capullo replegado que era aquel pezón, lo que provocó en ella un suspiro de placer que la hizo reclinarse sobre el colchón. Le gustaba. Matthew se observó el dedo cuando acariciaba aquella cumbre prieta y percibió cómo Grace contenía la respiración.

Recorrió su cuerpo con la mano: el vientre, las costillas, los brazos. A cada nueva caricia, Grace reclamaba más y más.

¿Significaba aquello que ya estaba lista?

Las únicas pistas que guiaban los gestos de Matthew eran las conjeturas obscenas de sus antiguos compañeros de colegio, y no le servían mucho. No en aquel momento, cuando tenía a una mujer de verdad entre sus brazos por primera vez, cuando aquella mujer era Grace Paget.

Acercó todo su cuerpo al de ella y la besó, pero los besos ya no bastaban. Ella se movía agitada cuando batallaban sus lenguas. Su suave piel desnuda resbalaba bajo la suya, caliente y húmeda. Arqueaba las caderas a modo de invitación.

Matthew se alzó sobre los brazos y observó el rostro de Grace. Tenía unos ojos oscuros, intensos, casi negros.

¿Estaba lista? No lo sabía. Si lo detenía en aquel momento, no creía poder sobrevivir.

Él también arqueó la cadera y sondeó la entrada. La punta caliente y solícita de su miembro tanteó algo húmedo y mojado. El corazón se le aceleró hasta adquirir un tempo pesado e implacable, y cada uno de sus músculos se contrajo.

Empujó.

Ella apretaba, apretaba mucho. Su carne se resistía ante la invasión.

Volvió a empujar.

Grace soltó un gemido suave.

Matthew se detuvo un segundo para acabar de equilibrarse antes de embestir. Las inspiraciones desesperadas que le inundaban los pulmones lo dejaron mareado y jadeando. Por Dios, que no se detenga ahora, ¡que no pare ahora!

—¿Estás bien, Grace? —logró exclamar con una voz rasgada que no reconoció como suya.

Ella se movió ligeramente con el fin de acariciar con su hendidura mojada la verga enhiesta de Matthew. En el fondo de sus retinas estallaron unas luces brillantes que a punto estuvieron de perderlo para no regresar.

—Es demasiado grande —confesó ella, estremecida—. Me parece que no podremos.

Él apenas la escuchaba, pues la sangre martilleba sus oídos. Rechinó los dientes y se esforzó por recobrar el control.

—Agárrate a mí —le salió casi como un gruñido.

¿Y si le hacía daño? ¿Y si ella cambiaba de opinión? Le destrozaría, pero tendría que dejarlo correr, claro.

«Por Dios, aún no. No me arrebates aún este momento.»

Agachó la cabeza y cerró los ojos mientras su pecho subía y bajaba y su miembro viril daba golpecitos contra ella.

—Inténtalo de nuevo, Matthew —murmuró ella hincando los dedos en sus hombros para apuntalarse.

Él levantó la cabeza y la miró. Los ojos de Grace pestañeaban inseguros y su cuerpo tiritaba. El de Matthew también. Cada nervio de su cuerpo le dolía por la insostenible tensión. Apretó los labios y empujó. Pero Grace permanecía cerrada a sus embestidas. Él tensó la mandíbula y empujó de nuevo, con mayor fuerza. Los dedos de Grace se aferraban a su hombro hasta provocarle dolor.

El rubor se había evaporado de su cara. En su lugar encontró un rostro inexpresivo, pálido, una piel tersa que desvelaba una osamenta frágil. Grace cerró los ojos en una mueca de incomodidad. Tenía el cuello hinchado y los tendones sobresalían como cordilleras de montaña.

Desde el pozo de la memoria a Matthew le llegó, borrosa, la voz de la conciencia y le recordó que un hombre honrado la dejaría estar en ese mismo momento.

Dichoso honor. Dichosa conciencia.

Se apoyó en una mano con el fin de usar la otra para orientarse mejor. Acto seguido, embistió.

Resistencia y más resistencia.

Luego, de repente, la entrega más maravillosa.

La penetró, al tiempo que lanzaba una exhalación prolongada y estremecida.

Ella gritó ante la intrusión. Al poco, los músculos que se habían relajado para permitir la incursión se contrajeron con fuerza alrededor de su miembro. La presión era deliciosa; jamás había sentido algo parecido.

Permaneció un buen rato inmerso en aquella calidez gloriosa, regocijándose en el cierre prieto y húmedo donde yacía su falo palpitante.

Nada podría robarle ese momento.

«Grace ya es mía, por fin.»

La sensación era indescriptible. Se había convertido en parte de él, y él de ella.

—Te hago daño, Grace —probó a decir con voz ronca.

Ella jadeaba afligida y se apreciaba tensión en sus rasgos.

—No —murmuró ella, aunque la presión de sus dedos en los hombros indicaba que colgaba de un hilo y estaba a punto de caer al abismo si se soltaba.

Él se movió para aliviar la presión que ejercía sobre ella y poco a poco se fue retirando. Aquel roce ardiente casi le hizo perder el sentido. Grace gemía sin cesar y se arqueaba de tal forma que sus pezones rozaban una y otra vez el pecho de Matthew. Este probó a balancearse e intentó penetrarla una vez más. Grace se mostraba receptiva y estaba húmeda. En esa ocasión se deslizó por sus recovecos con mayor facilidad.

Levantaba la cabeza con fuerza y reculaba, para luego volver a entrar con más ímpetu. En esos instantes todo su mundo se reducía a Grace y al infernal remolino de placer que lo consumía por dentro. En un estado de deseosa agitación, empezó a intensificar el balanceo, hacia dentro y hacia fuera. Con cada envite, crecía su delirio. Perdió toda conciencia del tiempo y el espacio. Solo existía Grace y el feroz y abrumador deseo que sentía por ella.

Embistió hasta las profundidades más cálidas y misteriosas. Rugía un oscuro torbellino en sus oídos que lo ensordecía ante el mundo; tan solo podía escuchar el martilleo furioso de su corazón.

Reculaba entre gemidos estremecidos para reclamarla una vez más. Ardor. Tinieblas. Presión. Paraíso.

Aprendió cuál era su ritmo, aceleró el compás, se volvió más despiadado. El *crescendo* aumentaba por momentos. Al final, alcanzó la cima y no pudo ver nada más. No podía contenerse un segundo más.

Dio una sacudida, otra más, y explotó.

Le inundó un éxtasis ardiente, casi blanco. El mundo se derritió, conmocionado. Su cuerpo se estremeció durante una eternidad, mientras la llenaba con su simiente.

Y a cada segundo de su liberación, de los temblores, las sacudidas y la consumación, el corazón solo retumbaba con una palabra: «Mía. Mía. Mía.»

15

Grace seguía sin reaccionar, tendida bajo el cuerpo de Matthew mientras él la penetraba con ahínco. Impregnó su vientre de una sensación líquida y cálida. Las manos le resbalaron de la espalda húmeda de Matthew y las dejó sueltas a los lados.

La frustración que sentía la dejó sin fuerzas. Temblaba, aún caliente, como si alguien la hubiera arrojado a un cielo cruzado de relámpagos y luego la hubiera abandonado a su suerte en el ojo de la tormenta.

Matthew soltó otro gruñido. La había dejado atrás hacía mucho rato. No dudaba de su disfrute, pero no lo compartía en absoluto. Se sentía apaleada, machacada. Se le escapó un leve gemido, pero él no parecía haberlo oído.

¿Cuánto podía durar aquello? No creía que aguantara demasiado.

Lo tenía encima y parecía sacudirse sin cesar.

Su peso, junto con el ímpetu de su desahogo, la clavaban al colchón. Él tenía los ojos cerrados y le marcaban el gesto arrugas de extrema concentración. La nariz de Grace captaba nítidamente el olor a sudor.

Matthew había entrado en un mundo en el que no existía otra cosa que su propio placer. No se acordaba de ella, salvo como receptáculo de toda una vida de lujuria contenida.

Grace hizo una mueca cuando unos músculos del interior de sus piernas, que raramente ejercitaba, protestaron ante aquella inclemente invasión, y levantó las rodillas con la esperanza de que aquella postura acortase aquel suplicio.

Al fin y al cabo era la única que tenía la culpa de aquel desastre.

Tampoco era justo echar las culpas a Matthew; él había intentado protegerse en su honor. Había sido ella la que lo había atrapado en sus redes, aunque de alguna forma supiera que no le esperaba otra cosa que esa amarga decepción.

Aspiraba a otra cosa; sin embargo, sin duda aquello era lo único que obtendría.

Se apoderó de su alma una amargura de lo más oscura.

Había renunciado a tanto por aquello...

Por nada...

¿Qué otra cosa esperaba? Era una necia. Ya sabía cómo era el acto sexual: había pasado nueve años acostumbrándose a que un hombre le gruñera encima. Tampoco había descubierto nada nuevo.

Lo que empeoraba las cosas sobremanera eran aquellos instantes efímeros en los que se había planteado la existencia de algo más.

Como cuando le había besado el cuello y todo su cuerpo había vibrado con un escalofrío electrizante hasta los dedos de los pies. O cuando le había tocado un pecho y una parte profana de su ser había deseado con todas sus fuerzas que lo poseyera su boca. O, sobre todo, cuando por primera vez la había penetrado y había sentido acercarse... algo.

Algo milagroso.

Un instante centelleante que se había convertido en polvo.

Entonces volvía a ser Grace Paget, tendida boca arriba mientras aguardaba a que un hombre se desquitara, al igual que durante aquellas raras ocasiones en que Josiah había ejercido su derecho marital.

Grace cerró los ojos y rezó para que aquello terminara cuanto antes, del mismo modo que rezaba en su día cuando la poseía Josiah, pero con una salvedad: aquellas lágrimas contenidas tras los párpados eran algo nuevo.

Al final llegó el momento en que Matthew terminó. Un último bufido y se desplomó sobre ella. Al esconder la cara en su hombro, su pelo empapado de sudor le rozó la oreja, la mejilla y el cuello. Temblaba de puro agotamiento y respiraba entrecortadamente.

Estaban impregnados de olores a sexo y a hombre bien servido. Grace sabía por instinto que había descargado todo cuanto tenía en su interior. El pensamiento que aquella imagen evocó hizo que levantara los brazos para abrazarle, pero luego la desilusión se volvió a clavar en su mente como una aguja y dejó caer los brazos.

Matthew pesaba, aunque podía resistirlo. Se estaba hundiendo en el colchón. Tenía calor, se le pegaba todo y notaba tirones incómodos en aquella parte donde estaba unida a él. Era un hombre mucho más... grande que Josiah. El primer vistazo a su desnudez la había asustado de verdad. No lograba imaginarse aquel enorme miembro dentro de ella.

Su tamaño imponente había azuzado su excitación, pero aquello había sido entonces.

A esas alturas lo único que sentía era ahogo.

Necesitaba poder controlar su cuerpo otra vez, como fuera. Posó una mano en el hombro de él un instante. Sintió su piel húmeda bajo la palma.

—Matthew, no puedo respirar.

Lentamente él levantó la cabeza. Aquellos ojos melosos dormitaban y la expresión le recordaba a un león después de una comilona. Era un león bien alimentado, un león muy satisfecho.

—Grace, eres una mujer maravillosa —dijo en un tono extremadamente dulce.

El cumplido no la complació, aunque no supo decir por qué.

—Incluso las mujeres maravillosas necesitan aire para respirar —contestó ella con aspereza.

«Vamos, Grace, esas palabras son indignas de ti.»

Vio cómo desaparecía su ciega aureola de placer. La culpabilidad la carcomía viva. No tenía derecho a arruinarle el momento. Tampoco esperaba que demostrara un gran dominio de la técnica. Quería hacer el amor con Matthew Lansdowne, no con un mujeriego fogueado que supiera cómo tocar su cuerpo sin mostrar interés alguno por su alma. Bueno, pues eso había conseguido. Era un hombre y había hecho lo que hacen los hombres. Y, a juzgar por lo que veía, indudablemente le había gustado.

«Pues mejor para él.»

Reprimió aquel amargo reproche. Desde el principio se había puesto como objetivo darle placer; con verle disfrutar, pensaba que se sentiría recompensada. Y tal vez lo habría sido, si no fuera por la insatisfacción que la corroía como un perro hambriento mordiendo un hueso.

Matthew se levantó apoyándose en los codos y observó a Grace con aquella mirada que ella llamaba «de botánico». A ella le fastidiaba sentirse como un espécimen científico, le daba rabia que unos ojos tan despiertos pudieran examinarla de tan cerca que descubrieran el espíritu infeliz e impropio que se ocultaba tras su enfado.

—Estás enfadada —advirtió Matthew en un tono neutro.

—¡No lo estoy! —le espetó ella, y al instante se arrepintió, pues él ya tenía una ceja negra arqueada, incrédula, ante sus ojos.

—Me he equivocado —respondió él con el mismo tono de voz, que a ella le cortaba los nervios, ya de por sí tensos, como uno de sus cuchillos para injertos.

—Apártate, te lo ruego —exhortó Grace casi ahogándose.

Si permanecía más rato debajo de él, arrancaría a llorar. Luego él la consolaría y ella se sentiría aún más bruja malcarada de lo que se sentía entonces. Una bruja malcarada y un fracaso como mujer. Se detestaba tanto que se le hizo un nudo en el estómago.

Matthew se apartó dando media vuelta hasta tumbarse boca arriba. Grace respiró bien por primera vez en... horas. Tenía la garganta llena de lágrimas atragantadas que se negaba a dejar salir. Se reincorporó con cautela en la cama, consciente de que le dolían partes que había olvidado que existían.

«Hazte a la idea, Grace. A lo hecho, pecho, por decepcionante que sea.»

Había perdido sin remedio el más mínimo derecho a llamarse honrada. Las crueles predicciones de su padre cuando se casó con Josiah se habían vuelto realidad. Se había entregado a un hombre que no era su marido y a partir de ese instante sería la hija del pecado.

Si al menos el pecado hubiera sido un poco más... pecaminoso...

Volvió la cabeza para mirar a Matthew, esperando encontrarle enfadado o con expresión triunfante, pero él contemplaba el techo y fruncía el entrecejo como si estuviera ponderando algún dilema de índole hortofrutícola. Le conocía aquella expresión; la había visto al intentar resucitar una rosa que no lograba florecer con el vigor esperado. Recordarlo le llevó a la memoria de un hecho incómodo: el marqués de Sheene le gustaba de verdad. Le gustaba su valentía, su tolerancia, su amabilidad, su curiosidad, su honestidad.

Y, a quién quería engañar, incluso después de lo ocurrido, le gustaba su cuerpo.

Allí, tumbado sobre las almohadas, con un gesto pensativo en aquel rostro de ensueño, aquel hombre representaba el sueño de cualquier mujer. Sus ojos recorrieron el pecho esbelto y el estómago plano, pasando por el miembro, que descansaba sin fuerza sobre un muslo, hasta las piernas de atleta, largas y fuertes.

Él dejó de mirar el techo y sus ojos se posaron en ella. Su pene no estaba todo lo flácido que parecía.

Ella se sonrojó. No podía fingir no admirar su cuerpo y Matthew correspondía a su interés con más interés, nada más.

No tardó en recordar que él no era la única persona desnuda en ese dormitorio. Si no actuaba con cuidado, lo tendría de nuevo encima en un santiamén. Recogió deprisa el camisón, que estaba hecho una bola en el suelo, y lo usó para taparse.

—Tengo que lavarme —improvisó nerviosa al ver cómo se robustecía su miembro ante sus ojos.

¿Cómo podía recuperarse tan rápido? Aparentemente, los hombres jóvenes y vigorosos se cansaban mucho menos que los viejos y exhaustos, como Josiah.

—En ese caso, lávate, Grace. Y le dedicó una sonrisa increíble con aquella lenta curvatura de sus labios; una sonrisa dulce que le tendía el lazo, que le hacía recordar por qué había consentido en hacer el amor con él.

«¡No!»

Aquello era lo que la había metido en problemas la última vez.

Nunca más. Jamás de los jamases.

Le habría gustado caminar hasta el biombo con la compostura de una reina, pero sabía que se apartaba de puntillas y con prisas, como el antílope que busca resguardarse y divisa al león con el que le había comparado antes.

Agarró el aguamanil con el agua caliente y vertió un poco en un cuenco. Las manos le temblaban con tal fuerza que salpicó el suelo de madera sobre el que se apoyaban sus pies desnudos.

«Tranquila, Grace, tranquila.»

Cogió una toalla y la enjabonó con innecesaria violencia. ¿Por qué se había imaginado que el sexo con Matthew sería mejor que el sexo con Josiah?¿Tan solo porque deseaba a lord Sheene como nunca había deseado a su marido, o porque era joven, guapo y al besarla la había hecho morir de placer?

El besuqueo debía de ser el límite del placer para una mujer.

Con lavarse a conciencia bastó para deshacerse de los rastros de la cópula en su piel, pero nada logró eliminar el peso muerto que apesadumbraba su corazón, ni calmar el océano de deseo frustrado que se erizaba en sus entrañas.

Se pasó la toalla por la entrepierna. Se la sentía en carne viva, aunque no la había lastimado. Había llovido mucho desde la última vez en que un hombre se había introducido en sus carnes, y no había sido alguien tan dotado como Matthew. Persistía algún que otro dolor hasta entonces desconocido.

Soltando un suspiro reprimido, aclaró el jabón y vertió el agua sucia en la tinaja de las lavazas.

—¿Piensas quedarte escondida ahí toda la noche, Grace? —preguntó él con suavidad. No le había oído moverse, de modo que imaginó que seguía tumbado sobre la cama cual sultán en espera de su hurí predilecta.

Llevaba razón. No podía ocultarse tras el biombo toda la vida. En algún momento tendría que enfrentarse a él. Pero habría deseado llevar algo más discreto que aquel camisón casi translúcido.

—¿Grace? ¿Te has hundido en la jofaina? ¿Voy a rescatarte?

La adorable ironía que conllevaba su pregunta, y que indicaba que se estaba divirtiendo, le provocó un crujido traicionero por toda la columna. Había imaginado en un primer momento que su respuesta poco entusiasta a las artes amatorias de Matthew habría hecho mella en su vanidad masculina, pero parecía estar de muy buen humor.

—No, ahora voy. —Su voz se silenció entre los pliegues del camisón al pasárselo por la cabeza.

Acababa de estar dentro de ella, de modo que el pudor estaba de más, pero aun así dobló los brazos por delante a guisa de escudo al salir de detrás del biombo. A Dios gracias, para su tranquilidad, vio que él se había tapado con las sábanas, al menos hasta la cintura. Había juntado las almohadas para poder recostarse medio sentado y tenía las manos entrelazadas bajo la nuca. Los ojos de Grace se fijaron en su pecho desnudo, aunque a regañadientes, y apreciaron el sutil juego de músculo y hueso que escondía su piel tersa y ligeramente velluda.

No podía tratarse del deseo, que lentamente se acercaba a la ebullición, ¿verdad? Después de la decepcionante intentona de aquella noche, no sería lógico. Imposible.

Él la miraba cada vez con más intensidad mientras se le acercaba.

—Vuelve a la cama, Grace.

Su voz profunda la abrazó como un manto, más cálida e hospitalaria que un fuego en una fría tarde de invierno. Se estremeció y plantificó los pies sobre la alfombra turca de múltiples patrones que ocupaba el centro de la estancia.

—Imagino que querrás volver a hacerlo —remarcó ella.

No necesitaba ni siquiera preguntárselo; el brillo en sus ojos respondía a todas sus dudas.

—Pues sí, me gustaría —le tendió un brazo y apartó las sábanas en su lado de la cama, a modo de invitación—, pero esta vez querría que tú también gozaras.

—Las mujeres no gozamos del sexo. —Y luego vino una confesión que no había compartido con nadie. La ocasión exigía sinceridad, no bravuconerías para quedar bien—. Al menos, yo no he disfrutado nunca.

—Puede que no hayas tenido nunca al amante adecuado.

Grace se había equivocado: ese hombre era igual de engreído que cualquiera. Le salió de dentro un cinismo de antaño.

—¿Y acaso serás tú, ese amante?

Era un sarcasmo insignificante, pero en su interior algo se moría por emerger a grito pelado. Quizá era el ardor persistente y provocador que seguía consumiéndola en la entrepierna.

—Pido tu perdón. —Matthew tenía las mejillas coloradas de vergüenza—. La experiencia ha sido tan abrumadora que no me lo esperaba.

Ella también se sonrojó al recordar cómo la había embestido, como un emperador que aspirara a conquistar una ciudad rebelde. Sin duda había soltado las riendas del control ante el universo de sensaciones físicas que había experimentado.

—No hay nada que perdonar. —Le temblaba la voz y volvían a asomar aquellas fastidiosas lágrimas—. No es culpa tuya que yo... que yo tenga este defecto.

A él se le iluminaron los ojos al comprender lo que sucedía y con la palma de la mano dio unos golpecitos al colchón para que se tumbara a su lado.

—No tienes ningún defecto, eres perfecta. Vuelve a la cama y te lo demostraré.

—Díjole la sartén al cazo —repuso ella riendo, sin mover un dedo.

Centró su mirada en aquella mano de largos dedos y piel bronceada que rozaba el blanco impoluto de las sábanas. Aquellas suaves caricias eran de lo más... sugerentes. Otro escalofrío de deseo involuntario le recorrió el espinazo.

Matthew no apartaba los ojos de ella.

—Has dicho que confiabas en mí, Grace. ¿Es eso verdad?

¿Lo era? Ya no estaba segura de nada. Se obligó a asentir como pudo con la cabeza.

—Sí.

—En ese caso, demuéstralo. Ven a la cama.

Bueno, ¿por qué no? Iba a poseerla de todos modos. De eso estaba más segura que de que el sol saldría por el horizonte a la mañana siguiente. Al menos uno de los dos disfrutaría del acto.

Aun así le costó lo suyo regresar a la cama y deslizarse a su lado.

—¿Me quito la ropa?

—Después —apuntó él con ternura—. La última vez me he precipitado.

—No habrían cambiado mucho las cosas. —Se le quebró la voz y aquellas molestas lágrimas la azuzaron otra vez—. Nunca se me ha dado bien esto. Pensaba que contigo sería distinto, pero...

—No lo ha sido. Sé que me toca reparar este daño.

Le habría gustado que no se hubiera mostrado tan amable, pero él era así, un hombre amable. De lo único que había tenido culpa era de excesivo entusiasmo al tener por fin entre sus brazos a una mujer. Lo había hecho lo mejor que había sabido para que ella participara del mismo placer antes de, finalmente, poseerla.

Su amabilidad y su terrible soledad, más que las ganas de repetir un numerito embarazoso y decepcionante, la convencieron para que se recostara. Intentó quitar hierro a la situación en un ambiente bastante cargado ya y le dijo:

—Hazlo tan mal como puedas.

Al oírlo Matthew respondió con una risotada apagada. A pesar de todo, aquella risa se introdujo en ella y logró aumentar otra vez su temperatura y su fastidio.

—Mi querida Grace, ten un poco de fe en mí. Esta vez pienso dar lo mejor de mí.

16

Matthew se inclinó sobre un brazo para contemplar el rostro de Grace. La imagen, aunque exquisita, no resultaba demasiado alentadora. Su rostro no denotaba expresión alguna y su cuerpo vibraba por la tensión acumulada.

Él estaba dispuesto a descubrir un nuevo mundo, un lugar resplandeciente, mientras que ella solo pensaba en arrancarle la cabeza.

Tampoco podía culparla. Dios, era un zoquete y un metepatas, eso es lo que era.

Hacer el amor había abierto una dimensión deslumbrante en su haber de experiencias. Iba más allá de todo cuanto había imaginado, y eso que en su soledad había dedicado mucho tiempo a las ensoñaciones.

No obstante, nada le había preparado para el calor, la cercanía, la forma en la que se inspira el sudor, el hálito y las reacciones de la amante. La intimidad había sido la gloria, algo asombroso.

Se sentía unido a Grace, y para siempre.

El júbilo que había sentido aquella noche sería, a partir de entonces, un hilo de oro brillante que formaría parte del entramado de su vida, una tela hasta ese momento deshilachada.

Había atravesado un fuego transformador.

Ella, no.

Matthew había cometido un error garrafal. No era digno de su condición de humano; se había dejado llevar por la euforia de saberla suya por fin. Sus ansias desesperadas y todas sus decepciones punzantes habían entrado en erupción, como un volcán que por fin desataba su rabia.

Exigirle un poco de tacto habría sido pedir demasiado.

Pero en aquel momento tocaba encomendarse a los cielos, pues tacto era lo que necesitaba: nunca en su malograda vida había necesitado tanto algo.

Tenía que hallar la forma de despertar la pasión que infundía cada gota de sangre de Grace, cada centímetro de piel. Debía curar las heridas que su marido había dejado que se enconaran en su corazón. Por mucho que el infeliz de Paget no la hubiera lastimado físicamente, su alma sí había quedado maltrecha. Acaso tocada de muerte.

¿Cómo podría lograrlo? No era más que un novato, incluso más que ella. Y ella era más novata de lo que había imaginado; había tardado en darse cuenta, pero así era.

Tan solo contaba con sus instintos y un deseo todopoderoso de compartir aquel éxtasis salvaje que había descubierto en sus brazos.

Tenía que estar equivocada al afirmar que las mujeres nunca gozaban con el sexo. Se acordaba de haber conocido a mujeres, incluso de pequeño, que mostraban un gran interés por los deportes de cama. Y sus antiguos compañeros de colegio no se habían ahorrado detalles al hablar de chicas que disfrutaban a rienda suelta.

No eran pruebas fehacientes de nada, pero lo suficiente para generarle dudas sobre si a una mujer no le quedaba otra opción que sobrellevar aquel despliegue con la procreación como único objetivo o como deber de esposa.

«Eres científico. Enfoca el problema con inteligencia, no con tus partes.»

Respiró profundamente y probó a relatarse los hechos como lo haría al iniciar cualquier experimento botánico, lo que resultó extenuante teniendo en cuenta que tenía el pensamiento ofuscado por el deseo, y la mujer a la que deseaba más que a su vida estaba tendida a su lado, tiritando a causa de la incertidumbre.

Cerró los ojos y contuvo un gemido. La belleza de Grace le sedujo para que desechara las buenas intenciones.

Seguía sin poder concentrarse. Negarse a sí mismo la posibilidad de mirarla no hacía sino aguzar la percepción de su olor, su calor, el suave jadeo de su tenue respiración.

¡Al diablo! Todo en ella le tentaba.

Tenía que hacerlo bien esa vez, por los dos.

«Piensa, amigo. Piensa...»

A Grace le habían gustado sus besos. Y había disfrutado cuando la tocaba.

Todo había procedido mejor de lo esperado hasta que le abrió las piernas.

Además, ella había dicho que los besos eran una buena forma de empezar. Matthew abrió los ojos y la descubrió mirándolo con ojos asustados azul marino. Sus dientes superiores mordisqueaban el labio inferior.

Se inclinó para mordisquearle él la boca hasta que liberó a ese pobre labio torturado y luego posó sus labios, con todo su empaque, sobre los de Grace. Ella emitió un ruidito de protesta; o a lo mejor fuera sorpresa, no supo decir.

«Que no tenga miedo de ti.»

Era insoportable siquiera pensarlo. Estaba a punto de detenerse cuando de repente sintió un relajo casi imperceptible, una mínima respuesta a su tentativa de beso.

Todo iba a salir bien. Eso si actuaba con cuidado y no perdía la compostura.

«¡Señor, ojalá esta vez no pierda la compostura!»

Poco a poco fue lustrándole los labios al frotarlos con los suyos, aprendiendo por el camino su forma, textura y sabor. Aparte del beso, no la tocaba. Detrás de unas cómodas caricias se escapaba paso a paso la tensión.

Cada vez que respiraba estaba atento a cualquier pequeño cambio en su reacción. Supo que tenía las de ganar cuando se apartó ligeramente y ella se inclinó hacia él para no dejar que se separaran sus bocas.

El beso fue ganando calado, aunque no demasiado. Su intención era cautivarla hasta que descubriera el placer.

Prosiguió con los besos: provocadores, suaves... un tormento. Ella estaba tumbada boca arriba y él inclinaba su cuerpo sobre ella. Era como un juego, o podría haberlo sido si a él no le cegara la urgencia, si no tuviera una enorme erección que le recordaba, con dolor, cuánto le apetecía penetrarla.

Una vez la boca de Grace hubo adquirido la calidez y flexibilidad que requería, él también se acostó a su lado en la cama. Con cuidado la estrechó en sus brazos y la ayudó a dar media vuelta para que pudieran mirarse a la cara.

Ella estaba agitada, repentinamente nerviosa. Su cuerpo volvió a envararse.

—No estoy segura, Matthew —le dijo en un susurro que supuso una cálida ráfaga de aire en su rostro—. No sé si puedo pasar por lo mismo, incluso contigo.

Él se arrepintió de nuevo de la torpeza que había mostrado antes.

—Cuando me lo pidas, pararé.

Rogó a Dios con todas sus fuerzas que pudiera hacerlo, y también le pidió que no lo pusiera a prueba. Por deliciosa que resultara tanta seducción, sus ansias rozaban la efervescencia por momentos.

La besó una vez más. Con la mano palpó la rígida tirantez de su columna. No cesaba de acariciarla para no resultar amenazador: arriba y abajo, arriba y abajo... Aprendía así la forma grácil y esbelta de su espalda, y con cada caricia suavizaba un músculo inflexible.

Y paulatinamente ella se fue relajando, aunque poco a poco. Grace soltó un suspiro y se acomodó entre sus brazos. Su tenue camisón le rozó el miembro.

Al contacto, reaccionó estremeciéndose, aunque a punto estuvo de escapársele un aullido.

«Con calma, Matthew. Con calma...»

Tenía que mimarla como a su rosa predilecta. La clave estaba en camelarla para que abriera sus pétalos, para que solo a él le mostrara su belleza. La paciencia tendría su recompensa.

Ella había abandonado la rigidez y pasividad anteriores. Su cuerpo había recobrado su encantadora sinuosidad. Respiraba exhalando pequeñas bocanadas, llenas de encendimiento, y sus senos se aplastaban contra su pecho desnudo con toda su lascivia y redondez. Tumbados como estaban, tan solo su triste camisón le separaba de su piel.

Quería soltar un gruñido de placer, pero lo refrenó.

Demonios, aquello era imposible. Estaba a un tris de arrojarla contra la cama, arrancarle el vestido y entrar en ella como fuera.

«Contrólate.»

Ponerse freno resultaba más difícil que aprender de nuevo a caminar, a hablar o a leer después de su locura. Aquello le erizaba los nervios que amenazaban con romperse, le retorcía cada tendón del cuerpo hasta formar una nube de anhelo físico... Aquello bastaba para freírle los sesos.

Pero de alguna forma, más allá de sus incontrolables ansias, lograba darle unos besos tiernos y leves.

Cuando Grace presionó el vientre contra su verga, supo que lo había hecho a propósito.

Se encendió la luz del triunfo en sus ojos.

Aquella era una pequeña concesión, pero esperaba que fuera la primera de muchas más.

Ya había aprendido que debía proceder con cautela. No confundió su cooperación dubitativa con el permiso para desahogarse a toda prisa. Se aferró a su determinación, algo casi imposible con aquella cálida fragancia que se arremolinaba a su alrededor y amenazaba con subyugarle.

Hizo esfuerzos sobrenaturales para hacer caso omiso de sus necesidades y centrarse en avivar las de Grace. Se acordó de que había temblado de placer al besarle el cuello. Se guardó el recuerdo y quiso concentrarse en su boca.

Y al final, cuando el cuerpo de Grace cedió ante él con la hermosa naturalidad de un nenúfar que se abriera sobre un lago, a ella se le escapó un pequeño suspiro y abrió los labios. Al instante, la lengua de Matthew se zambulló en sus profundidades.

Ella también soltó un gañido desde lo más hondo de su garganta y se deslizó hacia él. Sus manos reptaron hasta revolverle el pelo. La lengua raspó contra la de él, se aventuró en su boca para una exploración rápida y luego reculó para prepararse para una incursión más prolongada. El deseo ardiente avanzaba en él con un zigzag.

Hubo un momento en el que se preguntó si Grace era consciente de lo que estaba haciendo, pero lo dudaba. Estaba perdida entre tantos besos. Lo único que evitaba que también él perdiera el norte era recordarse lo mucho que estaba en juego.

Hasta aquel momento ella había confiado en él. Si le fallaba entonces, jamás recuperaría su confianza.

¡Qué atroz mantener su objetivo cuando ella se le agarraba con aquel ímpetu! ¡Cuando su lengua había alcanzado los confines de su boca!

«Demasiado intenso. Demasiada pasión. Demasiado pronto. Paciencia...»

¡Al cuerno con la paciencia! Se desgañitaba en silencio contra aquella voz que le decía que se contuviera.

La necesitaba tanto... y la necesitaba ya.

A pesar de todo se negó a encarar el abismo: aligeró la presión sobre los labios y frenó la larga y suculenta exploración bucal hasta volver a los besos rápidos.

Ardía en deseos de saborearla por todas partes, de descubrir si todo aquel cuerpo era igual de dulce que la miel que atesoraba en su boca. La tumbó boca arriba y le lamió el cuello hasta la fragante curva del hombro. Ella se estremeció y acalló un gemido de excitación. Sus piernas se rozaron bailando un vals peligrosamente sugerente y empezó a respirar entrecortadamente.

Oh, sí, su estrategia estaba obrando un verdadero milagro. Hasta podría funcionar si antes era capaz de no desmoronarse en mil pedazos por tanta contención. Mordisqueó y succionó aquel cuello tan sensible y degustó sus temblores por ser un signo de rendición.

Matthew esperó a que jadeara y ronroneara de placer para levantar la cabeza.

Grace ardía de deseo. Estaba abierta de piernas sobre las sábanas blancas y le miraba con aquellos ojos negros, llenos de vida, con las pupilas tan dilatadas que a punto estaban de absorber el matizado azul de sus iris.

Matthew deslizó la mano para levantarle el bajo del camisón, que desveló unas piernas largas y delgadas. Su aroma embaucador lo asaltó una vez más y llevó a ebullición la sangre que corría por sus venas.

«Por Dios, vas a matarme antes de verte satisfecha.»

Sin embargo, hizo de tripas corazón y logró controlarse.

Desnudó la tenue planicie de su vientre. Tenía una piel nívea y pura que no pudo dejar de besar. Introdujo la lengua en su ombligo, abriendo con la boca un sendero que enlazaba las dos caderas. Toda ella era su terreno y quería cartografiarlo sin excepción. Acomodó el hocico en el hueso de su cadera, donde el perfil se volvía deliciosamente curvo. Su mano fue ganando camino por su pierna, arriba y abajo, hasta memorizar la forma perfecta de sus muslos, rodillas y pantorrillas.

Tantas texturas distintas lo tenían maravillado.

Qué misterio más esplendoroso era una mujer. Grace.

No se atrevió a tocarle el sexo todavía, por mucho que el incienso de su cálido almizcle prometía elevarlo hasta tocar el cielo.

Ella gimió de nuevo y se agitó entre el revuelo de las sábanas. Matthew pidió a Dios que supiera excitarla hasta que el deseo la embargara. Él, por su cuenta, iba más que servido.

A lo largo de tantos años de sufrimiento había aprendido qué significaba la disciplina. Era cuestión de repeler la bestia parda que albergaba en su interior.

Arrebujó un poco más arriba el camisón, lo cual reveló la corona mullida de sus senos. El obstáculo de la tela, por ligera que fuera, se le antojaba ya insoportable.

—Quítatelo —farfulló—. Quítatelo o te lo arranco hecho jirones.

—Espera —accedió ella sin aliento. Se recostó contra las almohadas para quitarse con dificultad el camisón por la cabeza.

Esta vez se desató los lazos de un tirón, dejando a un lado la provocación.

Rediós, si lo provocaba más, explotaría en mil pedazos.

La sangre le latía cada vez más caliente, espesa, desgañitándose. Se estremeció al respirar y seguidamente se arrodilló encima de ella, a horcajadas sobre la cadera. Ahuecó las manos en sus pechos deleitándose en su belleza y palpando su redondez.

Al inclinarse para besar uno de aquellos pezones de frambuesa erizados, la reacción aterida del cuerpo de Grace fue agitarse, aunque sin retroceder.

La invitación seguía su curso, pues. Lo cubrió con su boca. Sabía a un verano perfecto. Le chupó el pezón con suavidad, libando el extremo empitonado, hasta que la oyó jadear y se detuvo.

—¿Te hago daño?

—No —afirmó ella, y añadió—: Me... me gusta.

—Bien. A mí también. —Y en esa ocasión succionó con más ímpetu, jugando también con la lengua. Ella se relamía los labios mientras hundía una mano temblorosa en los cabellos de Matthew y lo acercaba a ella. Matthew no necesitaba más estímulos.

Si bien la orden de ser «paciente» había perdido toda su vigencia, se tomó su tiempo.

Descubrió qué cosas la hacían vibrar y cuáles la hacían suspirar. Llegó a sincronizarse hasta tal punto con ella que cada roce de dientes, labios o dedos provocaba placer.

Ella se retorcía en sus brazos, atrapándole con una maraña de piernas mientras intentaba encontrar el aliento. Matthew acarició su estómago con una mano y luego la depositó en los suaves rizos que ocultaban su sexo.

Grace soltó un suave sonido de deseo y arqueó el cuerpo.

Él deslizó la mano hasta su entrepierna. El mínimo roce de sus dedos en sus partes húmedas la hizo sacudirse. Estaba lubricada y se consumía por dentro.

No adentrarse en ella era una tortura, pero no era el momento, todavía no, por mucho que Grace se estremeciera y jadeara debido al intenso deseo.

Matthew halló un lugar muy concreto que hizo que soltase un grito de placer. Le mordisqueó el pezón erecto una vez más y volvió a tocarla entre las piernas.

Grace curvó la columna y contuvo otro grito. A él se le quedaron los dedos empapados de un líquido caliente y olfateó profundamente al apreciar el olor de su excitación, que cada vez era más fuerte, más intenso.

¿Cómo podía ella considerarse una mujer fría? ¡Si era pura pasión incendiaria! Era una llama que ondeaba, se consumía y relucía, y su calor lo mantenía vivo en las profundidades de su alma.

—Oh, Matthew... —dijo Grace con un largo suspiro, abriéndose más para invitarle a mover la mano—. Matthew...

A él le encantaba que ella ya no dudara en pronunciar su nombre. Le encantaba cómo se agitaba sin cesar al tacto de sus dedos exploradores pidiéndole más.

Quizá ella le deseaba también.

Le regaló mil besos en las costillas, en el vientre y en los muslos, hasta que, al final, se hizo un sitio entre sus piernas, que abrió con las manos.

Los pliegues llenos, colorados, de su sexo eran tan hermosos como los de cualquier flor. Más hermosos si cabe. Y, al igual que haría también con cualquier flor, su impulso fue zambullir su rostro en él, inhalar su esencia.

Se había jurado y perjurado que iba a besarla en cada pequeño rincón.

Y era una promesa que pensaba cumplir a rajatabla.

Grace estaba tumbada sobre las almohadas mientras se deleitaba ante la veneración que Matthew le brindaba con sus manos y su boca. La dulzura de sus artes casi le arrebataron el aliento. Había encontrado un amante que le hacía hervir la sangre en las venas. La tocaba con tal reverencia, incluso cuando la ponía contra las cuerdas... ¿Quién se habría imaginado que un hombre pudiera derribar sus barreras? ¡Qué descubrimiento más fantástico y maravilloso!

Y qué sorprendente resultaba que aquel jovenzuelo inexperto diera a una viuda lecciones de sensualidad.

Debía poner fin al tormento de Matthew y decirle que la poseyera. Al fin y al cabo ya le había ofrecido todo el placer con el que había soñado en su vida; se merecía una recompensa.

No obstante, aquello que le estaba haciendo la enloquecía. No deseaba ponerle fin, aunque la considerasen una gatita egoísta. Matthew hacía que se sintiese como una diosa.

Si el último acto no ofrecía otra cosa sino resistencia, lo soportaría; siempre y cuando volviera a tocarla como la tocaba esa noche.

Aquellas manos tan diabólicamente hábiles (¿dónde había aprendido a hacer esas cosas?) abrieron un poco más sus piernas.

Ay, Dios... ¿Acaso iba a volver a tocarla ahí abajo? Cerró los ojos y se apuntaló contra la cama, preparada para el deleite más estremecedor.

No ocurría nada.

Sus manos se quedaban cerca, tentadoramente cerca de donde las quería ella, pero no lo suficiente. Se mordió el labio para silenciar medio gemido.

«Vamos, Grace, eres una libertina. Los ángeles ya te han condenado.»

Abrió los ojos.

Él la estaba contemplando. Le estaba contemplando... aquello.

Eran evidentes las infinitas ansias que leía en su rostro al acurrucarse ante sus blancos muslos.

Tendría que repugnarle la simple idea, incluso a él, pero con tan solo imaginarlo descubriendo la parte más escondida de su ser temblaba de deseo.

Una mujer decente cerraría las piernas, daría media vuelta y se taparía.

Una mujer decente ya no estaría en esa cama...

Matthew se aferró a los muslos de Grace con más fuerza. Sus ojos resplandecían en contraste con la piel, más pálida, y los pómulos le sobresalían como en un relieve esculpido. Antes de que ella pudiera protestar, él se agazapó al pie de la cama y agachó la cabeza. Por un instante desconcertante notó el calor de su aliento sobre la hendidura de su sexo.

Y, acto seguido, su boca la poseyó.

Aquello era demasiado. Durante unos segundos tormentosos se quedó paralizada. La boca de Matthew estaba caliente, más ardor que sumar al suyo propio. Notó que la sondeaba con la lengua. La piel le quemaba en llama viva.

No podía permitirle que hiciera eso, era un acto depravado.

Bajó las manos, que no dejaban de temblar, para apartarlo, intentado hacer caso omiso de la esponjosa suavidad de sus cabellos bajo los dedos. Los brazos de Grace habían adquirido la consistencia de las medusas y no lograban apartarlo de allí.

Tras reincorporarse ligeramente sobre la cabecera de la cama, se quedó mirándolo sumida en el pasmo.

Él levantó la cabeza y la miró. Para horror suyo (aunque, a regañadientes, también fascinada), tenía la boca resplandeciente por sus secreciones.

«Mis propias secreciones.»

Se estremeció al pensarlo, y no era debido tan solo a la repugnancia. Aunque la verdad era que nunca se habría imaginado que un hombre pudiera (o incluso quisiera) hacer algo semejante.

Cielo santo, hasta esa noche no tenía ni idea de que a un hombre le hiciera falta algo más que introducir su miembro en el interior de una mujer.

—¡No puedes hacer eso! —jadeó Grace, y se incorporó apoyándose en los codos.

—¿Por qué no?

Los ojos de Matthew le hacían chiribitas. Qué hermoso y decadente parecía, allí atrapado entre sus piernas...

—Porque está... porque está mal —contestó tartamudeando, a sabiendas de que parecía ridícula diciendo aquello.

—¿Te ha gustado? —preguntó el diablo con una sonrisa.

—¡Ni pizca!

Él levantó una ceja, en un gesto cínico.

—¿En serio?

—Pues claro que sí —reconoció ella sin aliento.

—¿No preferirías que lo intente de nuevo para estar seguros? —Sonaba muy razonable para ser un hombre que quería hacerle... aquello, casi ridículo—. ¿Acaso no sientes curiosidad? Yo, sí.

—La curiosidad mató al gato —repuso ella. Absurdo, pero echó mano del refranero como si aquello fuera a resolverlo todo. Y la curiosidad de la que tanto se burlaba iba creciendo sin tregua. ¿Qué sentiría si la besaba ahí abajo? El breve instante en el que la había tocado con la boca no había sido desagradable. A decir verdad, en realidad había sido de lo más placentero.

Por supuesto, toda mujer decente condenaría aquella práctica.

Aunque... ya había renunciado a la decencia.

Esa noche había dejado de ser la esposa respetable, la viuda del indigente, la dama virtuosa... Esa noche se había convertido en la fulana de un majadero.

Y la fulana de un majadero no iba a amilanarse ante un gesto solo porque le pareciera raro o perverso. La fulana de un majadero recibiría con gusto cualquier capricho que el majadero le ofreciera.

—Te lo estás pensando, lo veo en tus ojos —dijo Matthew curvando los dedos para agarrarle los muslos, y seguidamente le abrió las piernas—. Te juro que si me lo pides, pararé. Eso sigue en pie.

—¿No quieres penetrarme? —preguntó ella ahogando un gemido.

Él retorció su amplia boca con ironía.

—Más que a mi vida, pero esta vez no voy a dejarte insatisfecha.

—¿Me aseguras que te detendrás si te lo pido? —inquirió ella, porque albergaba dudas al respecto, aunque ya se estaba recostando sobre la cama.

—Te lo aseguro... Sin embargo, nunca deberías fiarte de un hombre que tiene la cabeza entre tus piernas.

La risita de Grace acabó siendo un jadeo ahogado cuando con una rapidez implacable de la que nunca le habría creído capaz le levantó las caderas y ahogó su boca en ella. Matthew emitió un hondo suspiro de placer, y ella se retorció mientras la trabajaba con la lengua, los labios y los dientes.

La sensación era peculiar. No estaba segura de que le gustara.

Hasta que la consumió la primera explosión de placer.

Reaccionó poniéndose tiesa por el asombro y se aferró a las sábanas con las manos como zarpas. Tragó saliva para aquietar un gemido.

Sin embargo, debía de haberla oído. Se detuvo un segundo y la miró.

—¿Todo bien?

Hablar no era tarea fácil.

—No.

—¿No? —preguntó él, escéptico.

Maldito Matthew, que la obligaba a repetir las cosas. Aquel extraño calambre de sus músculos internos cejó, pero la dejó con ganas de más.

—¡Que no! —Y luego, al mirarlo de frente, con esos ojos dorados, rectificó—: Sí.

—Bien —fue su simple respuesta, y repitió todos los movimientos una vez más. La lengua jugueteaba con ella para después atacar con fuerza el centro de su placer.

Hasta esa noche ni siquiera sabía que tuviera ningún centro de placer. Se encorvó hacia su boca, sin saber realmente si quería que abandonara ahí mismo o que no se detuviera nunca. Matthew posó una mano con intención sobre el estómago agitado de Grace e incrementó la presión sobre su sexo. En esa ocasión no paró hasta verla retorcerse y gritar de placer. Y cuando esto último sucedió, tampoco se detuvo hasta que la calentura que la consumía se hubo transformado en un famélico haz de luz que arrasó con todas sus inhibiciones para luego catapultarla hasta un paraíso de fuego vivo.

Y pasó un largo rato ahí, suspendida en aquel espacio salvaje y reluciente. Ríos de llamas le cruzaban las venas. Se agitaba y temblaba ante la maestría de aquella boca.

Daba miedo. Asustaba.

«Pero es algo celestial...»

Al finalizar aquella experiencia deslumbrante aunque extraña, el sudor se le había helado sobre la piel desnuda. Se le hinchaban penosamente los pulmones cuando resollaba en busca de aire. Se sentía intensamente bien, como si alguien le hubiera peinado cada tendón de su cuerpo hasta dejarlo liso y arreglado. Se sentía capaz de bailar toda la noche. Se sentía más cansada de lo que lo había estado en su vida.

Grace abrió los ojos y se encontró con Matthew apoyado sobre ella con una expresión inmóvil en el rostro.

—¿Qué ha sucedido? —preguntó receloso.

Era un suplicio articular palabra.

—No sabría describírtelo. ¿Cómo sabes hacer eso?

—He improvisado. —Y mientras se lo decía le regalaba unos besos tiernos en las pendientes de sus pechos.

—¿Puedes hacerlo otra vez?

—No sé —respondió con voz hosca—. Ahora mismo, no. Al menos, no si quiero conservar la poca cordura que me queda.

Él le había mostrado el gozo, pero aún no se había liberado de su carga. Después de lo que había hecho por ella, solo una amante egoísta se lo denegaría.

—En ese caso, poséeme, Matthew —le susurró.

Grace se apoyó colocando una mano bajo la nuca y se preparó para aquella invasión tan conocida e incómoda.

Incluso excitado y con aquel tamaño, se adentró en ella con increíble facilidad. Se acomodó en su interior y se sintió ardiente.

Sin embargo, Matthew no se movió. Grace podía oír cómo respiraba con dificultad.

Jamás se había sentido tan unida a otro ser humano. Era como si circulara en sus venas la misma sangre; el mismo corazón latía por los dos. Estaba inmersa en un torbellino de ardiente pasión.

Aquel momento siempre le había hecho sentirse acorralada, pero ya no.

Inspiró aire al sentir un escalofrío. Cambió de postura por probar a modificar la presión y aquel movimiento suscitó en ella temblores de pasión. Su tamaño seguía molestándola, pero la sensación era de totalidad, de plenitud.

Se aferró a sus hombros. Sus manos resbalaban por el sudor. Su aroma a almizcle era tan intenso que el mundo entero olía a sus ansias. Ansias de ella.

Grace se retorcía de puro deleite y aquello hizo que Matthew gimiese de placer. Su vaivén debía de ponerlo contra las cuerdas, y algún diablillo hizo que ella se moviera otra vez.

—Por Dios, Grace —confesó entre dientes—, me estás volviendo loco.

—Eso espero —susurró ella.

Matthew se sentía tan bien en su interior..., como si le estuviera llenando un vacío del que hasta entonces no había sido consciente. Grace dobló las rodillas e inclinó la cadera para que pudiera penetrar más adentro. Luego deslizó la mano por los tensos músculos de su espalda. Cuando ella le tocó, él también se retorció de placer.

—Eso ha estado muy bien —dijo ella sin aliento—. Hazlo otra vez.

—Si empiezo ahora, no podré parar. —Su voz sonaba inflexible.

—Pues empieza.

Ella se removió una vez más y notó cómo él se estremecía.

—Grace... —protestó.

Se retiró para poder zambullirse en ella de nuevo. Ella le hincó las uñas en la espalda y contrajo el vientre para acogerle.

Con una lentitud deliberada, Matthew fue marcando el ritmo que ambos conocían.

Claro que no era igual que la vez anterior. Cada vez que se adentraba en su cuerpo establecía un vínculo con ella que nada ni nadie sería capaz de deshacer.

Siguió adelante sin detenerse. Posesión. Liberación. Posesión. Liberación. Cada embate era un eslabón más de la cadena que la ataba a él.

Llegó un momento en que aquel control inhumano se resquebrajó, y la penetró con mayor rapidez y sin cortapisas. Ella iba excitándose más a cada sacudida. Evocaba en ella lo que había sentido cuando la había besado en la entrepierna: algo maravilloso, asombroso, pero en esa ocasión lo que sentía era más poderoso, porque estaban unidos.

Embestía contra ella como si fuera a partirla en dos, pero a Grace no le importaba. No quería que aquella espiral de sensaciones terminara nunca. El remolino la elevaba cada vez más y más alto.

El éxtasis la puso en el filo del abismo. Lanzó un alarido y se incorporó para mirarlo fijamente. Matthew cambió el ángulo de penetración e incluso logró entrar más allá. El placer rayaba en el dolor. Se enderezó mientras la penetraba con urgencia. A continuación, el útero se abrió y lo acogió entero. Sus músculos internos se convulsionaron en espasmos de gozo al tiempo que gemía sin cesar.

Un éxtasis monumental le hizo visitar las mismas puertas del cielo. Estaba sumida en un mundo oscuro y caliente donde no existía otra cosa que Matthew. Tan solo podía sujetarle y rezar para sobrevivir.

Durante la tormenta que la arrasó, él alcanzó el clímax. Gimió y se agitó en sus brazos. En aquel instante no quedaba duda de que era suyo, y Grace se regodeó al saberse su dueña.

Tras un espacio de tiempo interminable se dejó caer rendido. Los hombros y el pecho seguían bombeando aire mientras intentaba recobrar el aliento. Ocultó la cabeza en la curva del hombro de Grace y su cabello, mojado y suave, le hizo cosquillas en el cuello.

Era un hombre grande, pesado, y estaba encima de ella... Y aun así no quería que se apartara.

Grace seguía temblando por momentos, si bien con menor intensidad; temblores que le recordaban el paraíso que había descubierto. Un paraíso que no sabía que existiera. Poco a poco Grace volvió a respirar con normalidad. O, al menos, toda la normalidad con la que era capaz de respirar con Matthew aplastándola. Con mayor lentitud si cabe, el júbilo apasionado fue mermando hasta que solo quedaron las ascuas de aquel fuego.

No tenía ni idea, realmente no tenía ni idea de que aquello fuera posible.

Le acarició la espalda con ternura, agradecida, formando vagas cenefas sobre sus cicatrices y memorizando las duras líneas de la columna y los omóplatos.

Podría pasarse la eternidad tocándolo de aquella manera. Lo oyó respirar otra vez con regularidad y comprendió que el corazón volvía a latirle más despacio.

Matthew paseó la barbilla por su hombro. Los pelos de la barba le rascaban. Grace sintió que él tomaba aire. Luego Matthew volvió la cabeza para besarla en el cuello una vez más.

—Te quiero, Grace —murmuró.

17

Aquellas tiernas palabras estallaron en el silencio cargado a modo de declaración de guerra y no de amor.

Tan pronto como las pronunció supo que se había equivocado. Era el peor error que había cometido Matthew a lo largo de aquella larga y memorable velada.

¡Dichosa lengua rebelde! ¡Dichoso corazón apasionado!

Era tarde para borrar aquellas palabras. Por mucho que quisiera, ya estaban dichas.

Aunque tampoco estaba seguro de querer borrarlas. No estaba avergonzado de lo que sentía.

Santo cielo, si el amor que ella le inspiraba impregnaba cada uno de sus latidos...

Pues claro que la quería. La había amado desde el momento en que la había visto atada, despeinada y desafiante, en aquella condenada mesa del cuarto del jardín. Incluso cuando había desconfiado de ella y la había injuriado, no había dejado de quererla.

Después de lo que habían compartido, Grace tenía que saber que la amaba. Con cada roce, con cada beso, con cada caricia de su cuerpo no pretendía otra cosa que profesar su amor. ¿Acaso ella no lo había notado?

No obstante, Grace no estaba lista para escuchar promesas de amor eterno. Por si Matthew no lo había intuido hasta entonces, su reacción de terror absoluto acabó de confirmárselo. La rigidez regresó al cuerpo que se había encorvado para sus imperfectos embates. Las manos que habían tocado tan delicada sinfonía sobre su espalda desnuda se paralizaron petrificadas.

Grace fue recuperándose de la parálisis que había contraído por el susto e intentó zafarse de Matthew.

—Lord Sheene... Milord...

Apenas unos segundos antes había gozado de una intimidad hasta entonces desconocida. Dolía horrores ver cómo intentaba alejarse.

Se apoyó en un brazo para mirarla a la cara.

—¿A vueltas con lo de «lord»? —preguntó con ademán cansino.

—Matthew, escúchame. —El rubor coloreaba sus pómulos angulados—. No puedes quererme.

Sonaba furiosa. Qué extraño... Él se había preparado para enfrentarse a una reación de vergüenza o, peor, de lástima por parte de ella, pero los ojos de Grace brillaban de rabia y de algo muy parecido al miedo.

¿Por qué iba a asustarla una confesión como aquella? Ese pensamiento lo asaltaba desde todos los rincones de la mente.

Grace se enderezó para apoyarse en las almohadas y rápidamente tiró de las sábanas para tapar su desnudez. Matthew comprendió con pesar que aquello representaba un obstáculo más. Cualquier tipo de contacto entre ellos había desaparecido. Los centímetros que los separaban parecían un interminable glaciar. Tuvo la absurda idea de que, si intentaba cruzar esa distancia, quedaría atrapado en alguna grieta y moriría congelado.

—Claro que puede ser —rebatió con una pizca de impaciencia, mientras el amargo rechazo que acababa de recibir iba filtrándose sin tregua en su mente.

—No es posible. No deberías. No es... —Grace respiró hondo.

Él se dio cuenta de que las sábanas se llenaban bajo sus pechos y tuvo que contenerse para no arrancárselas de las manos.

A Grace le habría gustado que se la tragara la tierra, pero Matthew no iba a permitirlo. No dejaría que se escondiera de él jamás.

En ese instante un pensamiento vil se insertó como un bisturí llevándose con él cualquier rastro de satisfacción. Seguía negándoselo a sí mismo, padeciendo aquel terrible nudo en el estómago, pero se obligó a formular la pregunta:

—¿Te has acostado conmigo para salvarte de la amenaza de mi tío? Si es así, te agradezco la generosidad, pero no hacía falta. Con compartir este dormitorio ya le habríamos convencido de que éramos amantes. No tenías por qué hacer semejante sacrificio.

—¡No! —Grace se puso pálida y sintió cómo el pulso latía con fuerza en su garganta. Las manos que agarraban las sábanas se contrajeron más hasta que los nudillos emblanquecieron de tanta presión—. No, nunca, nunca pienses eso. Sabes que te necesito. No ha... no ha sido ningún sacrificio.

—Pues tu reacción me lleva a pensar lo contrario —dijo con voz acartonada.

Se disipó la rabia dando entrada a la tristeza.

—Me has cogido por sorpresa. He apresurado mi respuesta. Perdóname. No he sido muy amable que digamos.

Resultaba mucho más difícil soportar su lástima que su rabia.

—No quiero la amabilidad de nadie —le espetó, indignado.

Grace quedó sorprendida por el tono que usó y arqueó las cejas para observarlo bien. La compasión que transmitía en sus palabras daba ganas a Matthew de romper algo.

—Matthew, perdóname. Sé que esto debe de resultarte difícil, pero estás magnificando lo que acaba de suceder entre nosotros.

—No es verdad —dijo con frialdad.

—Escúchame bien. Te has pasado la vida encerrado aquí, desde que tenías catorce años. La única fémina que has visto en estos once años es a la mujer de Filey.

No había vacilación alguna en sus palabras. Dichosa Grace, cómo iba a dudar él de su sinceridad, por mucho que todo lo que dijera sonara a absoluto disparate.

—No espero que me quieras, Grace. —Y no añadió que creía que una mujer como ella, delicada, hermosa, apasionada, nunca podría amar a un patán como él. Seguía costándole una barbaridad creer que se le hubiera entregado momentos antes.

—Matthew... —empezó a decir, pero él la cortó.

—Te quiero. —Las palabras surgieron como si de un reto se tratara—. Puedes aceptarlo o no, pero te querré igual.

—Me siento halagada.

Levantó los puños en el aire para evitar zarandearla.

—No lo digo para que te sientas halagada, demonios.

—Bueno, pues yo me siento así. —Retomó el tono estricto antes de que la interrumpiese de nuevo—: No menosprecio cómo te sientes, pero esta ha sido tu primera experiencia con una mujer. Es fácil confundir el placer con el amor.

Se calló como si esperara que le diera la razón. Matthew no dijo nada. Cada pequeña partícula de su ser negaba lo que estaba oyendo. Sí, había descubierto entonces qué eran las relaciones sexuales. Sí, había sido extraordinario, impresionante; aquello le cambiaría la vida... pero no lo era todo. Amaba a Grace, tanto si le hacía el amor como si no. Gozaba con cada una de sus respiraciones. Si aquello no era amor, no sabía qué otra cosa podía ser.

Matthew se percató de que respiraba entrecortadamente. Su imperturbable control sobre sí mismo flaqueaba por momentos.

—Es normal que te sientas desbordado. Yo... yo también me siento así, pero algún día serás libre y conocerás a una mujer a la que querrás de verdad.

—Te equivocas. —Era testarudo. De un salto se tumbó de espaldas y observó el techo mientras hablaba. No hizo ningún caso de la descripción tan feliz que le estaba haciendo de su porvenir. La libertad era un sueño imposible, y aquello era algo que ya había aceptado mucho tiempo atrás—. Ya puedes venir con todas las explicaciones compasivas que quieras, que no podrás cambiar lo que siento.

Se hizo un silencio incómodo.

—Te he hecho daño —confesó Grace al final, con tristeza en su voz—. Lo siento.

—No importa. No volveremos a hablar de este tema. —Su respuesta rezumaba orgullo herido. Sabía que se estaba comportando como un botarate, pero no podía evitarlo.

Grace tendió una mano, dudosa, para acariciarle la mejilla.

—He echado por tierra nuestra noche mágica. Perdóname, te lo pido por favor.

Matthew cerró los ojos y dejó que su tacto lo irradiara. Calmó su cólera visceral, así como su desdicha. El deseo, que por un instante había quedado satisfecho, volvía a hacer su entrada como un maremoto.

Había prometido no volver a sacar el amor a colación. Pero nada en el mundo podía impedir que demostrara a Grace cuánto significaba para él. Ella acabaría creyendo de verdad en sus sentimientos, creyendo en él. Combatiría su reticencia con pasión hasta que le abriera las puertas de su corazón.

Grace dispuso de un segundo de conmoción para leer los cambios que obraban en el gesto de Matthew. Tan solo un segundo. Él destapó con la mano la sábana que le cubría y la rodeó con sus brazos.

—Que Dios me ayude —musitó, atormentado, antes de apoderarse de su boca con besos temerarios y hambrientos.

Grace le rodeó la espalda con un brazo para agarrarse. No le daba miedo que hubiera perdido el control, sino que la agitaba. La desesperación del uno alimentaba la del otro.

Matthew no actuaba con delicadeza. Que el Señor la perdonara, pero tampoco deseaba que lo hiciese. Quería que la invadiera. Las manos de él transmitían una fuerza salvaje. La negativa de Grace a creer en su declaración lo había enfurecido y herido a la vez. ¡Ella detestaba haberle hecho daño!

Por un momento radiante, las palabras «te quiero, Grace» se habían posado con calma, ternura y seguridad en su corazón. A punto estuvo ella de cometer un error imperdonable y contestarle con un «y yo te quiero a ti, Matthew».

A punto estuvo, pero eso fue antes de recibir la picadura de la infame verdad, hiriente como una cobra. No podía atarlo a ella con compromisos de los que se arrepentiría en un futuro.

Mientras la quisiera, era toda suya.

«Dios santo, Grace, miente a Matthew si quieres, pero no te mientas a ti misma: serás suya hasta el día de tu muerte.»

Matthew le rodeó el cuello con una mano para levantarle la cabeza y besarla. Sus besos angustiados la hacían vibrar. Aquel hombre sabía a deseo, a pasión y necesidad.

De forma brusca, le palpó el pecho. Ella soltó un jadeo y se enroscó sobre sí misma, enlazando después sus piernas a las caderas de Matthew para abrírsele como una flor. La sangre le martilleaba en las venas. Amenazaba con explotar si no la poseía en ese momento. Y con pasión. Le gimió en la boca, aferrándose a los hombros de Matthew para acercar su cuerpo hacia ella. Le mordisqueó el lóbulo de la oreja y sintió que el miembro masculino se movía nerviosamente contra su vientre.

Un escalofrío le recorrió el cuerpo. ¿Qué había hecho con la Grace Paget recatada y un dechado de virtudes? Aquella arpía desatada era una perfecta desconocida.

Se introdujo en ella hasta el fondo. Durante un instante largo y lleno de jadeos se quedó clavada bajo su peso, tan delicioso entonces. Él prosiguió con un gruñido y empezó a penetrarla sin perdón, implacable. Ella levantaba el cuerpo para acoplarse mejor a él y temblaba a cada sacudida.

«Esto es pura lujuria, Grace. Lujuria. No siente otra cosa por ti. No sentirá jamás nada que no sea lujuria.»

No obstante, el corazón que probaba a acallar clamaba su amor a los cuatro vientos, y suplicaba que Matthew la correspondiera.

Grace alcanzó el clímax aferrada a él y exigiendo imperiosamente que se quedara dentro de ella. Él seguía montándola, transportándola hasta las alturas para que conociera el placer más cegador. Con aquel éxtasis incendiario la cabeza no dejaba de darle vueltas. Al conquistar la cima, ella gritó su nombre.

Esa vez, tras quedar ella satisfecha, lo acompañó hasta la gloriosa deflagración final. Lo ordeñó hasta que agotó sus existencias. Incluso después de aquello su cuerpo seguía tiritando por los temblores del éxtasis.

Con el último gemido Matthew se retiró y se acostó a su lado mientras recobraba el aliento. A ella le dolía todo el cuerpo. No había sentido ese gozo en su vida. Inclinó la cabeza para contemplar a su amante. «Tu amante.» Le rezumaba por las venas una languidez espesa y dulce como la melaza.

Grace vio que movía los labios para formar una sonrisa fatigada, arrugando con ello la mejilla. Le encantaba aquella sonrisa.

«Te encanta todo en este hombre. Le quieres.»

El alba debía de estar al caer. Casi para corroborar sus pensamientos, el primer pajarillo trinó desde el huerto. Matthew la abrazó con fuerza y la besó suavemente. Ella atesoró su olor a hombre husmeando su sudor y se acurrucó junto a él, posando una mano sobre su corazón.

Matthew se desperezó lentamente de su sueño, disfrutando a cada instante. Debía de ser casi mediodía. Emergió de las profundidades de un cálido mar sereno, el océano resplandeciente del sur, allá a lo lejos, sobre el que tanto había leído. Un mar azul bajo un sol glorioso. Un mar lleno de perlas, criaturas exóticas y un agua en calma que parecía de satén.

Y sirenas.

Sin duda alguna, en ese mar habitaban las sirenas.

Y su sirena particular estaba durmiendo desnuda en sus brazos.

Cuando entraba en sus carnes, ondeaba con las olas infinitas, como un océano de regocijo. Qué sorpresa se había llevado al darse cuenta de que ella también podía alcanzar el clímax.

Claro que... él sabía tan poco de las mujeres...

Puede que al fin y al cabo no hubiera desperdiciado aquellos años solitarios al aprender el método científico. Después de lo mal que lo había hecho la primera vez, parecía haberle cogido el truco al asunto. Ya estaba planeando posteriores experimentos. Tal vez incluso escribiría un tratado sobre el tema.

Sonrió.

Un tratado escrito en latín académico para la revista que publicaba sus trabajos botánicos. Un tratado acerca de cómo dar placer a la mujer que se ama. Aquello sería la excusa perfecta para aplicarse y fijarse en cada mínimo detalle.

Al relamerse los labios notó los restos de su fragancia. Grace sabía a sal y a mujer. Quería saborearla una vez más. Con tan solo pensarlo se ponía duro. O más duro todavía, porque se había levantado en un extraño estado de excitación.

La habitación pedía a gritos un zafarrancho: las colchas tiradas por el suelo, el colchón sin encajar sobre la base, prendas esparcidas por doquier.

Estaba acostado boca arriba bajo una sábana arrebujada. Con un brazo rodeaba los hombros desnudos de Grace, que se inclinaba hacia él, lo que ayudaba a configurar su esbeltez. Una mano descansaba en su pecho. Sus uñas eran desiguales y algunas estaban rotas de tanto trabajo físico. Las durezas de las manos de Grace eran el testigo silencioso de que aquella mujer conocía el trabajo duro. La tenue crudeza de su tacto había representado toda una tortura erótica esa noche.

Costaba creer que hubiera estado casada nueve años. Allí dormida, confiando plenamente en su abrazo, se diría que todavía tenía dieciséis años. Tenía las mejillas ligeramente sonrojadas, y los labios enrojecidos e hinchados por sus besos. Estaban entreabiertos y dejaban intuir el oscuro misterio que entrañaban en su interior.

Al contemplar su rostro se dio cuenta de las marcas que le

había dejado su barba incipiente. Quería besarla otra vez, pero refrenó el deseo de raíz. Estaba agotada.

Un mechón de cabello bajaba serpenteando hasta el canalillo. Ay, qué senos más hermosos. Los pezones eran carnosos y de color rosáceo, no los botones duros y dulzones que había libado la noche anterior. Era la diferencia entre el capullo de una rosa firmemente enroscado y la suavidad de una rosa abierta de par en par. Aquel cambio lo tenía anonadado, así como el translúcido patrón de venas azules que circulaba bajo su blanca piel.

También había dejado ahí su rastro la barba. La había besado en todas partes, ¿verdad? La piel sensible de los muslos debía de lucir también su marca. Pensarlo fue muy placentero, como si hubiera imprimido en ella su marchamo.

Se preguntó con qué debía de estar soñando ella.

Se lo imaginaba, pero a lo mejor se estaba dando demasiada importancia. Tuvo que contener una risotada burlona.

«Vaya por Dios, sí que nos despertamos orgullosos esta mañana... Muy gallito, sí señor.»

Grace soltó un suspiró y se le acurrucó más de cerca. La tenue exhalación hizo que su sexo palpitara. No era tan distinta a los sonidos que emitía cuando estaban haciendo el amor.

Le había encantado ver cómo perdía el control y se moría por comprobarlo otra vez. Y pronto.

Aún no. Era demasiado agradable estar tumbados en aquella habitación soleada y recordar la noche que acababa de pasar, planificando la venidera.

Y el día que amanecía.

Grace permanecía en su duermevela mientras hocicaba su nariz en el pecho de Matthew. Un gruñido de lo más voluptuoso emergió de su garganta como si le faltara su olor del mismo modo que le faltaba el aire.

Matthew levantó la mirada de sus senos y la encontró observándolo con ojos soñolientos. Parecía desaliñada y confundida.

Y feliz. En eso seguro que no se equivocaba.

—Buenos días, Matthew —dijo con una sonrisa dibujada en los labios

El corazón de él empezó a galopar como un corcel.

—Buenos días, Grace —contestó él con brusquedad, sintiéndose el peor de los sátiros. Por Dios, acababa de despertarse, y en lo único que podía pensar era en darle el revolcón de su vida hasta que perdiera el oremus. Tenerla en sus brazos desnuda le hacía perder el norte. Aunque había una parte de su cuerpo que sí apuntaba al norte... y con rumbo fijo. Gracias a Dios que las sábanas ocultaban el monstruo insaciable que en verdad era.

—¿Has dormido? —preguntó Grace muy bajito.

Una pregunta banal, pero a la que restó banalidad su mano al recorrer el pecho de Matthew con una caricia.

A él le embargó un deseo exasperante, pero sacó fuerzas de flaqueza para contestar.

—Sí.

Ella sonrió un poco más.

—Mejor.

Abajo. Abajo. Abajo. Despacio. Muy, pero que muy despacio.

Se le hizo un nudo en la garganta cuando ella le rozó el miembro. Ya no había posibilidad alguna de esconder su brutal erección.

Otra ojeada a esa mano fría que palpaba su piel, que ardía a alta temperatura. Una pausa. Grace encorbó los dedos con firmeza alrededor de su sexo. El corazón le dio un vuelco y una luz deslumbrante lo dejó a ciegas.

—Por todos los santos... —exclamó, pero se contuvo, hasta tal punto que se quedó sin habla cuando ella empezó a mover su mano con determinación, arriba y abajo, arriba y abajo.

No acababa de atinar con el ritmo, pero eso no impedía que la sangre de Matthew corriese en estampida allá donde le tocaba.

Los dedos de Grace prosiguieron con su seducción inexperta, insegura, pero que quitaba el aliento. Lo exprimían. Se deslizaban sobre él. Se ahuecaban en sus testículos. Tenía que esforzarse tanto para reprimirse que casi le arrancó una lágrima.

Grace se incorporó y se puso de rodillas encima de él. La mano que le quedaba libre apartó las sábanas. Matthew advirtió la curiosidad y el deseo en su rostro, pero también una satisfacción muy femenina cuando se dio cuenta de lo que le estaba haciendo. Su fricción fue ganando en seguridad, en pericia. Se arriesgaba a destrozarlo de un momento a otro.

Al inclinarse para poder asirlo mejor, rozó su pecho con los suyos. El fuego consumió a Matthew y en su mano sintió una sacudida. Los pezones de ella se le habían puesto de punta debido al intenso deseo. Oyó cómo Grace respiraba hondo.

—Tengo que poseerte ahora mismo —y, con manos temblorosas, la arrojó sobre la cama.

Ella apartó la mano de su miembro para aferrarlo por los hombros y le rodeó la cintura con las piernas.

—Ya me tienes, sin lugar a duda —le susurró ella, y con suma soltura, se irguió para enlazarse con él.

Al instante Matthew sintió aquella asombrosa conexión. Placer, gozo y cercanía. Para un hombre que había estado solo tanto tiempo, aquello era embriagador, adictivo; se le subía a uno a la cabeza. Nada de lo que había intentado su tío durante aquellos once años había logrado derrotarle, ni por asomo, pero ya imaginaba que, tras una sola noche en sus brazos, si perdía a Grace aquello sería su destrucción.

Ella soltó un suspiro y arqueó la espalda para que la penetrara aún más adentro. Él inició su vaivén casi con veneración.

La idolatraba. La adoraba. La quería más que a la vida. Se lo confesaba con cada embate de su cuerpo, por mucho que se dejara la piel en contener aquellas palabras despreciadas.

Las caderas de Grace se acompasaron a su ritmo, como si con cada impulso que decía «te quiero, Grace», su cuerpo respondiera «y yo a ti, Matthew».

Solo un necio se lo creería.

Pero él era aquel necio. Por Dios, si se trataba de un loco de remate.

A Grace la crisis le llegó con premura. Con qué rapidez había aprendido a reconocer los signos... Tenía el rostro vacío de sentimientos, las lágrimas cargaban las gruesas pestañas que le parapetaban los ojos. Matthew bajó la mano para acariciar aquel punto tan sensible donde le había besado la noche anterior. Quería que también ella alcanzara ese extremo escalofrío, la visión más hermosa de la faz de la tierra.

Ejerció presión en su entrepierna y percibió al momento su reacción convulsiva. Se agarró a él con más fuerza y las manos que se aferraban a sus hombros se tornaron garras. Como se comportaba como un bárbaro, se sintió dichoso al pensar que ella lo había marcado, al igual que él había dejado su huella en ella.

Sin embargo, todo pensamiento no tardó en abandonarle, pues el clímax de Grace suscitó el suyo. Vertió toda su esencia en ella. La amargura, la desdicha, la soledad, la falta de mérito...

Su amor.

Después se sintió limpio, purgado, completo. Se sintió un hombre con orgullo de hombre, y con la capacidad de amar de un hombre, y de proteger lo que amaba.

La abrazó aún más y retó en silencio a los demonios que amenazaban su vida. Si lastimaban a su joya más preciosa, tendrían que vérselas con él.

El mundo pensaba poder ganar la partida a Matthew Lansdowne, pero él iba a demostrar al mundo que se equivocaba.

18

Grace paseaba por el bosque soleado inmersa en una nube de regocijo sensual. Llevaba tres días siendo la amante de Matthew y el cuerpo le dolía con gusto por las frecuentes atenciones que le brindaba. Cada vez que hacían el amor, aquel intenso placer se ensanchaba y profundizaba, hasta tal punto que para entonces era un río de caudal generoso y fluía por debajo de todas sus acciones.

No se hacía a la idea de que su confiado amante no hubiera tocado jamás a una mujer antes de acercarse a su cama. No se hacía a la idea de que nunca hasta entonces se hubiera considerado a sí misma capaz de sentir pasión. No se hacía a la idea de que se pudiera extraer semejante júbilo de un contratiempo insoluble.

Hacía media hora que había dejado a Matthew con sus rosas. A regañadientes, pero sus experimentos se encontraban en una fase decisiva y su presencia lo distraía. Pensar en ello la hizo sonreír. Esperaba con ansias la noche, que era cuando desahogaba las tensiones diarias sobre ella.

—Ahí, eso es lo que me gusta a mí. —Filey surgió de detrás de una rama espesa y se cuadró delante de ella, bloqueándole el paso—. Una moza risueña porque te espera dispuesta.

El frágil bienestar de Grace se evaporó al instante.

«Tonta, tonta, tonta.»

¿Cómo podía haber olvidado que estaba presa? ¿Cómo

podía haber olvidado que el peligro merodeaba en cada esquina?

Se encontraba sola y completamente desamparada. Matthew estaba en el patio. Wolfram se había quedado husmeando cerca de su dueño. Había dejado su pequeño cuchillo en el bolsillo del otro vestido. Se había relajado con demasiada facilidad.

El miedo se hizo un nudo en su vientre y se le erizó el vello de la nuca. El recuerdo de las manos sudorosas y llenas de callos de Filey sobándole los pechos regurgitó en su garganta como una arcada.

—Lord Sheene anda por aquí cerca.

Maldijo la voz temblorosa que traicionaba su temple. Iba reculando, nerviosa. ¿Podría correr lo suficiente para escapar? Lo dudaba. Filey era un tipo fortachón y, si la atrapaba, no podría quitárselo de encima.

La sonrisa de deleite de Filey era tan amplia que desde donde estaba podía ver los huecos en su boca, donde antes había habido muelas.

—Vamos, no me vengas con monsergas, florecilla. Le he visto cavando en su jardín. Anda que iba yo a despreciar a una moza tan maja como tú por cuatro varas muertas. Es hora de que visite tu entrepierna un hombre de verdad... y yo tengo una bandera en asta que se muere por saludarte.

El asco fortaleció el poco valor que le quedaba. Levantó la barbilla, desafiándole como pudo.

—No tiene usted ningún derecho a hablarme de esa manera. Monks le dijo que no se me acercara hasta que lord Sheene se cansara de mí.

—Pues sí, pero Monks no está aquí. Resulta que está vigilando la verja. En fin, si el marqués está mimando sus plantitas en lugar de revolcarse con su putita, diría yo que eso significa que se ha cansado de ti.

—¡Eso no es verdad! —contestó ella, acalorada, aún reculando paso a paso.

—Vale, bueno, pues aunque no lo sea, está mal despreciar una buena raja si alguien ya ha abierto el jamón.

Grace disimuló un escalofrío al escuchar aquella ofensiva comparación.

—Es usted inmundo.

Filey dio un paso hacia ella con ademán de amenaza.

—Cuidado, bonita. Voy a acordarme de lo que has dicho cuando te esté dando una buena sacudida.

La rabia inundó el miedo, que le estaba robando ya las fuerzas.

—No me tendrás jamás, zafio asqueroso.

Dio media vuelta bruscamente y echó a correr, presa del pánico. Entre resuellos aceleró el paso, camino abajo hacia la casa, pero se había alejado más de lo que pensaba. La separaban unos cuantos acres de tierra del amparo de los brazos de Matthew.

—Me cago en esa zorra escurridiza —oyó a Filey que refunfuñaba, seguido del ruido sordo de sus zancadas tras ella. Sollozó con pavor y se obligó a acelerar el ritmo.

Al llegar a una curva del camino, derrapó sin poder evitarlo. La hojarasca seca que pisó la hizo resbalar, se dobló de rodillas y la caída fue rotunda.

—Dios mío de mi corazón, ayúdame —exclamó con voz entrecortada.

Se evaporaron unos segundos inestimables mientras se levantaba y retomaba la escapada a toda prisa. La respiración maquinal de Filey se oía con tal claridad que le retumbaba en los oídos. Debía de estar a apenas unos centímetros, pero por si acaso no aminoró para cerciorarse.

Desesperada, aceleró el paso por última vez. Filey estaba lo bastante cerca para olerle el sudor mezclado con su habitual hedor a agrio.

Dio media vuelta hacia los árboles, pero... era demasiado tarde.

Él había arremetido contra ella y la había agarrado del hombro con dedos como zarpas. Al tumbarla en el suelo, Grace lanzó un alarido. Su frente chocó contra la porquería del suelo con tanta violencia que le castañetearon los dientes.

Filey se arrojó encima de ella y la aplastó con su peso. Ya no recordaba lo gordo que estaba. Intentó arrastrarse por el suelo, pero él le dio media vuelta para que lo mirara. Por como la zarandeaba, se diría que no pesaba más que una pluma.

Gritó de nuevo, aunque allí no había nadie para salvarla.

—Cierra la boca, cojones —gruñó Filey mientras le tapaba la boca con una de sus asquerosas pezuñas, para acallar sus gritos. La atrapó entre las rodillas para que le fuera imposible escabullirse.

Una oscuridad asfixiante le nubló la visión, puesto que también le había tapado la nariz. Propinó puñetazos y patadas, pero era como luchar contra un muro de roble macizo. Era tan voluminoso que apenas pareció inmutarse ni darse cuenta de que se estaba apagando bajo su peso.

No podía respirar.

Le mordió la palma de una mano con fiereza hasta que la boca se le llenó de sangre.

—¡Mierda!

Filey retiró la mano de golpe. Grace dispuso de un instante para inspirar una bocanada que le devolvió la vida antes de que él le cruzara la cara con un severo puñetazo.

El sufrimiento inundó su cabeza. Veía lucecitas. Recobró como pudo la conciencia y chilló. El sonido reverberó por el bosque.

No obtuvo respuesta. ¿Cómo iba a haberla? Matthew estaba demasiado lejos, no podía oírla.

Tenía que enfrentarse a aquel horror por sí sola. Vertió un río de lágrimas mientras intentaba en vano zafarse del armatoste que era Filey. Hedía a cebolla, a macho sucio y calenturiento. Le vinieron arcadas al respirar suficiente aire fétido para no desmayarse. Al intentar darle en la entrepierna con la rodilla, él le bloqueó las piernas.

—¡Eh, de eso ni hablar! O te daré una paliza como Dios manda. A mí me importa un comino si estás consciente para esto, te aviso.

—¡Prefiero perder la conciencia!

—Ah, bueno, pues si es eso lo que quieres, te doy un par de tortas. Hay mozas a las que les gustan esas cosas.

El odio de Grace regresó con más fuerza.

—El marqués acabará contigo.

Su reacción fue un resoplo de menosprecio.

—¿Aquel pardillo sin sangre en las venas? ¡Qué más quisiera!

Cerró las manos sobre sus brazos con toda su fuerza mientras paseaba su erección por su vientre. Estaba nauseabundantemente dispuesto.

—¿Y qué me dices de lord John? —Estaba decidida a invocar al diablo si era necesario.

—Mujer, lord John Lansdowne es harina de otro costal. Entenderá que te me has puesto a tiro. Sabe perfectamente de qué pie cojeas.

—¡No soy ninguna prostituta!

—Mira, ahora lo eres. Yo no veo a ningún párroco que haya bendecido tus alegrías con el marqués. Deja de berrear y súbete la falda.

—¡Quítate de encima! —gritó resistiéndose, pero pesaba demasiado; no podía moverse.

El aliento fétido de Filey le impregnó la cara.

—Bueno, me parece a mí que me lo vas a hacer pasar en grande, maja.

Gritó soliviantada y le clavó los dedos en los ojos. Él se zafó al instante y entonces ella hincó sus dedos en las mejillas de él. Las uñas penetraron con una facilidad repugnante en la piel y la carne. Soltó la mano cuando cuatro marcas abiertas empezaron a gotear sangre.

—¡Jodida ramera! —profirió levantando el puño de nuevo y asestándole un golpe en una sien con tanta fuerza que le la dejó sorda.

El puñetazo de Filey la inmovilizó. No se inmutó cuando introdujo la mano por el corpiño escotado. Medio inconsciente, notó sus dedos abultados agarrándole los pechos. Luego, una sacudida violenta al desgarrarle el vestido hasta la cintura.

El sonido de la tela hecha jirones le devolvió la conciencia de golpe. Sus pechos desnudos bamboleaban fuera del vestido rasgado. Con ojos borrosos logró ver la Filey apuntalarse sobre los codos.

—Caramba, chiquilla... qué par de melones tienes.

Grace tragó saliva al verle fruncir los labios a guisa de agradecimiento baboso. Se apresuró a tirar de los jirones de seda para taparse, pero Filey le apartaba las manos a fuerza de golpes sin apenas esforzarse. Luego la agarró de las dos muñecas con una sola mano y la obligó a rodearle la cabeza con los brazos.

Se quedó sin orgullo. Tan solo le restó un pavor asfixiante.

—Por Dios, se lo suplico, ponga fin a esto —rogó en cierto momento en que ya le daba igual parecer valiente o desafiante.

—Vamos, que puedes hacerlo mucho mejor... —dijo él casi susurrando.

La sangre le inundó la cara e hizo que sobresaliera una red de pequeñas venas rotas en las mejillas y en la nariz. Brillaba saliva en sus labios gruesos. Se agachó para morderle uno de los senos descubiertos.

Grace gritó ante aquel suplicio y probó a hacerle perder el equilibrio, pero le fallaron las fuerzas. Hasta ese momento no se había dado cuenta de lo impotente que se sentía una mujer cuando un hombre se sentaba a horcajadas sobre ella. Filey tiró del cierre de sus pantalones de cuero con su mano libre. Ella intentó lanzar otro alarido, pero todo cuanto surgió fue un gemido ahogado.

—Eh, te aseguro que tengo muchas ganas, bonita —afirmó soltando una risotada libidinosa cuyo sonido congeló a Grace hasta la médula.

Sus pantalones cayeron con excesiva rapidez.

Se prometió no mirar. No pensaba mirar.

Su mirada horrorizada acabó bajando hasta el origen de su miembro: un nido de pelo castaño entrecano.

—¡No! —lloró con voz entrecortada—. ¡No!

La embargó un terror incrédulo al verle menear su vara, gruesa y pulsátil.

—Sí, menudo gustazo...

Se relamió los labios una vez más y se desprendió un reguero de baba que resplandeció en su mentón con algo de barba. Lastimándola en las muñecas, la obligó a bajar los brazos rígidos y a que sus puños cerrados rozaran su carne erecta.

—¡Suéltame! —gritó agitándose asqueada.

Quiso darle una patada, pero era un armario que no le dejaba mover las piernas. Filey no paraba de reír y acercarle el miembro erguido a las manos.

—Oh, eres fantástica...

—No me toques —sollozó Grace, probando a retroceder.

—Vamos, bonita, la tengo más dura que un garrote.

«No puedo soportar esto. No puedo.»

Su sollozo quebrado era una súplica sin palabras pidiendo clemencia, pero él no parecía escuchar, puesto que le estaba levantando la falda hasta la cintura con torpe entusiasmo.

Grace intentó volverse hacia un lado, pero él la colocó de nuevo boca arriba con un brutal puñetazo en toda la boca, lo que le partió el labio e hizo que sangrara hasta la barbilla. Permaneció quieta mientras le hacía jirones la ligera ropa interior que llevaba. Con un gruñido de satisfacción, le abrió las piernas, que no paraban de temblar, y asumió su postura.

Grace se puso tensa al verle tomar impulso para embestir. En el último segundo, se retorció para evitar lo inevitable.

—Estate quieta, zorra —ordenó Filey en voz baja mientras orientaba su pesado miembro con una mano e inmovilizaba las de ella por detrás de la nuca con la otra.

—Te mataré por esto —jadeó Grace, cerrando los ojos y esperando a que la penetrara.

Estaba seca y él era un hombre bien dotado, de modo que el dolor prometía ser demoledor.

En aquel instante, algo increíble sucedió: se oyó un fuerte ladrido detrás de ella.

«¿Wolfram?»

¿Habían sido atendidas sus oraciones?

Entornó los ojos para ver, pero Filey la tenía atrapada en el suelo.

Oyó un gruñido lento y luego un ladrido. Una sombra oscureció el sol por un momento. Todo se sumió en el caos cuando una mole corpulenta y pardusca se abalanzó sobre Filey.

—Pero ¿qué demonios? —alcanzó a decir este.

El impulso del perro embistió contra Filey cuando aún lo tenía encima, de modo que le apretó los pulmones y le dificultó el aliento. Wolfram gruñía y mordía. El miembro del hombre se desinflaba y resbalaba por su pierna desnuda. Se estremeció con tan solo pensar lo cerca que había estado de embestirla.

Grace farfulló frenética, animándole.

—¡Wolfram! ¡Bien hecho, chico!

Probó a zafarse del peso asfixiante de Filey incluso mientras él forcejeaba con el perro, pero no podía. Él le dio un codazo punzante en las costillas y ella pegó un grito. Los dientes de Wolfram se cerraron alrededor del brazo oscilante de Filey, lo que suscitó en su asaltante toda una sarta de improperios.

Por detrás del hombro musculoso de Filey, Grace vio a Matthew, que se acercaba raudo con una rama de cierto calibre en la mano. Tenía el rostro enrojecido de furia. Parecía un ángel vengador que, desde el cielo, fuera en busca de Lucifer. Parecía capaz de matar alguien y ni siquiera dignarse mostrar su indiferencia.

—Wolfram, aquí. —Matthew pronunció las palabras con voz calmada, pero con una intensidad lacerante. El perro obedeció al instante; se escabulló de donde estaba para agazaparse al acecho a su lado.

Grace se dio cuenta del susto que por un momento mostraba Filey al haber oído a Matthew. No tardó en regresar la sonrisa de regodeo y volvió la cara hacia el marqués. Era evidente que Filey seguía pensando que tenía ventaja.

—¿Ha venido usted a mirar, milord? No le digo que no aprenda algo sobre cómo contentar a una moza.

—¡Eres hombre muerto!

Los ojos de Matthew resplandecían como un fuego amarillento y se le contraía un músculo en la mejilla. Grace apenas respiraba, presa del miedo cuando Matthew le quitó a Filey de encima y a continuación alzó el garrote improvisado en lo alto. Lo dejó caer con fuerza en la espalda de Filey. Se oyó un ruido sordo nauseabundo cuando la madera crujió sobre el hueso.

—¡La madre que me parió! —dijo Filey en tono ahogado.

Lanzando un gruñido, Matthew levantó la rama y le asestó otro golpe antes de que pudiera escabullirse. La bestia humana dio un bandazo y levantó las manos para protegerse la cabeza.

—¡Aparta, quita, por el amor de Dios!

Grace, ya libre, usó los restos de su vestido para taparse el pecho. El rostro le ardía como si le hubiera atacado un enjambre de abejas. Se llevó las rodillas a la barbilla y se acurrucó hecha un ovillo en el camino. Las convulsiones no cesaban de agitarla y no podía hacer otra cosa que abrazarse las piernas con más fuerza.

Unas lágrimas nuevas regaron los restos pegajosos de las anteriores. Al caer le producían comezón en las abrasiones del rostro. Había asumido que no había salida, pero en ese instante costaba hacerse a la idea de que volvía a estar a salvo.

—No volverás a ponerle un dedo encima.

Matthew estaba encima de Filey a manera de vengador divino. Grace a duras penas reconocía a su amante. No quedaba rastro de aquel hombre bondadoso, divertido, tierno. Blandía la rama en alto y estaba a punto de reventarla contra la cabeza de Filey.

—No le mates, Matthew —le suplicó Grace en un tono ahogado. Se levantó como pudo y se le acercó penosamente.

Wolfram gruñía como queriendo expresar la opinión que le había suscitado su petición. Matthew retraía los labios con un gesto parecido. No la miraba de frente, sino que mantenía la mirada en Filey, encogido en un rincón.

—¿Por qué no?

—Lo hemos pasado bien un ratito, milord. Nadie ha salido herido. Ya sabe usted cómo son las mozas. Bueno... quizá usted no lo sepa, pero la zorra iba muy caliente, porque necesitaba a un hombre de verdad.

—¡Ojalá te pudras en el infierno, desgraciado! —Los ojos de Matthew brillaban cegados por la rabia y sus músculos se tensaban al disponerse a lanzar la rama en un último golpe mortífero.

Grace se sintió aterrada al reparar que había superado los límites de la razón. Lo agarró del brazo.

—No lo hagas. Si le matas, tu tío volverá a encadenarte. Lo utilizará como prueba condenatoria de tu locura.

Matthew mantenía el garrote en el aire.

—Te ha hecho daño.

—Sí, y merece morir, pero no a costa de todo cuanto has conseguido.

—¡Se lo ruego, milord! ¡Por favor, bonita, apiádate de un pobre diablo!

La humillación lastimosa de Filey era casi más asquerosa que sus anteriores ínfulas. Se puso en pie al mismo tiempo que se abrochaba con prisa los pantalones. Con cada movimiento hacía una mueca teatral de dolor.

Grace hizo caso omiso de Filey y habló a Matthew en voz baja, temblorosa, pero convencida. No podía dejar que lo hiciera, por mucho que en su interior hubiera una voz que clamaba venganza.

—No ofrezcas a tu tío este tipo de munición en tu contra.

La lucidez apareció en los ojos de Matthew y templó su oro centelleante habitual. Él le acarició la mejilla magullada con un dedo y contrajo los labios.

Debía de tener un aspecto lastimoso. Le dolía una barbaridad.

—Me encantaría hacerle picadillo —exclamó con violencia.

Como siempre, Grace sacaba fuerzas tan solo con que él la tocara.

—Y a mí también, pero tu tío no debe creer jamás que has vuelto a sucumbir a la locura.

Wolfram soltó otro gruñido. Grace volvió la cabeza y vio que Filey intentaba escapar medio cojo. No había logrado ponerse del todo erguido. Su rostro era el reflejo de la agonía. Había sufrido con la paliza que le había propinado Matthew. Se lo merecía. Los azotes que le había asestado a ella no habían dejado de dolerle. Tenía el estómago revuelto por el horror.

—Me has roto la maldita espalda —se quejó Filey, y miró con temor al perro.

—Lamentablemente, lo dudo —fue la respuesta de Matthew, muy al estilo de lord Sheene—. Aléjate de mi vista antes de que vuelva a pensarme lo de dejarte con vida.

—De acuerdo, milord. —Filey se apartó lentamente de Wolfram—. Como diga, milord.

—Wolfram, a por él —le ordenó Matthew en voz baja.

El perro se lanzó a perseguir a Filey, quien se vio obligado a correr arrastrando los pies.

—¡Maldita sea! ¡Quíteme al chucho de encima! ¡Mierda! ¡Vete de aquí, perro sarnoso! ¡Vete!

Matthew rodeó a Grace con un brazo mientras proseguía aquel espectáculo lastimoso por el bosque. Se apoyó en él, agradecida por su robustez. Sus piernas apenas la sostenían.

—¿Le hará daño Wolfram? —preguntó Grace con voz entrecortada cuando los quejidos de Filey hubieron desaparecido en un eco distante. Al hablar, le dolía el labio partido. La mandíbula le vibraba donde había recibido el puñetazo.

—A no ser que se lo ordene yo, no —dijo Matthew con gesto adusto. Tiró la rama a un lado con asco y se quitó el abrigo para cubrirle los hombros. Grace agradeció el calor que le proporcionó la prenda, porque estaba muerta de frío.

Agarró a Matthew del brazo y usó la otra mano para conservar el poco recato que le quedaba. Sabía que era una tontería, puesto que él ya la conocía centímetro a centímetro, había besado cada pequeño fragmento de su cuerpo, pero tras los estragos de Filey necesitaba la frágil armadura que le proporcionaba el atuendo para proteger tanto su alma como su cuerpo.

—Cielo santo, Grace. Mira cómo te ha dejado. —Su rostro expresaba cólera mientras contemplaba sus heridas. Se sacó un pañuelo del bolsillo y enjugó la sangre que le supuraba del labio—. Tendría que haber acabado con ese malnacido cuando tuve la oportunidad.

Ella torció el gesto y habló castañeteando los dientes.

—Gracias a Dios que has llegado a tiempo. Pensaba que me iba... Me iba a...

Le falló la voz y se quedó callada. Gemía y sollozaba, y se le hizo un nudo en la garganta.

—Ya está, ya está... Ya ha pasado.

Con mucho cuidado la rodeó con los brazos y le ofreció su calor y su conocido aroma.

Al final Grace levantó la cabeza con los ojos llenos de lágrimas.

—Lo siento.

—Volvamos a casa.

Con la fuerza natural que tantas veces la sorprendía por ser un hombre flacucho, la cogió en brazos.

—Puedo caminar —afirmó, aunque no estaba segura de poder hacerlo.

—Yo te llevo.

No se vio con fuerzas de discutir, por lo que se limitó a descansar la cabeza, que estaba a punto de explotarle, sobre su hombro.

—Haces que me sienta a salvo.

—Pues no lo he hecho muy bien —dijo mientras avanzaba a zancadas por el camino.

—No puedes culparte por lo sucedido.

—Culpo a mi tío —y añadió una cruda apostilla—: y, sí, también me culpo a mí.

Tensó los brazos y ella se estremeció. Le dolía todo el cuerpo, y aún más a medida que mermaba el peligro y su cuerpo reaccionaba a las consecuencias de la paliza. Se agarraba con fuerza a su cuello. El roce de un cabello oscuro y sedoso en sus dedos era algo extraño que la tranquilizaba.

—Creía que te estabas ocupando de las rosas.

—Te echaba de menos —confesó con ternura.

—Si no hubieras venido... —La voz se le cortó y lo abrazó como si le fuera la vida en ello.

—Pero lo he hecho.

—Sí.

Él era su roca, su seguridad, su amado galán.

Todo cuanto tenían en aquella jungla eran el uno al otro. Que Dios se apiadara de ellos.

19

Matthew dejó a Grace con suavidad en el sofá. Ella puso la espalda recta al sentirse caer, si bien él tuvo sumo cuidado de no soltarla ni sacudirla. El rostro, magullado, empezaba a hincharse y a palidecer.

Dios Santo, debería haber matado a Filey. Ahora tendría que esperar otra oportunidad.

Una oportunidad que no tardaría en llegar.

Lo primero era garantizar la seguridad de Grace. Hasta que lo lograra estaba atado de pies y manos; no podía reclamar la justicia que le había sido arrebatada durante tantos años.

—Voy a buscar algo que hará que te sientas mejor —prometió al verla reticente a que se fuera. No era una mujer dependiente, pero el calvario de aquella tarde había puesto a prueba sus límites.

—De acuerdo —dijo ella dejando caer las manos, que, nerviosas, se apresuraron a tirar del abrigo y, con los extremos, intentar tapar la blancura exuberante de sus pechos. Los pechos que Filey había manoseado.

Matthew reprimió otro arranque de ira. Aquella tarde Filey había superado todos los límites. Se vislumbraba un ajuste de cuentas antes de que la dulce primavera se transformara en pleno verano.

—No tardo —prometió mientras se inclinaba y le daba un beso en la frente, llena de contusiones inmisericordes.

Se dirigió a la cocina para calentar un poco de agua. Acto seguido recogió cuanto necesitaba de los anaqueles del cuarto del jardín. No quería dejarla sola mucho rato. Se había percatado del destello de pánico en aquellos hermosos ojos cuando le había dicho que lo esperara un instante, aunque fuera tan solo para ir a la habitación de al lado.

Cuando regresó, Grace estaba recostada, sujetando aún los restos del vestido bajo el abrigo de Matthew. Al verlo entrar por la puerta, no pudo disimular su alivio.

Matthew dispuso los suministros sobre la mesilla. Era metódico a propósito en sus acciones, pues ayudaba a sosegar la bestia enfurecida que desde su interior ardía en ansias de destrozar cosas y entrar en cólera.

—Dime dónde te duele.

—En todas partes —dijo Grace intentando sonreír, pero le traicionó el labio inflamado.

Aquella mujer era tan valiente que le rompía el corazón. La preocupación por ella superaba incluso su ira titánica, aunque la rabia hervía, dispuesta a prender un gran fuego a la primera chispa.

Se arrodilló junto al sofá para trabajar más de cerca. Con suma ternura le recogió los cabellos despeinados de su frente.

—Filey no ha obtenido lo que buscaba. Ni lo obtendrá jamás, te lo prometo.

Grace abrió los ojos, que reflejaban pavor.

—Tu tío quizá quiera vengarse.

—Mi tío no tiene todos los ases en la manga en este juego. —Su tono era tranquilo al hablar, puesto que lo decía convencido—. Estás a salvo.

Al cabo de una larga pausa, ella asintió con la cabeza.

Matthew inspiró, aliviado, y poco a poco retiró el abrigo de los hombros. Se inclinó para quitarle las zapatillas y luego fue enrollándole las medias destrozadas. Por último, aflojó los envarados dedos que se aferraban a su corpiño.

—Déjame que te vea, Grace —le susurró al observar que no soltaba los dedos, rígidos como un palo.

—No. —Grace reculó contra el respaldo del sofá.

«Ay, Dios, tiene miedo. ¡Miedo de mí!»

Filey mordería el polvo en el infierno.

—Jamás te haría daño, Grace. Lo sabes. —Matthew se dirigió a ella con la voz meliflua que utilizaba al hablarle a un pájaro o una animal malherido—. Conmigo estás a salvo.

Parte de la tensión desapareció del rostro de ella, o al menos de lo que podía apreciar de su rostro lleno de moratones. Fue relajándose hasta que el vestido amarillo, repleto de manchas, acabó por ceder. Mientras le rozaba la tela al quitárselo, ella gemía y encorvaba sus esbeltos hombros.

¿De qué se escondía? Él se movía para examinarla, pero ella se abrazaba el pecho a modo de protección.

—¿Grace? —intentó preguntarle mientras con mucho cuidado le separaba los brazos, que mantenía entrelazados. Al final vio su pecho desnudo.

Las marcas de los dientes de Filey se apreciaban con claridad, con un borde violeta y rastros de rojo donde le había rasgado la piel.

Además de aquella mordedura inmunda, la piel blanca del pecho y el abdomen estaba cubierta de moratones. La violencia que Matthew se esforzaba por controlar estuvo a punto de estrangularle.

—Cielo santo —exclamó mientras cerraba los puños.

La vergüenza hizo que a Grace le subiesen los colores a las mejillas.

—No he podido detenerle.

—Tú no, pero yo sí lo haré —espetó, incapaz de desviar la mirada de los signos del maltrato de Filey.

Ella debió de percibir las ganas de matar a alguien en el rostro de Matthew, porque levantó una mano temblorosa y lo agarró de la muñeca.

—Ahora ya es tarde.

—Pero, demonios, ¿cómo puedes decir eso?

Respiró hondo para calmar el poderoso relámpago que le corría por las venas y la arremangó. Tenía los brazos magullados y alrededor de las muñecas se apreciaban marcas de dedos, el testigo silencioso de las zarpas de Filey. La bestia que rugía en su interior se moría por que le aflojaran la correa.

—Lo lamento, mi vida —dijo Matthew viendo cómo Grace se estremecía a cada movimiento—. Te sentirás mejor sin este vestido.

Sorprendentemente ella hizo una mueca con la boca en un intento de sonreír.

—Seguro que no eres el primer jovenzuelo que usa esa frase.

Él se obligó a sonreír también, aunque el valor que ella mostraba solo podía expresarse llorando. El corazón de Matthew bramaba por partir a Filey en dos. Con las tijeras que había cogido de la cocina le cortó la falda. Luego le quitó los jirones de los calzones, el corsé y el viso.

Le dolía en el alma verla quejarse de aquella manera, pero no podía hacer nada para evitarlo. Una vez desnuda, soltó su cabellera y se la peinó con las manos para que le cayera sobre los hombros. La piel, blanca como una perla, le brillaba por entre los mechones de seda negra allí donde los moratones y las abrasiones no la desfiguraban.

La tapó con una manta y luego se marchó un instante para recoger el cuenco de agua caliente de la cocina.

—Te ayudaré a reincorporarte —le dijo al volver.

Cuando ella ya pudo enderezar la espalda, Matthew empapó un trapo y, con suma delicadeza, la lavó. Bajo la luz de la tarde, el cuerpo de Grace era delgado, grácil, pero mientras recorría cada una de sus perfectas curvas y acariciaba cada hueco, no pensaba en el sexo, sino en la ternura inmensa que ella le inspiraba.

Con la dulzura que había demostrado durante todo el proceso, la secó. Apartó la toalla mojada y quitó el tapón de un pequeño jarro.

—El árnica, la caléndula y la hamamelis ayudan a cicatrizar las heridas. —Al preparar un pegote de ungüento en la palma de la mano, un aroma fresco se amalgamó armoniosamente con el de jazmín—. Tiene sus ventajas tener un amante que ha pasado su juventud estudiando minuciosamente las hierbas.

—¿En vez de permitirse una vida desenfrenada? —preguntó ella con dureza, aunque se puso tensa para mostrar su silenciosa incomodidad cuando Matthew le aplicó aquel mejunje sobre los moratones de las muñecas.

Filey pagaría diez veces cada gota de dolor de Grace. Matthew juraba venganza contra sus enemigos, pero lograba igualmente ser suave en sus movimientos.

—¡Ay! —se quejó ella, haciendo una mueca de dolor cuando empezó a aplicárselo en el enorme cardenal que lucía en la mejilla izquierda.

Se había mostrado tan dulcemente estoica a lo largo de un proceso que él sabía que resultaba agónico. Le untó las últimas lesiones con la pomada y dio media vuelta mientras se limpiaba las manos con una toalla de lino.

—Ahora, descansa, Grace.

—¿Adónde vas? —El miedo brillaba en sus ojos.

Se obligó a ofrecerle una sonrisa para tranquilizarla.

—Voy aquí al lado, a la cocina. Estoy hirviendo unas hierbas que te ayudarán a dormir.

Vio cómo la recorría un escalofrío.

—No volveré a dormir jamás —afirmó, y le temblaron las manos al tirar de la manta para taparse.

—Lo superarás. —Le tocó un segundo el hombro y percibió los temblores que la consumían—. No tardaré.

En la cocina Matthew preparó raudo y veloz un té de valeriana, corteza de sauce y filipéndula. Le aliviaría los dolores, aunque se sentiría magullada y dolorida durante varios días. Sobreviviría a aquel calvario y resurgiría incólume y resplandeciente. Solo que... deseaba poder estar allí para verlo.

Llevó la bandeja cargada a la sala.

—¿Te encuentras algo mejor?

Grace levantó la mirada desde su postura supina y quiso sonreírle. O al menos sonreírle todo cuanto le permitía una cara apaleada.

—Pues sí, un poco sí.

Matthew prefirió ceñirse a asuntos de índole práctica.

—Traigo pan y queso.

—No tengo hambre.

El cansancio marcaba su expresión. En el terreno emocional había llegado a sus límites. Tras acomodarse con torpeza sobre los cojines, él le pasó la taza humeante. Era evidente que resentía todo el impacto de los golpes de Filey. Hasta entonces el susto había mantenido a raya la mayor parte del dolor. Sorbió y él no pudo contenerse al verla reprimir un mohín de asco y se rió.

—Es asqueroso.

—No puedes tomar opio, y esto era lo más parecido.

En los ojos de Grace reinaba el asombro más absoluto. Era impresionante la expresividad de aquel rostro, incluso en ese estado.

—¿Te acordabas?

—Recuerdo todo lo tuyo. Vamos, bebe. Después prueba a comer algo.

Esperaba que protestara de nuevo, pero debía de encontrarse aún peor de lo que imaginaba, puesto que se terminó el té, la comida y al final se tumbó en el sofá, rendida.

—Me duele la cabeza —murmuró Grace al cojín.

Matthew no dudaba de ello, aunque el té ya había surtido su efecto narcótico. Apenas soltó un murmullo cuando la arropó con la manta, la alzó en brazos y la llevó a la cama del primer piso.

Después de compartir dormitorio durante tres días, no tenía ningún reparo en tocar su camisón. Tampoco lo había llevado mucho esos días, la verdad. La vistió con cuidado y luego la tapó con las sábanas.

—No te vayas —susurró Grace mientras se le cerraban los párpados. A duras penas estaba consciente.

—Jamás —contestó él, aunque esa palabra era una traición.

Su falsa promesa pareció confortarla, pues fue relajándose apoyada en las almohadas. Casi al instante notó que su respiración adoptaba el tempo lento del sueño. La tapó con las mantas, si bien en el dormitorio no hacía frío.

Matthew se quitó las botas y se acostó a su lado. Dormiría unas cuantas horas, pues no quería que se despertara sola y asustada.

Grace soltó un débil grito de angustia. Matthew se puso en estado de alerta. En algún momento de las horas de más oscuridad debía de haberse quedado dormido, aunque se sentía inquieto.

Llevaba puestos una camisa y unos pantalones, y estaba acostado sobre la colcha, mientras que ella dormía debajo. No había querido arriesgarse a abrazarla y hacerle daño sin ser consciente de ello.

Llevaban apenas unos días como amantes, pero ya se había vuelto peligrosamente adicto a dormir abrazado a ella. Sin Grace, se sentía afligido y solo, como si su mundo ya no diera vueltas en el sentido correcto.

Por Dios, ¿cómo iba a sobrevivir sin ella? No una noche, ¡siempre!

Reprimió la lúgubre premonición del infierno que le aguardaba y alargó el brazo para encender una vela.

—Grace, ¿te encuentras bien?

La luz vacilante reveló nuevos moratones en su cara a pesar de sus esfuerzos con el ungüento. El dolor y el espectro del miedo resplandecían en sus ojos azul marino y le tensaban la boca, que estaba inflamada. Su determinación de que Filey y, en última instancia, su tío pagarían por aquel ultraje hizo otra vez acto de presencia. Si el cielo le concedía tan solo aquel ápice de justicia, podría morir feliz.

—Sí. —Las hierbas le habían vuelto rugosa la voz—. ¿Qué hora es?

Miró el reloj de bolsillo de plata que había dejado sobre la mesita.

—Las tres y veinte. ¿Quieres agua?

Grace sonrió, lo cual hizo que Matthew se estremeciera puesto que ella tenía el labio rasgado.

—Sí, por favor.

Se levantó de la cama y llenó un vaso con la jarra de cristal que tenía sobre el estante.

—¿Cómo te encuentras?

—Como si me hubiera pasado por encima una carroza con sus cuatro caballos —respondió irónica, reincorporándose con dificultad para aceptar la bebida con su pulso inestable—. Dos veces.

Arrancó una sonrisa a Matthew, aunque, a decir verdad, verla sufrir de aquella forma lo enfurecía de tal manera que era incapaz de alegrarse.

—¿Necesitas algo?

—No —contestó soltando un suspiro—. Bueno, que me abraces.

—Puedo hacerte daño —le advirtió, por mucho que en verdad se moría por cumplir sus órdenes. No para hacerle el amor, si bien el deseo cargaba de electricidad el ambiente sosegado. Siempre sería así cuando se hallara en su presencia, pero el deseo esa vez no era lo más urgente. El amor, la ternura, el cariño eran lo único que importaba en aquel momento.

—Matthew, te... te necesito.

Dios mío, ¿cómo iba a negarle su presencia, si sería capaz de morir ahí mismo si se lo pedía?

Esperó a que sorbiera un poco de agua y le apartó el vaso. Con mucho cuidado, Matthew se metió bajo las sábanas y sintió al instante el calor de ella.

Qué fría sería su vida sin Grace... como el invierno más oscuro. Como una tumba.

Amontonó unas almohadas para apoyar la cabeza y, poco a poco, la llevó hacia sus brazos. Grace no necesitaba decirle que le dolía. Era evidente por la manera cautelosa en que descansó la cabeza en su hombro. Se acurrucó a su lado y dejó un brazo tendido en su pecho.

—Así está mejor —suspiró ella, metiendo una mano por

debajo de su camisa para detenerse en su apenado corazón. La dulce fragancia de Grace lo inundó: sol, mujer, jabón de jazmín... y una pizca de linimento de hierbas.

Tiritaba. A ojos de Grace, el terror seguía acechando en la quietud del dormitorio.

Tras convertirse en la amante de Matthew, él había vivido en un paraíso que podía evaporarse de un momento a otro. Él siempre había sido consciente de que su júbilo era precario, pero se negaba a admitir los riesgos que asumía al abrazar su amor, unos riesgos que aquel día habían estallado en mil pedazos.

—¿Sabes cuál es la peor parte de lo sucedido esta tarde? —preguntó ella en un tono grave.

Lamentablemente, conocía la respuesta. A él también lo habían azotado y apaleado demasiadas veces.

—La sensación de impotencia absoluta —dijo, desalentado.

—Sí —susurró ella como si el reconocimiento la aliviara. Sonaba adormilada. Las sustancias que le había administrado aún surtían efecto.

—Duerme, Grace. Yo te protegeré.

La promesa le salió del alma. La protegería de Filey, de Monks y de su tío. A cualquier precio.

Seguramente el precio iba a ser su cordura, o quizá incluso su vida.

Para bien de Grace tenía que ponerse manos a la obra. Para bien de los dos, de hecho, si quería considerarse un hombre de verdad.

Contempló la habitación, bañada por la luz de la vela, mientras Grace retornaba al sueño. Su efímero paraíso se había disuelto y se había convertido en una nube de polvo. La verdad, despiadada, le miraba directamente a los ojos.

Grace no podía seguir en aquella casa. Por mucho que lograra apartarla de las zarpas de Filey, eran demasiados los peligros que acechaban.

Matthew se había resignado hacía mucho tiempo y ya no

aspiraba a gozar de una vida normal, pero una mujer como Grace formaba parte del mundo exterior. Merecía ser feliz con una hombre decente que la quisiera, la cuidara y le diera hijos. Ese hombre nunca podría ser Matthew Lansdowne, a pesar de que estaba dispuesto a vender su alma al diablo para poder afirmar lo contrario.

Tenía que urdir un plan de escape para ella. Una vez estuviera en libertad y a salvo, él pondría fin al reinado del mal que su tío había instaurado.

20

Transcurrieron diez días nada apacibles. Matthew maldecía al cielo cada segundo que Grace pasaba en peligro en aquella casa, aunque pensar siquiera en que acabaría marchándose era como sumergirse en una bañera llena de ácido.

Su decisión de sacarla de allí no vaciló ni un momento. Le bastaba con recordar la corpulenta mole que era Filey atenazando sus piernas desnudas y el ruido nauseabundo de sus puños despiadados sobre su carne. Cada segundo que pasaba como prisionera de lord John era un segundo en el que peligraba su vida.

Filey merodeaba por allí: magullado, cojeando, con cara de malas pulgas, luciendo un vendaje cada vez más mugriento en el brazo, allí donde los dientes de Wolfram le habían rasgado la piel. Parecía intimidado, pero Matthew no se dejaba engañar por ello. Sabía que el peligro seguía acechándoles.

Apenas quedaba rastro de los moratones de Grace y sus arañazos no habían sido lo bastante profundos para formar costra. Poco quedaba de aquella mujer asustada y llorona de cuyas heridas se había ocupado esos días. Los únicos efectos a largo plazo que había percibido eran un nuevo desespero en su pasión y la reticencia a alejarse demasiado de su lado.

Cada día la amaba más. No pensaba que fuera posible, pero así era. Cuando se introducía en sus profundidades, sentía que compartían la misma sangre, el mismo aliento, las mismas almas. Con demasiada frecuencia las palabras «te quiero» emergían y se detenían en sus dientes. Hasta aquel momento había logrado acallar unas declaraciones que no serían bien recibidas. El recuerdo era demasiado fresco: la había visto amilanarse al decírselo tiempo atrás.

Grace lo consideraba un valiente, pero él no lograba hacer suficiente acopio de valentía para arriesgarse a ser rechazado de nuevo.

Ella le deseaba, confiaba en él. Parecía gustarle. La única diferencia era que no le amaba.

Y aquello dolía como una espina clavada en el corazón.

Grace, aquella criatura que sentía suya y que siempre lo fascinaría, estaba sentada en el sofá en ese momento. La penumbra invadía la estancia donde se encontraban a la espera de que les sirvieran la cena. La presencia de Grace templaba sus inquietos pensamientos, aunque no había nada que pudiera aquietarlos de por vida. Desde su sillón cerca de la chimenea, que no estaba encendida, observó la sala y se asombró una vez más de que fuera suya una mujer tan maravillosa.

Porque a esas alturas no había duda de que era suya.

Ella se reclinó sobre el brazo del sofá en una pose que, sin quererlo, resultaba muy seductora. Una mano finísima sostenía un vaso medio lleno. Llevaba un vestido carmesí tan ceñido que hasta una cualquiera se habría ruborizada. Aquel color tan intenso contrastaba con el tono de su piel, que adquiría una naturaleza lechosa.

A él se le fueron los ojos hacia el escote rematadamente bajo que apenas le tapaba los pezones. Se relamió los labios como si ya conociera la dulzura de su sabor.

«No voy a tener que esperar demasiado.»

El deseo se agitaba con pereza en sus venas. Después, cuando la tuviera desnuda en sus brazos, explotaría hasta causar una ola expansiva. En aquella sala silenciosa, el apetito era una tenue efervescencia que le corría por la sangre, un susurro del placer seductor que se avecinaba.

Grace se había recogido el cabello en un moño alto, pero

había dejado algunos mechones que, como la seda, le acariciaban los hombros descubiertos. Ardía en deseos de engalanar aquel cuello tan esbelto con cascadas de rubíes. Rubíes, diamantes, perlas, esmeraldas, pero nunca zafiros. Ni siquiera el más elegante de los zafiros podía hacer sombra a la belleza de sus ojos.

No contaba con ninguna joya que pudiera ofrecerle, tan solo su corazón, lleno de amor y de pasión. Y le dolía en el alma saber que ella jamás codiciaría tan pobre recompensa.

Grace levantó la copa y dio un sorbo al líquido de un rojo intenso, idéntico al de su vestido; un gesto inofensivo, pero que dejó sin aliento a Matthew por un segundo.

Era todo cuanto deseaba. La idea de que algún día se marcharía era una punzada en las entrañas que cortaba como un sable.

Aún no le había dicho que debía irse. Hasta que contara con un plan en firme, no tenía ningún sentido darle esperanzas de libertad. No había duda de que la posibilidad de escapar la alegraría sobremanera. Lo contrario sería una estupidez.

El fino ceño de Grace se contrajo ligeramente.

—¿Qué sucede, Matthew?

Él sacó fuerzas de flaqueza para sonreír. Bregó por ocultar su inquietud, pero ella lo conocía demasiado bien.

—A este vestido le irían bien unos rubíes.

Ella se encogió de hombros.

—No me interesan las joyas.

Ya lo sabía, pero aun así le dolía no poder cubrirla jamás de algún tesoro resplandeciente. En su mente apareció una imagen deslumbrante de su cuerpo envuelto tan solo por brillantes piedras ensartadas.

—¿Qué es eso? —preguntó ella al volverse hacia la ventana, que estaba entreabierta y dejaba entrar el suave aire primaveral.

—Es que... —Se preguntó cómo había adivinado qué imágenes lascivas conjuraba en su mente. Luego también él oyó el carro que avanzaba por el sendero y se detenía delante de la casa.

Tan solo había un hombre con acceso ilimitado a la finca. La llegada de lord John resultaba inoportuna, pero no era una sorpresa. Monks debía de haberle informado de lo sucedido la semana anterior. Matthew dejó su vaso de cristal sobre la mesa auxiliar con un sonoro tintineo. Una sensación de alerta animal sofocó sus ensoñaciones sensuales.

—Es mi tío.

Se levantó y se apostó al lado de Grace cual guardia de palacio que protegiera a su joven y hermosa reina.

—¿Tu tío? —se asombró ella, sobrecogida, mientras intentaba levantarse.

—Ánimo, amor mío. —El término cariñoso se coló antes de que pudiera frenarlo. Le puso una mano sobre el hombro y percibió la frágil red de hueso y tendón que sostenía aquella piel de satén—. Que no te vea asustada.

—Lo estoy —le susurró, cediendo ante la presión. Por debajo de los dedos, Matthew notó cómo el pulso de ella latía al igual que batiría sus alas un pajarillo apresado.

Abrió la puerta del salón un lacayo fornido y entró su tío con un séquito de tres criados ataviados con la librea verde oscuro de los Lansdowne. Se detuvo a unos pasos de Matthew. Grace aguardó con actitud serena y callada en el sofá.

—Buenas noches, Matthew —dijo quitándose los guantes de cuero y el sombrero de copa alta. Se los dio a uno de sus sirvientes, que hizo una reverencia y se marchó.

—Tío —le respondió Matthew en un tono neutro.

Lord John echó un vistazo a su alrededor con el gesto arrogante que le conocía de centenares de visitas anteriores. Blandió su bastón para indicar a los otros dos criados que tocaba trabajar.

—Encended el fuego, cerrad las ventanas y las cortinas, y después aguardad fuera.

Los criados se afanaron por la sala para cumplir sus órdenes y convirtieron la estancia en un invernadero enrarecido.

Cuando se fueron, el discreto sonido del cierre de la puerta reverberó estrepitosamente en aquel silencio vibrante e irrespirable.

—Estoy muy disgustado contigo, sobrino —exclamó lord John cuando resultó obvio que nadie iba a preguntarle qué estaba haciendo allí.

Los juegos de poder eran una chiquillada, y Matthew lo sabía, pero eran todo cuanto tenía. Con los años había aprendido a dominarlos para irritar a su tío. Inclinó la cabeza a modo de insolente parodia de una reverencia.

—Mis más sinceras disculpas, tío.

Como era de esperar, lord John pasó por el alto el sarcasmo y, en su lugar, con un aire inconfundible de dueño y señor del mundo, se sentó en el sillón vacío y descansó la mano en la enorme bola de ámbar que llevaba engarzada en el extremo de su bastón. En su interior dorado yacía atrapada una mosca prehistórica. Matthew siempre había reparado en aquel simbolismo malicioso.

La boca estrecha de su tío adquirió un gesto de disgusto.

—Me hallaba yo en Escocia, atendiendo los asuntos del rey, cuando recibí las inquietantes noticias de que habías atacado a uno de tus celadores.

—En verdad fue uno de mis celadores quien atacó a esta señorita —le espetó Matthew con frialdad. Los difuminados moratones de Grace indicaban lo sucedido con la suficiente elocuencia.

Ella inclinó la barbilla, llena de orgullo. Mostraba un rostro níveo y perfecto, como una efigie de mármol sobre una lápida. No se había levantado para ofrecerle sus respetos. Seguramente su tío había reparado en el insulto, pero no había dado siquiera indicios de haberla visto.

Lord John se detuvo.

—Da igual lo ocurrido; estos acontecimientos me preocupan. Esta fulana nos ha decepcionado a todos. Debería haberme dado cuenta de que no serviría para mis propósitos. Haré que la sustituyan.

Ahí estaba, se declaraba abierta la batalla. Eso pensó Matthew, salvajemente satisfecho. Solo había bastado una breve escaramuza preliminar. A su tío le gustaba jugar con sus víctimas, verlas corretear en un inútil intento para escapar de sus diabólicas redes. La naturaleza súbita de aquel asalto indicaba que lord John estaba más nervioso de lo que parecía.

«Excelente.»

Matthew intentó calmar a Grace ejerciendo más presión sobre la mano que había posado en su hombro. Tenía los músculos de la mano en tensión. Ella sabía qué quería decir su tío con aquello de «sustituirla».

—Todo lo contrario, la señora Paget es todo cuanto podría desear —dijo tranquilamente.

Su tío intentó en vano adoptar un tono amistoso, de hombre de mundo.

—Vamos, criatura. Hazme caso, es una ramera de tres al cuarto sin sangre en las venas. Necesitas una mujer que sepa complacer a un hombre. En asuntos de bragueta no tienes con qué comparar.

Grace se sobresaltó por momentos y las mejillas se le acaloraron hasta sonrosarse de vergüenza. Debía de ser una auténtica tortura para ella saber que su tío estaba al corriente del día en que había empezado a compartir cama con Matthew.

—La señora Paget se queda —sentenció él, implacable.

John Lansdowne no estaba acostumbrado a que nadie le llevara la contraria. En sus ojos gélidos ardió la ira y sus manos enjutas se contrajeron sobre su bastón. A medida que transcurrían los años adquiría un porte más señorial, como si paulatinamente asumiera cada símbolo del marquesado, salvo el título. Que el título quedara fuera de su alcance para siempre era fuente de infinito arrepentimiento, y Matthew lo sabía.

—En un santiamén te olvidarás de ella. Espera a que te caliente la cama una mujerzuela de sangre ardiente. La última vez que estuve aquí, la señora Paget reclamó mi misericordia y me suplicó que la sacara de aquí. Chico, entenderás que no es correcto obligar a una mujer decente a prostituirse.

—Estoy seguro de que la culpa no te deja dormir —respondió Matthew en un tono cargado de ironía.

—Jamás me liberará, lord John. —Las palabras de Grace cortaron el ambiente de antagonismo en ciernes como un cuchillo de cristal—. Le conozco y sé que su única intención es acabar con mi vida.

Las cejas de lord John, copias entrecanas de las de Matthew, se arquearon con desprecio.

—Señora, sobrevalora usted su importancia.

—No lo creo, milord —respondió ella. El desdén rezumaba en cada palabra.

—Es usted muy atrevida, ahora que es el juguetito de mi sobrino —repuso su tío con la misma frialdad—. ¿Qué ha pasado con la viuda virtuosa?

Grace se estremeció al oír la palabra «juguetito», pero conservó su porte regio.

—Mejor ser el juguetito de alguien que un matón, un engaño y un ladrón, milord.

—¡Habrase visto, fulana insolente!

Lord John se puso en pie y le levantó una mano.

Antes de asestarle el golpe, Matthew se abalanzó sobre él para cortarle el paso. Al verle avanzar, Grace se quedó sin aliento y cayó de espaldas sobre el sofá.

—¡Si la tocas, te arrepentirás! —le amenazó Matthew inclinado sobre él, de modo que su altura amedrentó al anciano.

La violencia fue aumentando en aquella estancia acalorada. En once años el odio que a unía tío y sobrino había hervido a fuego lento sin llegar a estallar en una confrontación cuerpo a cuerpo. En aquel momento, sin embargo, la cólera de Matthew hervía en sus venas y le impedía contemplar otra opción que no fuera a matarle al instante. Casi podía sentir cómo sus manos arrancaban el último aliento ponzoñoso a su enemigo. La ira era un regusto abrasador, cáustico, en su boca. Tensó los músculos, dispuesto a atacar. El mundo se redujo a un único punto rojo palpitante, que era el odioso rostro de su tío.

Grace posó la palma en la columna de Matthew. Aquel

sencillo vínculo lo arrastró desde del borde del peligro recordándole todo lo que estaba en juego.

Cielo santo, ¿qué estaba haciendo? No podía matar a su tío en aquel lugar. Los secuaces de lord John lo superaban en número y, una vez muerto su tío, acabarían con él.

«Y en ese caso, ¿qué le ocurriría a Grace?»

Apretó los dientes intentando sosegarse, pero lo hizo con tanta fuerza que le dolió la mandíbula. Necesitaba desgañitarse, destrozarlo, pero no podía. Aún no. La satisfacción tendría que esperar hasta que Grace estuviera al otro lado de aquellos muros de blanco pulido.

—¡Por Dios, contrólate, jovenzuelo! —Lord John se zafó rápidamente de él—. Jamás me degradaría hasta el punto de tocar a la zorra.

—Te aconsejo que no lo hagas.

Matthew luchaba por no perder los nervios. Que Grace siguiera con la mano en su espalda era la única y frágil conexión con el raciocinio. La calidez de ese contacto apaciguaba la tormenta que se desataba en su sangre. Poco a poco irguió la espalda, en lugar de amenazar a su tío encorvándola.

—He visto suficiente. La puta se va de aquí esta misma noche —farfulló lord John—. Te buscaré otra mujer. En la oscuridad, todas las jabatas se parecen.

Matthew estaba lo bastante alerta para percibir cómo Grace contenía el aliento debido al temor.

—No quiero ninguna otra mujer. Ya te lo he dicho: la señora Paget se queda.

La confianza ilimitada de su tío en sus posibilidades apareció de nuevo.

—Haberte desahogado con una hembra te ha dado la errónea sensación de que estás en posición de escoger, sobrino.

—Siempre se puede escoger —fue la respuesta austera de Matthew. Su batalla seguía abierta como no lo había estado en años. Pedía a Dios que pudiera mantener la calma para vencerle. Acalló los vestigios de furia y miró fijamente a lord John—. Has olvidado que tengo un poder ilimitado sobre ti, tío.

Lord John reaccionó con una risotada de sorna.

—¿Te has vuelto loco otra vez? Me temo que dentro de poco Monks tendrá que atarte de nuevo a las correas, darte de comer como a un niño de cría y limpiarte tus propias inmundicias mientras lloras, gritas y balbuceas sandeces.

Matthew no se inmutó ante aquella descripción tan humillante, sino que se dirigió a él con la calma que otorga la más absoluta confianza, una confianza que no había sentido nunca al enfrentarse a su tío. Grace lo convertía en un hombre más fuerte, más seguro de sí mismo. Apartó la mano de ella de su espalda, pero su calor permaneció, del mismo modo que su imagen seguiría con él hasta el día de su muerte.

—Si haces daño a la señora Paget, juro por la tumba de mis padres que perderás el control de la fortuna de los Lansdowne.

La sorna de su tío se palpaba en aquella estancia irrespirable.

—Ya me dirás cómo pretendes conseguirlo, chiquillo.

Lord John podía llamarlo «chiquillo», «jovenzuelo» y todo cuanto quisiera, pero aquello no cambiaba el hecho de que la balanza del poder había variado su inclinación, y no había vuelta atrás. Con Grace a su lado, Matthew era invencible. Su tío había cometido un tremendo error al mandar a sus matones a Bristol a secuestrar a aquella mujer en particular.

Matthew se permitió lucir una pequeña sonrisa de superioridad.

—Pues con mi vida, tío. Tu poder pende de un hilo: que yo permanezca a este lado del paraíso. Si yo muero, perderás cualquier oportunidad de meter tus sucias zarpas en el patrimonio de la familia. —Se le endureció la voz—. Pon un dedo encima a Grace Paget, arrebátamela de mi lado, cáusale una herida más y pondré fin a mis días.

—No —protestó Grace con fuerza a su espalda—. Eso jamás.

Su corazón sufría por saberla afligida, pero no la miró en ningún momento. Toda su fuerza, su mente, su resolución se centraban en vencer a su tío.

—Palabras necias de un inútil lechuguino. —Lord John quiso reírse con el fin de restar importancia a las amenazas, pero la sangre le abandonaba ya los carrillos y le dejaba la piel con una consistencia aún más pálida de lo habitual.

Matthew se obligó a encogerse de espaldas en un ademán indiferente, aunque no era así como se sentía.

—He ahí mi poder absoluto, tío. Podría quitarme la vida de cien maneras distintas en esta misma estancia. Si yo muero, mi primo se convierte en marqués de Sheene. Se acaba así tu acceso a las arcas de los Lansdowne, a no ser que logres sobornar a unos cuantos médicos para que afirmen que él también está loco, pero dudo que te salgas con la tuya dos veces.

—Déjate ya de estupideces sensibleras —le espetó lord John, aunque sin duda sus aires de amo y señor estaban seriamente mermados.

—Matthew, no merece la pena que lo hagas por mí —le dijo Grace en voz baja—. No lo hagas, te lo ruego.

Se dio la vuelta para mirarla a la cara.

—Es la única manera, amor mío.

—¿Ofreces poner fin a tu vida por esta ramera? —preguntó lord John con menosprecio, sin acabar de entenderlo—. No es más que una furcia barata. Puedes permitirte una igual por cuatro cuartos en cualquier callejón.

Matthew se acercó amenazante a su tío y le enseñó los dientes.

—Si vuelves a faltar al respeto a esta dama, haré que te tragues tus palabras.

—Crees que estás enamorado. No sirve para nada que intente hacerte entrar en razón —comentó despectivamente su tío, pero al mismo tiempo dio un paso atrás. Era evidente que no había olvidado el momento en que Matthew le había clavado la mirada desde su altura con intenciones mortíferas en los ojos—. Regresaré cuando hayas recobrado lo que tú llamas cordura.

Golpeó el suelo con el bastón y, casi al instante, abrió la puerta un criado. Matthew agradeció poder respirar la ráfaga de aire frío que se coló en la estancia. El calor lo había sofocado, o tal vez era la maldad que rezumaba su tío por los poros como el hedor a carne putrefacta.

—De momento quédate con tu fulana. Disfrútala mientras puedas.

Lord John se marchó con paso altivo sin decir nada más.

Matthew se quitó el abrigo, pues estaba empapado en sudor, lo tiró sobre una silla y atravesó la sala para servirse un brandy.

Contra todo lo que esperaba, lo había vencido. Aún no acababa de creérselo.

Se bebió el líquido de un trago y se sirvió otro. Se volvió para ofrecer un vaso a Grace, pero al verla quedó petrificado.

Un río de lágrimas se precipitaba por sus cenicientas mejillas. Estaba ahí, de pie, mirándole, temblando hasta tal punto que las palabras salían de su boca a borbotones.

—No merezco que acabes con tu vida por mí, Matthew.

—Pues claro que sí —repuso él, dejando con tanta firmeza la copa en el mueble que salpicó de brandy la mesa de madera pulida—. Para mí, tú eres el cielo y la tierra.

¿Acaso ella no se daba cuenta? Deseaba poder pronunciar de nuevo las palabras prohibidas, «te quiero». La agarró por la cintura y la abrazó. Al instante lo embargó su dulce aroma a jazmín y a sol.

—No quiero que mueras —sollozó ella, escondiendo la cabeza en su pecho. Las manos le arrugaban la camisa por la espalda.

—No seas boba... —le murmuró en el pelo. La abrazó con más fuerza y se acercó aquel cuerpo tembloroso. Encajaba en él como hecha a medida—. Si de algo puedes estar segura, es de la avaricia de mi tío.

Se apartó de él lo suficiente para secarse las lágrimas.

—Detesto a tu tío.

Lo asaltó la amarga revelación de que había pasado la hora de los embustes.

—No saldrá de esta invicto, Grace. No estás a salvo aquí, en su terreno. No te equivoques: todo cuanto está entre estos muros le pertenece.

—Eso no puedo evitarlo.

—Sí, claro que puedes. Puedes escapar.

Los ojos de Grace, oscuros, confundidos, rebosantes de lágrimas, buscaron los suyos como un relámpago.

—Soy su prisionera como lo eres tú.

«¡Santo Dios! ¿Seré capaz de decírselo?»

Respiró hondo el aire sobrecargado del salón.

—Yo puedo hacer que escapes.

Grace lo miró fijamente, pues pensaba que se trataba de una broma.

—Siempre has mantenido que es imposible. ¿Por qué has cambiado de opinión? ¿De qué forma podemos escapar?

Matthew cerró los ojos durante un momento agónico, aunque la imagen de su rostro ardiente, regado de lágrimas, se había quedado grabado a fuego en su cerebro.

—Solo tú, Grace —le costó decir—. Tú te irás; yo me quedaré.

Ella dio medio paso atrás y frunció el ceño. Él se contuvo, pues quería volver a abrazarla, porque sabía que no tardaría en estar muy lejos de él.

—No lo entiendo. Si puedo escapar yo, ¿por qué no tú?

—Daría cualquier cosa para que todo fuera distinto, pero aquel que me ayude será juzgado como delincuente. Así ocurrió la última vez.

—Yo estaría contigo. Puedo contar a la gente las atrocidades de tu tío.

Se percibían sus ganas, su esperanza... No sabía cómo decirle que no.

—¿No me crees si te digo que vendería mi alma para ser libre y estar contigo? Pero por ley me declararon demente y debo permanecer recluido por el bien de todos.

—No estás loco —insistió ella con vehemencia—. Sabes que no lo estás.

—Llevo años sin estarlo, pero mis médicos jurarán que soy un peligro.

—Son médicos sobornados por tu tío. Él no te desmintió al acusarle.

—Eso no significa que su diagnóstico sea erróneo.

—¡Claro que es erróneo!

—¡Grace, basta!

Se inclinó y la besó con dureza. Degustaba sus lágrimas, su desespero.

En su cabeza se desató un horrible calor que lo deslumbró con su luz. Su boca se antojaba voraz. Mientras se sumergía en aquel gozo, tuvo la extraña idea de que estaba discutiendo con él mientras se besaban. Ella le palpó el pecho con las manos para juntarlas luego detrás de su cuello. Debajo de aquella camisa tan elegante, sus dedos dejaron llagas en la piel. Él la rodeó con los brazos y se la acercó.

¿Cómo rayos iba a poder soltarla?

Entre jadeos y consternación, Grace se separó de él. Temblaba con violencia y tenía la cara blanca como el papel debido al nerviosismo. Lo contempló como si lo odiara, pero su boca brillaba, todavía húmeda por aquel feroz beso.

—No iré a ningún sitio —contestó con voz profunda—. No podrás obligarme. Quiero quedarme aquí contigo.

¿Qué majadería era esa? Matthew sacudió la cabeza para despejar las dudas. No debía de haberle entendido. Las circunstancias la habían arrastrado hasta los brazos de un perturbado. La habían maltratado, asaltado e insultado. Cualquier mujer sensata aprovecharía una oportunidad para huir de allí y echar a correr a mil kilómetros de distancia de aquella finca y de cualquiera que en ella viviera.

Evidentemente, Grace no era una mujer sensata.

Se le contrajo el corazón, desesperado. A lo mejor ella no lo había entendido.

—Sé cómo puedes salir de aquí. Esta es tu oportunidad. Tú quieres ser libre. Debes ser libre.

—No quiero ser libre si no es contigo —insistió con testarudez. Levantó la barbilla y le ofreció la misma mirada desafiante que le había robado el corazón la primera vez que la había visto. No osó interpretar el mensaje que leía en sus ojos. Tenía el rostro surcado de lágrimas, pero ya no lloraba.

—Haremos frente juntos a lo que el futuro nos depare.

El corazón de Matthew dio un vuelco.

¿Acaso significaba aquello lo que imaginaba?

«¿Es posible?»

No podía equivocarse acerca de la verdad inevitable, crucial, que se filtraba en su mente y su corazón, un corazón afligido, lleno de adoración.

Respiró hondo e hizo de tripas corazón para formularle la pregunta inevitable.

—Grace... —empezó, pero se sumió en un profundo silencio.

Volvió a llenar los pulmones. Era ridículo, pero se olvidaba constantemente de respirar.

Se apuntaló para hablar. Dios, se había enfrentado a la muerte, a la enfermedad y a la tortura, pero pronunciar aquellas pocas palabras consumía todas sus reservas de valor.

Encaró aquellos indescifrables ojos añil y se apoyó para proseguir.

—Grace, ¿me quieres?

Su voz sonaba oxidada, como la de un anciano. Cerraba y abría los puños a los lados.

El silencio que sobrevino después duró una eternidad y resultó ser una tortura.

No obstante, ella seguía sin responder.

«Oh, Dios, me he equivocado. No entiendo por qué, pero me he equivocado de medio a medio.»

Sin embargo, por un instante, una milésima de segundo deslumbrante, había estado convencido.

La desesperación se arrastraba por sus venas como una muerte lenta. El odio que sentía por sí mismo formaba un nudo en el estómago y lo ahogaba. ¡Como si una mujer como Grace pudiera llegar a amar a alguien como él...! ¿Había olvidado las crueles lecciones de los últimos años? No llegaba a medio hombre, de modo que estaba condenado a vivir la vida a medias. En ocasiones, como en aquella, una vida a medias era todo cuanto pensaba que merecía.

Ella parecía insegura, infeliz. Pues claro que lo estaba. No deseaba herirle. Le resultaba insoportable que ella sintiera lástima por él, pero ¿qué otra respuesta podía ofrecerle después de la situación tan catastrófica que él había causado? Matthew se maldijo por su condenada torpeza. Aquellos últimos minutos vergonzantes iban a lastrar los pocos días que les quedaban juntos.

—Yo creía que amaba a Josiah —contestó ella despacio. Su mirada no vaciló en ningún momento.

—No eras más que una niña.

—Ahora soy una mujer.

—Sí.

No pudo evitar pasear la mirada por todo su cuerpo, examinando cada curva lujuriosa, cada centímetro de piel cremosa que ofrecía la seda rojo carmesí. Luego volvió a mirarla a la cara.

—Sé lo que siento, Matthew. Y sé que lo que siento no cambiará. —Inspiró y le tendió una mano sin recobrar el pulso firme; su voz también temblaba notablemente—. Si te digo que te quiero, significa que te querré siempre.

¿Qué hace un hombre cuando se cumple su sueño más deseado?

Matthew le miró la mano tendida. Jamás había imaginado que aquello pudiera suceder. No estaba preparado. Sus palabras se filtraron hasta impregnarle el alma e hicieron que aquel desierto reseco reverdeciera y se convirtiera en un exuberante jardín.

—Me quieres —repitió despacio, intentando asumirlo. Prosiguió luego con más aplomo—: Por Dios, me quieres. —Su sonrisa de asombro terminó con una nota ahogada al cogerla de la mano.

—Muchísimo —confesó ella con voz ronca. Sus dedos se entrelazaron con ardor—. Tanto que no sé cómo expresarlo.

La abrazó una vez más.

—No puedo creerlo.

—Pues créelo —le susurró ella. Con las manos le rodeó la cara y le miró a los ojos. El azul era tan puro que Matthew pudo entrever su alma firme y aguerrida—. Te amo, Matthew. Siempre te amaré.

—Y yo te amo a ti, Grace.

Aquellas palabras tan sencillas eran capaces de transformar toda una vida. Aun así, sabía que después de esa noche nada volvería a ser igual.

La besó en los labios. A medida que su boca se abría al contacto con la suya, la rabia desaparecía y solo tenían cabida la gratitud y el amor.

Sobre todo, el amor.

—No me obligues a escapar —le pidió ella con la voz entrecortada.

—Mutis —le ordenó él. Se zambulló en su negra cabellera y se preguntó cómo sería capaz de vivir sin ella.

21

—Nada de lo que digas hará que me marche.

Desde la noche anterior, Grace había sacado a colación el asunto de su partida en múltiples ocasiones. Esa mañana no dejó que Matthew minimizara sus objeciones o la distrajera con sus besos.

Besos y otras cosas, pensó ruborizada.

Pasearon por el bosque y, a juzgar por Wolfram, que no dejaba de husmear entre la maleza despreocupadamente, sabía que Monks y Filey no andaban cerca. La luz del sol moteaba las hojas nuevas y doraba a Matthew con su resplandor. La imagen tenía un aire simbólico. Para él ella era oro, oro puro. No quería abandonarlo, jamás, incluso si aquello significaba seguir privada de libertad.

Matthew suspiró sonoramente.

—Ya oíste a mi tío. No hay otro remedio.

—Claro que sí.

Matthew le cortó el paso, la obligó a parar y a prestarle toda su atención.

—Escúchame, Grace. —La voz se le volvió más áspera al cogerla por los brazos con unas manos nada tiernas. Ella pensó que iba a sacudirla, pero era tan solo un abrazo. Su piel se sentía caliente al tacto, lo notaba a través de las mangas de satén de su camisa—. Tu vida vale demasiado. No la pongas en peligro.

—En ese caso, escápate conmigo.

—Sabes que eso es imposible —le contestó sin más. La ira centelleó en sus ojos—. No sirve de nada discutir.

—Si eres capaz de urdir mi huida, serás capaz de urdir la de los dos —insistió ella con la misma intensidad.

—Yo moriré dentro de estos muros. —La agarró más fuerte como si añadiera un énfasis físico a sus palabras—. Eso ya lo asumí cuando el año pasado mi tío hizo que trasladaran a Mary y a su marido.

El desconsuelo con el que convivía todos los días le abría una terrible brecha en el corazón.

—¿Cómo voy a poder vivir sin ti? —le preguntó Grace con un hilo de voz.

Matthew levantó las manos. Su mirada era plana, como el bronce pulido, y llena de tanto amor y dolor que Grace tuvo que reprimir un grito de angustia.

—Eres demasiado fuerte para derrumbarte.

Se equivocaba. No era fuerte para nada. Tuvo que contener las lágrimas. Cielos, parecía que últimamente se pasaba el día llorando.

—No soy fuerte.

—Sí lo eres, y lo sabes. —Su voz era de lo más profunda. Ella parecía escucharle a través de la sangre tanto como por los oídos—. Tú plantaste cara a tu padre. Te enfrentaste a Josiah. Dios, incluso le hiciste frente a mi tío. Mi único consuelo al mandarte lejos de aquí es que sé que nada podrá contigo.

—No pienso irme.

—Sí, te irás. Ya sabes el precio que pagaré si mi tío te hace daño.

Se quedó mirándolo.

—No es un juego limpio.

—Yo no juego limpio, mi amor. Juego a ganar.

En Grace estalló la furia y la negación. No dejaría que se saliera con la suya.

—Pues si esas son las reglas, juguemos los dos.

Le agarró la cabeza con sus manos temblorosas y lo arrastró hasta enlazar sus bocas. Había intentado seducirle en contra de su voluntad en otras ocasiones, pero no lo había logrado. Esa vez sabía que se mostraría vulnerable ante ella.

Matthew no opuso resistencia, pero mantuvo cerrados los labios y dejó los brazos sueltos a los costados.

Grace no pensaba dejar que ganara la partida.

Le rodeó la espalda con los brazos y se abalanzó con fuerza sobre su esbelta figura. Al tacto de sus senos, el corazón de Matthew latió a martillazos, amenazando con resquebrajar su pátina de control. Grace quería romper ese caparazón y luego romper su voluntad. Todo era válido con tal de hacerle abandonar el plan de su cruel exilio.

Le lamió y le mordisqueó los labios desesperada, forzando su labio inferior hasta que él abrió la boca. Introdujo la lengua en sus oscuros recovecos y ahí permaneció para saborear y torturar. Él soltó un gruñido desde lo más profundo de su garganta y terminó por devolverle el beso, respondiendo a cada incursión de su lengua con la suya. La alzó en un abrazo feroz y tomó el mando de la situación. Ella ya no sabía quién agredía a quién. En su beso Matthew transmitía la misma pasión desenfrenada que había sentido la primera noche que la tuvo en sus brazos. Grace cerró los ojos mientras la absorbían el calor y la penumbra.

—¡Santo Dios, Grace! —El beso terminó de repente—. ¡Esto no demuestra nada!

Abrió los ojos y se lo encontró mirándola con expresión turbia. Él quiso dar un paso atrás, pero ella le agarró la mano antes de que pudiera alejarse.

—¿Podrás vivir sin esto? —le preguntó con voz gutural. Sin finura le arrastró la mano hasta dejarla sobre su pecho. Al instante el pezón se le erizó bajo su mano, deseoso—. ¿O sin esto? —Y con fiereza avanzó para ahuecar su mano en el frontal de sus pantalones. Ya estaba erecto y dispuesto. Le acarició el sexo y sintió cómo se hinchaba gracias a sus movimientos.

Antaño habría sido incapaz de reunir semejante coraje, pero el amor la volvía osada, y desesperada.

Por un instante él se resistió, pero luego la mano que tocaba su seno fue asumiendo su forma. Ella soltó un suspiro y adoptó la dulzura que la caracterizaba.

—¡No! —exclamó Matthew con voz ronca, apartándose un par de metros de ella—. No puedo soportar la idea de que vivas en peligro.

Sus pómulos prominentes se sonrojaron y asomó un tic cerca de la mandíbula.

Grace se abrazó a ella misma para luchar contra el frío que le paralizaba la sangre.

—No puedes combatir contra esto —contestó ella en un arrebato—. No puedes enfrentarte a mí, te conozco demasiado.

—Sí, me conoces. —Matthew levantó una mano para evitar que volviera a hundirse en sus brazos—. ¿Quieres que lo que tenemos se convierta en un arma en nuestra contra? Acabaremos destrozándonos el uno al otro.

—No puedo apartarme de ti. —Pretendía que su tono fuese duro, invencible, pero las palabras surgían más bien como una súplica ahogada—. No me obligues a dejarte.

El semblante de Matthew se contrajo de dolor.

—Déjame que te salve, Grace. Concédeme este único regalo —Y con voz débil y temblorosa añadió—: Por Dios, será lo único que te pida. No me queda nada más.

Su última triste confesión superó todas las barreras al igual que un cuchillo corta la mantequilla. Contuvo las lágrimas. No quería llorar y no iba a hacerlo.

La embargó la vergüenza. Si seguía desafiándole, solo conseguiría torturarle más allá de sus límites, y ya había soportado bastante. Soltó el aire con un sollozo ahogado.

—Me partes el corazón.

Matthew lo entendió inmediatamente: Grace había aceptado que él tenía derecho a facilitar que ella escapara. Él dio un paso adelante para acogerla en sus brazos.

—Ojalá pudiera ser de otra manera, amor mío.

—Cuando esté libre, te sacaré de aquí —prometió Grace,

ladeando la cabeza para que pudiera verla bien. Le dolía en el alma abandonarle, pero ¿qué otra cosa podía hacer?

La expresión de Matthew denotaba dolor.

—Grace, olvídame. Si mi tío te sigue el rastro, todos nuestros esfuerzos habrán sido en vano.

—No pienso abandonarte.

—Tendrás que hacerlo —asintió con amargura—. Es la única oportunidad que tienes.

—No —refutó obstinada. Antes de que pudiera discutírselo, y sabía que lo intentaría, ella añadió presurosa—: ¿Cuándo debo partir?

—Mañana.

«No.»

Se soltó, horrorizada.

—¡No lo dirás de verdad!

Acababa de reconciliarse con la idea de marcharse. ¿Solo un día más? No podía soportarlo.

—Cada hora que pasas aquí dentro, te expones a más peligro. Mi tío ya debe de estar planeando cómo apartarte de mí o cómo acabar contigo. Ya se habrá convencido de que mis amenazas eran gratuitas. Cada hora que hablamos, Filey recobra sus fuerzas. Mañana por la mañana llega el reparto de suministros para la cocina. Monks y Filey abrirán las puertas. Así escapé yo la otra vez. Yo les despistaré y tú te escabullirás.

Grace no iba a llorar. Ya había llorado la noche anterior. Había llorado también esa mañana. Iba a ser valiente, al menos por su propio orgullo.

—Pero ¿mañana? —dijo esforzándose por no perder la compostura.

—Es lo mejor —contestó él con implacable ternura, y le cedió el pañuelo que se sacó del abrigo—. Te contaré cómo procederemos.

Cuando Grace entró en el salón para la cena, era consciente de que aquella podía ser (parecía probable) la última cena que compartiera con Matthew. Incluso si fructiferaban sus imprecisos planes de rescate posterior, su relación terminaría en el momento en que abandonara la finca. No albergaba la ilusión insensata de que les esperaba un final feliz en el mundo exterior.

Una vez más, la dura realidad le asestó una severa puñalada: un gran noble y la mujer indigente de un granjero no podían compartir un futuro juntos. Él debería asumir su patrimonio, su poder y prestigio. Ella tendría que contentarse con vivir como la pariente pobre de su primo Vere y su estridente y creciente familia.

¿Y qué lugar ocupaba el amor?, se preguntaba su angustiado corazón.

El amor. Sí, en aquel lugar y en aquel momento, se amaban, pero, si bien ella le querría hasta el día de su muerte, el amor de Matthew era una planta de invernadero que no lograría prosperar una vez liberada de su prisión. ¿Cómo podía esperar lo contrario cuando no conocía nada más en este mundo?

Suplicó a los cielos que se le ocurriera algo para convencerle de que la acompañara, pero en su mente no habitaba ningún sentimiento más que la pena.

Tan solo había una cosa que la ayudaba a no derrumbarse. Una vaga esperanza. Ella era la única posibilidad que tenía Matthew de ser libre.

Eso si lograba dar esquinazo a sus carceleros, si lord John no conseguía seguirle los pasos y si encontraba a alguien que creyera su rocambolesca historia.

Todo en condicional.

No tenía otro remedio.

Las hipótesis y esa noche.

—¿Quieres más vino? —preguntó asiendo la jarra.

Él negó con la cabeza.

—No.

Grace dejó la mano en la mesa, cerca del plato. Era un plato rebosante. Ni el uno ni la otra habían hecho justicia al excelente pollo asado de la señora Filey.

—Quiero tenerte en mis brazos —confesó Matthew.

La miró desde el otro lado de la mesa con los ojos llenos de deseo y comprensión. Sabía cuánto representaba para ella acceder a su plan. Como lo sabía, ella reprimió el impulso de intentar convencerle una vez más. No le importaba a qué peligros debería enfrentarse mientras permaneciera a su lado. En aquel lugar extraño se había descubierto a sí misma y a un hombre merecedor de su amor, pero tan solo lo disfrutaría unas horas más, y aquello le destrozaba el corazón.

Ojalá...

No, pensar de esa forma le mermaba las fuerzas. Ambos sacaban el coraje de donde podían para no desfallecer. Grace no podía mancillar aquella lucha jugando a ser la mujer débil, la histérica. El recuerdo de su propia conducta lastimera aquella mañana le hacía sentir vergüenza ajena.

—Acércate, amor mío.

Matthew retiró la silla y le alargó una mano.

Ella le tomó la mano y se inclinó sobre la mesa para decirle al oído:

—Es muy pronto. ¿No crees que sospecharán?

Matthew sonrió, pero, como todas sus sonrisas esa noche, no estaba exenta de una tristeza inenarrable.

—Lo único que sospecharán es que siento por ti un hambre insaciable. Y estarán en lo cierto.

—Demuéstramelo entonces —¿Acaso surgía de ella aquel ronco susurro?

Los ojos de Matthew adquirieron la tonalidad del brandy y la agarró de los dedos con más fuerza.

—Encantado.

Grace abandonó el salón de su brazo con un decoro que duró hasta que llegaron a la oscuridad de la escalera. Tembloroso de tantas ansias, Matthew la apoyó sobre el poste de la escalera y acercó su boca a la de ella. Grace jadeó de la sorpresa que le causaba tanto apetito carnal; lo saboreaba en su lengua. Su erección daba golpecitos en su vientre: sólida, firme, buscando más.

Aquella noche la necesitaba más de lo que la había necesitado jamás. A Grace la inminencia le contraía el corazón, por mucho que su cuerpo se licuara bajo sus tempestuosos besos.

Le peinó el cabello con sus dedos para sujetarle la cabeza mientras él la besaba. Fueron unos besos largos, inquisitivos, húmedos, que cautivaban su espíritu. Ella le acariciaba la espalda con las manos una y otra vez, maldiciendo la barrera de su ropa, que separaba sus manos de la piel desnuda. Él siempre estaba dispuesto, pero aquel desespero le hacía hervir la sangre en un brote febril.

—Te deseo —dijo entre dientes Matthew.

Se frotó contra ella para que no le cupiera duda de que estaba a punto de desbordarse. La talla elaborada del poste se clavaba en la espalda de Grace, pero no le importaba, siempre y cuando siguiera tocándola. ¿Acaso eran importantes semejantes minucias? No había dolor comparable al de la separación, que planeaba sobre su pasión como una orden de ejecución.

—La señora Filey podría vernos —gimió ella, mientras una mano se deslizaba por su costado hasta tocarle el sexo. Su excitación era gigantesca. Le mordió el cuello. No llevaba corbata y la visión de aquel cuello robusto y desnudo la había seducido durante toda la cena.

—Cielo santo, Grace, me vuelves loco —dijo mientras apoyaba la frente en la suya intentando respirar. Ladeó la cadera y su endurecida hombría llenó la mano de Grace—. Si sigues haciendo eso, por mí la señora Filey puede ir de cabeza al infierno.

—Tú eres mi diablo —le dijo ella al oído.

Toda aquella potencia masculina al alcance de sus dedos no tardaría en ser suya. Necesitaba que la poseyera, que inundara su pena y su miedo con pasión.

—Eso siempre, amor mío. Siempre.

La levantó en un santiamén y subió los escalones. Al contacto de su mejilla, el corazón le latió desbocado. Sus brazos eran acogedores, seguros. Ella aplastaba la cara contra su pecho y respiraba hondo. Olía a limón, almizcle y a hombre limpio. Volvió a llenar sus pulmones con la esencia perfumada de Matthew. Deseaba que esa fragancia impregnara hasta lo más profundo de su ser y permaneciera ahí para siempre, puesto que los recuerdos que guardaba de él no tardarían en ser lo único que tuviera a su alcance.

Los ojos le escocían por las lágrimas. Sus manos no abandonaban el cuello de Matthew, aunque sabía que él no pensaba ir a ninguna parte.

Al entrar en el dormitorio, él cerró la puerta con el hombro y la dejó en el suelo, con la espalda apoyada sobre la madera de roble. Ella colocó las palmas de sus manos a los lados y se le ofreció en silencio. Necesitaba que la embistiera como se golpea un lingote fundido en la fragua y la moldeara hasta transformarla en su propia creación.

Se agachó para besarla con premura e hizo uso de dientes y lengua mientras le arremangaba la falda. No actuaba con suavidad, pero ella deseaba que así fuera. Se oyó el rasgón de una ropa y sus calzones, ya hechos jirones, cayeron al suelo.

Matthew se hallaba en un estado de extrema excitación, como nunca antes, una excitación que Grace hizo suya. Contraía el vientre con ansias y se congregaban cálidas secreciones entre sus muslos trémulos.

Con elegante descuido, Matthew se quitó el abrigo y lo tiró al suelo. Deslizó la mano y se desembarazó de los pantalones. Se descubrió libre, caliente y dispuesto. Ella se restregaba desesperada contra el frescor de la madera mientras la consumía otra descarga de pura necesidad.

En ese momento, sobrecogida, se dio cuenta de lo que él pensaba hacerle.

—¿Aquí?

—Aquí —contestó con una ausencia de miramientos que la hacía vibrar. Al empujarla contra la puerta, notó en su tacto una energía salvaje que la hizo estremecer. Matthew inclinó la cabeza hacia la cama, expectante—. Y allí también, pero más tarde. Levanta la pierna y déjala sobre mi cadera.

Obedeció sin rechistar y afianzó el tobillo en su cintura.

Tuvo que dar un saltito para no perder el equilibrio. Era demasiado alto para que la postura resultara fácil, y tenía la falda arrebujada en la cintura.

—No es muy cómodo.

—Tú confía en mí —le prometió él con una hondura de voz que la sangre se le encrespó en las venas como un temporal en plena mar.

Siempre decía esas palabras en sus juegos sexuales. Grace se puso de puntillas, acercándose a su miembro inflexible. No estaban lo bastante cerca. Necesitaba que la penetrara. Ya.

—Inclínate hacia atrás —dijo él deslizando una mano por debajo de su nalga y levantándola. Al instante la tensión en sus muslos disminuyó.

Le acarició la húmeda entrepierna. Ella se estremecía y gritaba mientras él le introducía un dedo y luego dos. La presión era gloriosa. De pie, en esa postura, ella se abría ante él y él se aprovechaba cuanto quería y más. Temblaba sin parar mientras la tocaba, pero sin precipitarse hacia el clímax. Esa noche, por encima de todas las demás, lo quería a su lado cuando ella alcanzara su cima.

No alargó demasiado los preliminares. Ella estaba tan hambrienta de Matthew que le daba igual. No albergaba ninguna duda de cuánto lo ansiaba. El deseo se filtraba a cada respiración y lo impregnaba todo.

La levantó un poco más.

—¡Matthew! —gritó Grace sobresaltada cuando sus pies dejaron de tocar el suelo. Se agarró a él rodeándolo con ambas piernas mientras su sexo cabeceaba en su vientre.

—Espera —le susurró al oído. La apuntaló contra la puerta y se introdujo en ella arremetiendo como una bestia.

No lograba controlar cómo la penetraba. Cuando ella dejaba caer todo su peso sobre él y se acomodaba a todo su tamaño, Grace jadeaba. Soltó otro gemido de placer cuando la balanceó arriba y abajo, levantándola con ambas manos. Ella se agarraba a los hombros de Matthew, poniendo a prueba la tensión que acumulaban los músculos de él.

Él la aplastaba entre su cuerpo y la puerta lisa, ambos igual de duros e inflexibles, igual de endurecidos que su pene en el interior de ella.

Fue penetrando más hondo mientras Grace le gemía de placer al oído. Su pena, su lamento, su anhelo, su amor... todo se fusionaba en un solo sentimiento abrumador. Aquella muestra de amor, desesperado y salvaje, lo marcaba como su posesión. Y lo sería siempre.

La pasión fue aumentando por momentos. Grace gritó el nombre de Matthew y descendió sobre él con fuerza. Su mundo experimentaba un cataclismo y se convertía en luz cegadora.

Quiso quedarse en aquel apogeo constante tanto tiempo como pudo, incluso cuando el éxtasis la partía en dos como un inesperado relámpago veraniego y unas lágrimas desamparadas, llenas de pérdida y de corazones rotos, le resbalan por las mejillas. En medio de tanto placer le parecía sentir su bombeo lejano: caliente, infinito, de su propiedad.

«Tan solo tenemos hasta mañana.»

¿Cómo sería capaz de dejarle? Cada vez que hacían el amor formaba más parte de ella. Abandonarle sería como amputarle una pierna.

Se arrodillaron los dos, exhaustos. Con las manos de Grace encima, la camisa de Matthew colgaba, empapada, por atrás. Estaban inmersos en el nítido olor de su deseo. Él descansó la frente en su hombro con un gesto cansado y respiró para llenar sus pulmones. Ella le alisó el pelo desaliñado, un gesto de punzante ternura tras aquella pasión desorbitada. Cuando el corazón se sosegó y regresó la fuerza a sus articulaciones, Grace se abalanzó sobre él en silencio.

La presencia de una separación inminente embargó la reacción ciega de Grace.

¿Cómo podría sobrevivir sin aquello? Jamás encontraría a alguien como él. No lo soltaba ni por un momento de los hombros, por miedo a que alguien se lo arrebatara. Luego, a propósito, aflojó su agarre frenético.

¿De qué servía desafiar a un destino que ya había sido fijado? Tenían que separarse. Era algo que había sido vaticinado desde el primer momento en que se besaron.

Le dolía todo el cuerpo después de haber sido poseída con tanta furia. Tenía el rostro inundado de lágrimas. Cambió de posición para liberar sus rodillas de la presión y le palpó la mejilla. Se había afeitado antes de la cena, pero ya notaba algunos pelillos que le rascaban al pasar la palma de la mano. Antes de que llegara el alba, su cara le habría irritado toda la piel como si fuera arena, pero no le importaba. Quería que la marcara, esa noche más que nunca.

—Te quiero, Grace —dijo Matthew levantando la cabeza y mirándola como si estuviera grabando a fuego cada uno de sus rasgos para no olvidarlos.

—Y yo a ti —contestó ella, queriendo devolverle la antigua danza de promesas hechas y correspondidas. Jamás debería haberle dicho que le quería, pero una vez había empezado, no se veía con ánimos de parar—. Tú haces que me olvide de todo, salvo de ti.

Se adelantó hacia él y le besó en la boca. Quería seducirle con la misma decisión implacable que había demostrado él, pero la angustia y el amor aparecieron con excesivo ímpetu. Sus labios se amansaron y aquel beso se convirtió en una expresión de un anhelo infinito, en lugar del marchamo de su propiedad. Él suspiró en su boca y le devolvió el beso con una dulzura tan triste que le rompió el corazón.

Poco a poco, con una sensación de asombro que todo aquel tiempo como amante de ella no había mitigado, se puso de rodillas. Con labios trémulos le besó la frente, los ojos, las mejillas, las facciones angulosas de la mandíbula, el pulso que le latía en el cuello... Quería reclamar cada centímetro de su piel.

Lo habitual era que él liderara la acción amatoria, pero esa vez parecía estar más que contento de que fuera ella quien llevara la voz cantante. La agarró por la cintura, pero no hizo ningún intento de tocarla.

Grace se tomó su tiempo, inhalando primero su aroma a limón, saboreando después su calor, escuchando los suaves estertores de su aliento mientras le ungía la piel con la boca. Aquella era su última noche juntos y, curiosamente, aquello la animaba a dilatar sus acciones. Deseaba que aquel recuerdo permaneciera nítido y brillante como un cuchillo nuevo, para que pudiera conservarlo toda la vida.

A cada caricia su corazón le decía: «De esto me acordaré. Y de esto también. Y de esto...».

Grace le quitó la camisa por la cabeza y la dejó en el suelo. Sus ojos degustaron la visión de su corpulento físico. La fina cenefa de vello oscuro. Los largos y potentes brazos. La piel desnuda y resplandeciente que tensaban sus huesos.

Esa noche, a sabiendas del poco tiempo que les quedaba, su belleza masculina le resultaba hiriente, como caminar sobre cristales rotos. Se estremeció al tomar aire y acercó los labios a la prominencia de su clavícula para besarle luego cada hueco y cada curva de sus brazos y torso.

«Despacio, Grace. Despacio. Debes atesorar cada momento como si fuera un diamante.»

A Matthew la respiración se le complicaba a cada contacto con su boca. El aroma picante de su excitación ganaba en intensidad.

Su exploración llena de ternura, pero inexorable, lo provocaba, le daba calores, pero, con todo, se arrodilló ante ella y dejó que continuara. Le importaba demasiado para denegarle aquella libertad. Imaginárselo solo hacía que la quisiera más, y también le prestaba el valor necesario.

Grace respiró el aire impregnado de Matthew y se puso detrás de él. Las manos de Matthew cayeron muertas al no tener donde apoyarse.

La visión de su espalda maltrecha le revolvía el estómago y le provocaba náuseas. ¿Cómo había soportado aquel maltrato y, a pesar de todo, se había convertido en aquel hombre tan maravilloso al que amaba? Era un milagro.

Se detuvo un segundo para recuperar el temple y luego

colocó concienzudamente la boca sobre la cicatriz obscena que lo marcaba desde el omóplato izquierdo hasta la cadera derecha.

Él retrocedió como si le doliera, aunque la herida hacía tiempo que había cicatrizado.

—Grace, no lo hagas —le advirtió en voz baja.

Ella apoyó la mejilla en su espalda.

—Quiero hacerlo.

—Mis cicatrices deberían darte asco —respondió con voz ronca. Tanta era la vergüenza que le causaba que apretaba los músculos, duros como el acero.

—Eso nunca —respondió emocionada—. Matthew, son marcas de valentía. Llévalas con orgullo. Te convierten en quien eres, en el hombre al que quiero con todo mi corazón.

Se aquietó su voz hasta sumirse en el silencio. Las palabras eran vehículos muy pobres para transmitir el amor que sentía. Volvió a besar el latigazo siguiendo su recorrido hasta alcanzar el extremo de la cadera. A continuación, metódicamente, con ternura, se movió por todo su cuerpo y le besó cada verdugo de su piel. Cicatrices del azote. Cicatrices cuya causa no lograba identificar. Cicatrices que tan solo podían ser quemaduras. Se aplicó en cada pedazo de piel blanca y resplandeciente. Era como si, reconociendo su tortura, fuera capaz de drenarle el dolor, el pasado y el presente.

Con cada beso su decisión de salvarle se fortalecía. Derrotaría a sus enemigos a cualquier precio, a aquellos que habían causado aquel mal.

Al iniciar su acto de homenaje, el cuerpo de Matthew estaba tenso, se resistía, pero lentamente Grace sentía cómo él aceptaba su tacto, incluso adoptaba su mismo ritmo como si su amor fuera capaz de calmar las antiguas agonías.

Su respiración rasgada, su atrayente calor y el sabor de su piel provocaban en ella un intenso ardor en el bajo vientre. Grace le dio mordiscos y lametones desde el hombro hasta el pecho desnudo. Avanzó su mano para rozarle el pezón y notó que contenía un gemido. Bajo su mano, el corazón le latía desbocado. Aquella seducción tan lenta estaba obrando maravillas en ambos.

Cada beso aumentaba la curiosidad prohibida que la atormentaba. Le había besado prácticamente todo el cuerpo, pero... quería besárselo al completo.

¡No! La idea era infame. Jamás había oído nada parecido; no podía prestarse a ello.

Sin embargo, a medida que sus labios exploraban la piel tensa de su vientre y se sentía cautiva por el olor de su sexo, no lograba ahuyentar unas imágenes escandalosas. Hasta que fue incapaz de resistirse a sus ansias.

Aquella era su última noche con él. Pretendía poner a prueba los límites del pecado.

—Reclínate —le ordenó.

Le sorprendió que obedeciera al instante, apoyándose sobre los codos y estirando las piernas para abrirse ante ella como el mejor de los festines. Un festín que iba a devorar en unos momentos. Se le subieron los colores con tan solo pensarlo.

Reptó hacia él hasta sentarse a horcajadas sobre sus piernas. Al bajarle los pantalones le impactó su miembro erecto, aquel testimonio vivo de cuánto la quería. Matthew centró su máxima atención en ella y el espectro de una sonrisa jugueteó en su boca. Los ojos de él brillaban con su habitual cualidad dorada por debajo de los párpados entrecerrados.

A Grace el corazón se le encogía de pena al pensar que debía abandonarle. La conciencia lacerante de que no volvería a tener esa oportunidad le dio el coraje para agachar la cabeza y besar el extremo dilatado de su sexo.

Él dio una sacudida cuando su cálida y húmeda boca le rodeó, para apartarse después de un salto.

—¡Cielo santo!

—¿No te gusta?

La pregunta que él le había formulado tantas veces desde que habían empezado a amarse. Se agazapó sobre su regazo y lo observó. Resultaba extraño no sentirse para nada nerviosa.

—Grace, es que... —Le costaba encontrar las palabras. No cesaba de tragar saliva.

Con total desvergüenza, Grace se valió de su asombro para agachar la cabeza y lamer todo el tallo de su miembro. Sabía a almizcle y a humedad. Sabía a sexo. Se estremeció al pensar que debía saber a... a ella. El vientre le daba punzadas de urgencia.

Volvió a pasar su lengua. Él encorvó la espalda y soltó un gruñido de placer, pero no reculó. Grace obedecía al clamor de sus instintos cuando tomó todo el sexo en la boca.

Era grande. Y estaba caliente, pero resbalaba como la seda por su lengua.

Muchas veces había sido Matthew el que había recurrido a semejante intimidad al ocuparse del cuerpo de Grace, que lo recibía voluntarioso. En esa ocasión le tocaba a él. Se estremecía y gritaba cuando los labios de ella le rozaban. Un arrebato de poder femenino despegó como un cohete desde el centro de su ser. Aquel hombre fuerte y maravilloso estaba completamente a su merced.

Quiso probar algo nuevo y optó por chupar. Él reprimió alguna blasfemia y sumergió las manos en su cabellera para alentarla a proseguir. Ella incrementó la presión y apretó la base de su sexo con un ritmo implacable. Luego, sus dedos exploradores le agarraron los testículos.

—Santo Dios, cómo te quiero... —Cerraba los puños sobre su cuero cabelludo—. Te quiero, te quiero, te quiero.

Con ternura y sumo cuidado, lo violó con la boca. Oyó cada uno de sus gemidos, cada respiración quebrada. Notó cómo se estremecía. Esperó a que bajara todas las barreras.

Aquel era el acto más decadente que había cometido jamás, pero a pesar de todo casi se sentía inocente. El amor de Matthew la rodeaba, purgaba cualquier pecado y hacía que el mundo resplandeciera.

Le quería. Le quería muchísimo.

Él bajó la mano para ayudarla a volver a sus brazos. Grace sabía, debido a los crecientes latidos de su miembro, que le faltaba poco, muy poco. Ella se relamió los labios. Nunca olvidaría su sabor.

A Matthew le temblaban las manos por la impaciencia. Se la colocó encima y suspiró de placer cuando ella se dejó caer. Grace cerró los ojos, deleitándose en cómo la llenaba completamente.

No tan solo su cuerpo, sino también su corazón.

Con un aplomo que ya le era natural, se balanceó encima de él. Disfrutaba del placer estupefacto que observaba en su rostro cada vez que lo acogía en su interior.

Matthew le arrancó sin piedad la seda verde del corpiño. Grace no pudo contener un jadeo cuando sus pechos se libraron de la presión y se enfrentaron al ambiente frío de la habitación. Se le endurecieron los pezones, pero no tan solo por el frío, sino por la excitación.

—Precioso —reparó él con satisfacción.

La acarició, sopesándole los senos con las manos y probando a tocar las sensibles areolas. Le rozó los extremos duros con los dedos. Después la agarró con firmeza, tirando y dándole vueltas hasta que se estremeció de pura pasión. Cada minúsculo cambio de presión le provocaba un pinchazo en las entrañas y la obligaba a apretar más las piernas contra él. Matthew se reincorporó y puso la boca en su seno mientras la otra mano la seguía atormentando.

Le encantaba la manera en que gozaba de ella. Antes de Matthew, su cuerpo se había limitado a ser para ella un vehículo diario, pero gracias a él cada centímetro guardaba la huella del placer que le proporcionaba su amante. El mismo placer que ella le ofrecía.

—Ahora —gimió él, y la empujó con fuerza.

Sus cuerpos estaban tan en sintonía que el éxtasis fue simultáneo.

Ella gritó su nombre mientras la cegaba la luz. Unas olas extáticas la intoxicaron y le nublaron la visión. Tan solo brillaba un botón de luz al otro lado de las turbulencias.

Y esa luz era el amor.

Alcanzó un clímax. Y otro. Y luego otro. Cada pico la elevaba hasta las alturas. Cada vez pensaba que llegaba a su límite. Después la poseía el siguiente clímax y la dejaba tiritando, sin saber qué decir ni qué hacer.

Cuando todo acabó, se recostó sobre el pecho de Matthew. Era su destino. Le rompía el corazón, pero jamás se arrepentiría de los días que había compartido con él. El brillo seguiría vivo, por mucha distancia que les separara.

Tenía la entrepierna pegajosa y le dolía, pero era un dolor de los buenos, el mejor dolor posible. Soltó un suspiro y hocicó la nariz en su pecho para contener unas lágrimas repentinas.

¿Cómo sería capaz de separarse de él al día siguiente?

Antes del alba Matthew despertó a Grace de su sueño inquieto. A duras penas había pegado ojo y, bajo la luz de las velas a punto de apagarse, el agotamiento teñía aquel rostro tan hermoso.

Él era un animal sin remordimientos. Había utilizado su cuerpo sin piedad, implacablemente, y tan solo le había concedido una tregua demasiado breve. Seguro que estaba dolorida. Se avergonzaba por no haber actuado con más delicadeza.

Si bien la inminente separación se anticipaba en cada caricia, suspiro o clímax, aún no habían hablado de la despedida. Había intentado que aquella noche fuera mucho más que un penoso adiós. Quería que fuese una celebración de su amor, algo que pudiera recordar con una sonrisa a lo largo de los años, todos esos años que no viviría a su lado.

Aquella era la última vez que yacían juntos. En su corazón sonaba una elegía mientras ahuecaba la mano en su seno. Encajaba en su mano a la perfección. Estaba desnuda. Se habían quitado hasta la última prenda, aunque no lograba recordar cuándo había sucedido. Había sido en algún momento antes de la medianoche, eso sí. En algún lugar entre la alfombra y la cama. Grace debía de estar llena de moratones por la intensidad de sus embates mientras estaba en el suelo.

Grace soltó un suspiro (no estaba aún del todo despierta) y se dio media vuelta para mirarle. El pezón se le puso oscuro y prieto. Su cuerpo entendía lo que se acercaba.

Matthew agachó la cabeza y la besó con ternura sobre aquel botón rosado. Luego prestó atención a su otro seno, acercándoselo a la boca y succionándolo. La tocaba con una suavidad agridulce.

La marca de la inmunda mordedura de Filey apenas era una sombra. Acabaría por borrarse y desaparecer, pero lo que ellos sentían nunca moriría.

—Te quiero —murmuró ella mientras le acariciaba el pelo.

Aquella noche Grace había repetido muchas veces esas palabras, pero Matthew deseaba volver a escucharlas. ¿Cuántas veces eran suficientes? ¿Suficientes para alimentar las ascuas del fuego que ayudaría a superar la soledad glacial que le esperaba?

Paseó la nariz por la piel delicada de su seno y fue besándola hasta la cintura. Ella suspiraba y se arqueaba hacia él. Matthew levantó la vista y la vio mirándolo con ojos llenos de tristeza. La inminencia de su partida era un peso muerto en la estancia. Se acercó a su cara y la besó con toda la adoración que sentía. Sus labios eran tiernos y sedosos.

Grace abrió la boca sin pensarlo y le buscó con la lengua. Durante aquella larga noche habían puesto a prueba la furia de la pasión. Aquello era distinto. Más dulce, más triste, más profundo, teniendo en cuenta que sus anteriores cópulas habían resultado ya uniones del alma y del cuerpo.

Se abrieron sus piernas para descansar sobre el tallo caliente de su falo. Estaba duro, a pesar de que la noche acababa de terminar. Muy despacio, pues quería que recordara que la deseaba y la respetaba a partes iguales, Matthew acarició su abertura.

No había lubricación posible. Matthew la había drenado hasta la última gota. Era un regalo de amor que se le entregase de aquella forma, agotada como estaba.

La besó de nuevo con vistas a almacenar su sabor y las

sensaciones que le proporcionaban para los momentos de carencia que se avecinaban. Era una mujer capaz de reavivar a un muerto con tan solo un beso. Y, en su caso, eso mismo había hecho. Al menos por un breve instante había probado el sabor de la vida en sus brazos.

Matthew le succionó y libó el cuello y ella le recompensó lubricándose sobre sus dedos curiosos. Él le recorrió el cuerpo a pequeños bocados con la intención de hacer uso de la boca para llevarla hasta el clímax antes de poseerla.

—No —dijo Grace en voz baja mientras él se detenía en su ombligo—. Quiero tenerte dentro.

Llevaba razón, aquello era la despedida. Tenía que estar en su interior. Matthew necesitaba aquella unión con tanta fuerza como ella. Habían compartido el placer toda la noche y había llegado el momento de darle todo cuanto tenía.

—Grace, me rompes el corazón —dijo sin miramientos al apoyarse en los codos para verla mejor.

Estaba blanca como la luna. Sus labios henchidos y rojizos contrastaban con esa palidez. Así la recordaría hasta que estuviera en el lecho de muerte.

Grace le acarició la mandíbula. Él ejerció presión contra la mano.

—Hazme el amor, Matthew, como si el mundo acabara hoy.

«El mundo sí acaba hoy.»

Sabía lo que le pedía. No buscaba pasión desesperada ni la euforia de la experimentación, sino que deseaba que ambos viajaran hacia la eternidad como si nada pudiera separarlos.

Pió un pájaro desde el exterior. El sol estaba a punto de aparecer.

La penetró con extrema lentitud, deleitándose en cada suspiro, cada temblor de sus exhaustos músculos. Se implantó en ella hasta lo más hondo, a tal profundidad que le alcanzó el alma. Después se detuvo, respirando a su mismo ritmo, latiendo acompasado.

Ella le tocaba con inenarrable ternura y paseaba los dedos

por sus hombros, pecho y espalda, unos dedos ociosos que escribían una vida de amor en su piel.

Matthew respiró hondo y el aroma de Grace le nubló los sentidos. Fue después cuando pudo moverse. Al principio iba despacio, penetrándola hasta las entrañas, arremetiendo cada vez y deseando quedarse en su interior mientras vislumbraba el paraíso.

Ella se le entregó por completo. Era su compañera, su amante, su vida. Ojalá aquella comunión durara una eternidad.

Matthew ya se había desquitado antes; en esa ocasión, no sentía ninguna pulsión violenta por conquistar, dominar ni poseer, tan solo aquel vaivén infinito, como las mareas o el constante juego del escondite del sol.

Mantuvo adrede ese ritmo tierno durante una eternidad, algo que ningún ser humano podría aguantar. Tan solo pensaba en la mujer que abrazaba y en cuánto la amaba. No podía hablar. Sus sentimientos superaban todas las palabras. Tan solo existía la oscuridad, los susurros de placer y el suave sonido de su cuerpo deslizándose en el interior de Grace.

Quiso atesorar aquella cercanía mística, pero llegó un momento en el que su cuerpo aulló en busca de gratificación. No podía contenerse más tiempo.

El clímax de Grace arrancó lentamente y fue creciendo poco a poco. Era algo que no había sentido jamás. Las olas adquirieron un intenso *crescendo* que los arrastró a ambos hasta lo desconocido y salvaje. Matthew se entregó a ella en una explosión ciega de júbilo y cariño. Luego la acompañó hasta estar sana y salva en este mundo, tras regresar despacio desde los confines del universo.

Intercambiarían las palabras de despedida al cabo de un rato, pero en su alma Matthew acababa de pronunciar todo cuanto necesitaba decirle.

22

Grace bajó en silencio al salón y lo atravesó para acercarse al ornado escritorio que señoreaba la estancia desde el rincón. Todavía era temprano. La señora Filey preparaba algo en la cocina y no se fijaba en quién entraba o salía. Matthew había salido un momento para comprobar algún asunto referente a las rosas.

Ambos querían aparentar la más absoluta normalidad esa mañana. Tras una noche alocada de pasión, habían sentido un gozo conmovedor al hablar y vestirse tranquilamente. A ella le encantaba observarle mientras se afeitaba, pero aquella mañana el placer se había visto mancillado por un lacerante arrepentimiento, puesto que era consciente de que aquella era la última vez que compartirían un momento tan íntimo e inestimable de intimidad.

No habían dejado de tocarse mientras andaban por la habitación. Contactos ínfimos, de refilón. Grace no podía imaginar cómo sobreviviría sin el suave roce de la mano de Matthew sobre su piel.

Durante todo aquel tiempo una enorme y silenciosa tristeza había planeado sobre sus cabezas y ensombrecido el ambiente. Matthew se había introducido hasta lo más profundo de su ser. Su corazón repetía el nombre de aquel hombre a cada latido. Su esencia era el aire que respiraba.

Después de una noche como aquella, ¿cómo podía abandonarle y dejarlo en aquella prisión tan solitaria?

No tan solo lo estaba abandonando; estaba a punto de traicionarlo.

Grace miró rápidamente por encima del hombro por si acaso, pero la puerta estaba cerrada. Como la primera vez, hurgó en el escritorio de Matthew a escondidas. No estaba segura de qué argumentaría si la encontraba merodeando entre sus documentos privados, pero no podía contarle la verdad.

En una ristra de casilleros guardaba varios objetos para escribir, material de papelería y poco más. Se sentía lastrada por la culpa y la necesidad de regresar a su lado, pero centró su atención en los cajones.

Allí encontró lo que buscaba, o al menos esperaba que así fuera, pues no disponía de mucho tiempo para cerciorarse. Si Matthew descubría sus intenciones, jamás la perdonaría.

Amontonó rápidamente varios documentos y se los metió en el bolsillo, bajo el vestido. Agarró otro fajo de papeles sin siquiera mirarlos y atravesó la estancia como una flecha.

Grace rezaba para que no resultara evidente hasta qué punto se sentía culpable cuando salió al patio. Matthew levantó la vista y sonrió al verla llegar. Tenía un aspecto calmado y compuesto esa mañana, si bien había aprendido a ocultar sus reacciones más viscerales en la cruel escuela de la vida. Grace apretó los labios para reprimir las lágrimas. Tenía que ser fuerte, por los dos.

—Vamos a pasear —propuso ella.

Las cejas oscuras de Matthew se contrajeron circunspectas. Aquello no formaba parte del plan original.

—¿Grace?

Ella sacó pecho como si se estuvieran preparando para la batalla. ¿Y por qué no? De eso mismo se trataba.

—Te lo ruego.

No supo qué vio Matthew en su cara, pero dejó a un lado las podaderas y se aproximó para tenderle el brazo.

—Como quieras.

Wolfram se levantó y les siguió.

Caminaron en silencio por el bosque, a esas horas bañado por la luz del sol. Como si se hubieran puesto de acuerdo, ambos se detuvieron en el mismo claro donde la había besado por primera vez, un momento mágico que en aquel instante parecía muy lejano. Desde entonces habían compartido toda una vida en apenas dos semanas.

—¿Tienes miedo? —le preguntó él, preocupado, mientras le apartaba unos mechones de la cara. Aquel día su aspecto era el de la viuda Paget y se había hecho una trenza que se había atado alrededor de la cabeza.

—Sí, me temo que así es, pero... me das más miedo tú.

Matthew arqueó las cejas, sorprendido.

—¿Yo? ¿Qué pueden hacerme a mí que no me hayan hecho antes? A mí no me pasará nada. Ya te lo he dicho: si muero, mi tío se queda sin el control del oro de los Lansdowne.

En otro momento se habría creído todo lo que él decía, pero Grace había madurado mucho. Había tenido tiempo de sopesar todas las implicaciones de la decisión que tomaba Matthew al ayudarla a escapar. Le apartó la mano de la cara con brusquedad.

—Sé lo que pretendes —dijo ella en un tono cortante.

Wolfram soltó un gruñido al oírla y se acercó al pie de su dueño.

—Solo pretendo devolverte al mundo real —afirmó Matthew cabizbajo, mientras dejaba caer una mano para acariciar al perro.

—Sí, pero luego piensas matar a Filey y planear tu propia muerte. No soy tan tonta, Matthew. Solo estás esperando el momento oportuno hasta que creas que estoy a salvo. —Se le quebró la voz, lo que impidió cualquier intento de mantener la calma y mostrarse pragmática—. Esta puede ser la última vez que hablemos. No podemos despedirnos con una mentira.

—Grace... —No dijo nada más. Estaba destrozado. Era un ataque que no se esperaba y ella lo sabía—. Lo que me suceda a mí no importa.

—¿Cómo te atreves a decir algo semejante? —le espetó—. Pues claro que importa.

—No pienso vivir como un animal en un criadero hasta que muera de viejo. Me niego a dejar que mi tío siga saqueando mi herencia. No puedo escapar de esta cárcel sin hacer daño a los demás. Mis únicas opciones son vivir en esta prisión o morir. Elijo la muerte, pues será mi única libertad.

—Prométeme que esperarás seis meses —le pidió ella con firmeza, aunque el corazón se negaba a aceptar lo que escuchaba. No podía morir, no iba a permitírselo.

—¿Por qué? —le preguntó Matthew, de repente enfurecido—. No cambiará nada.

—Lo lamento —murmuró ella con el estómago revuelto con tan solo imaginar el infierno de soledad al que le estaba abandonando.

La cólera de Matthew se calmó y en sus labios apareció una sonrisa, si bien en su mirada solo se apreciaba el desamparo.

—Yo no, mi amor. Moriré viendo tu rostro y recordando tu voz diciéndome que me quieres. Hay peores maneras de dejar este mundo.

La breve debilidad que ella había sentido se esfumó. Sonaba resignado a su destino y Grace no tenía intención de permitirle que se saliera con la suya. En aquello no iba a ceder, por mucho que se le rompiera el corazón al saberle afligido.

—¡Yo no quiero que dejes este mundo!

Él dejó de sonreír.

—¡Por Dios, Grace! ¿Prefieres que me consuma en esta jaula como un capón de feria hasta que me vuelva loco de verdad? Si me quieres, me darás la libertad de elegir mi destino.

Había llegado el momento que tanto había temido desde que entendió en qué consistían sus planes. Enderezó la espalda y le clavó la mirada para leer su dolor, su valiente determinación para poner fin al cautiverio de la única manera que sabía.

Se mordió el labio para buscar fuerzas para proseguir. Gracias a Dios que no la estaba tocando. Si la tocaba, su resistencia se derrumbaría al instante. Levantó la barbilla y se obligó a hablar con una claridad inmisericorde.

—A menos que me prometas que no harás nada durante seis meses, no me voy de aquí.

La sangre abandonó las mejillas de Matthew y su aflicción se vio atenuada por una expresión de altanería.

—Esto es indigno de ti. No accederé a ningún chantaje.

—Te estoy pidiendo seis meses —dijo rezando para encontrar algo que la ayudara antes de que fuera demasiado tarde. Rezó para que pudiera vivir lo suficiente sin caer en las zarpas de lord John.

—Santo cielo, no te pongas en peligro para salvarme. ¿Qué crees que podrás hacer contra mi tío? Te aplastará de la misma forma que aplastaría a una mosca, sin ningún remordimiento. ¿Es que no has entendido nada?

Sabía que aquel era el terror más profundo de Grace, o el peor después de pensar que Matthew podía morir antes de que encontrara ayuda.

Respiró muy hondo. Era capaz de gestionar el miedo. Había convivido tanto tiempo con él que se había convertido en una experta a la hora de controlarlo.

—No asumiré ningún riesgo estúpido, pero tal vez hable con alguien que podría ayudarnos.

Siempre había sabido que sus planes no eran muy firmes, pero al escucharse a sí misma daba la impresión de que no tenía nada más que humo que ofrecer.

—Yo nunca quedaré libre; con ello no haces más que alargar mi sufrimiento. —Hablaba como si la odiara.

Y en ese momento tal vez fuera verdad. Podía imaginar cuánto le había costado optar por poner fin a sus padecimientos, y ella le estaba poniendo palos en las ruedas: no podría recuperar su honor ni detener el pillaje de su tío.

—Solo seis meses, Matthew.

Grace quiso cogerle de la mano, pero él retrocedió.

—Insistes en salirte con la tuya ofreciéndome una opción imposible.

No se había dirigido a ella con aquella frialdad desde los primeros días de su estancia en aquella casa. Grace estaba temblando. Había olvidado aquel tono tan severo.

—Necesito que me jures que no harás nada que ponga en peligro tu salud durante los próximos seis meses.

Cielos, ¿y si retomaba su plan original y le exigía un año? ¿Sería capaz de rescatarlo en seis meses?

Matthew contemplaba los árboles como si no pudiera volver a mirarla. Grace no necesitaba verle la cara para saber que se sentía desolado y enfadadísimo.

Tras un largo silencio, se encogió de hombros con una despreocupación que ella creyó ficticia y la miró de frente. Se escudaba en sus ojos dorados como lo había hecho la primera vez que la vio. Incluso los ojos de Wolfram parecían acusarla de algo.

Matthew retorció los labios formando la caricatura de una sonrisa.

—Bueno, como dices tú, ¿qué son seis meses? De acuerdo, te doy mi palabra.

Respiró aliviada después de contener el aliento un buen rato. Él apreciaba su honor más que otra cosa en este mundo, por lo que no pensaba incumplir su promesa.

—Gracias.

—Bien, pues. ¿Ahora ya estás lista para irte o tienes más condiciones que imponerme? —preguntó ofreciéndole el brazo con una floritura elegante. Se mostraba de lo más caballeroso y hablaba con una voz clara y cristalina. Ni rastro del amante ardiente y tierno.

Estaba enfadado y se sentía muy dolido por lo que consideraba una traición. Grace había llevado ventaja, injustamente. Al intercambiar cooperación por su seguridad, sabía que tenía las de ganar. El sol estaba ya en lo alto. ¿Tenía el rencor que mancillar los últimos recuerdos que guardarían el uno de la otra?

Ella hizo caso omiso de su ofrecimiento. No deseaba que la acompañara hasta la casa como a una desconocida.

—Matthew, ¿es así cómo piensas decirme adiós? —preguntó en voz baja.

—Grace, me pones contra las cuerdas. Sabes qué estamos a punto de hacer. Sabes por qué lo hacemos. —Ya no sonaba enfadado, sino terriblemente infeliz, lo que era aún peor.

La culpa que había torturado a Grace desde que había robado sus documentos privados se le enroscó en el vientre como una serpiente. Se intentaba convencer como podía de que era por su propio bien, pero no podía contarle todos los detalles del plan o intentaría detenerla. Lo sabía como sabía que le amaba.

—Me duele en el alma marcharme —dijo conteniendo las lágrimas.

Él suavizó la sonrisa y le cogió las manos con una de las suyas. Obviando aquella sonrisa, seguía pareciendo cansado y triste.

—Te lo he prometido. No haré nada para alterar la situación en los próximos seis meses. Ahora hagamos las paces, mi amor.

Siempre había sido muy generoso, incluso cuando pensaba que Grace era el enemigo. ¿Cómo podría perdonarse si llegaba a fallarle?

Si pensaba en esa posibilidad, su valor se desmoronaría. Necesitaba toda la valentía que fuera capaz de congregar para escapar, aunque tanta como necesitaba él para quedarse.

—Yo no estaré en paz hasta que estés libre —aseguró Grace con el corazón afligido.

La pena se acentuó en el rostro de él.

—Grace, no... Vete, corre como el rayo y olvídame.

No se molestó en discutírselo. ¿De qué serviría? Nada podría disuadirla.

—Bésame —ordenó ella con la voz quebrada.

Con sumo cuidado, Matthew posó las manos sobre el rostro de Grace. Al principio tenía los labios fríos, pero el calor no tardó en suavizar las limitaciones. Se tomó su tiempo para saborearla como si fuera su última cena.

Ella se estremeció y abrió la boca. No soportaba tener que marcharse, no podía. Lo único que le impedía suplicarle que le permitiera quedarse era la frágil esperanza de que podría rescatarle.

A medida que la lengua de Matthew entraba en su boca, la abrazaba con más fuerza. Ella lo rodeó con sus brazos y le besó con el mismo apetito.

Había pasión y pena.

Pero, sobre todo, amor. Un amor que ardía como el fuego.

Grace deseaba quedarse allí, entre sus brazos, para siempre.

Pero no podía ser.

A Grace la aguardaba el peligro. A él le esperaba un sufrimiento indecible. Matthew no había hablado mucho de las consecuencias de aquella acción. Grace sabía lo suficiente para imaginárselo y sabía que tendría que hacerle frente sin ella. Sentía que lo abandonaba en el campo de batalla para que se enfrentara a un enemigo invencible.

La euforia remitió por momentos. El beso acabó como había empezado, con gestos tiernos y arrepentimiento. Matthew se apartó y Grace descubrió lágrimas en los ojos de él, unas lágrimas que su orgullo le impedía derramar.

—Te quiero, Grace. —Aquello era una promesa.

—Te quiero, Matthew.

—Ha llegado la hora —dijo mostrando un semblante pesimista que Grace jamás había visto en él.

—Sí. —Grace se puso de puntillas y le besó una vez más. Rápido, pues si se explayaba no sería capaz de abandonarle jamás—. Que Dios te guarde, amor mío.

Dio media vuelta y echó a correr de vuelta a la casa.

Matthew esperaba escondido entre los árboles cerca de la puerta principal, con Wolfram haciendo las veces de centinela devoto y silencioso a su lado. Grace se había ido de su lado media hora antes.

Monks le daba con el martillo a algo que no lograba ver

en la parte sombría de la caseta de vigilancia. Filey no se veía por ningún lado, aunque tras centenares de mañanas viéndolo descargar suministros, sabía que no andaría lejos.

Una lucidez de mal agüero se congregaba en su vientre como una roca. Grace no sabía lo que le pedía con aquella espera de seis meses. No se veía con fuerzas de explicárselo. Dios santo, si ni siquiera era capaz de hallar las palabras para entenderlo él.

Se había armado de valor para lo que sucedería una vez ella se hubiera ido, pero de poco servía. Su tío había ordenado que lo ataran la última vez que había huido. Había desaparecido cualquier pretensión de que lo hacía por su propio bien o de que con ello mantenía bajo control a un perturbado peligroso. Sus guardianes lo habían atado a aquella maldita mesa de la caseta del jardín y lo habían apaleado sin piedad como castigo. No había otro motivo que aquel.

La paliza tan solo había durado unas horas, lo suficiente para recordarle que tal vez prefería morir antes que retomar su vida como un mísero demente encadenado.

En aquella ocasión se estaba poniendo voluntariamente en sus manos. Lo atarían, se burlarían de él y lo torturarían. Y esta vez lo harían porque creerían de verdad que estaba loco, lo que significaba que su calvario sería más largo, más duro y más agónico.

Que Dios le diera fuerzas. Cada vez que sus captores lo trataban como a un orate, se moría de miedo ante la idea de que la locura regresara de verdad.

Escuchó el crepitar de una rama y al dar media vuelta la vio. Parecía una pequeña puritana con sus ropas de luto y su peinado austero. Se le hacía raro verla así otra vez, como si ya no fuera la mujer que incendiaba sus noches. Aquella mujer era hermosa (no podía ser de otra forma), pero ya estaba fuera de su alcance.

—¿Estás lista? —preguntó muriéndose por rodearla con sus brazos por última vez, pero si la tocaba entonces nunca podría dejarla ir.

—Sí —respondió Grace asintiendo con la cabeza. Tenía una mirada desgarrada por la tristeza cuando lo vio. Con una mano llevaba un fardo envuelto en un chal de seda. Les había llevado tiempo decidir qué se llevaría. Al final habían elegido algunos objetos que podría intercambiar por comida o un viaje en carro. Pañuelos, algunas joyas llamativas, hebillas de zapato. Algo de comida. Agua.

El efectivo en sí escaseaba. Tan solo tenía las cuatro monedas que llevaba al llegar. Ni Filey ni Monks se habían molestado en robárselas, del mismo modo que nunca habían pensado en nada, ni en destrozarle la ropa que llevaba.

—¿Ha llegado ya el vehículo de los suministros? —preguntó ella en voz baja, agazapada a su lado.

—No, pero no tardará.

Matthew sintió que ella deslizaba la mano a su lado. Tenía los dedos fríos, aunque ese día era cálido.

—Todo saldrá bien —murmuró ella. Qué típico de Grace consolar a los demás cuando la que andaba falta de consuelo era ella.

—Sí.

Matthew imaginaba que ella sabía que estaba mintiendo. Ya no estaba furioso. El sufrimiento que le esperaba era el precio que le tocaba pagar por el éxtasis que había conocido en su regazo.

Estaba dispuesto a pagar lo que hiciera falta.

Durante un breve espacio de tiempo se le había permitido sentirse humano. Más incluso: cada vez que ella le decía que le quería, se había sentido un dios. Bueno, Dios no tardaría en aparecer de un momento a otro llevándose las manos a la cabeza, y sabía que los dioses no sentían el miedo y el arrepentimiento que experimentaba él en ese momento.

«Demonios, ¿dónde se ha metido el dichoso repartidor?»

Llamaron al timbre de la entrada. Como imaginaba, Filey andaba cerca. Este se acercó a la puerta para ayudar a Monks a levantar la barra de la verja. Las enormes puertas se abrieron chirriando, oxidadas como estaban, e hizo su entrada el carro cargado hasta los topes. En aquella época su tío se aseguraba de que lo manejaran dos hombres. Eso significaba que tenía que convencer a cuatro hombres y a la señora de Filey con su actuación.

—Adelante, Grace. Vete —le susurró, con la tristeza clavada en el vientre como una estaca—. Buen viaje.

Le dio un beso breve, pero apasionado. Contuvo la necesidad de agarrarla y no dejarla ir. ¿Qué era una caricia más cuando lo que deseaba era una vida a su lado?

—Adiós, mi amor.

Al escuchar su despedida solo oía el latido del dolor. Bastó con una mirada anhelosa de unos ojos añil consumida por la angustia y el amor, y ya no estaba.

Sin pensarlo le tendió la mano como si pudiera retenerla, pero lo único que atrapó fue el vacío.

La observó avanzar por los matorrales hasta un lugar donde aún estaba escondida, pero cerca de la puerta. Grace se detuvo bajo una sombra y dio media vuelta para sonreírle. Parecía extraño, pero no era una sonrisa de tristeza, sino la misma que le ofrecía cuando la llevaba hasta el clímax.

Su valor lo tenía asombrado. Era una fuente de inspiración.

Desapareció entre los árboles. Su vestido negro le servía para camuflarse a la perfección.

—Síguela —ordenó al perro de caza al tiempo que erguía la espalda. Habían decidido que Wolfram acompañaría a Grace a modo de protección.

El éxito del plan dependía de los segundos siguientes. ¿Sería capaz de hacer lo que debía?

Por Grace, podría.

Sacó pecho y se enfrentó al mar de terror que amenazaba con dejarle sin aire. Cogió el saquito de hierbas que tenía en el bolsillo y se lo puso en la boca. Al instante notó un sabor a picante.

Grace se detuvo para contemplar al hombre que amaba, seguramente por última vez. La primera vez que lo había visto con aquella belleza solitaria la había sorprendido como la nota más pura y verdadera que podía producir el mazo sobre el metal. La impresión que se llevaba de él era idéntica. Todo el disfrute que había conocido en sus brazos había sido pasajero.

Wolfram apareció al trote y puso fin a su angustiosa distracción. Lo acarició y le dio las gracias, consciente de que lo arrebataba de aquel al que amaba. En eso se parecían.

Buscó en su cintura la pequeña cuerda que había llevado consigo para atársela como correa. Había protestado cuando Matthew le insistió en que se llevara al perro, pero en aquel momento se alegraba. Si las cosas iban por mal camino, ahuyentaría a Monks y a Filey. Y, más allá de aquellos muros, Wolfram era un vínculo con Matthew.

El perro se quedó plantado y obediente mientras ataba el nudo de la correa. Rezó un segundo para dar gracias de que Matthew lo hubiera entrenado tan bien. En ocasiones pensaba que Wolfram era prácticamente humano.

—Valor, amigo mío —lo alentó en voz baja, aunque la que necesitaba los ánimos era ella, no el perro. El miedo le obstaculizaba el aliento en la garganta, un miedo no tan solo por su vida, sino por la de Matthew.

¿Y si había errado en sus cálculos para la dosis de la pócima? Si sobrepasaba el límite adecuado, podría matarle.

«Dios mío de mi vida, que mi huida no acabe en tragedia.»

Debía confiar en él. Grace había visto con sus propios ojos cuánto conocía el mundo de las plantas. Le había dicho que tan solo tomaría lo suficiente para quedar incapacitado.

No estaba dispuesta a pensar en las posibles complicaciones, porque tenía que mantenerse al acecho para aprovechar la oportunidad de escabullirse por la puerta.

Cerró el puño mientras acariciaba el grueso pelo del cuello de Wolfram. Se levantó poco a poco y sin desviar la vista de los hombres.

Con el calor que hacía, tan avanzada ya la primavera, el

vestido de luto que llevaba le picaba por todas partes. Se había acostumbrado a la seda ligera y al satén de su atrevido guardarropa, y aquella tela negra y gruesa le irritaba la piel, que era muy sensible, y el cuello alto y las mangas largas le ponían de los nervios.

Observó el proceso de descarga. Los dos caballos de arrastre se quedaron pacientemente atados con el arnés mientras los hombres trabajaban a su alrededor. Se oyeron unos cuantos gritos incomprensibles, y tuvo la certeza de que los repartidores desconfiaban de Monks, lo cual decía mucho a su favor.

El gruñido gutural que emitió Matthew hizo que Grace se diera la vuelta. Apareció dando tumbos desde detrás de los árboles, agarrándose el pecho como si le fuera a explotar el corazón. Ella tuvo que contener un grito de horror. Parecía encontrarse muy mal.

Aquella fue la primera vez que entendió de veras a lo que se refería Matthew cuando dijo que algunas hierbas provocaban una reacción física muy agresiva en su cuerpo. Él se dobló de dolor y ella oyó las violentas náuseas desde donde se escondía.

Si hubiera sabido lo que tendría que sufrir, no habría aceptado continuar con su plan. Hincó las uñas en las palmas de sus manos para evitar echar a correr en su búsqueda.

Aquello era una farsa. Él se prestaba para que ella pudiera escapar.

Las palabras sonaban vacías y no llegaban a convencerla, cuando estaba allí inmóvil, apenada pero impotente, y veía a su amante sufriendo de aquella forma, retorciéndose de dolor.

Wolfram soltó un ligero gañido.

—No te muevas, Wolfram —le indicó a media voz.

El fornido cuerpo que acariciaba su mano, impidiéndole moverse, temblaba de los nervios y centraba su atención en Matthew, que apenas podía mantenerse en pie. ¿Quién podía culpar al perro? Ella también tenía el estómago revuelto por dejar a Matthew en aquel estado.

—¡Socorro! —gritó Matthew mientras caía al suelo. Incluso a aquella distancia vio que se agitaba como si padeciera un ataque de epilepsia—. ¡Por Dios bendito, ayudadme!

—¡Mierda! —Monks se volvió hacia el origen de aquel griterío—. ¡Filey! ¡Parece que el dichoso marqués tiene un pie en la tumba!

Los cuatro hombres se acercaron al momento. Matthew se retorcía en el suelo.

Grace no soportaba verle sufrir así, con su cuerpo hecho un ovillo y tiritando. ¿Acaso sus días de locura habían sido iguales? No le extrañaba que viviera con un miedo perpetuo a que regresaran.

Lo estaba haciendo por ella. Le debía al menos que no sufriera por nada. Le debía huir de allí para luego poder liberarle. Entre aquellos muros de blanco pulido nada podía hacer, más que compartir su carga.

—Venga, Wolfram. Nos vamos.

El perro soltó un gemido y miró a su dueño. No se movió cuando ella tiró de la correa.

—¡Wolfram! —ordenó Grace imitando a Matthew lo mejor que pudo.

Tiró una vez más de la correa, pero el perro prestaba toda su atención a Matthew. Por sus gritos se diría que estaba desgarrado por el dolor. A Grace se le helaba la sangre con cada alarido.

Wolfram ladró con fuerza, dio media vuelta y se perdió entre los árboles.

A punto estuvo de gritarle para que regresara. Si los secuaces de lord John la descubrían, el plan terminaría antes de que empezara. El corazón le temblaba de aprensión. Sus planes de huida, tan bien elaborados, se estaban torciendo.

El enorme chucho llegó corriendo a los pies de su dueño y empezó a darle lametones en la cara. Monks y Filey quisieron apartar a aquella mole de perro, pero fue en vano. En aquel herbazal, reinaba el caos.

Grace se apretó el hatillo improvisado sobre el pecho, por

debajo del cual latía un corazón como el salvaje repiqueteo de un tambor. Entre la confusión musitó una oración por la salud de Matthew y respiró hondo.

«Vamos, Grace. Ahora.»

Se arremangó la falda con los dedos, que tenía envarados por el miedo, y atravesó el espacio que ya no estaba vigilado. Tenía tanto pavor que solo veía el bulto del carro de enfrente. Con el corazón en un puño, se escondió en la sombra que proyectaba.

Respiraba agitadamente a causa del miedo, pero consiguió agazaparse en aquel hueco. ¿La habría visto alguien? Creía que no. Nadie estaba vigilando el vehículo. Monks lanzaba improperios sin parar. Filey forcejeaba con Wolfram. Los únicos que intentaban ayudar al enfermo eran los repartidores.

Uno llevaba a Matthew en volandas y el otro le limpiaba la cara con la bufanda desteñida que le había quitado del cuello. Una vez más le atenazó el sentido de culpabilidad, pues estaba dejando a un hombre enfermo con unos zopencos que no tenían ni idea de cómo tratarle.

«Adiós, amor mío —se dijo en silencio—. Que Dios te ampare hasta mi regreso.»

Debía de ser fruto de su imaginación, pero le pareció ver que Matthew inclinaba la cabeza hacia ella. Fue tan solo un instante. Estaba demasiado lejos para apreciar el oro fundido de sus ojos, pero en su corazón eso fue lo que vio. Luego Matthew emitió un sonido como un gruñido y se desplomó sobre el hombro del conductor más joven al perder el sentido.

No podía hacer nada más por él allí. Era el momento de averiguar qué podía hacer por él en el mundo exterior.

Poco a poco dio media vuelta y se dispuso a cruzar la puerta de entrada.

Y fue entonces cuando topó con la señora Filey.

23

Grace dio un paso atrás del susto, chocó con la madera sin pulir del carro y acalló un grito. Levantó el hatillo con las manos temblando a modo de escudo.

¿Cómo había podido cometer semejante estupidez? ¿Por qué no se había asegurado del paradero de la señora Filey?

—Se lo ruego... —le suplicó tartamudeando. No tardó en recordar que la señora Filey no oía.

Durante un largo rato de puro pasmo, Grace se quedó mirando a la señora Filey a los ojos, que eran castaños y anodinos. La mujer tenía la cara ajada, arrugada e impasiva. Menos de medio metro la separaba de ella y llevaba los brazos a rebosar de colada doméstica.

Grace se sentía mareada por la falta de aire. Llenó de nuevo los pulmones mientras la sangre le retumbaba en los oídos. Se obligó a superar el horror que le causaban las visiones de lo que le harían Monks y Filey cuando la descubriesen.

No obstante, la señora Filey seguía sin mediar palabra.

¿Acaso había hallado a la aliada más inesperada? La señora Filey jamás había insinuado que le importara lo más mínimo el tormento de Grace. ¿Por qué iba a enfrentarse a la ira de su marido en aquella ocasión?

La mujer sacudió ligeramente la cabeza hacia el vehículo. Grace frunció el ceño porque no acababa de entenderla.

Repitió el mismo gesto, en un ademán imperceptible.

Grace estudió la parte de atrás del carro. Estaba vacía, salvo por unos atados de heno, que habían acolchado los suministros más delicados durante el viaje.

La señora Filey se encogió de hombros como si aquello fuera todo lo que podía hacer por ella. Dejó el fardo de ropa sucia en el carro y se fue a por más. Grace pensó, y no era la primera vez, que esa mujer caminaba como si se hubiera declarado vencida por la vida.

Acto seguido entendió lo que había sucedido.

La señora Filey debía de estar al corriente del plan que había urdido con Matthew. Y no había levantado la liebre.

Grace observó atentamente el fardo de ropa sucia. Bastaría para esconderla hasta que llegaran al pueblo. Añadió al montón su propio hatillo y se acurrucó debajo de la ropa para esconderse entre las sábanas. Era la ropa de cama de Matthew y llevaba su monograma. Instantáneamente se vio impregnada del aroma de sus amoríos, a esas alturas maloliente, pero inequívoco.

Inmóvil por el miedo, se hizo un ovillo cuando la señora Filey depositó más ropa sucia en el vehículo. Los caballos la llevarían más lejos y más rápido que sus propios pies, a menos que Monks y Filey se dieran cuenta de su ausencia antes de salir de allí, y a menos que la señora Filey se limitara a esperar el momento oportuno y luego indicara a su marido el escondite.

Contuvo la respiración, aterrada por el miedo. Oyó a la señora Filey que se acercaba y le sobrevino un escalofrío cuando vio que acumulaba más colada.

¿Cómo se encontraría Matthew? Señor, ojalá estuviera bien. Por entre los listones del carro le entraba aire para respirar, pero no podía oír ningún sonido del exterior. Monks seguía gritando. Esta vez, sin embargo, distinguió una nota incierta entre sus vociferaciones. De natural era imperturbable, confiado. El súbito ataque de Matthew debía de haberlo sacado de sus casillas. Filey daba recomendaciones cada vez más desesperadas sobre cómo proceder:

—Creo que tendríamos que entrarlo en casa.

Grace no reconocía la voz lenta y con acento de Somerset.

—Pues sí —acordaba Monks—, vale, lo llevaremos a la casa. —Y luego, con un grito—: ¡Mujer! Ven para acá, culo escuálido. Filey, agárralo de las piernas.

—Menudo jamacuco le ha dado a este —dijo Filey—. No le había visto así desde que era un chaval.

—Cierra tu sucia bocaza, hombre —le conminó Monks—. ¿Qué coño estará haciendo la pazguata de tu mujer? ¡Mujer!

—Vamos, que ya sabes que no oye un carajo.

—Si ya lo sé, ya. Una inútil desahuciada. Ve a buscar a la dichosa holgazana.

Grace contuvo la respiración mientras esperaba a que Filey fuera a buscar a su esposa. Le cayó encima otro canasto de ropa sucia y apenas logró sofocar un gemido de horror.

¿Y si a Filey le entraban sospechas por el volumen de colada? ¿Y si decidía investigar?

—Monks te busca, Maggie. —Filey hablaba despacio para que su mujer pudiera leerle los labios.

Grace no había estado tan cerca de él desde su intento de violación. El recuerdo del cuerpo hediento de Filey aplastándola contra el suelo emanó como un miasma y tuvo que cerrar la garganta para reprimir las arcadas. Si paseaba una de aquellas manazas por el borde del carro, la tocaría. Y aquella vez Matthew no estaría allí para salvarla.

—De acuerdo, ya voy —dijo la señora Filey en un tono curiosamente plano. Era la primera vez que la oía hablar—. Pero antes tengo otro fardo que sacar.

—Ah, bueno, por eso no te preocupes. Es el condenado marqués, que le ha cogido un jamacuco de los buenos. La colada, que espere al próximo viaje.

Grace tuvo que hacer grandes esfuerzos para no tiritar. Tenía todos y cada uno de los músculos rígidos como el acero, y no podía hacer otra cosa que aguardar hasta que se alejaran.

O hasta que Filey hurgara en la ropa sucia y levantara las sábanas.

Filey y su mujer se alejaron del carro después de lo que le pareció una eternidad. Grace esperó a que se hubieran ido para aliviar los pulmones con una pequeña bocanada de aire. El vahído que combatía desapareció. Poco a poco se fueron relajando todos sus músculos.

¿Podía arriesgarse a echar una última ojeada a Matthew para comprobar que se encontraba bien? No, el riesgo era demasiado grande. Cada latido de su acelerado corazón era una plegaria por su vida. Y tenía que vivir para que ella pudiera salvarle de aquel infierno.

—Quizá deberíamos quedarnos y ayudar —dijo una voz desconocida, evidentemente de uno de los repartidores—. A los jamelgos no les gusta esperar tanto tiempo al sol.

—No, aquí ya no podéis hacer nada —respondió Monks—. Os veremos la semana que viene.

—Bueno, como quieras. En ese caso nos vamos. ¿Todo cargado?

—Al infierno con la colada. Que duerma con sábanas sucias, el marqués, por una vez. El muy sonado tampoco notará la diferencia.

—A mí no me da que esté loco —dijo la voz—, aunque, bueno, tampoco parece un lumbreras.

—Para mí que ese compadre no está bien —comentó otra voz con acento de Somerset.

—¿Sabes qué te digo? Mira, tú tampoco eres matasanos, Banks —le espetó Monks—. Antes me fío de cualquier curandero que de ti. Anda, vete. Lord John no os paga unas buenas monedas para pasaros el día aquí de cháchara.

Grace se retorció en silencio al oír que los hombres se acercaban al carro. ¿Mirarían en la ropa sucia? En aquel momento deseó haber seguido el plan original y haberse escabullido por el camino para buscar refugio en alguna zona cercana, pero era demasiado tarde para corregir una decisión imprudente.

El vehículo se puso en marcha y ella casi se desmayó del susto. Se dio cuenta de que el carro avanzaba porque los dos hombres ocuparon su sitio en su asiento. Alguien dijo «arre» a los caballos y el carro empezó a rodar.

Estaba en marcha. Ojalá la próxima vez que viera aquella casa fuera porque había ido a liberar a su amante.

—Niño, me estoy meando vivo. ¿Tú no? —El conductor de mayor edad era también el más charlatán y hablaba arrastrando las palabras.

Grace, que estaba inmersa en un extraño trance bajo el peso aplastante de la colada, se puso en alerta. No le sorprendía que tuvieran que vaciar la vejiga. No habían dejado de dar tragos desde que abandonaran la finca horas antes. Incluso desde su escondite era capaz de oler los efluvios nauseabundos de la sidra en medio de la cálida tarde. Gracias a Dios, los caballos parecían saber adónde ir, porque lo único que hacían los conductores era emborracharse más a cada trecho.

—Vamos —dijo el más joven, que era parco en palabras.

El carro frenó de golpe y vibró mientras bajaban los dos hombres. Oyó que se alejaba la voz del más viejo al apartarse del carro.

Tal vez era aquel el momento de abandonar el vehículo. Levantó despacio un extremo de las sábanas para observar. Los conductores le daban la espalda; estaban de cara a los árboles que flanqueaban el camino. Por suerte se habían colocado cerca de las cabezas de los caballos.

Agarró su hatillo nerviosa y se arrastró hasta la otra punta del carro, la que se hallaba más lejos de los hombres. Respiró hondo y bajó, siempre con la cabeza gacha para que el carro la ocultara.

A ambos lados del camino angosto se alzaban árboles de tronco muy grueso. A duras penas se ganaba el título de «camino», pero claro, lord John había elegido aquella casa porque estaba realmente aislada; era lógico. Seguro que no le interesaba tener cerca ninguna vía concurrida.

Oyó un chapoteo en el suelo y le llegó un olor agrio que impregnó el ambiente. Tenía que aprovechar aquel momento en el que estaban concentrados en otros menesteres.

En silencio se adentró en el bosque a toda velocidad y se agachó detrás de una roca cubierta de musgo bastante apartada del camino. Las piernas, que estaban agarrotadas, protestaron por tanta brusquedad, pero no prestó ninguna atención a aquella molestia.

El conductor de mayor edad se volvió y dio unos toques en el hombro al más joven.

—Joder, menudo desgraciado está hecho ese Monks.

—Pues sí —contestó el joven, taciturno como de costumbre. Observó el carro y se subió los pantalones. Al verlos de frente, Grace se dio cuenta de que eran padre e hijo.

—Y hablando del papa de Roma...

Ante el incesante ritmo de su corazón asustado, hizo su entrada un carro de caballos. Dios Santo, habían descubierto su huida. ¿Por qué otro motivo perseguiría Monks al galope y con semejante preocupación el carro del reparto? Menos mal que los conductores se habían detenido un momento y había logrado bajar; si no habría firmado su sentencia de muerte. Se le heló la sangre con tan solo pensarlo.

El bosque estaba repleto de matorrales jóvenes, crecidos aquella primavera. Rezó para que fueran suficientes y pudiera esconderse tras ellos. Presa del nerviosismo, se agarró a la piedra con las uñas y luego se agachó entre la hojarasca.

—¿Habéis visto a la moza? —gritó Monks desde la distancia.

El mayor se rascó la barbilla mal rasurada.

—¿Una mujer? No, señor Monks. Por este camino no hemos visto a nadie. Siempre está desierto. ¿Y eso? No lleva a otro sitio que no sea la mansión de su señor. ¿Para qué iba a ir allí una chica?, digo yo.

—So memo —murmuró Monks, y espoleó al caballo para que se acercara hasta el carro. Bajó del animal y empezó a revolver la colada, tirando las sábanas al suelo.

—¡Eh, cuidado con lo que haces, Monks! —protestó el mayor.

—Me va a tocar a mí recoger todo lo que tires.

—¡Cierra el pico!

Monks movió el caballo hasta el otro lado del carro y lo obligó a aproximarse tanto a los hombres que estuvo a un tris de pasarles por encima. El animal estaba asustado, se quejaba y no paraba quieto, pero Monks tiraba como un energúmeno del freno y lo hacía avanzar contra los repartidores.

—Si veis a una mozuela, la retenéis y me avisáis. Es una fulana fetén, con melena negra y unas tetas de encanto. Habla como la nobleza, pero camina como una puta. Si la encontráis, os espera una jugosa recompensa.

—De acuerdo —contestó el hijo, y tiró del copete del caballo mientras Monks le obligaba con dureza a dar media vuelta y desaparecía al galope de regreso a la hacienda, dejando atrás una enorme polvareda.

A Grace se le aceleró el pulso entre el miedo y el alivio cuando oyó alejarse al galope los cascos. Por pocos segundos no la habían descubierto. ¿Y si los repartidores no hubieran sido tan generosos con la sidra?

Monks no había dicho una palabra sobre Matthew. ¿Estaba vivo o muerto, su amado?

Su corazón imploraba: «Que no esté muerto, por Dios, que no esté muerto».

—Será botarate, el dichoso Monks. Una mujer por estos aledaños... —refunfuñó el padre con una risita de escarnio mientras se subía al carro. Había vuelto a cargar la ropa sucia en un santiamén.

—Pues sí —asintió el chico, sentado al lado de su padre.

—Aquí nunca vemos a nadie, y mucho menos a una mujer. Ya podemos olvidarnos de la recompensa. Este busca una aguja en un pajar. —Agitó las riendas—. Vamos.

El carro se alejó con estruendo. Grace inspiró hondo para evitar marearse. ¿Y si Monks mandaba peinar el bosque?

Aunque, claro, él no sabía que ella se había escapado en el

carro del reparto. Al marcharse podría haberse encaminado en cualquier dirección.

Curvó los labios para formar una sonrisa de triunfo. Monks debía de estar más aterrado que ella, pues tampoco le gustaría tener que dar a lord John la noticia de que uno de sus cautivos había escapado.

No le extrañaba que Monks hubiera hablado con aquella rabia.

¿O acaso sentía rabia porque había muerto su otro prisionero? No era capaz de sopesar siquiera la posibilidad de que así fuera. Sería una superstición absurda, pero algo en ella le decía que Matthew ya no estaba vivo.

Al cabo de un rato, al saber con certeza que Monks no iba a regresar sobre sus pasos, se puso en pie. Hacía mucho calor, demasiado, y el sudor se congregaba en sus axilas y en la nuca. El bosque rebosaba con los trinos de los pájaros. Hacía rato que el carro se había esfumado por aquel camino solitario.

Sacó la botella que llevaba en el fardo y tomó un poco de agua tibia. Necesitaba encontrar el calor de otras personas antes de que anocheciera. Podría perderse entre alguna multitud. Allí fuera, sola, era más fácil de encontrar. Y siempre corría el riesgo de que Monks regresara a por ella.

Se dispuso a recorrer a paso alegre aquella vía desierta.

24

Matthew abrió los ojos con espantosa lentitud. Sentía que tenía los párpados de plomo y le costaba una barbaridad separarlos. El primer haz de luz se le clavó en el cráneo y le causó un dolor insoportable. Volvió a cerrar los ojos mientras soltaba un sonoro quejido.

Sabía dónde estaba. Como era de esperar, estaba tendido y atado sobre la mesa en la caseta del jardín. El sol aún se filtraba por las ventanas, de modo que serían las primeras horas de la tarde.

Antes de desmayarse del todo, había vomitado copiosamente en las botas de Filey. Después de aquello tan solo recordaba punzadas borrosas de un dolor lacerante, voces estridentes y manos bruscas.

Había olvidado la reacción tan extrema que le provocaba la consuelda. Notaba las entrañas como si se las hubieran limpiado con un rastrillo. Y no uno cualquiera, sino uno oxidado. Tenía la piel extrañamente sensible y estaba atado con correas en piernas, muñecas y pecho con tanta fuerza que le dolía el cuerpo entero. Inspiró todo lo que le permitía la correa que le sujetaba el torso, pero luego se arrepintió, cuando se quejaron sus castigados músculos.

Por mucho que todas aquellas molestias resultaran realmente agónicas, tan solo ocupaban una pequeña parte de su conciencia. En lugar de eso le rondaba una única duda: ¿Había logrado huir Grace? La había visto esconderse a toda prisa en el carro, pero después, debido al ataque, no había vuelto a verla.

¿Seguía aún a salvo? ¿Y si sus alocados planes solo le habían causado un mayor peligro?

Tendría que haber sabido, cuando se le ocurrió todo aquello, que seguramente nunca averiguaría qué había sucedido con Grace. Acababa de darse cuenta de que aquel desconocimiento iría consumiéndole día a día hasta el final.

«Dentro de seis meses.»

Claro que, con lo mal que se sentía en aquel instante, a lo mejor no llegaría tan lejos. Le dolía la cabeza como si la rodearan alambres ardientes. Tenía retortijones en el estómago. Sentía un regusto amargo en la boca y tenía los labios secos y agrietados. Necesitaba desesperadamente beber agua.

El sentido común y la experiencia le decían que aquel sufrimiento acabaría desapareciendo, pero su esencia más animal se contradecía. El animal que habitaba en él solo deseaba escabullirse en algún rincón y aguardar hasta que soltara su último suspiro.

Dios Santo, ¡cómo apestaba! Olía a sudor fétido y a vómito rancio. Contraía los agujeros de la nariz del asco que se causaba a sí mismo. Todavía llevaba la misma ropa que aquella mañana, pero incrustada de inmundicia.

¿Había sucedido aquella mañana? A lo mejor llevaba ahí días enteros. No tenía forma de saberlo.

Su único consuelo era pensar que Grace lo había logrado, y que a aquellas alturas estaría lejos de todo cuanto significaba aquella prisión, incluido él, que no era otra cosa que un pobre diablo.

—Sé que estás despierto, sobrino. —La voz de lord John le resbaló por encima como si fuera bilis.

Esta vez, cuando Matthew abrió los ojos los mantuvo abiertos a pesar del horrible dolor que le atenazaba la cabeza.

¿Se había quedado dormido? ¿O su tío había estado ahí todo aquel tiempo? Aquella idea le provocó un escalofrío.

—Tío —dijo con voz ronca, sorprendido de poder hablar siquiera. El rastrillo que le había arado las entrañas se había entretenido particularmente en su garganta—. ¿Puedo beber algo?

—Dentro de un momento. —Su tío se puso de pie a un extremo de la mesa donde Matthew no podía verle—. Antes quiero hablar contigo.

¿Solo hablar? Matthew esperaba que, como mínimo, lo apaleara. Podía ser que su tío tuviera miedo de comprometer la salud del prisionero. Quería mantener a su capón de feria en óptimas condiciones.

La amargura de aquel pensamiento despejó en parte su aletargamiento. Percibió todo cuanto lo rodeaba. La tarde debía de estar ya avanzada. La luz de sol directa ya no entraba en la habitación, pero ¿seguía siendo la tarde del día en que había recobrado la conciencia?

Mientras intentaba dar respuesta a aquellas dudas, apretaba las manos bajo las correas que le sujetaban las muñecas contra la mesa. Su orgullo se sintió ultrajado al pensar el penoso cuadro que debía de representar. Su ropa nauseabunda estaba manchada con sus entrañas y le recordaba demasiado gráficamente su auténtica locura. Preferiría tener que someterse a aquel interrogatorio con ropa limpia y cuando no se sintiera como si acabara de arrollarlo una manada de elefantes.

Con todo, era algo por lo que tenía que pasar, así que optó por no mostrarlo en su semblante.

—No me apetece demasiado charlar ahora.

Era una salida infantil, pero seguro que sacaba de sus casillas a su tío. Aquello le gustaba, le encantaba.

Oyó que su tío daba golpecitos en el suelo con el bastón mientras circunvalaba la mesa. Luego se quedó plantado a su lado, por lo que le obstaculizaba la luz. Matthew lo agradeció. Los ojos le escocían muchísimo.

—Qué lástima. A mí sí me apetece conversar —dijo lord John sacando con ademán teatral un pañuelo para luego sonarse la nariz.

Matthew disimuló una mueca de humillación. Primera ronda a favor de su oponente.

La estancia estaba cerrada al aire fresco, como todas las estancias donde se encontraba su tío, pero aun así el anciano llevaba puesto un abrigo con revestimiento de piel. Con aquel calor insufrible, Matthew se sentía mareado, pues sus propios residuos apestaban e impregnaban el aire.

—A decir verdad, no esperaba tener el placer de tu compañía tan pronto —dijo Matthew con voz sedosa, si bien le costó lo suyo—. Habrás batido el récord de velocidad al desplazarte desde Londre hasta aquí.

—Estaba en Bath cuando recibí el mensaje de Monks. Ha sido un viaje cansado, pero no oneroso. Una vez más demuestras ser irritante, sobrino —prosiguió en un tono de voz muy distinto a la tenue cadencia que había utilizado hasta entonces—. ¿Dónde está tu ramera?

—¿La señora Paget?

Matthew se esforzó por ocultar la alegría inmensa que le recorría el cuerpo. Había escapado. «Grace es libre.»

El asombro era la reacción más segura. Al fin y al cabo no tenía por qué existir ningún vínculo entre su ataque y la huida de Grace. Persistió en aquel tono de despreocupación.

—¿Arriba? ¿Paseando por el bosque? Te ruego que la hagas llamar, me gustaría verla.

—Oh, y a mí también me gustaría, pero tengo un ejército entero explorando las tierras y de momento no hemos encontrado ni rastro de la fulana.

—Te ayudaría a buscar, tío, pero como ves mis circunstancias me lo impiden. —Otro desafío infantil. Casi se diría que se lo estaba pasando bien. Las buenas noticias sobre la suerte de Grace le sentaban mejor que cualquier tónico—. A lo mejor la asusté tanto con mi ataque que se ha escondido.

—Y a lo mejor no ha sido otra cosa que el fruto de vuestros tejemanejes para distraer a tus celadores mientras tu putita se escapaba.

—Créeme, tío, no podría haber fingido lo que me ha pasado. Pregúntaselo a Monks o a Filey si piensas que te he engañado. Si la señora Paget quiso aprovechar la oportunidad, también es lógico. —Y lo remachó con la enésima hipocresía—: Lo lamento en alma, porque la echaré de menos.

—Cuéntame lo que habéis tramado tú y la zorra y seré indulgente. Si quieres, incluso puedo traértela de vuelta para que te caliente la cama después de que haya recibido su merecido.

—Tío, ves una conspiración donde no la hay. Ya sabes que tengo tendencia a este tipo de episodios. Y sabes que mi deseo era tener a mi lado a esa señora.

Al menos eso era cierto. Le sobrevino un cálido recuerdo de la turbulenta emoción que asomaba en el rostro de Grace al despedirse de él. Había estado a punto de arrodillarse y suplicarle que se quedara. Gracias a Dios que ella había dado media vuelta antes de que pudiera decir una sola palabra.

Su tío seguía impertérrito, aunque Matthew sabía que debía de estar desesperado por atrapar y silenciar a Grace.

—No importa. He mandado llamar a los chicos de Bow Street, las fuerzas del orden. Ellos darán con la dichosa fulana. Ya sabes que son muy eficientes.

Con las fuerzas de Bow Street en su búsqueda, la opción de que Grace se perdiera entre el gentío era más decisiva que nunca. Le sobrevino una premonición nefasta. ¿Un bellezón como ella podría pasar inadvertida? Incluso al principio, cuando la había visto mareada, asustada y de luto cochambroso, su apabullante belleza había dejado en él una huella indeleble.

Lo único que necesitaba lord John era describir a una mujer con un rostro impresionante, una viuda vestida como una indigente pero que hablaba como una duquesa. No tardarían más que unos días en encontrarla.

«Por Dios, Grace. Te he mandado de cabeza a la muerte. Al menos aquí podría haber intentado salvarte.»

—Espero que la encuentres —exclamó, si bien su corazón pronunciaba otras palabras.

«Ojalá te pudras en el infierno, John Charles Merritt Lansdowne.»

—No debería ser difícil. La furcia destaca entre las demás, ¿verdad? No es, digamos, del montón, vaya. No me extraña que te encapricharas tanto con ella. Me intriga. Si tengo agallas para cepillarme tus sobras, a lo mejor la pruebo yo también antes de devolvértela.

Matthew no se inmutó, aunque bajo su piel la rabia que sentía hervía como la lava en un volcán. La idea de las manazas frías de su tío tocando a Grace lo sacaba de sus casillas.

Su tío levantó el bastón para contemplar el brillo de la luz sobre el ámbar de la empuñadura.

Lord John lo había azotado muchas veces con aquel mismo bastón cuando era pequeño. Los motivos que justificaban aquellos golpes siempre habían sido de escasa importancia, a veces incluso inventados, pero Matthew se acordaba de cómo dolía. Pensó que tal vez lord John volvería a golpearle, pero este se limitó a pasearse a su alrededor una y más veces y a escrutar la mosca que contenía en su interior dorado.

Al final lord John fue quien rompió aquel incómodo silencio.

—Siempre te pones en un ridículo espantoso cuando afloran tus instintos protectores. Eres tan bobo como el inútil de tu padre. Nacidos para médico de pueblo, no para grandes magnates del reino. El título os venía grande a ambos.

Los celos que sentía lord John por su hermano mayor era un asunto tan conocido que lo único que despertó en él fue el cansancio.

—Con el corazón en la mano, no sé por dónde anda la señora Paget. Ya no tengo ataques, tío. Como bien me has hecho saber, ahora lo que necesito es un baño y una muda limpia.

—En eso tienes razón. —Dibujó una fina sonrisa en sus labios con aire de superioridad—. Pero aún no he acabado contigo. ¿Dónde está la ramera?

—Ya te lo he dicho, no lo sé —respondió Matthew cerrando los puños.

—Respuesta equivocada. —Su tío levantó el bastón en lo alto y le asestó un duro golpe en las costillas.

El mundo se redujo a un túnel oscuro que apenas iluminaban relucientes fragmentos de un dolor insoportable. Se quedó sin aliento y la garganta le escoció más de lo imaginable. Tensó todo el cuerpo ante aquella agonía cegadora, pero no había nada que pudiera hacer para salir de allí. Las correas lo mantenían tendido e inmovilizado.

Acaso perdería la conciencia unos segundos una vez más. No estaba seguro. Al abrir los ojos, lord John lo estaba examinando con la misma mirada aséptica que había dedicado a la mosca muerta que flotaba en su ámbar.

—Con matarme no conseguirás lo que buscas —fue lo único que pudo decir Matthew, sintiendo un inmenso dolor al pronunciar cada palabra.

Su tío curvó los labios para regalarle otra sonrisa fría y fingida.

—Me conoces, chaval. Sabes que puedo infligir el máximo dolor con los mínimos daños permanentes. Te quedarán algunos moratones, pero te curarás pronto. Bueno, te lo preguntaré otra vez: ¿dónde se ha metido tu putita?

—No lo sé.

En aquella ocasión estaba preparado para recibir el golpe. O eso pensaba, hasta que la inclemente punzada de dolor le recorrió todo el cuerpo. Endureció cada uno de sus heridos tendones para sofocar el alarido que se congregaba en su estómago y luchaba por salir entre sus labios. Si proseguía con los golpes, sabía que no podría contener los gritos mucho más tiempo. Acabaría berreando de dolor una y otra vez, pero esperaba poder retrasar el momento hasta que no tuviera más remedio que proporcionar aquella satisfacción a su tío.

—Sabes... —Se detuvo un instante para coger aire y hablar. Después del ataque, no tenía el cuerpo para aguantar muchos palos e intuía que su tío era consciente de su estado. Con todo, quiso conservar la poca actitud desafiante que le quedaba—. Sabes que la violencia conmigo no te funciona, tío. Lo has probado antes. Aunque supiera dónde está la señora Paget, con cada golpe que me des, menos posibilidades hay de que te lo diga.

—En efecto, eres un bobalicón torturado, nada más.

Le asestó otro golpe, esta vez con más fuerza.

—¡Te he dicho que no tengo ni idea de dónde rayos está la chica! —le gritó Matthew, retorciéndose sin remedio bajo las correas para desatarlas, aunque once años de cautiverio le habían enseñado que no podría zafarse de ellas, por mucho que lo intentara.

—Sí, me lo has dicho, pero no te creo —respondió el tío en voz baja.

—¡No sé dónde está, desgraciado!

—Ese carácter, ese carácter... —dijo lord John con una sonrisa despiadada.

La impotencia que sentía Matthew se centraba en un dolor físico localizado en las entrañas. Todos los músculos estaban tan rígidos que amenazaban con romperse. Abandonó sus vanos intentos de desatar las correas. Un rayo candente de dolor le atravesaba el torso. Incluso aquellas respiraciones tan breves, que era lo máximo que podía permitirse sin llorar, parecía que fueran a hacerle perder la conciencia.

Más allá de aquella neblina borrosa, oyó a su tío, que seguía hablando.

—Será muy fácil hacerte hablar, sobrino. Eres flojo. Siempre lo has sido. No soportas ver sufrir a otras criaturas. Sobre todo, aquellas a las que amas.

—¿A qué te refieres? —inquirió entre dientes.

—No sé cuánto tiempo aguantará tu semblante de héroe y de víctima en silencio cuando escuches los aullidos agónicos de tu perro.

Le vinieron unas arcadas amargas al intentar hacerse a la idea de lo que estaba sucediendo. El horror le ganaba la partida a las aflicciones de su cuerpo.

Durante once años había visto cómo su tutor ponía a prueba los límites de la maldad, pero aquello, aquello superaba todo lo que había visto. No podía ser cierto que fuera a torturar a Wolfram. Si aún conservaba algo de humanidad, no lo haría.

Impregnó su voz de todo el desprecio que fue capaz de reunir.

—Tío, incluso tú deberías sentirte mal por maltratar a un pobre animal.

—No soy yo quien le causará dolor, sino tú. Dime dónde está la furcia o asume las consecuencias. Me huelo una conspiración a leguas. Esto apesta más que tú.

—No puedes —afirmó Matthew, por mucho que en su fuero interno sabía que su tío no se detendría ante nada ni nadie—. Ese perro no te ha hecho ningún daño.

—En una guerra, los inocentes son siempre los que sufren, ¿me equivoco?

—No lo hagas, tío. Por el amor de Dios, no lo hagas.

Hacía años que no le suplicaba, desde que era un niño enfermizo, inconsciente de la profunda maldad que cultivaba su tutor.

—Dime dónde se esconde y tendrás mi palabra de que no le pasará nada al perro. —Hizo una pausa—. La verdad es que pensaba que habrías aprendido la lección la última vez que me desafiaste, cuando hice que trasladaran a tu enfermera y a su marido.

Pues claro que había aprendido la lección. Había aprendido que la vida no valía la pena. Había aprendido que estaba dispuesto a hacer lo que costara para poner fin a aquella parodia y arrebatar a su tío el control de las finanzas de los Lansdowne.

Seis meses...

«Grace, no sabes lo que me pides.»

Wolfram había sido un compañero fiel y generoso. Desde el día de su llegada, cuando era un cachorro greñudo y desgarbado, siete años atrás, no había ofrecido a Matthew más que devoción y confianza.

En aquel momento estaba a punto de traicionar esa confianza.

Y lo hacía porque no podía traicionar a la mujer que amaba.

Habló con neutralidad.

—No sé dónde está la señora Paget.

—Seguro que contemplar a Filey y a Monks mientras se emplean a fondo con tu perrito te reavivará la memoria. Te acordarás de lo... concienzudos que pueden llegar a ser.

Lord John golpeó una última vez el suelo enlosetado con el bastón. Se abrió la puerta y apareció sigilosamente Filey, que acunaba una mano vendada junto al pecho. No había duda de que había estado aguardando detrás de la puerta.

—¿Sí, mi señor?

Matthew aprovechó la bocanada de aire fresco que entró por la puerta. Le despejó la bruma de dolor que sentía en la cabeza, aunque las costillas aún no le habían dado ni un respiro. Tenía que hacer algo para salvar a Wolfram, pero ¿qué?

«¡Dios! Cuánto odio a mi tío.»

—Tráeme al chucho —Lord John alzó el cuello del abrigo para resguardarse de la leve brisa que entraba por la puerta.

—Sí, milord. Ahora mismo, milord. Está escondido por el bosque, en algún sitio. Me mordió mientras estaba de guardia... defendiendo a lord Sheene —lucía en su cara rechoncha una expresión de orgullo furtivo—, pero logré meterle una bala en el rabo cuando intentaba escaparse.

—¿Has disparado a mi perro, malnacido? —gritó Matthew, probando una vez más de librarse de las correas y con el mismo resultado que antes.

Surgió tal odio de su estómago que por un momento se vio privado de respiración. Tenía todo el cuerpo envarado. Si tan solo por estar enfadado le recompensaran dejándole libre, en esos momentos estaría obligando a Filey a zamparse sus propios dientes. Tiró con tanta fuerza de los nudos de cuero que se le abrió la piel de las muñecas y empezó a gotear sangre por las manos.

—Pues sí, eso he hecho. Y he dado en el clavo, milord.

La satisfacción tácita en el tono de Filey hizo que Matthew se jurara matarle una vez más, pero las promesas de venganza no podrían evitar la abominación que se avecinaba. Eso si Wolfram aún estaba vivo para que le torturaran... Rezó por un instante para que su perro hubiera muerto, aunque imaginárselo era un golpe muy duro para el corazón.

La idea de Wolfram arrastrándose por los arbustos hasta sufrir una muerte lenta y triste le revolvía el estómago. Claro que, dados los horrendos planes de su tío, sería mejor si Wolfram moría antes de que lo encontrara Filey. Le embargó una pena agria al entender que su perro iba a ser una víctima más de las injusticias de lord John.

Observó en el rostro de su tutor un gesto de fría rabia. Era todo el sentimiento que había demostrado desde que había abierto los ojos.

—Si ese perro pulgoso está muerto, voy a enfadarme de veras, Filey. De veras.

La tez pastosa de Filey adquirió una tonalidad mortecina.

—Sí, mi señor —respondió en voz baja—. Ha sido solo para divertirme.

—Púdrete en el infierno, Filey —dijo Matthew en voz baja y colérica. Después fijó su mirada en su tío—. Deja que me levante y lo buscaré yo. No puedes dejarlo ahí afuera, solo y malherido.

—Pues claro que puedo —le reprochó su tío con indiferencia—, aunque ten por sentado que te haré traer al perro para que lo cuides personalmente con todo el cariño del mundo si me dices por dónde anda la fulana.

Matthew cerraba los puños, que estaban pringosos de sudor y sangre. Esperaba con todas sus fuerzas que Grace hubiera acatado el plan a rajatabla y se hubiera dirigido a Wells y luego a Londres.

—Tiene familia en Bristol. Supongo que habrá ido hasta allí. A mí no me dijo que se iba. Al ver la puerta abierta y a mí en el suelo, inconsciente, debió de pensar que era su oportunidad.

Lord John frunció el ceño, como si realmente meditara sus palabras. ¿Acaso le creía su tío?

—¿Bristol? Es posible. Sería lógico que buscara un lugar donde mezclarse con el populacho. Una mujer como ella siempre podrá ganarse unas moneditas a cuatro patas.

—¡No es ninguna prostituta!

—No lo sería al llegar, pero a estas alturas tú la has convertido en una —comentó su tío sin darle importancia.

—Esto... Lo de Bristol no me cuadra, milord. —Filey se rascaba la cabeza con su mano sana—. Si no recuerdo mal, cuando la atrapamos la moza dijo que se había perdido.

—Tiene familia en la ciudad —dijo Matthew—. Eso es todo cuanto me dijo. Vamos, dejadme ir a buscar a mi perro.

—Has vuelto a enloquecer y se te tendrá que controlar. —Su tío tuvo la temeridad de sonreírle mostrándole por un instante los dientes—. Recuerdas otros ataques, ¿verdad?

—No estoy loco. He tenido una recaída física temporal que ya ha pasado. Lo sabes perfectamente.

—¿Cómo podemos saberlo a ciencia cierta? —La voz de su tío era fina como el aceite—. He hecho llamar al doctor Granger. Él nos dará el diagnóstico en cuanto llegue.

Matthew contuvo un improperio de consternación. El doctor Granger era, de los dos médicos que habían dado fe de su locura, el más despiadado. Había tenido que hacer frente durante tres largos años a palizas, purgas y sangrías. Tenía suerte de haber salido vivo de aquel tratamiento.

Su tío se permitió una breve sonrisa de satisfacción antes de volver la atención a su secuaz.

—Filey, manda a los hombres que busquen el rastro del chucho. Pobre de ti si está muerto. Será de gran utilidad si lord Sheene nos ha mentido y tenemos que sonsacarle toda la verdad.

Filey hizo una reverencia.

—Sí, milord.

—Luego, Monks y tú iréis con dos hombres más hasta Bristol. Alguien habrá visto a la zorra por la calle si ha llegado hasta allí. Buscad a todas las Pagets de la ciudad. Volved a la zona donde la encontrasteis. Si para mañana no habéis hallado ni rastro, que los hombres prosigan su búsqueda y vosotros regresad. —Lord John miró a Matthew un segundo—. ¿Cuál era su nombre de soltera?

Matthew respondió sin decir ninguna mentira.

—No tengo la más remota idea.

Su tío asintió con la cabeza, pues por una vez lo había creído a pies juntillas.

—Da igual. Con esto ya tenemos bastante para empezar. Volveré, sobrino.

A aquellas alturas Matthew tenía tan seca la garganta que se sentía como si se hubiera tragado el desierto del Sáhara. Y deseaba con todas sus fuerzas quitarse de la boca aquel sabor nauseabundo a vómito rancio.

—¿Me dejas aquí, sin más?

—De momento, sí —contestó lord John con evidente indiferencia—. Filey, ya te he dado mis instrucciones.

Cerraron la puerta al salir y dejaron la estancia sin aire fresco, con tan solo un corazón cargado de culpa y de ira improductiva. No podía hacer nada para ayudar a Wolfram. No podía hacer nada para ayudar a Grace. No podía hacer nada para ayudarse él mismo.

«Me siento tan impotente que preferiría estar muerto.»

Se cernía sobre ella el crepúsculo y Grace aún no se había encontrado a nadie cuando el camino desembocó en tres grandes vías. Intentó leer a oscuras los lugares que indicaban las señales del cruce.

Poco a poco logró descifrar las letras, que estaban medio borradas, y al hacerlo estuvo a punto de gritar de alegría.

Matthew nunca le había dado detalles exactos sobre la ubicación de la casa. Además, al llegar ella estaba inconsciente. No obstante, parecía que sabía perfectamente dónde estaba, o al menos hacia dónde debía ir.

En una de las indicaciones aparecía claramente el nombre de un pueblo cercano que conocía como su propio nombre: Purdy St. Margaret's.

Su primo, el reverendo Vere Marlow, era vicario de Purdy St. Margaret's.

Por primera vez en meses, desde mucho antes de que Josiah enfermerara, el corazón le dio un vuelco, porque albergaba esperanzas. Dejó a un lado su cansancio, sus pies llenos de llagas y la comezón que le causaba el grueso vestido en su piel pegajosa.

Si alcanzaba a hablar con Vere, estaría a salvo. Si lograba encontrarle, podría pedir ayuda para salvar a Matthew.

Un ladrido de alegría a sus espaldas le obligó a darse la vuelta sorprendida. Cegada por el sol de última hora, levantó una mano para acomodar la vista.

«¿Wolfram?»

¿Qué estaba haciendo el perro ahí? ¿Cómo había huido?

A continuación recordó que habían abierto la puerta para que saliera el carro. A lo mejor el alboroto de los carceleros debido al ataque de Matthew les había distraído y no se habían acordado de cerrarla después. O eso, o se había escapado cuando Monks había salido a caballo en su busca. Debía de haber seguido el rastro del carro o la montura de Monks, y luego había husmeado sus pasos por el sendero desde que había bajado del carro.

¿Y si la hubiera alcanzado en aquel momento? Se retorció de pavor con solo imaginar lo que habría sucedido de haber aparecido mientras estaba escondida entre los árboles. Se habrían esfumado sin remedio todas sus esperanzas de libertad.

—¡Wolfram! Buen chico.

Se agachó y le acarició el pelaje lanudo. Él le dio lametones en la cara y topetó contra ella con la cabeza plana, gimiendo de alegría. Estaba lleno de polvo, jadeaba y se mostraba feliz de verla. La cuerda que le había atado al collar aún le colgaba del cuello.

—Muy bien... ¿y esto qué es?

Wolfram se estremeció cuando le rozó con los dedos unos pelos pegajosos que tenía cerca de las ancas. Al apartar la mano, se dio cuenta de que era sangre seca.

—Wolfram...

Dios santo, ¿qué había sucedido después de que se fuera? ¿Se había producido alguna reyerta? ¿Estaría herido Matthew? ¿Lo habrían matado? Él le había prometido que su tío haría lo indecible para mantenerle con vida, pero ¿quién sabía cómo podía reaccionar al verse acorralado?

No, tenía que creer que estaba vivo, o de lo contrario no sería capaz de seguir.

Estudió con cuidado la herida de Wolfram. A juzgar por lo que veía, el rasguño no era grave. Tampoco había sangrado tanto. Wolfram se quejaba y apoyaba su cuerpo tembloroso en ella. Al instante lo rodeó con sus brazos.

—Pobrecito mío. Encontraremos a quien te ayude, no te preocupes. —Le hablaba para apaciguar a ambos, a ella y al perro.

De repente echó mucho de menos a Matthew. Habría dado lo que fuera por una última oportunidad de sentir su abrazo y escuchar su voz potente susurrar su nombre. La nostalgia que sentía por él era un dolor constante y nítido que la había acompañado desde el mismo momento en que le había dicho adiós, pero agachada ahí, en medio de un camino desierto, la pura realidad era su ausencia, y se le clavaba en el corazón como una navaja de acero.

Inclinó la cabeza y hundió la cara en el pelaje tosco del animal. No lloró. Había llorado tanto que las lágrimas no le aportaban ningún consuelo. Se quedó allí, arrodillada, un largo rato, mientras rezaba para que su amado estuviera a salvo, para que recobrara las fuerzas, para sobrevivir y poder cumplir la ardua tarea que le esperaba.

Al final respiró hondo y se puso en pie, aunque las piernas le temblaban de agotamiento. Enderezó la espalda, asió la cuerda que colgaba del collar de Wolfram y levantó la barbilla hacia el este, como plantando cara a la vida, con actitud desafiante.

Iba a liberar a Matthew o a morir en el intento.

Matthew se despertó de un sueño inquieto con el sonido de la puerta del pasillo. Estaba a oscuras. Debía de ser alrededor de medianoche.

—¿Has encontrado a Wolfram? ¿Se encuentra bien? —preguntó Matthew aturdido cuanto entró su tío en la habitación.

Intentó reincorporarse, pero no pudo. Se dejó caer lanzando un sonoro gruñido cuando sus maltrechas costillas rozaron otra vez las correas de cuero. Había olvidado por un segundo que estaba atado. Le dolía todo y tenía mucha sed. Al caer el sol su tío había mandado a la señora Filey para que le diera un poco de agua. Aquel líquido fresco había sentado como el más dulce de los néctares a su garganta y a sus labios agrietados, pero seguro que habían pasado horas desde aquello.

Su tío no respondió a la pregunta, sino que se dirigió a los criados que entraron detrás de él en la habitación y empezaron a encender las lámparas.

—Desatadle, pero vigilad bien mientras lo hacéis.

Matthew conservó la apariencia de cansado e inmóvil mientras lo desataban y lo ayudaban a ponerse en pie. En el momento en que dejaron de agarrarle los brazos, empezó a darles puñetazos y patadas en un frenético forcejeo.

Había alcanzado tal nivel de ira que si ponía las manos encima a su tío, lo mataría. Después ya haría frente a las consecuencias con gusto, independientemente de lo que le hubiera prometido a Grace. Por su propia hombría, no podía permitirse permanecer manso como el buey que espera el hacha del carnicero.

Se sentía débil después de las náuseas y los azotes. Se movía con torpeza por haber estado atado a la mesa tanto tiempo en aquella habitación mal ventilada. Solo pudo dar un puñetazo en la cara a uno de los matones antes de que lo inmovilizaran con vergonzosa facilidad y le sujetaran las manos a la espalda. Las heridas de las costillas se tensaron y vio las estrellas. No podía parar de quejarse.

Hinchaba el pecho, le temblaba todo el cuerpo, tenía los músculos doloridos y los hombres lo tenían paralizado. Sentía en la boca el regusto amargo del fracaso.

—Esto no sirve de nada, sobrino —exclamó su tío con frialdad, ni siquiera aparentando estar preocupado por aquel arranque de violencia.

—Si con esto consigo matarte, habrá servido de algo. —Matthew jadeaba y el aliento le rasgaba el esófago.

—¿Ahora que vengo a recompensarte por tu cooperación? Pues claro que no. Si eres capaz de comportarte un ratito, dejaré que te bañes y te cambies de ropa. Y la señora Filey ya te está preparando algo de comer.

Matthew se negó a mostrar sorpresa o curiosidad. Por abatido, rendido y débil que estuviera, no cedería ante él.

—¿No quieres saber por qué?

Matthew no abrió la boca.

Después de un silencio, su tío frunció los labios, decepcionado.

—Tu putita ha sido vista por un camino que lleva a Bristol. Filey ha vuelto para informarme mientras los demás seguían en su busca. La encontrarán antes de que llegue a la ciudad.

«¡No! ¡Dios mío, no!»

Quiso lanzar un alarido de rabia negándolo, pero no lo hizo, pues su tío seguía observándole con cierta expectativa y no se dejó engañar.

¿Era cierto lo que acaba de contarle? ¿O tan solo un truco para sonsacarle el paradero de Grace? Bristol se hallaba en dirección opuesta a Wells. ¿Había decidido en el último minuto que podría protegerse mejor en una gran ciudad?

«Oh, Dios mío, Grace. Si te atrapan, no nos quedará esperanza.»

25

Grace hizo una gran reverencia cuando entró Francis Rutherford, duque de Kermonde, en la biblioteca de Fallon Court. No había estado en aquella hermosa estancia con paneles en las paredes desde que era una niña y tenía apenas once años. Desde los quince no había visto al duque. La última ocasión había sido la fiesta de sus cincuenta años en su mansión, con su familia.

¿Se acordaría de ella? Y, en ese caso, ¿se dignaría hablar con ella? Siempre se había mostrado muy amable cuando se le había acercado como hija malcriada de su mejor amigo. A esas alturas era pobre, estaba desesperada y necesitaba su ayuda. Deseaba con todas sus fuerzas poder llevar algo que no fuera aquel luto desteñido, pues proclamaba su pobreza y la ponía en clara desventaja.

Cielo santo, ¿qué importaba su indumentaria cuando el destino de Matthew colgaba de un hilo? Sofocó el característico orgullo que le había impedido pedir ayuda en otras ocasiones a los conocidos de su familia.

Vere también se inclinó a su lado. Sujetaba un maletín junto al pecho. Era él quien había solicitado aquella audiencia sin informar al duque de que Grace se había presentado en su vicaría el día anterior.

No estaba convencida de que sorprender a uno de los hombres más poderosos de la nación fuera muy buena idea, pero se sentía demasiado cansada, tenía miedo y estaba muy preocupada por Matthew para discutir. Además, al llegar a Purdy St. Margaret's, la cojera de Wolfram se había acentuado y requería todas sus atenciones.

Gracias a Dios que sus heridas no eran graves, pero estaba exhausto y, a todas luces, preocupado por la ausencia de su dueño. Había dejado al perro en el establo durante esa visita a la mansión. Al marcharse había oído sus aullidos, que podrían haber roto más de una ventana.

—¿Reverendo Marlow? —El duque se detuvo ante ellos. Grace sintió que le observaba la coronilla mientras se inclinaba— ¿A qué viene todo esto? —También reconoció su respiración incómoda al erguirse de nuevo.

—Buenos días, tío Francis —saludó Grace con voz tranquila, con la cabeza erguida y retándole a que se mofara de ella. Grace era una Marlow. La sangre que corría por sus venas era igual de azul que la suya, por vacío que tuviera el bolsillo.

—Pero si... Dios santo, ¡es la pequeña Grace! Reconocería esos ojos en cualquier parte —exclamó con asombro—. Señor, si hace diez años que no te veo... Vaya, vaya, si estás hecha una hermosura.

Acto seguido, soltó una carcajada de alegría, como si aquella visita fuera el mejor regalo, y abrió de par en par los brazos.

—¡Ven aquí a saludarme como Dios manda!

Había esperado cualquier tipo de reacción, desde la curiosidad desconfiada hasta la negativa inmediata, pero no había concebido un recibimiento abierto y sin vacilaciones como aquel.

Intentando contener las lágrimas, se lanzó a sus brazos. Siempre había adorado a su padrino. A lo largo de su infancia había aparecido en su vida a intervalos irregulares para obsequiarla con objetos extravagantes y reírse con ella. Siempre la había tratado como a una hija muy querida. Su mujer había muerto joven y sin hijos, y jamás había vuelto a casarse.

—Oh, tío Francis, cuánto te he echado de menos. —Acabó por quebrársele la voz y se apartó.

Él la asaltó a preguntas, preguntas que Grace respondía como podía sin explayarse. Cualquier demora alargaba el calvario de Matthew. ¿Estaría aún vivo? El recuerdo desgarrador del sufrimiento que padecía al marcharse la corroía como una pandilla de ratas hambrientas. En aquel encuentro no solo se jugaba reavivar una relación. A pesar de todo, no logró contener la pregunta que la había atormentado.

—¿Cómo están mis padres, tío Francis?

Vere ya le había contado lo que sabía una vez había dejado de deshacerse en disculpas por el accidente de tráfico que lo había retenido lejos de Bristol, una causa tan banal que había dado pie a todas sus desgracias. Sin embargo, Vere no había visto ni a su madre ni a su padre en años. El duque había sido amigo de su padre desde sus tiempos en Eton.

A esas alturas de la charla, ella y su padrino estaban sentados en un sillón de cuero al lado de unos ventanales de cristal que daban a un jardín exuberante.

—Estarás al corriente de lo de tu hermano, imagino. —El rostro achatado de Kermonde se mostraba sombrío. Con su larga nariz, su cabello pardo rojizo y sus nítidos ojos azules, siempre le había recordado a un zorro.

—Sí. Lo leí en las noticias —confirmó Grace tomando aire.

Hablar de Philip siempre la llenaba de una mezcla estremecedora de vergüenza y pena. Su propia conducta, sumamente irresponsable, había infligido tanto daño en aquella familia... Luego tuvieron que enfrentarse a la pérdida de su único hijo varón en circunstancias que mancillaban el nombre que había sido objeto de tanto orgullo.

—Las cosas no les han ido... demasiado bien. Tu madre empezó a desatender sus compromisos sociales y se retiró a sus aposentos como inválida. Tu padre se vuelca en la vida parlamentaria, lo cual me tiene preocupado. De corazón te digo que creo que les encantaría volver a verte, Grace.

Recordó el rechazo definitivo e inequívoco de su padre.

—No lo creo, pero es inevitable que me pregunte cómo están.

—Desde la muerte de Philip, tu padre se ha replanteado muchas cosas. Y, cómo no, también la forma con que te trató.

Tomó la palabra Vere, interrumpiendo el silencio incómodo que se había generado.

—Señor, Grace ha acudido a mí con un asunto acuciante que considero que solo puede ser resuelto por usted.

—¿Necesitas ayuda, Grace? —Kermonde la observó con curiosidad—. Mis arcas están a tu disposición.

Ella negó con la cabeza, pensando que ojalá fuera todo tan sencillo. Pedía mucho más que oro. Para salvar a Matthew, quería que Kermonde se jugara su nombre, su influencia, quizá incluso su buena prensa.

—No es para mí la ayuda que te pido, sino para un hombre que sufre la peor de las injusticias.

—Cuéntame.

De repente su padrino dejó de sonar al indulgente tío Francis y asumió el papel del gran duque de Kermonde. Mejor, porque en ese momento necesitaba al duque. Lord John era un hombre poderoso y sus crímenes eran delitos que se castigaban con la horca. Tal vez gracias a sus antiguas conexiones como Marlow podría salvar a su amado.

Aunque no por ella. Por ella, jamás.

—Le he traído unos papeles, su ilustrísima. —Vere le mostró el maletín—. La historia que cuentan es difícil de creer. Por eso he hecho que me acompañara Grace, si bien, después de lo que ha pasado, necesitaba descansar para recuperarse.

—No necesito descanso, lo que necesito es justicia —espetó con dureza.

Vere mostraba una desafortunada tendencia a mimarla en exceso. Tan solo tenía seis años más que ella, pero actuaba ya como un anciano quisquilloso. Grace se preguntó, y no era la primera vez, cómo podría vivir con él, con su esposa mandona y con su escandalosa prole. ¿Y qué haría con Wolfram? La esposa de Vere, Sarah, ya se había quejado a gritos de tener a aquel enorme perro merodeando por su casa.

No tenía otro sitio adonde ir.

Descartó la idea, que la intranquilizaba. Lo importante en aquel momento no era su futuro. Era el de Matthew.

—Cuéntame —la animó Kermonde—. Estoy intrigado.

Su padrino la escuchó, interrumpiéndola en escasas ocasiones, y luego analizó los documentos que había robado Grace para demostrar la cordura de Matthew. Borradores de artículos para revistas científicas. Cartas en distintas lenguas a expertos botánicos de toda Europa. Correspondencia de lord John. El señor había tenido mucho cuidado de no confesar ninguna de sus fechorías por escrito. No obstante, las cartas eran una acusación flagrante de avaricia y crueldad. También especificaban nombres de médicos, tratamientos a los que había sido sometido Matthew, así como otros pormenores que corroboraban su descabellada historia.

Al terminar, Kermonde levantó la vista desde su escritorio, visiblemente aturdido. Empezaba a anochecer. Grace esperaba nerviosa sobre el brazo del sofá.

«Dios santo, que Matthew siga con vida.»

Vere se había ausentado por asuntos de la parroquia después del almuerzo, pero había regresado hacía poco. En aquel momento estaba de pie cerca de las puertas y observaba oscurecerse el cielo sobre los majestuosos jardines.

—No doy crédito. —Su tío se quitó las gafas y se restregó los ojos. A Grace le había sorprendido que las tomara de su bolsillo. Lo recordaba como un hombre sano y vital. El hecho de que le fallara la vista era un recordatorio molesto de que superaba los sesenta.

—Pues es verdad.

Él le sonrió.

—No lo pongo en duda. Reconozco la letra de lord John de los escritos del Parlamento. Se ha convertido en un pez gordo desde que se convirtió en tutor de su sobrino. Yo siempre he pensado que era un tipo cuerdo, y ahora me entero de que al pajarraco deberían azotarlo y ahorcarlo.

Grace se había mentalizado para discutir, convencer, suplicar...

—Entonces ¿me crees?

—Pues claro, querida.

—Así pues... —Se detuvo para inspirar aire. El corazón le latía a toda prisa, pues había recuperado la esperanza—. ¿Me ayudarás a liberar a lord Sheene?

—Dios santo, pues claro. Esa tiranía debe terminar. Aunque no será tan rápido como te gustaría, Grace. Tendré que recabar pruebas y presentar cuanto averigüe a las autoridades.

—¿Con esto no te basta? —le instó a responder.

—No. Pero has sido muy lista al traer este material.

—¿Cuánto tiempo te hará falta? El tiempo apremia.

No podía creer que estuviera dando prisa a un duque del reino como si estuviera regateando el precio de una oveja al granjero de al lado.

Hasta Kermonde parecía estar un tanto sorprendido por su rotundidad.

—Meses, probablemente.

—Meses.

La felicidad desbocada de su corazón se apagó hasta no ser más que un trote cojo. Al cabo de seis meses vencía la promesa que le había hecho Matthew. En aquel momento se vengaría de sus agresores y pondría fin a su cautiverio de la única forma que sabía: con su propia muerte.

El rostro del duque era pura compasión.

—Paciencia, querida. Lord John tiene amigos muy bien posicionados, aunque no tantos como él cree. El caso tiene que ser inexpugnable cuando lo presente oficialmente. Será la única oportunidad de Sheene. Si nos equivocamos, será retenido por loco toda su vida.

—No lo soportaría —murmuró ella, y luego se arrepintió por si su tío intuía algo entre líneas. Había intentado dar la impresión de que su amistad con el marqués se había movido siempre dentro de los límites de la decencia.

—La avaricia de lord John es comprensible, si bien está lejos de ser encomiable. A los Lansdowne siempre les ha gustado amasar fortunas. Esto o se hace bien o no vale la pena. Por ahora conocemos el paradero del marqués y sabemos qué puede hacer lord John. Si se huele nuestras intenciones, podría apartar a Sheene y encerrarle en algún manicomio con un nombre falso. Entonces sí que no le encontraríamos nunca.

—Lord Sheene lleva tanto tiempo sufriendo...

Grace se puso en pie, temblorosa, y se plantó delante del escritorio de su padrino como si fuera un demandante. ¿Por qué no? Eso mismo es lo que era. Estaba dispuesta a arrodillarse si era preciso. El amor había reducido a polvo su orgullo de Marlow.

Aquel rostro listo de zorro adoptó una expresión pensativa mientras la observaba. A lo mejor su alegato había sido demasiado pasional, pero demorar más la acción le dolía hasta en los huesos.

«Oh, Matthew, sigue con vida, hazlo por mí.» Aquello era lo que gritaba su corazón angustiado mientras se prolongaba aquel silencio interminable.

Kermonde respondió con una media sonrisa.

—Me acuerdo del padre de Sheene. Un tipo simpático. Listo como un árbol lleno de monos. No me sorprende que su hijo haya heredado su inteligencia. Fue un día muy triste cuando murieron él y la marquesa. Yo asistí al funeral. Me acuerdo del chico que habló con valentía durante la misa. No tendría más de diez u once años. Un mozalbete muy apuesto. Ahora debe rondar los veinticinco.

Se detuvo para echar un vistazo inquisitivo hacia Grace. Era obvio que esta no había logrado ocultar sus intereses personales. ¿Cómo podía hacerlo? La consumían el amor y el miedo a partes iguales. Aun así, se jugaba su buen nombre y no buscaba ningún escándalo, por si perjudicaba a la defensa de Matthew. Nadie podía saber que Grace Marlow se había prostituido con mucho gusto en brazos de un demente.

—Tío Francis, estoy haciendo esto porque no soporto que

maltraten y encarcelen a nadie. Me he quedado viuda hace apenas unas semanas.

—Pero... tu marido era mucho mayor que tú, ¿me equivoco, querida? —Kermonde hizo una mueca. Le había contado pocas cosas de Josiah, pero lo suficiente para que imaginara lo que no decía—. Qué mala suerte que le sucediera esto a Sheene. Debería haberme interesado por él, pero nadie me ha insinuado que su tío fuera de esa calaña. Hubo un momento en que empezaron a circular rumores sobre la cordura del chico y desde entonces no he vuelto a pensar en él. Para mí era un orgullo contar con el difunto lord Sheene entre mis amistades. Si pongo fin al tormento de su hijo, es lo mínimo que puedo hacer.

—Entonces ¿qué piensa hacer su ilustrísima? —Vere formuló la pregunta desde detrás. Grace prácticamente había olvidado que su primo también estaba allí.

—Iré a Londres para comentarlo con ciertos hombres de renombre. Son gente discreta y podrán recabar información sin alertar a lord John.

—¿Cuándo nos vamos? —preguntó Grace, ansiosa.

Kermonde frunció el ceño.

—Grace, no puedo llevarte conmigo.

—Pero, soy yo la que...

La elegante mano con la que le apuntaba debía soportar el peso del sello ducal.

—Si todo cuanto me has dicho es verdad, y así lo creo, te enfrentas a un gran peligro. Lord John ya ha amenazado con acabar con tu vida una vez. No puedes pasearte por Londres en sus barbas. Si te ven junto a mí, sabrá que estamos tramando algo. Yo imagino que no tendrá ni idea de que nos conocemos.

Grace se permitió una sonrisa adusta, aunque el corazón le decía que ella y solo ella podía salvar a Matthew.

—Lord John cree que soy una prostituta y trabajo en los muelles de Bristol.

Su tío parecía asombrado. Supuso que no estaría acostumbrado a escuchar a una mujer pronunciar palabras como aquellas con semejante desparpajo. O, al menos, una mujer a quien consideraba una dama. La recordó cuando era una jovencita que vivía entre algodones. ¿Cómo podía saber las vueltas que había dado su vida? Carraspeó antes de hablar.

—Sí, bien, es fundamental que no sospeche dónde te encuentras o con quién has hablado. Te mantendré al corriente, pero, insisto, deberías quedarte aquí.

—¿En Fallon Court?

Vere intervino rápidamente.

—No hay necesidad de importunarle, señor. Mi prima se disponía a mudarse a mi residencia en la vicaría cuando acaeció ese nefasto incidente.

—Aquí puedo protegerla mejor. Mis dos tías ocupan los aposentos de la torre, de modo que es perfectamente adecuado que mi ahijada se hospede con nosotros. John Lansdowne se lo pensará dos veces antes de intentar secuestrarte en la residencia ducal; eso en el improbable caso de que se atreviera a buscarte en este edificio. Estará buscando a Grace Paget, una viuda indigente, no a lady Grace Elizabeth Marlow, la hija única del conde de Wyndhurst.

Llevaba años sin escuchar su nombre real. Le sonaba raro, como si perteneciera a otra. Lady Grace Marlow aparentaba ser una persona mucho más refinada que la pragmática Grace Paget, la granjera que administraba su rebaño de ovejas y cuidó de su marido durante la ingrata etapa final de su enfermedad.

Vere hizo una reverencia.

—Estoy seguro de que mi prima agradece su amabilidad.

Kermonde había expresado su voluntad y así se cumpliría, ya podía decir misa. En las tierras de Kermonde, Dios y el duque eran la misma cosa.

Su padrino hizo caso omiso a Vere y estudió a Grace con una mueca de desagrado.

—Tendremos que hacer algo respecto a tu atuendo.

El disgusto le subió los colores a Grace.

—No hace falta que me trates como a un caso benéfico. No va a verme nadie.

—Eso sí que no, Grace. Eso sí que no. Esas ropas no valen ni para trapos de cocina. Por Dios, hasta las sirvientas de mi cocina visten mejor. Serás el hazmereír en las conversaciones de pasillo de la servidumbre.

—Estoy de luto —protestó ella, y al instante se sintió la mayor hipócrita sobre la faz de la tierra. Tan solo dos días antes estaba desnuda y feliz, tendida en brazos de Matthew Lansdowne.

—Pide algunos vestidos negros si quieres, pero cómprate también algunos bonitos; es una orden. Me parece que ya has pagado tu penitencia estos últimos nueve años. Es hora de que retomes tu lugar en el mundo, pequeña.

No podía discutírselo, habida cuenta de la amabilidad que mostraba. Sobre todo porque, con él de su lado, tenía una posibilidad de salvar a Matthew.

Al no responder ella, Kermonde dio su petición por aprobada con un bufido.

—Ve a recoger tus cosas a la vicaría. Cenaremos a las siete. Marlow, tráete a tu mujer también.

—Muchas gracias, su ilustrísima —respondió Vere con otra reverencia—. La señora Marlow estará encantada.

El duque se dirigió a Grace.

—Mañana estaré en Londres. Tú pon siempre la cabeza gacha, jovencita. Has enviudado hace poco. Es lógico que necesites tu tiempo. Diré a las tías que te dejen tranquila. Si se lo permites, son un par de cotorras que no se callan ni debajo del agua.

Grace recordaba vagamente a sus tías de la última visita. Se habían pasado la tarde charlando por los codos, sin prestar atención a nada que no fueran la mesa de los caramelos o los errores del prójimo.

Grace también se inclinó educadamente.

—Muchas gracias, tío Francis. No podré devolverte nunca este favor, pero tendrás mi gratitud leal e infinita.

Su padrino era un hombre de mundo y parecía sentirse incómodo.

—Vamos, mujer, qué tontería. Siempre me he preguntado qué te había sucedido. Si tu padre no tuviera ese pronto, habría reaccionado mejor y tú te habrías casado como te corresponde. A estas alturas estaría jugando con tus criaturas en mis rodillas en lugar de rescatar a un joven del embrollo monumental en el que se ha metido.

—No se ha... —Calló cuando el duque enarcó una ceja con incredulidad. Quedaba claro que a su tío Francis no le había pasado por alto ni un solo detalle (¡ni uno solo!) de su historia. De repente recordó que se le conocía como el terror de la Cámara de los Lores.

—Como usted quiera, su ilustrísima —aceptó al final avergonzada, y dejó que Vere la acompañara al abandonar la biblioteca.

26

Quince días después, Grace se encontraba atacada de los nervios sufriendo por la suerte de Matthew. Cuando él le había presentado sus planes como hechos consumados, no se había percatado de lo aterrador que resultaría no tener noticias de él.

¿Se había recuperado de su dolencia autoinfligida? ¿Seguía con vida? ¿Le había castigado su tío al haberse dado cuenta al instante de que había sido víctima de una estratagema muy bien urdida? No era la primera vez que lord John azotaba y torturaba a su prisionero. Las cicatrices que marcaban el hermoso cuerpo de Matthew eran testimonio silencioso de aquellos episodios.

¿La estaría buscando lord John? El tío de Matthew no se rendiría tan fácilmente. Sobre todo si con ello pretendía salvaguardar su seguridad y reputación. Mientras Grace estuviera libre, ambos corrían peligro.

¿La añoraba Matthew con la misma intensidad que ella? ¿O el exceso de dolor no se lo permitía? ¿Acaso las hierbas que había ingerido habían reavivado su locura?

Aquel era el peor de sus miedos. Con fuerza de voluntad había recobrado su cordura, y se había dejado la piel en ello. No soportaba imaginarse que pudiera recaer otra vez, posiblemente para siempre.

Inmersa en el lujo de la seda de su dormitorio, todas las

noches conciliaba el sueño entre lágrimas. Se sentía tan sola sin Matthew que pensaba que se moriría de pena.

¿Y si no volvía a verle jamás? ¿Y si todo cuanto estaba haciendo por él caía en saco roto?

Durante el día era más fácil conservar el optimismo. Wolfram le ofrecía una compañía sin exigencias y un vínculo con su amado, pero por la noche, contemplando tumbada la luna en el firmamento y el alba después, le resultaba más difícil albergar esperanzas. Lord John era listo y cruel. El éxito de su batalla no estaba para nada garantizado.

Casi era peor cuando el peso del cansancio la sumía en un sueño convulso. La atormentaban sueños de Matthew, sueños en los que lo maltrataban y lo hacían morir de hambre, sueños en los que él la contemplaba con la misma mirada gélida que le había ofrecido al llegar por primera vez a la hacienda, sueños en los que la despreciaba por haberlo abandonado.

Los sueños en los que le hacía el amor eran aún peores. Su tacto era de lo más auténtico. Su corpulenta figura la embestía o la poseía con ternura, muy despacio. El éxtasis iba en aumento en su interior.

Y luego... nada.

Se despertaba con los ojos llenos de lágrimas y con los brazos vacíos.

«Oh, Matthew, Matthew, no tardes en volver a mi lado.»

La única respuesta era el silencio.

Una semana después de que escapara, recibió la señal de que no iba a dar a luz a ninguna criatura. Si bien pensaba que se había reconciliado con su esterilidad desde hacía tiempo, se había pasado todo el día llorando en su habitación. Sus períodos habían sido tardíos y había arraigado en ella una semillita de esperanza, lo cual le hizo vivir la decepción con mayor crueldad.

Intentó convencerse de que un bebé añadiría una complicación insalvable a una situación ya de por sí enrevesada, pero su corazón apenado no lo sentía igual. Este le decía que todos los días se perdía un hilo más de los que la unían al hombre que amaba.

Kermonde se hallaba en Londres. Grace sabía que estaba actuando a favor de Matthew, pero la espera la torturaba más que si le abrieran la piel de todo el cuerpo con afilados cuchillos. Le mandaba cartas con regularidad, aunque normalmente las escribía su secretaria. Acababa de llegar la última nota de su padrino y contenía noticias lo bastante esperanzadoras para justificar que estuviera escrita de su propio puño y letra.

Reparó en que, después de leer la carta, repleta de información, y dejarla sobre su regazo, era la primera vez que sonreía desde que llegara a Fallon Court. Levantó la vista y se percató de que hacía un día perfecto. Los últimos quince días había vivido en una nebulosa gris y el mundo exterior no le había afectado para nada.

En aquel momento se dio cuenta de que el banco en el que estaba sentada se encontraba en un claro muy agradable cercano a un río caudaloso. Durante su clausura en aquel invierno de preocupación y desespero, había hecho su entrada el verano. La luz del sol se filtraba entre gruesas hojas verdes y creaba destellos en el agua. Piaban los pájaros y volaban entre las ramas que se combaban por encima de su cabeza.

Había belleza en el mundo.

Uno de los médicos de Matthew había caído en desgracia a ojos de la sociedad. Todas las fuentes afirmaban que el doctor Granger no era más que un curandero de poca monta. Los hombres del duque lo estaban buscando por todo el país con la esperanza de convencerle de que confesara haber aceptado un soborno a cambio de certificar que Matthew estaba loco.

«Esperanza.»

Se aferraba a aquella palabra como si fuera una vela en sus manos en una noche oscura.

Bajó la vista hacia la carta que le informaba de aquellas fantásticas noticias, una carta que descansaba sobre la falda de su hermoso vestido de fustán. El sastre del lugar le había proporcionado un guardarropa más variado que todo lo que había llevado desde que abandonara Marlow Hall, a no ser que contara también la indumentaria de buscona durante su estancia en la finca.

Se acordó de la llama que había prendido en los dorados ojos de Matthew cuando se había pavoneado ante él con aquellos vestidos estrambóticos. Había sido un juego, en un lugar donde cualquier actitud lúdica era un acto de valentía, un gesto desafiante para plantar cara a la oscuridad.

Deseó con todas sus fuerzas que aquella oscuridad no le hubiera absorbido ya. Cerró los ojos y suspiró una plegaria por Matthew.

Se oyó crujir una rama en el camino y abrió los ojos. Se acercaba una de las doncellas.

—Si me permite, milady. —La chica le hizo una reverencia y miró a su espalda, nerviosa.

—Sí, ¿qué sucede, Iris?

Grace cerró aquella carta tan importante. La mayor parte de los criados la dejaban en paz a no ser que los llamara ella. Entendió que en aquella ocasión la muchacha seguía órdenes de su padrino.

—Tiene usted visita, milady.

—¿Visita? —Aquello era extraño, de modo que se puso en pie. A lo mejor era Vere, aunque solía aguardar hasta que le mandara llamar—. ¿Se trata de mi primo?

Esperó que no hubiera ningún problema. Vere ya tenía cuatro hijos y Sarah volvía a estar encinta. El embarazo le agriaba el carácter aún más de lo habitual. Aquella era una de las razones por las que no había visitado con frecuencia la hermosa vicaría de piedra de su primo, cerca de la gloriosa iglesia medieval que era St. Margaret's.

—No, es tu padre. —Le llegó una voz que llevaba nueve años sin escuchar. Un caballero muy alto, vestido de negro, apareció lentamente de detrás de la doncella.

Grace se llevó una mano al pecho. El corazón le latía como si quisiera escapársele del cuerpo. ¿Qué significaba la llegada del conde? ¿Había ido hasta allí para exigirle que abandonara la casa de su padrino? ¿Para denunciarla?

No estaba preparada para aquello. Nunca lo estaría.

—El conde de Wyndhurst está aquí para verla, señora —dijo la criada con una nueva reverencia, y se alejó.

Se cernió sobre ellos un incómodo silencio.

La última vez que Grace había visto a su padre había sido en un arrebato de furia. En aquella ocasión había sido una figura violenta y aterradora. A lo largo de los años, el recuerdo de aquella horrible tarde en su biblioteca había eclipsado otros recuerdos de amor, cariño y generosidad. Había sido una niña mimada; mimada en exceso, como bien había demostrado su descenso directo hacia la miseria. Había aprendido demasiado tarde a plantearse las consecuencias de sus actos.

El hombre que tenía ante ella no era el mismo monstruo amargado y enfurecido que habitaba sus pesadillas. El conde caminaba con bastón y tenía el rostro cruzado de arrugas. Sus tupidos cabellos eran más grises que negros.

Aquel era su padre, aunque no del todo. No tardó en aparecer su sonrisa irónica, aunque fuera un instante, y en aquel momento dejó de ser un desconocido.

Grace enderezó los hombros y lo miró fijamente. Al fin y al cabo tenía derecho a estar ahí, por mucho que quisiera echarla y devolverla a la oscuridad, pero la bravuconería no despejaba el aura de incertidumbre, pena, culpa y rencor que albergaba Grace en su corazón. Y de amor. A pesar de todo, seguía apareciendo el amor.

Padre e hija se estuvieron observando un rato. Les separaban tan solo un par de metros, pero podía haber sido un abismo de un kilómetro de ancho.

—¿No piensas saludar a tu padre, niña? —No sonaba enfadado, y su mirada parecía más bien interrogativa, ni siquiera acusatoria.

Sin pensar, le hizo una reverencia.

—Buenas tardes, señor —dijo con voz insegura.

Tras ponerse en pie, quedó consternada al ver aparecer

lágrimas en aquellos ojos azul oscuro que eran la copia difuminada de los que veía cuando se miraba al espejo. Siempre había pensado que su padre era un hombre atractivo, con su cabello oscuro, su piel blanca y ojos de color añil.

—¿Señor? ¿Eso es lo mejor que se te ocurre, Grace? ¿Después de todo este tiempo? —le preguntó con voz ronca.

Le temblaban las manos, que posaba sobre el bastón. Siempre había sido de movimientos ágiles y vigorosos. Era duro comprobar que necesitaba apoyarse en el bastón, que no lo hacía porque estuviera en boga.

—No sé... no sé qué quieres.

Grace notó que su padre tomaba aire, estremecido.

—Pues antes que nada, un recibimiento mejor que este.

—Como desees.

Se aproximó a él vacilante. Tenía la espalda curvada y a esa altura alcanzó a darle un beso en la mejilla. Era un saludo breve. Antaño se habría lanzado con fervor a sus brazos, pero esos días pertenecían al pasado.

—Me alegro de verte, padre.

Era verdad, aunque verle tan cambiado le desgarraba el corazón. Incluso después de unos minutos en su compañía, seguía viendo a un hombre muy distinto al que recordaba. Ante todo, estaba dispuesto a relajarse lo suficiente para dirigir la palabra a su díscola hija. Ella dio un paso atrás.

—¿Te ha dicho el tío Francis que estaba aquí?

Su padre había cerrado los ojos cuando le había dado el beso, como si su amable saludo le doliera, pero en aquel momento la miraba de hito. Grace se preguntó qué veía su padre. Cuando menos, iba vestida como una dama, no como la mendiga que aparentaba ser cuando llegó a Fallon Court. Aquello de por sí la hacía sentirse como un engaño, pues en realidad era una mendiga.

—No, Vere escribió a Marlow Hall. Le agradezco a Dios que lo hiciera. He venido en cuanto he leído la carta. Pequeña, llevo cinco años buscándote.

¿Su padre la había estado buscando? Aquello no tenía sentido. Cuando la había expulsado de su casa, no le había quedado ninguna duda de que aquella decisión era irrevocable.

Y allí lo tenía, afirmando que la había buscado.

Se quedó atónita. Se preguntó qué debía de haber cambiado o cuándo. ¿Fue después de la muerte de Philip? Ninguno de los dos había sacado a colación el nombre de su hermano, pero su querido y tempestuoso fantasma planeaba sobre sus cabezas de forma tan tangible que casi podía tocarlo.

Pero no, su padre había dicho que llevaba cinco años buscándola. En aquella época Philip estaba vivo e iba de cabeza a la ruina absoluta en los antros de perdición londinenses.

El conde había transigido por Grace, no tan solo porque hubiera perdido su único hijo varón. Desesperado, se volvió hacia la única hija que le quedaba.

—Dijiste que no querías volver a verme —dijo incapaz de reprimir una pizca de amargura en su voz.

Su matrimonio había sido irresponsable, reprochable, lo aceptaba y se arrepentía, pero el rechazo implacable de su querido padre había abierto una herida que no había cicatrizado jamás.

Observó cómo su padre palidecía al escucharla.

—Dije muchas cosas aquella tarde. En aquel momento lo creía, pero me arrepentí al instante de haber sido tan duro contigo. Al cabo de un año fui a York a hablar con Paget, le ofrecí mi ayuda para ambos, le prometí que le buscaría un puesto en una de mis fincas para que al menos pudierais vivir un tanto desahogados, pero me dijo que no y me echó con cajas destempladas.

¿Su padre se había tragado su orgullo hasta el punto de tender una mano amiga a Josiah?

Grace se sintió perdida en un mundo que no guardaba ninguna relación con el que hasta entonces había conocido.

Se dirigió a él con un nudo de congoja en la garganta, retorciendo las manos en su falda para disimular sus temblores.

—¿Y no pediste verme?

—Tu marido dijo que habías dado la espalda a tu familia

para siempre y que solo deseabas poder gozar de una nueva vida mejor a su lado. También dijo que despreciabas profundamente a los Marlow y todo cuanto representaban.

Se imaginaba perfectamente el tono de voz de Josiah cuando había contado aquellas mentiras a su padre.

—¿Y tú le creíste?

El conde hizo una mueca de tristeza.

—No tenía otro remedio. Desde que te habías casado, no nos habías escrito ni habías intentado vernos.

Siempre había imaginado que, si volvía a ver a su padre, estaría enfadado, rabioso, como cuando se había escapado de casa, pero sucedía lo contrario: se sentía terriblemente triste y ella no sabía cómo reaccionar ante aquello. Su tristeza le apenó el corazón hasta que empezó a pesarle como una enorme roca.

—Fuiste tú quien me dijo que no lo hiciera —repuso Grace, al tiempo que combatía el impulso de acariciarle, de consolarle.

Pudo ver la sombra de una sonrisa en su cara, aunque aquella profunda pena no había desaparecido. Cuando hizo uso de su humor fino, algo que de pequeña le entusiasmaba, pensó que se le iba a romper el corazón.

—¡Y esa vez nos hizo caso la niña! Nunca fuiste una muchachita dócil, que digamos. Lástima que la única vez que se te ocurrió obedecer fue precisamente la que no deberías haberlo hecho.

—Parecía que me odiaras —dijo ella con voz apagada.

—Estaba enfadado, decepcionado. —Dio un paso hacia ella—. Pero no he dejado de arrepentirme un solo día de la forma en la que nos despedimos. Siempre has sido mi predilecta, ya lo sabes.

En efecto, lo sabía. Había dado por hecho, erróneamente, que la indulgencia de su padre le permitiría perdonarle aquel matrimonio desafortunado, pero se había equivocado del todo.

Claro que, según lo que le decía, sí la había perdonado.

Josiah jamás le había contado que el conde había intentado

reconciliarse con ella. Tal vez su marido se hubiera asustado al pensar que lo abandonaría y regresaría a su vida de antes. A lo mejor ambos habrían salido mejor parados, en ese caso. Nunca conocieron un solo momento de felicidad durante su matrimonio. Su amor por Matthew era la única luz resplandeciente en una vida yerma, tanto emocional como físicamente, al lado de Josiah.

El conde seguía hablando con una insistencia que desconocía.

—Después, hará unos cinco años, probé a hacer las paces una vez más, pues esperaba que el rencor se hubiese mitigado, pero habíais desaparecido. La tienda de York estaba abandonada y ninguno de vuestros vecinos conocía vuestro paradero. Removí cielo y tierra, hice que mis hombres se interesaran por ti en todas las librerías del país. Incluso mandé a mis agentes a que investigaran en Estados Unidos.

—Estaba en Ripon. Al menos hasta hace unas semanas.

—Ripon...

El conde se puso blanco como el papel y dio un paso atrás para equilibrarse, pues parecía que ella le hubiera dado un golpe fatídico.

—¿Te encuentras bien?

Grace se abalanzó para ayudar a su padre pero en el último momento vaciló. ¿Querría que la ayudara?

Él recobró rápidamente el equilibrio, pero ella se dio cuenta de que las manos sobre su bastón tenían los nudillos blancos por el nerviosismo generado.

—¿Estabas a cuarenta kilómetros de Marlow Hall? ¿Todo este tiempo has estado ahí?

—Sí, en una granja. De ovejas. —Grace sonrío irónicamente mientras le enseñaba las palmas de las manos para que las observara—. Aquí tienes las cicatrices.

—Que Dios nos coja confesados. —Su rostro conservaba la misma palidez enfermiza, pero su voz era ronca y temblaba de la emoción. Se agarraba al bastón como si fuera lo último que le quedaba en este mundo—. Mi pequeña con manos de obrero. Yo te eduqué para convertirte en duquesa. ¿Qué he hecho? Pero ¡¿qué he hecho?! ¿Podrás perdonarme alguna vez, hija mía?

No soportaba ver a su padre en aquella situación. Además, la culpa no era de su padre, sino suya. Entrelazó las manos y se obligó a hablar.

—Yo creo... —Hizo acopio de todo el valor del que fue capaz y prosiguió—: Creo que quien tiene que perdonarme eres tú, padre. —En aquella ocasión, la palabra «padre» surgió sin tapujos.

A él se le contrajo el rostro de la emoción.

—Oh, Grace, mi niña bonita, te perdono con todo mi corazón, del mismo modo que espero que con el tiempo logres perdonarme tú. He sido un necio, pero espero que los años me hayan convertido en otra persona. Espero que a ti te hayan hecho más sabia. —Hizo una pausa y le tendió un brazo—. Ven conmigo a la casa, ¿quieres?

Grace captó la vulnerabilidad en el rostro de su padre; era obvio que sufría. Quedó asombrada al entender que, incluso después de aquello, él no estaba seguro de que ella acceciese a acompañarle. El conde de Wyndhurst que Grace recordaba de sus años mozos siempre se había mostrado sumamente seguro de sí mismo.

Respiró profundamente, a sabiendas de que el resto de su vida dependía de lo que sucediera en aquel instante. Una sonrisa tranquilizaría a su padre, pero no conseguía dibujar una en sus labios por mucho que lo intentara.

El conde había cometido errores. Ella también. Ambos habían pagado un precio muy alto por sus pecados, a juzgar por lo que había sucedido.

Cuando por fin habló, lo hizo con voz calmada y segura.

—Será un honor, padre.

El dormitorio estaba a oscuras cuando Grace entró con sigilo. A lo mejor su madre dormía, aunque era aún media tarde.

Durante el largo recorrido en carruaje hasta Somerset, su padre le había contado que la condesa pasaba la mayor parte de sus días encerrada en su dormitorio dormitando. Era un trágico contraste con la mujer vital y vibrante que Grace recordaba.

Cerró silenciosa la puerta al entrar y al instante el ambiente enrarecido le recordó a lord John, lo cual le produjo cierto desasosiego. Se le aceleró el corazón y se le trabó el aire en la garganta. Luchó por ahuyentar aquella sensación de asfixia que amenazaba con dejarla sin aliento.

Acto seguido, los aromas conocidos de las rosas y la cera de abeja que la rodeaban borraron el pánico que la estrangulaba. La combinación de fragancias la transportó hasta su infancia y le llenó los ojos de lágrimas, pues se había alejado tanto de la niña inocente y malcriada que estaba perdida sin remedio.

El olor hacía que el pasado regresara vívido y resultase muy tangible. Respiró hondo y se apoyó en la puerta. Estaba demasiado oscuro para poder apreciar la hermosa cenefa tallada de instrumentos musicales de distintas maderas, pero la niña que llevaba en su interior recordaba los violines y las flautas de la cara interna de la puerta. Del mismo modo, la niña recordaba los suaves azules y rosas de la alfombra de flores del suelo y las cortinas de seda azul que rodeaban la cama alta, de finas tallas, sobre la plataforma.

—¿Quién está ahí?

Incluso la voz de su madre era distinta: aguda y quejumbrosa. Solo tenía cincuenta años, pero recordaba a una anciana asustada.

Grace no lograba articular palabra por la gran pena que le atoraba la garganta.

«Esto no está bien, no está nada bien.»

Se oyó el frufrú de las sábanas cuando su madre se movió, inquieta, sobre el colchón.

—¿Quién es? ¿Eres tú, Elise? Si has venido a vestirme para la cena, no creo que me apetezca bajar esta noche.

Su madre ya no comía en el comedor. Había reparado en el amor y la pena horribles que transmitía la voz de su padre al describir la conducta de su esposa desde la muerte de Philip. Enterarse del retiro total del mundo de su madre la había llenado de culpa y de una tremenda tristeza.

Resultaba mucho más duro estar ahí de pie, en su habitación, y comprobarlo por sí misma.

—¿Elise?

—No... —Grace se detuvo y de nuevo se dispuso a hablar—: No soy la doncella, mamá.

La figura tendida en la cama se quedó tan inmóvil que Grace casi pudo palpar el silencio. Al final, tan bajito que apenas la escuchó, preguntó:

—¿Grace?

Con las piernas temblando, sin saber si resistirían, dio un paso adelante.

—Sí, mamá. Soy yo, Grace.

—Mi pequeña Grace... —Más ruido de sábanas. Luego una voz desconocida—: Estoy soñando, ¿verdad?

Costaba tanto decir algo...

—Mmm... No. Estoy aquí. —Su extraña parálisis desapareció y atravesó la estancia hasta arrodillarse ante la cama—. Estoy aquí de verdad, mamá.

—No puedo creerlo.

Su madre dio media vuelta sobre la cama y alargó el brazo para acariciarle la cara, como si tan solo el tacto pudiera confirmar su presencia. Cuando Grace sintió cómo aquellos dedos amorosos se deslizaban por su mejilla, cerró los ojos.

«Estoy de nuevo en casa.»

Grace cogió aire, temblorosa. A pesar de las sombras, apreciaba el rostro hundido y pálido que lucía su madre. Los largos y míseros mechones que le salían del gorro eran grises y carentes de vida. Los últimos nueve años no habían sido indulgentes con la condesa de Wyndhurst. Poco quedaba de la admirada belleza que había desposado el conde y que reinaba desde Marlow Hall como la reina de la sociedad del condado.

—Pensaba que no volvería a verte —murmuró la condesa con la voz entrecortada.

—Yo también. —Las palabras salieron densas, ininteligibles.

—¿Por qué no viniste cuando... cuando murió Philip? —Su tono denotaba enfado—. Te necesitaba, Grace, y no estabas aquí.

¿Por qué no había ido? Josiah se lo había prohibido, pero podría no haberle hecho caso. En su corazón llevaba tantos años desafiándole que en realidad desobedecerle no les habría complicado más las cosas. En su día pensó que su padre la odiaría, pero debería haber sido valiente y enfrentarse a su ira. Al menos podría haberlo intentado.

Se había equivocado. Había sido cobarde y cruel.

—Lo lamento, lo siento muchísimo.

—Echo tanto de menos a Philip... —Los tristes ojos de la condesa empezaron a derramar lágrimas—. Te he echado tanto de menos...

—Lo sé, mamá, lo sé —murmuraba Grace mientras se levantaba para sentarse sobre la cama.

Hecha un ovillo bajo la colcha, con su fino camisón blanco, su madre parecía una criatura pequeña y frágil, como un gorrión. Muy despacio rodeó aquel cuerpo quebradizo con los brazos y acunó a su madre contra el pecho.

Por un instante la figura enjuta de su madre se mostró tensa, como desacostumbrada al contacto humano. Al poco inclinó la cabeza sobre el hombro de Grace y rompió a llorar desesperadamente.

Grace la abrazó con más fuerza y descansó la mejilla en el encaje del gorro que llevaba su madre. Tenía tantas cosas que decir, había tanto que deseaba saber, pero permaneció callada.

Siempre había querido a su madre; quería a toda su familia, si bien ese amor había sido siempre irreflexivo, egoísta. Todo cuanto había aprendido del amor con Matthew le aportaba la sabiduría para saber que, por el momento, lo que su madre necesitaba era consuelo y silencio.

Al final su madre dejó de llorar y levantó la cabeza. A esas alturas Grace estaba tan acostumbrada a la penumbra que no le costó distinguir la expresión que reflejaba el rostro de la condesa. Aparentaba estar cansada y triste, pero transmitía una paz que antes no le conocía.

—Abre las cortinas, Grace. Quiero ver a mi hija.

—Sí, mamá.

Grace se levantó y corrió las pesadas cortinas para que inundara la estancia una luz brillante que ahuyentó definitivamente la oscuridad.

27

El carruaje de Kermonde avanzaba pesadamente por el camino hacia la hacienda de la que cuatro meses antes había huido Grace. En el interior de tafilete reinaba un silencio crispado. Grace llevaba una máscara y estaba sentada enfrente del duque. A su vera, su padre contemplaba ensimismado el crepúsculo.

Estaba nerviosa y movía las manos enguantadas sobre la falda de su vestido de viaje de merino verde oscuro. Los latidos le retumbaban en los oídos con tal fiereza que ahogaban el incesante chirriar del carruaje. El cielo nublado y los espesos árboles que flanqueaban el camino convertían el anochecer en la noche más oscura. Grace se estremeció, pero intentó no ver en la penumbra una señal aciaga de lo que se avecinaba.

¿Qué habría sucedido desde la última vez que había visto a Matthew? ¿Se encontraría bien? ¿Estaría ileso? ¿Acaso estaba vivo? Rezaba a Dios para que no fuera demasiado tarde. Cuatro meses era mucho tiempo, incluso para alguien que no hubiera contado cada minuto de impotencia como si fuera una hora entera.

Cuando los hombres del duque hallaron por fin al doctor Granger, aquel remedo de médico corroboró haber visto a Matthew poco antes. No había dicho nada más que pudiera apaciguar su congoja. Al leer el testimonio del médico que acompañaba la carta de su padrino, la cólera que sintió le revolvió el estómago. El doctor Granger se había vanagloriado de una serie de apaleamientos, purgas, sangrías y laceraciones que él mismo había practicado al marqués adolescente. El recuerdo de la espalda maltratada de Matthew la atormentaba. Con aquel texto, el ligero sueño que había conseguido conciliar se evaporó al contar con información más gráfica de los maltratos que Matthew había sufrido de joven.

El doctor Granger afirmaba que él tan solo había examinado al paciente durante su última visita, pero ¿Monks y Filey habrían proseguido con los implacables métodos del médico, acatando órdenes de lord John?

Grace había suplicado a su padrino que mandara a alguien para espiar la finca, pero Kermonde había expresado sus reticencias. Si lord John se olía que estaban urdiendo un plan en su contra, podía deshacerse de Matthew y jamás lograrían encontrarlo.

—Paciencia, cariño. Todo concluirá de la mejor manera. —Su padre posó una de sus enormes manos sobre sus agitados dedos. Debía de haberla observado lo suficiente para adivinar el torbellino de miedo y dudas que la asediaba en sus pensamientos.

Grace volvió la cabeza y topó con sus ojos en la media luz.

—Eso espero.

En su día se había burlado de él al insinuarle que la mantendría tanto como durara la búsqueda, pero habían cambiado muchas cosas, incluida su condición de viuda harapienta y solitaria. A esas alturas se la reconocía abiertamente como la rica heredera, lady Grace Marlow. Incluso había sumido en el olvido el pobre nombre de Josiah. Pensarlo la entristecía, pues parecía que su marido, aun muerto, seguía siendo un fracasado, al igual que lo había sido en vida.

Sin embargo, el fantasma de Josiah era ya una tenue sombra insustancial. Sus susurros melancólicos eran apenas audibles, frente a aquellas ansias estridentes de reencontrarse con Matthew.

—Grace, prefiero que esperes en el carruaje. Aquí estarás

a salvo —dijo Kermonde aferrándose a una correa de cuero cuando el vehículo tomó un bache.

Llevaban semanas discutiéndolo, pero Grace no había cejado en ningún momento. Después de tantos meses en los que solo obtenía información de segunda mano o simplemente no tenía noticias, tenía que ver a Matthew con sus propios ojos. La única concesión que pensaba hacer a su padrino era llevar una máscara y no abrir la boca. El mundo no debía saber que lady Grace Marlow había sido confundida con una cualquiera.

—Francis, deja a la chica tranquila. —Su padre la cogió de la mano y luego se apartó—. Hemos reunido a más hombres que Wellington en Vitoria. ¿No ves que no piensa ceder?

Detrás del lujoso carruaje de Kermonde viajaban una decena de jinetes y dos carros rebosantes de criados armados. En la retaguardia, otro carruaje transportaba dos médicos reales. El rey Jorge se había enfurecido al descubrir el calvario de Matthew. El difunto lord Sheene había sido un gran amigo suyo, pues le había asesorado sobre su colección de arte. No obstante, lo que había suscitado el interés de su majestad eran sus magníficos artículos botánicos. Menos mal que Grace los había robado antes de escapar.

Su padre había cambiado tanto que estaba dispuesto a defenderla con ahínco. Tras su máscara, las lágrimas estaban a punto de saltar. Sin embargo, era una sensación pasajera. Volver a ver a sus padres había sido muy gratificante, pero nunca dejó de preocuparse por Matthew. Quería mirarle a los ojos. Quería escuchar su voz profunda con aquel tono divertido e irónico. Quería aspirar su aroma. Quería tocarle. Solamente su presencia física podría acallar los demonios que aullaban en su corazón y le repetían una y otra vez que no lograría salvarle.

Se sentía agotada, eufórica, preocupada y aterrada. Se mordió el labio cuando el pavor amenazaba con asfixiarla. ¿Podrían estar tan cerca de la victoria para luego fracasar?

Enderezó la espalda y aflojó los dedos que había enroscado sobre su regazo como si fueran zarpas. Tenía que ser fuerte. Por Matthew. Por ella.

El carruaje enfiló el camino hacia la entrada y Grace se aferró a su asiento, preparándose para lo que pudiera ocurrir.

—¿Dónde se ha metido esa furcia?

Matthew no se molestó en levantar la cabeza para responder a su tío. La frase «no lo sé» se había gastado de tanto repetirla. Se dejó caer sobre los grilletes, apoyando el peso en los brazos para descansar sus doloridas piernas. Estaba exhausto, demasiado exhausto.

No tardarían en soltarle de las cadenas que le ataban a la pared de la caseta del jardín. Luego lo devolverían a la mesa, donde podría aprovechar unas horas de sueño. Desde la huida de Grace, aquello se había convertido en algo terriblemente cotidiano.

Pero ella había huido. Su tío seguía buscándola, aunque después de tanto tiempo lord John debía de entender que a esas alturas andaría ya muy lejos.

Aquel pensamiento era lo único que lo mantenía con vida. De alguna forma había conseguido dar esquinazo a sus perseguidores. Ni siquiera los legendarios chicos de Bow Street habían conseguido atraparla. Gracias a Dios que, al escaparse, había entendido que no valía la pena ayudar a Matthew y lo había desahuciado. Se había consumido pensando que intentaría orquestar algún intento fallido de rescate y volvería a caer así en manos de su tío.

—Eres tonto, muchacho —le espetó lord John con frialdad desde el sillón que había ubicado delante de su prisionero encadenado. Su voz era lo único gélido en la estancia. Matthew llevaba solamente una camisa y unos pantalones finos, pero no dejaba de sudar profusamente en aquel aire de invernadero.

Después de cuatro meses debería mostrarse inmune al calor sofocante, pero vivía por la hora de la mañana y la de la tarde en que le dejaban hacer ejercicio en el exterior. Aquello y las tres comidas al día conformaban su porción de libertad. Cooperaba para conservar la fuerza. Al cabo de ocho semanas y dos días, vencería la promesa que había hecho a Grace y pondría fin a la vida de su tío. Lo que sucediera después no le importaba.

—La putita te ha olvidado. Se ha buscado otro amante. —Las manos de lord John reposaban en el bastón.

Matthew intentaba convencerse de que deseaba que Grace hubiera conocido a otra persona a quien querer, pero sabía que era una soberana mentira. Le corroían los celos con solo pensar que pudiera estar en brazos de otro hombre, que otro tocara aquella piel sedosa y le proporcionara los mismos gemidos de placer.

Aquel otro hombre era un diablo con suerte. Era libre y, para más inri, tenía a Grace a su lado.

Probablemente Matthew no había podido ocultar su reacción. Su tío soltó una carcajada silenciosa y salaz, y apretó los dedos sobre la suave empuñadura dorada.

—Es una ricura, ¿verdad? Dulce como la miel. Y se abre de piernas en un santiamén.

Matthew no reaccionó. Conocía perfectamente sus provocaciones.

—Cuando la encontremos, primero la cataré yo mismo, y luego se la cederé a Monks y a Filey. Y a mis otros hombres también.

Matthew alzó la cabeza y miró a su tío. Si el odio matara, lord John yacería en su tumba en lugar de estar ahí sacudiéndose una mota invisible de polvo de la manga de su abrigo grueso de terciopelo pardo.

Su tío seguía musitando qué pensaba hacer a Grace cuando la encontrara.

—A lo mejor te dejo que nos mires. Te ayudará a resucitar buenos recuerdos. Si te portas bien, te dejaré un cachito antes de que terminemos con ella.

Matthew regurgitó un desprecio agrio que surgió como si tuviera náuseas, pero apretó los dientes y se contuvo. Tenía que mostrarse dócil, vencido, o lord John no lo pondría jamás en libertad. Y tenía que estar libre para matarlo.

Matthew sabía que el interrogatorio podía prolongarse horas y horas. Su tío aparecía por la hacienda cuando le placía para someterlo a todo tipo de preguntas, aunque a esas alturas debía de entender que no había nada (ni el agotamiento ni el dolor ni la rabia) que pudiera hacerle hablar.

—Claro que, siempre hay otra manera, sobrino. —Su tío se miraba las uñas como si estuviera hablándole del tiempo—. Dime dónde ha ido y te la mando directo a tu cama en menos que canta un gallo.

—No sé dónde está —dijo con una voz cavernosa, pues apenas hablaba, si bien sabía que era inútil insistir una vez más en ello.

Modificó el ángulo del cuerpo para descansar el peso que apoyaba en los brazos. Su pelo lacio colgaba por toda la cara. Durante aquellos cuatro meses su higiene diaria se había limitado a un afeitado y a un aseo rápido en una palangana. Sabía que la estrategia de su tío era darle una y otra vuelta de tuerca hasta que se derrumbara, pero aquello no le hacía sentirse mejor sabiendo que tenía aspecto de un rufián de la peor calaña. Desde que había recuperado la cordura, siempre había sido muy meticuloso con su apariencia. Vestir como un caballero había sido un gesto de desafío contra el terrorífico espectro de la locura, el cautiverio y el desamparo.

—Qué lástima que no encontráramos el chucho —dejó caer lord John—. Te habría alentado a cooperar, no me queda duda.

La mención de Wolfram agitó la rabia que hervía en el interior de Matthew desde aquella fatídica tarde. Acabó pensando que se habría escondido en algún hueco olvidado para morir desangrado por la herida de bala. Era mejor que pensar que lord John pudiera haberlo torturado hasta la muerte, pero no mucho mejor. Contuvo su arranque de cólera y en su lugar se concentró en el dolor lacerante que sentía en los hombros.

La rabia podía hacerle perder el control, y sin control no podría derrotar a su tío. En esos momentos Grace estaba a salvo, con lo que no perseguía otro objetivo que acabar con lord John.

Oyó un ruido en el pasillo, aunque no le dio mucha importancia. Debían de ser sus carceleros, que habrían acabado de hacer la ronda como cada noche. Una curiosidad embotada le hacía preguntarse si su tío les habría ordenado que le apalearan. Desde que Grace había escapado, pocas veces lord John había hecho uso de la violencia, pero aquella noche presentía una impotencia en su tío que podía derivar en brutalidad.

Matthew no se inmutó cuando se abrió la puerta, aunque la suave brisa de aire campestre que penetró en la estancia le calmó la piel, que estaba pegajosa y acalorada, como si fuera un bálsamo.

—¡Suelten a ese hombre ahora mismo!

Matthew levantó la cabeza, asombrado. «¡Pero qué demonios...!»

¿Qué estaba sucediendo ahí? Sacudió la cabeza para despejar la vista. Aquella súbita explosión de ruido, color y movimientos tras la miseria silenciosa de los últimos meses lo dejó desorientado.

Frunció el ceño e intentó encontrar un sentido al caos que se había formado.

¿Quiénes eran aquellos desconocidos? ¿Qué hacían allí? No reconocía al hombre que había hablado y que en aquel momento ocupaba el centro de la habitación y asumía una posición de autoridad.

Sin embargo, conocía profundamente aquella figura esbelta, ataviada de verde oscuro, que se abalanzaba entre los hombres, se abría paso en la entrada y se acercaba a él sin dilación. Una mano suave que olía a sol y a un delicado perfume floral le ayudaba a soportar el peso.

«Grace...»

«¡Dios! ¡Dios! ¡Dios!»

No exento de incredulidad, contempló a la dama enmascarada que le rodeaba con sus brazos. La boca le temblaba y formaba una alegre sonrisa. Por debajo de la máscara brillaban unas lágrimas en unos ojos color añil.

—Estás vivo, estás vivo... —Murmuró aquellas palabras como una oración. Grace desbordaba felicidad.

Deseó con todas sus fuerzas que él también sintiera lo mismo.

—¿Qué rayos estás haciendo aquí? —le espetó. Se le notaba rendido y enfadado. ¿Cómo demonios podía ponerse en semejante peligro? ¿Acaso había resistido cuatro meses de tormento para nada?

Ella lo abrazó con más fuerza. A pesar de su rabia angustiada, era una maravilla sentirla otra vez sobre su piel. Matthew cerró los ojos un segundo y probó a recobrar el control, aunque con ella tan cerca era prácticamente imposible controlarse. Lo intentó igualmente. Iba a necesitar toda su atención para sacarla de aquella catástrofe.

«Grace, Dios santo, ¿por qué has vuelto? ¿Por qué lo has arriesgado todo? ¿Por qué? ¿Por qué? ¿Por qué?»

Ella lo abrazó por el costado y, a pesar de la ira que sentía, Matthew notó la primera chispa de vida en su interior desde su huida.

—He venido a rescatarte. Mira.

Matthew abrió los ojos, deslumbrado. Todo cuanto podía ver era aquella hermosa cara, tan blanca bajo la máscara. Apartó un momento la mirada para contemplar la estancia, un lugar que se abarrotaba por momentos.

En una pared estaban Monks y Filey custodiados por cuatro hombres corpulentos armados con pistolas de cinto. Monks se veía desaliñado, llevaba grilletes y tenía un pegote de sangre seca en la boca. Era evidente que había ofrecido resistencia. Filey debía de haber mostrado tan poco empuje como siempre, porque, a diferencia de su compinche, no estaba encadenado. Junto a las paredes había otros cuatro hombres vestidos con librea.

Una vez que Matthew abandonó el pasmo inicial, se dio cuenta de que el hombre de rostro lánguido y barba cana que exigía su liberación le resultaba conocido. A su lado se erguía otro personaje con idéntico aire de autoridad que guardaba muchas semejanzas con Grace. Dos hombres maduros de noble porte esperaban de pie a un lado de la estancia. Después de once años de conocimiento del gremio, no le costó nada identificarlos como médicos.

—¡Ilustrísima! —Lord John apareció de improviso; el susto había teñido su habitual sangre fría— ¿Qué significa todo esto?

—Quite los grilletes a lord Sheene —dijo el primer hombre, aparentemente un duque.

Lord John recobró su aplomo.

—No tiene usted ningún derecho en esta propiedad. Lord Wyndhurst, me opongo a la presente intrusión.

Matthew quedó aún más asombrado. ¿Qué hacía allí el conde de Wyndhurst? ¿Estaba emparentado con Grace? ¿O quizá el duque? Sí, había mencionado que procedía de familia rica, pero aquellos hombres se contaban entre los más prominentes del país.

—Opóngase cuanto quiera. —El duque apuntó con ademán aristocrático a los hombres que sujetaban a Filey y a Monks—. He dicho que suelten a este hombre.

Filey sacó una llave y arrastró los pies hasta donde se encontraban Matthew y Grace. El hedor de su aliento agrio y su sudor rancio asfixió por un instante a Matthew cuando el matón se le arrimó para abrir los grilletes. Tenía a Grace acurrucada en su brazo y la sintió temblar de rabia, asco o miedo, aunque seguramente fueran las tres cosas. No lograba ver qué expresaba su rostro bajo la máscara.

Todo aquello era muy extraño. ¿Por qué había acudido aquella gente en su ayuda? Reprimió un quejido cuando la sangre volvió a regarle los brazos, que tenía entumecidos. Aquel horrible dolor le causó un mareo y tuvo que apoyarse en Grace para no caer al suelo.

Se sentía rígido y torpe después de haber estado tanto rato de pie. Sin cadenas que le mantuvieran erguido, descubrió con humillación que las piernas no lo sostenían. A Grace le falló el paso al tener que aguantar su peso muerto, con lo que Wyndhurst tuvo que equilibrarlo desde el otro lado.

—Ánimo, valiente —lo alentó en voz baja—. Vamos a sacarte de aquí.

No conocía al conde. Tampoco se le ocurría qué debía de haber hecho para merecer aquel cariño y semejantes ánimos. No obstante, asintió con la cabeza y sacó fuerzas de flaqueza para recuperar el equilibrio.

—Oh, Matthew —exclamó Grace con voz entrecortada—. ¿Qué te ha hecho esta gente?

—Milady, prometió usted silencio —le recordó el duque con brusquedad.

Matthew vio que a Grace le subían los colores. Aquella exuberante boca con la que había soñado durante cuatro eternos meses se cerró. Necesitaba besarla más que respirar, pero con tanto público era algo impensable.

«¿Por qué debe permanecer callada? ¿Por qué lleva máscara? ¿Qué relación la une a estos hombres?»

No podía tratarse de la amante del duque. Que le llamaran ingenuo si se equivocaba, pero él estaba convencido de que lo amaba a él. Lo percibía en su voz, lo apreciaba en su mirada, lo sentía en las manos que posaba con ternura y fuerza por todo su cuerpo.

—Debemos visitar al paciente. Su ilustrísima... —dijo uno de los médicos con voz solemne.

El conde ayudó a Matthew a erguirse. Al menos en aquella ocasión no le flaquearon las piernas. Dio vueltas con cuidado a sus engarrotados hombros y estiró los brazos, que tenía aún dormidos, y durante el proceso fue recobrando sensaciones y movilidad.

—El marqués está loco de remate —gritó lord John.

El conde le dedicó una mirada de desprecio y soltó a Matthew.

—Sandeces. Ya veo por mí mismo que está igual de cuerdo que yo.

—Wyndhurst, usted no tiene la formación necesaria para emitir un juicio así —protestó lord John con la barbilla alta a guisa de provocación—. Me reafirmo: este perturbado es un peligro y debe seguir confinado.

—Milord, no tiene usted derecho a reafirmar nada —le espetó el duque desconocido; al hacerlo juntó las cejas de color castaño en un gesto de aristocrática desaprobación—. He venido atendiendo a las órdenes del rey. Una de esas órdenes es su detención.

La reacción de lord John fue igual de altanera.

—Me deja usted atónito, señor. ¿De qué se me acusa?

—Secuestro, privación de libertad, engaño, hurto y agresión. Puedo continuar, si lo considera oportuno.

—¿Según el testimonio de esta fulana? —Era evidente que lord John no había dudado de la identidad de Grace, a pesar de la máscara—. Desconozco cómo ha sido capaz de provocarle semejante interés excepto con sus mentiras, pero estoy dispuesto a demostrar mi inocencia. Eso, en caso de que estas absurdas imputaciones llegaran algún día a ser admitidas en un tribunal, cosa que dudo.

—No será necesario que preste testimonio esta dama —explicó el duque tranquilamente—. Tenemos retenidos al doctor Granger y al doctor Boyd. Tenemos pruebas concretas que demuestran sus artimañas. Y tenemos a lord Sheene.

—Que es un demente diagnosticado —repuso lord John, aunque su tez iba adquiriendo una tonalidad cerosa y sus manos se agarraban al bastón con tanta fuerza que tenía los nudillos blancos como la nieve. Era la primera vez que Matthew advertía una película de sudor en el bigote de su tío.

El duque no se dejó impresionar.

—Este hombre padeció unas fiebres de pequeño y ha sido retenido injustamente desde entonces. Estos señores son médicos de la Corona. Ellos nos ofrecerán un diagnóstico certero de su estado mental, pero al igual que lord Wyndhurst no veo ningún indicio que indique que esté loco. Lo que sí veo son indicios de un flagrante delito.

—¡Aquí nadie ha cometido ningún delito, demonios! Para mi pobre y perturbado sobrino siempre he sido un buen tutor que ha estado pendiente de él en todo momento.

Matthew podía tenerse en pie mucho mejor, aunque no se decidía a soltar el brazo de Grace. A saber cuándo se la arrebatarían otra vez. Aquellos hombres prometían asombrosas libertades, pero todavía no podía estar seguro de que lo consiguieran.

Enderezó la espalda y los hombros. Iba siendo hora de dejar de ser un mero espectador.

—No estoy loco y lo sabes perfectamente, tío. —Matthew hablaba con sarcasmo—. De lo único que has estado pendiente es de la fortuna de los Lansdowne. Siempre has velado por tus propios intereses.

—No gaste saliva, lord John, pues no le servirá de nada —sentenció el duque con convicción—. Entréguese sin oponer resistencia, hágalo por su familia. Créame, el juego se ha acabado. Le doy mi palabra de que haré todo cuanto esté en mi mano para cuidar de su esposa y de sus hijas, siempre y cuando se entregue sin resistencia.

—Que le parta un rayo. No pienso ser juzgado como un delincuente cualquiera. —La sangre había abandonado el rostro de lord John y le temblaban las manos con tanta fuerza que el bastón con empuñadura de ámbar repicaba sobre el suelo.

El duque observó el baile del bastón sobre las losetas y luego sonrió hacia lord John con cierta lástima.

—Pues lo será, porque eso es lo que es: un criminal cualquiera.

—Antes le veré en el infierno. —Sin dejar de mirar al duque, retrocedió unos pasos hacia Matthew. Metió la mano en el bolsillo y sacó un pequeño y precioso revólver con cachas de nácar..

Sin dudarlo, Matthew empujó a Grace para colocarla a su espalda, pero su tío no apuntaba hacia ella. Por encima del hombro de lord John vio que el escolta, que iba armado, estaba a punto de intervenir. Aquellos hombres parecían soldados entrenados y era obvio que estaban acostumbrados a enfrentarse al peligro. Sin embargo, en aquel espacio tan pequeño, la violencia podía írseles de las manos y, en el altercado, herir a Grace.

—No puedes ganar, Lansdowne. Hazte a la idea —dijo el duque sin siquiera moverse.

—¡Claro que puedo! ¡Siempre me he salido con la mía! —Se abalanzó sobre Matthew sin pensárselo dos veces—. ¡Yo debería haber sido marqués de Sheene, no tú, pedazo de majadero, que no sirves para nada!

No quedaba rastro del tirano autosuficiente en aquel hombre tembloroso y desesperado. La bestia sin escrúpulos que siempre había habitado el cuerpo de su tío bajo una pátina de corrección por fin se mostraba desnuda ante el mundo. Tenía los labios llenos de saliva y salpicaba a Matthew al hablar. Sin quitar los ojos del arma, Matthew se limpió la cara con una mano.

El olor del baño de sangre que se avecinaba impregnó el aire de la estancia. Matthew oyó los carraspeos de preocupación de Grace y se parapetó delante de ella con más fuerza con el fin de defenderla.

—¡Baja el arma! —gritó el duque.

—¡Por el amor de Dios, Lansdowne! —Lord Wyndhurst se aproximó a lord John, observando con cautela la pistola—. ¡Esto ha ido demasiado lejos!

—¡Cuidado! —gritó Grace, adelantándose—. ¡Cuidado!

Matthew la empujó para que se apartara.

—Tío, esto se ha acabado —le dijo calmado, intentando frenar el conflicto inminente—. ¿De qué sirve causar más dolor? Piensa en tus hijas. En tu esposa.

Lord John levantó el percutor del revólver y el sonido retumbó en la habitación. Puso el arma en alto.

—Sobrino, no me vengas con monsergas ni te las des de pacífico. Al fin y al cabo siempre has sido un calzonazos. ¿Qué sabrás tú de lo que quiere un hombre de verdad?

Matthew hizo caso omiso del insulto, como lo había hecho con todas las invectivas de su tío. Conservó un tono sereno, confiado, como si estuviera hablando a un animal moribundo.

—Sé que un hombre de verdad no destruye a su familia simplemente para salvar su vanidad, tío. Un hombre de verdad asume las consecuencias de sus actos. Has escalado muy alto y ahora has tocado fondo. No hay nadie más a quien culpar.

Su tío encañonó el arma hacia él mientras le dedicaba una sonrisa burlona.

—Dios santo, ahórrate ese sermón, gusano mojigato. ¿Crees que me has derrotado? Pues no. Nadie vence a John Lansdowne. Lo único de lo que me arrepiento es de no haber degustado a la putita y matarla después cuando tuve la ocasión.

Sin pensárselo, antes de que nadie pudiera detenerle, se llevó el arma a la sien y disparó. El estallido retumbó por toda la habitación. Al poco se oyó un ruido seco, producido por su cuerpo al impactar contra el suelo.

Sabía que, a sus espaldas, Grace estaba asustada. Ocultaba el rostro detrás de él. Nadie se movió. El aire de la estancia estaba enrarecido y aún tuvo que dar cabida a un olor cálido a pólvora y al hedor metálico de la sangre. Las últimas palabras de lord John flotaban en el aire como campanas por tañer.

El hombre que había torturado a Matthew durante once años estaba muerto. Debería sentirse triunfante, pero no sentía nada. Se quedó mirando insensible aquel cuerpo inmóvil que yacía en un charco de sangre en el suelo.

—Dios santo... —exclamó finalmente lord Wyndhurst.

El médico que aún no había abierto la boca se arrodilló al lado de lord John.

—Ha muerto —dijo levantándole una mano.

—Ha sido cobarde hasta la muerte —exclamó Grace, estremeciéndose. Se separó de Matthew y dio unos pasos hacia lord Wyndhurst—. ¿Te encuentras bien?

Matthew echó de menos su calor inmediatamente. Su ausencia le recordaba con demasiada intensidad la ausencia que había tenido que soportar aquellos meses tan solitarios. La persiguió con la mirada, pues anhelaba tenerla cerca.

Se quedó distraído un instante, pero fue suficiente. Monks se zafó de sus captores y se abalanzó sobre él.

—¡Matthew! —gritó Grace. Echó a correr hacia él. Matthew dio un salto para protegerla del matón.

Demasiado tarde.

Monks levantó sus robustos brazos hacia Grace y le rodeó el cuello. La cadena de sus grilletes comenzó a estrangularla con brutal fuerza.

28

—Le partiré el cuello como retuerzo el pescuezo a las gallinas —gritó Monks, tirando de la cadena para acercársela.

Grace buscó la mirada de Matthew, suplicando en silencio su ayuda.

Matthew se sentía como si le hubieran dado un puñetazo en el estómago. Un miedo gélido le heló la sangre. ¿Cómo demonios lo había permitido? Debería de haber previsto que sus carceleros aprovecharían la mínima oportunidad para huir de la justicia. ¿Qué le había pasado por la cabeza a Grace para presentarse allí aquella noche? Maldijo su espíritu heroico, aunque en su corazón solo sentía un amor infinito. Y también pavor.

—Créanle, lo dice de verdad —dejó claro para que nadie hiciera nada. Un movimiento en falso y Grace estaría muerta.

Observó a Monks en busca de algún signo de flaqueza y, como solía ser habitual, no encontró ninguno. Apretó los puños a ambos lados de su cuerpo para contenerse, pues lo que quería era arrojarse sobre el matón y ahogarle con sus propias manos.

—Quietos donde estáis —ordenó el duque a sus hombres, que ocupaban el perímetro de la habitación.

—Eso está bien, así me gusta. —Monks dio media vuelta a Grace con un gesto brusco, de modo que él daba la espalda a los ventanales y ella estaba de cara a la habitación, como si fuera un escudo humano—. Que nadie nos siga.

—¿Qué piensa hacer con esta dama? —preguntó el duque.

Monks soltó una carcajada desagradable y Matthew se dio cuenta de que Grace se estremecía al escucharla. Su rostro reflejaba un miedo horrible.

Monks se burló.

—Poco tiene esta de dama. No es más que una furcia cochambrosa.

—¡No! —gimió ella.

—¡Cierra la boquita, ramera! —farfulló Monks al tirar de la cadena. Grace no pudo evitar toser. Monks se quedó mirando al duque—. No mueva un dedo para impedirme huir y dejaré libre a la muchacha.

Era mentira. Monks estaba cada vez más rabioso e iba a desahogarse con ella a la primera de cambio. Si lo atrapaban, le esperaba el cadalso. ¿Qué importaba, si moría alguien más?

Matthew fue en contra de todos sus instintos e hizo de tripas corazón para decir lo que debía.

—Suelta a la chica y tienes mi palabra de marqués de Sheen que podrás irte ileso.

No hizo caso del gesto de protesta del duque. La vida de Grace era más importante que la venganza o el castigo.

Monks fue acercándose hacia la puerta, con lo que arrastraba a Grace de espaldas.

—Ajá... y las vacas vuelan. No me chupo el dedo. Estaré mucho más seguro si me llevo a la moza como moneda de cambio, señorito. Dentro de media hora podrá recogerla en la puerta de entrada.

Matthew sabía que si accedía, la encontraría muerta.

«Si muere mi amada, ¿de qué servirá la libertad?»

Aquello había durado demasiado. Se dio la vuelta y arrebató el arma al primer hombre del duque que tenía al lado.

—Suéltala, Monks. —Su voz reverberó por el silencio de la estancia. Lo único que se escuchaba eran los jadeos irregulares de Grace contra la cadena.

—No te atreverás a lastimar a la chica —se burló Monks.

—No pienso dispararle a ella. —Con pulso sorprendentemente firme, quitó el disparador al arma y apuntó a los ojos de Monks.

—¡No seas idiota, muchacho! —lord Wyndhurst corrió hacia él—. ¡Le harás daño a ella!

El peso frío del revólver le resultaba conocido, incluso después de tantos años sin tocar un arma. Durante su adolescencia había demostrado un magnífico talento como tirador y prometía convertirse en un campeón del tiro. Deseó con todas sus fuerzas que las horas que había pasado lanzando piedras a los árboles le hubieran ayudado a conservar el tino. Parecía una esperanza pobremente fundada, pero al levantar la pistola no dudó en ningún momento que pudiera conseguirlo.

Amaba demasiado a Grace para fallar.

—Por favor, Matthew —suplicó ella con la voz entrecortada, y después calló, pues Monks estaba retorciendo la cadena.

Matthew observó enfurecido que aquellos duros eslabones metálicos se le insertaban en la piel del cuello. Monks pagaría por aquello. Y por todo lo demás.

—No te muevas ni un ápice —indicó a Grace con voz muy suave. Si se movía repentinamente o hacía tambalearse a Monks, quién sabe dónde podía dar la bala.

El bruto era más alto que ella, por lo que era un objetivo más fácil de lo que pensaba. Era extraño, pero toda la habitación adquirió una nitidez increíble, como si la iluminara una luz muy brillante. Matthew respiró hondo y musitó una plegaria.

—Todo esto no es más que palabrería, mi elegante señor... Chaval, no tienes agallas para dispararme, del mismo modo que no tendrías agallas para cruzar el océano a nado.

Matthew estabilizó el arma.

—Siempre me ha encantado nadar, Monks.

Apretó el gatillo sin la menor duda. La bala dio a Monks en pleno entrecejo. Aquellos ojos fangosos se ensancharon, atónitos. Y al instante se ensombrecieron, pues les había llegado la hora de cerrarse.

Monks se tambaleó hasta caer al suelo sin mediar palabra, pero arrastró consigo a Grace que, al ver que caía, soltó un alarido agudo de terror. El ruido rompió la extraña parálisis que inmovilizaba a todos los presentes.

Wyndhurst se movió por fin y se apresuró a liberarla de aquellos brazos.

—¿Te has hecho daño, pequeña?

—No, no, estoy bien —contestó, aún temblorosa. Al oír aquello, Matthew relajó ligeramente los hombros, que estaban a punto de reventar por la tensión.

—Me cago en... —exclamó Filey, mirando a Matthew boquiabierto—. No había visto en mi vida nada parecido.

A Matthew se le tranquilizó el corazón a medida que retrocedía el miedo que había sentido por lo que pudiera suceder a Grace. Menos mal que su padre se había preocupado por enseñarle a disparar como un pistolero. Menos mal que había practicado el tino con todo aquello que había podido lanzar en aquella prisión.

Poco a poco fue bajando el brazo hasta dejar el arma colgando a su lado.

Jamás había matado a alguien. Había imaginado que sería algo más difícil, más dramático, pero observaba el cuerpo sin vida de Monks y lo único que sentía era una cierta satisfacción.

Deslizó la mirada hasta el cuerpo de lord John. A continuación, como siempre, levantó la vista y buscó a Grace. Estaba acurrucuda en el abrazo del conde de Wyndhurst, asustada y agitada. Le sorprendió una vez más lo mucho que se parecían.

¿Por qué acudía a otra persona en busca de consuelo? ¿Acaso no veía que él ardía en deseos de tenerla cerca? Debía de saber que no podía soportarlo más.

—Santo Dios, Sheene, ¡es el mejor disparo que he visto en mi vida! —opinó el duque—. Me quito el sombrero.

—No podía dejar que le hiciera daño —dijo Matthew sin emoción en la voz. Era evidente que lo sentía de verdad.

Dejó el arma concienzudamente sobre la mesa a la que lo habían atado tantas veces. Poco a poco empezó a entender que nadie lo retendría nunca más. Era una idea lejana, de poca importancia, como si atañera a otro.

Lord John estaba muerto. Monks estaba muerto. Filey tendría que enfrentarse a la justicia. Matthew debería de estar clamando al cielo de contento.

Al imaginarse el momento de su liberación, se había visto flamante de alegría, pero se le habían helado los sentimientos.

—Llevaros a este granuja. La ley se ocupará de él —ordenó el duque a los hombres que retenían a Filey.

—Yo solo servía a lord John, su ilustrísima. Solo cumplía órdenes —argumentó Filey con voz lastimera. Matthew entendió con ironía que no iba a guardar ningún luto ni a su jefe ni a su compañero de tantos años.

—Eso no es verdad. Es culpable y haré todo lo necesario para que sea castigado.

Matthew se había prometido que algún día mataría a aquel maleante, pero en aquel momento se había apagado su sed de venganza. Por él, ya podían decidir los tribunales la suerte que le esperaba. Si las pruebas contra lord John eran todo lo convincentes que afirmaba el duque, Filey acabaría en la horca. No le importaba demasiado. Todo cuanto importaba era Grace. Tuvo que contener las ganas de arrancarla de los brazos del conde.

Después de que los hombres armados se llevaran a Filey, el duque contempló la habitación con aire descontento.

—Casi no puedo respirar. Newby, abre las ventanas. Fenwick, busca algo de ropa para lord Sheene. No puede presentarse en Windsor en mangas de camisa. Podrá lavarse y afeitarse mientras cambiamos los caballos.

«Windsor? ¿Qué significa esto?»

—Ilustrísima, ¿cuáles son sus planes?

El duque echó un vistazo a Matthew y luego a Grace, que esperaba en brazos del conde de Wyndhurst.

—Os lo contaré por el camino. El tiempo es oro en estos

momentos. Su majestad nos espera. Jones, Perrett... ocuparos de los cuerpos, que esto es un matadero. Luego me retiraré a hablar con lord Sheene, lord Wyndhurst y esta señora.

La servidumbre despejó la estancia. Entró aire fresco del exterior que ayudó ligeramente a devolver a Matthew al mundo real. Le costaba reconocer la asombrosa verdad de que era libre. Habían vencido a sus enemigos. La pesadilla había acabado.

Cuando por fin se quedaron a solas, tendió una mano al duque.

—Señor, le agradezco su intervención. ¿Puedo saber a quién debo mi gratitud?

—Por supuesto —contestó el duque, que dio un fuerte apretón de manos a Matthew.

—Lord Sheene —dijo entonces Grace, y se separó del conde y avanzó hacia él. Aún no lo suficientemente cerca para tocarle, sin embargo. ¡Dios!

La formalidad de sus palabras le pareció discordante, por mucho que su voz profunda le calmaba el alma como el bálsamo una herida. Entendió que la máscara, al igual que el uso de su título al dirigirse a él, pretendían preservar su reputación.

No, aquello no podía ser verdad. Los presentes tenían que saber quién era.

De nuevo le asaltó la consternación. ¿A qué estaba jugando? Se obligó a concentrarse en lo que decía, si bien su instinto más hondo era rodearla con sus brazos y besarla hasta que dejara de tratarlo como a un conocido lejano.

A Grace se le dibujó una leve sonrisa cuando extendió la mano hacia el duque.

—Si me lo permite, le presentaré a mi padrino, el duque de Kermonde.

¿Su padrino? ¿Kermonde, el gran amigo de su padre cuando estaba vivo? No tenía ni idea de que Grace tuviera conocidos en tan altas esferas.

Grace se volvió hacia el otro hombre.

—Y a mi padre, el conde de Wyndhurst.

El asombro hizo que Matthew se quedase boquiabierto. En una noche de sorpresas, aquella era quizá la más grande. Su viuda indigente pertenecía a una de las más prominentes familias de Inglaterra. Le costaba trabajo creerlo. Aun así logró hacerles una reverencia razonablemente digna, pero, mientras tanto, intentaba cuadrar aquella ecuación. Los músculos, aún doloridos por su largo cautiverio, protestaron por el movimiento, pero él ignoró la punzada de molestia.

—Su ilustrísima... Milord...

—¿Está usted herido, Sheene? —Kermonde le dio un golpecito en la espada y casi gritó del dolor—. Me parece que no nos hará falta certificar su cordura. Un hombre que dispara tan certeramente no ha perdido la chaveta. Si lo desea, tenemos aquí a unos médicos. Pueden examinarle con sus aparatejos en el carruaje, en el caso de que necesite sus servicios.

¿Médicos? No quería ningún médico. Lo que quería era a Grace, que ya volvía a separarse de él y agarraba el brazo de su padre. Reparó en su atuendo, que era la última moda. Lo había tocado un segundo cuando aún estaba encadenado, pero en aquel momento lo abandonaba a su suerte.

No lo entendía. Era libre. Grace estaba ahí. ¿Por qué rayos no estaba entre sus brazos?

—¿Grace? —preguntó sin entender.

No obstante, fue Kermonde quien le respondió.

—Como entenderá, lady Grace no puede quedarse. El riesgo de escándalo es demasiado grande, si su vinculación en este asunto ve la luz pública.

Ella se quedó quieta bajo la protección de su padre e inclinó la cabeza hacia Matthew. La dichosa máscara seguía ocultando su gesto. La lenta gota de sangre que caía de la herida de su garganta le recordó que había estado a punto de perderla.

«¿Por qué siento entonces que la estoy perdiendo?»

—Adiós, lord Sheene —dijo ella con voz grave.

¿Adiós? ¿Qué demonios significaba aquello?

—¡Por Dios, Grace! ¡No puedes irte! Así no.

Ella volvió el rostro.

—Debo hacerlo. He venido a rescatarle, milord, a que se haga justicia. Aquí acaba todo cuanto nos ha unido. Le deseo toda la felicidad del mundo.

—¡Grace, no! —Dio un paso inestable adelante, tendiéndole la mano, pero ella ya se dirigía con su padre hacia la puerta—. ¡Espera! ¿Qué estás haciendo, por el amor de Dios?

Ella echó la vista atrás y aquellos labios carnosos que tantas veces había besado sonrieron con tristeza.

—Estoy devolviéndote al mundo, un mundo que no podremos compartir jamás.

—¡Eso no es verdad! ¿Para qué quiero la libertad si no puedo compartirla contigo? —Le estaba clavando un cuchillo en las entrañas y se lo retorcía.

Grace negó con la cabeza, como si no creyera lo que estaba pasando. Estaba temblando; era obvio que sufría terriblemente, pero ¿por qué reaccionaba de ese modo?

Se le quebró la voz.

—No, te lo ruego, Matthew. No compliques más las cosas. Supe desde el momento en que te conocí que lo nuestro era imposible. Te lo ruego..., deja que me vaya.

Inclinó la cabeza y se dirigió a la puerta acompañada de su padre.

—¡Grace! ¡Espera, Grace! —gritó Matthew, pero no consiguió que se detuviera.

Aquello no podía estar sucediendo. No estaba dispuesto a permitirlo. Arrastró los pies con torpeza para seguirles.

Kermonde lo agarró antes de que hubiera dado un solo paso.

—Déjale que se vaya. Ahora no es el momento.

Quizá no fuera el momento, pero podía ser su único momento. Se zafó de la mano de Kermonde y la siguió.

Grace agradecía con cierto pesar el brazo de su padre para sujetarse cuando salió al exterior en plena noche. El terror que había sentido cuando la había agarrado Monks había sido un golpe muy duro y sentía que las piernas le flaqueaban. Su mente repetía el momento en que la había arrastrado hacia su enorme pecho y le había puesto la cadena al cuello.

Casi no podía creer la impresionante pericia y el tino que había mostrado Matthew. Luego, aquel instante terrorífico en el que Monks la había arrastrado hasta el suelo cuando se desplomó.

Aquella noche la habían rozado los fríos y huesudos dedos de la muerte. Monks había querido matarla. Su cólera mortífera era palpable.

Sin embargo, peor que el ataque de Monks había sido tener que decir adiós a Matthew.

Era la última vez que lo veía. Como se había prometido durante cuatro meses, lo había liberado de su tío y, después, lo había liberado de ella misma.

«No puedo soportarlo más.»

Las lágrimas se acumulaban en sus ojos y humedecían aquella horrible máscara. Andaba a tientas, tropezando, sin saber exactamente adónde iba; sin importarle siquiera, porque sin Matthew no deseaba ir a ninguna parte.

—Todo esto ha sido demasiado para ti, Grace. —Su padre estaba preocupado, porque veía que a su hija le fallaba el paso—. Kermonde tenía razón, no deberías haber venido.

—Tenía que estar aquí —dijo ahogando la voz. Tragó saliva para aflojar el nudo de pena que la estrangulaba y empeoraba el dolor que ya sufría su castigada garganta.

—¡Grace, espera! —oyó a Matthew que le gritaba desde la caseta.

La infelicidad le atenazaba el estómago. Matthew era un luchador. Llevaba los últimos once años combatiendo con empeño para recobrar su cordura, su libertad y su orgullo. Aunque aquel intento no seguía el camino adecuado, también pensaba luchar por ella.

Era evidente que no iba a dejar que se fuera con un leve asentimiento de cabeza, aunque sería mucho más llevadero para ambos si optara por esa despedida.

—Llévame a casa, papá —pidió destrozada.

Menuda cobarde era, si esperaba poder escapar antes de que Matthew les alcanzara y tuviera que enfrentarse a él. No se veía con fuerzas para hacerlo y sobrellevar su dolor. Lo rechazaba por su bien, pero él no lo entendería hasta que probara en sus carnes el mundo que no había conocido jamás.

—Tan solo unas palabras, Grace —exclamó Matthew a modo de orden desde atrás. Había olvidado lo rápidos y sigilosos que podían ser sus movimientos. La agarró del antebrazo con una fuerza implacable. Le dio media vuelta para mirarla—. Estoy seguro de que podrás concederme esa minucia.

Claro que podía. Grace se mordió el labio y levantó la cabeza a regañadientes hasta dar con sus ojos. Su padre la soltó y se apartó unos pasos.

La puerta de entrada que permanecía abierta y las luces del carruaje le permitían observar la rabia y la incomprensión en el rostro de Matthew, aquel rostro que tanto amaba. Sus ojos reconocieron aquellos rasgos con ansia, registrando los cambios que habían obrado en ellos aquellos cuatro meses. Su pelo despeinado estaba tan largo que le llegaba a los hombros, y le convenía rasurarse. Le sobresalían los pómulos y acusaba algunos hoyuelos en los ángulos duros de la mandíbula.

—Lord Sheene... —empezó a hablar ella, pero apartó la vista, puesto que no era capaz de soportar la tristeza que asomaba tras la ira en el rostro de Matthew.

—¡Al infierno! Sabes perfectamente cómo me llamo... —gritó, enfadado, y la arrastró lejos de su padre.

—Esperaré en el carruaje —dijo el conde.

—¡Padre! —le gritó ella, desesperada.

¿Cómo podía abandonarla cuando más lo necesitaba? Por una vez deseaba que se mostrara como un déspota y le ordenara que abandonase aquella hacienda y sus recuerdos de muerte, dolor y confinamiento.

Y amor. Siempre, el amor.

—Ven cuando estés lista.

Su padre avanzó pesadamente hacia el convoy de carruajes donde aguardaban unos hombres armados con Filey, con grilletes y acobardado.

—Esto no sirve de nada —dijo Grace, sin saber qué hacer.

—Bien, hay algo en lo que no estamos de acuerdo —reconoció Matthew con pena.

No quiso honrar su reticencia y la llevó hasta el otro lado de la casa hasta que se quedaron a solas. Estaban justo fuera de la caseta del jardín. Las luces alcanzaban a iluminar la impaciencia de Matthew, aunque Grace no necesitaba verlo para percibirla. Se transparentaba sin lugar a dudas en su voz y en el pulso de la mano que no le soltaba el brazo.

—¿Qué demonios significa esto? —le preguntó rabioso. Ella se apartó de una sacudida.

—No tienes tiempo. Debes irte con Kermonde. El rey te ha llamado a su presencia.

—Al infierno con el rey. Ha esperado once años para gozar de mi compañía; puede esperar media hora más. ¿Por qué huyes?

—Mi padre...

—Tu padre también esperará. —Aquella noche horrenda se volvió aún más insoportable en el momento en que la rodeó con sus brazos y su voz se ablandó, lastimada y confusa—. Grace, ¿acaso no te alegras de verme?

—Pues claro que me alegro —confesó antes de poder contenerse. Por un instante feliz se apoyó en su pecho. Detrás de la sucia tela de su camisa latía un corazón acelerado. Había deseado tanto su piel... Su intensa fragancia le devolvió recuerdos conmovedores.

«No. No puedo permitirme vacilar.»

—Déjame marchar, Matthew —dijo deseando que su voz sonara segura, firme, decidida, pero sus palabras eran como un gemido ahogado.

—Ha pasado una eternidad. Quiero abrazarte, Grace, déjame que te abrace. —Usaba un tono aterciopelado fruto del deseo. Aquella voz al rozar su piel estremecía todo su cuerpo y la convencía de que se rindiera.

—No... no puedo —protestó con los labios secos. Aquello era como si le arrancaran la piel. No podría soportarlo mucho más. Se apartó de él con un quejido.

Al principio Grace pensó que no iba a dejar que se marchara, pero Matthew alzó las manos en un gesto irónico. Aquellos ojos que la habían atormentado durante cuatro interminables meses parecían opacos, como cristal dorado pulido. La contemplaba como si pudiera leer todos sus secretos, y seguramente lo hacía. Durante el poco tiempo que habían compartido, Matthew había llegado a conocerla muy bien.

Le habló sin vacilaciones.

—¿Por qué no te quitas la máscara? Solo me han acompañado los sueños todo este tiempo. Necesito ver tu rostro.

—Los criados... —protestó Grace. Si se quitaba la máscara, sabría que había estado llorando.

—Como quieras —dijo él sonriendo. Era una sonrisa dulce y tierna que le alimentó el alma como el maná. Matthew suavizó la voz y cogió una de sus manos resguardadas. El calor de sus dedos al otro lado de la suave piel de cabrito de sus guantes le recordaba, muy a su pesar, todo cuanto estaba sacrificando.

Tenía que alejarse de él, pero nada podía obligarla a renunciar a aquel último contacto.

—Kermonde cumple órdenes del rey para llevarte directamente a Windsor.

—Muy bien. —Su mandíbula adoptó un gesto decidido. Era la misma expresión que había mostrado él cuando le había dicho que ella debía escapar de allí—. No es así como pensaba hacer esto, pero bueno, tampoco creía que tuviera la oportunidad.

—¿Oportunidad?

Grace se asustó al verle arrodillarse sin soltarle la mano.

—Grace Paget, ¿me darías la inmensa alegría de querer convertirte en mi esposa?

Era todo cuanto quería ella. Sus principios le decían que no podía aceptar.

«Oh, Matthew, Matthew, ¡no lo hagas!»

Retiró la mano con violencia. Se detuvo a unos pasos de él.

—No puedo casarme contigo, Matthew —contestó con dureza sin dejar de mover las manos—. No sería justo.

Él frunció el ceño mientras intentaba digerir su negativa.

—¿Tienes miedo a mi locura?

—¡No! Eso no lo pienses nunca —exclamó. ¿Cómo podía imaginar que era esa la razón de su negativa?—. Tú no estás loco. Estabas enfermo, y ahora te has curado.

Matthew se levantó con paso vacilante. Estaba aún más delgado que la primera vez que le había visto. Conociendo a su tío, debía de haberlo dejado encadenado desde que se fue. Necesitaba descansar, alimentarse y tener una oportunidad de ser feliz, no aquel tenso encuentro con una antigua amante.

Por instinto le tendió un brazo para ayudarle, pero él se apartó, un tanto altivo.

—Me dijiste que me querías. ¿Acaso mentías? —Desapareció su frialdad y se le entrecortó la voz— ¿Han cambiado tus sentimientos, Grace? Porque a Dios pongo por testigo que los míos siguen intactos. Te quiero. Siempre te querré.

—¡Basta! Por el amor de Dios... —gritó ella, levantando una mano hacia él para que no se acercara, aunque no la había tocado. Ella veía con gran claridad que juntos no tenían ningún futuro. ¿Por qué él se negaba a verlo?

Matthew parecía estar aún más perplejo. Se le constreñía el pecho de la angustia y la culpa. Aquel día debía ser el más feliz de su vida y ella lo había echado todo por la borda. Su padre tenía razón. No debería haber ido. Era cruel y solo lo hacía por egoísmo.

—¿Me quieres, Grace? —le preguntó con brutal sinceridad, algo que a ella siempre le llegaba al corazón.

Ella se abrazó a sí misma para dejar de temblar. Sabía que aquel instante acabaría por llegar, lo sabía desde su primer beso, pero la realidad dolía mucho más que cuatro imágenes del dolor.

—¿Grace?

Matthew no se ocultaba tras su orgullo. Ella le debía igual franqueza en su respuesta.

—Sí, claro que te quiero. —Tal vez no era buena idea decírselo, pero no podía mentirle.

—Entonces ¿por qué?

Kermonde apareció por la esquina de la casa y se detuvo al ver juntos a Grace y al marqués.

—Sheene, no puedo esperar más. Su majestad aguarda.

Matthew no le quitó la vista de encima a Grace al responder.

—Un minuto más de paciencia, señor.

En otras circunstancias Grace se habría reído al observar la sorpresa educada que mostró el rostro de Kermonde. Los duques no estaban acostumbrados a que los demás les dijeran que se callaran y esperaran.

—Un minuto, entonces. —Sin duda Kermonde le estaba dando sesenta segundos y ni uno más. Cuando menos se apartó lo suficiente para dar la impresión de que estaban solos, pero no lo bastante para hacerles pensar que estaba dispuesto a esperar más de un minuto.

Matthew no desvió la vista en ningún momento.

—Explícate, Grace.

Ella respiró hondo. Llevaba razón, sabía que llevaba razón. Él era muy inteligente, seguro que lograría hacerle ver las cosas a su manera.

—No has visto nada de este mundo. Crees que me quieres, pero... —Bajó la voz para que no les oyera el duque—. Soy la primera mujer con la que te has acostado. Soy prácticamente la única que has conocido en once años. Cualquiera confundiría la dimensión de sus sentimientos. Quieres hacerme promesas. Eres un hombre decente, pero cuando retomes el lugar que te corresponde, lamentarás haberte comprometido. Te arrepentirás aún más cuando te enamores de una mujer digna de estar a tu lado.

Matthew estaba realmente furioso.

—Y no la hija del conde de Wyndhurst.

Grace se estremeció al notar el deje sarcástico en su voz, por lo que alzó la barbilla y lo miró con severidad.

—Y no la pobre viuda Grace Paget que fue tu amante.

Matthew enderezó la espalda y habló refunfuñando.

—De manera que crees que soy lo bastante estúpido para no saber lo que siento y lo bastante débil para cumplir mis promesas.

—No, eso nunca, pero lo que vivimos juntos formó parte de tu cautiverio. Ahora debes enfrentarte a la vida como hombre libre. Y yo no desempeño ningún papel en esa vida.

—Tú eres esa vida —le espetó Matthew.

—Lord Sheene —gritó Kermonde—. Insisto, debemos irnos.

—¿Vienes con nosotros? —Matthew tendió el brazo hacia ella como se lo había hecho tantas veces durante su encarcelamiento.

Ella negó con la cabeza.

—He prometido a mi padre que no habría ningún escándalo. Por su bien, no debe sospechar que hemos sido amantes. Tú ve con Kermonde y yo me iré a casa, a Marlow Hall, en Yorkshire.

—En ese caso, me reuniré contigo cuando haya terminado mi audiencia con el rey.

—No. Debes permanecer en Londres y demostrar públicamente tu buena salud mental. Debes dignificar tu título de marqués de Sheene. Debes dejar claro que no existe rastro de locura. —Y, acto seguido, las palabras más duras de todas, tanto más duras cuanto ciertas—: Esto ha terminado, Matthew. Entre nosotros ya no queda nada. Es el momento de decirnos adiós.

Él seguía sin tirar la toalla. No se había equivocado al considerarlo un luchador.

—Con eso no basta.

—¡Lord Sheene! —El tono que usaba Kermonde era perentorio.

—¡Voy! —Pero no se movió, sino que volvió a tomar la

mano de Grace. Ella sabía que debía rechazarlo, pero no podía. Si la besaba, se rompería en mil pedazos. Sin embargo, lo único que hizo fue mirarla con toda su atención, como siempre. Le habló muy despacio—. Si demuestro mi valía durante un año, ¿creerás en la firmeza de mis palabras?

—¿Un año? —Grace no esperaba que regateara. De hecho, no sabía exactamente qué esperaba, pero estaba claro que él no iba a asentir e irse con el rabo entre las piernas.

—Sí, un año —insistió con brusquedad—. ¿Bastará para convencerte?

—Ya te has perdido tantas cosas en esta vida... No malgastes un año más en una apuesta inútil.

—Quien está fijando condiciones eres tú, Grace. Si por mí fuera, me casaría contigo mañana mismo; me importa muy poco lo que opinen los demás. Siempre y cuando me digas que me quieres, yo no tengo ninguna duda.

Parecía muy tranquilo, pero Grace sabía que ocultaba una tormenta titánica de sentimientos. ¡Cómo no, después de aquella noche...! Su repentina liberación. La muerte de su tío. El disparo de Monks. Aquella disputa con ella. Había vivido tantas cosas... demasiadas.

—¡Sheene! —lo exhortó Kermonde. Era evidente que la tolerancia ducal había llegado a su límite.

Matthew ni siquiera se inmutó.

—¿Grace?

Él tenía que irse. Una serie de hombres de alcurnia lo defendían en aquellas circunstancias. Ella no podía permitir que le retiraran su apoyo. Asintió a trompicones con la cabeza.

—Si dentro de un año sigues sintiendo lo mismo, pídemelo una vez más. Pero no te sientas atado. Ya te lo he dicho, Matthew: eres libre. Libre de tu tío, de tus ataduras y de mí. Si de vez en cuando me recuerdas con gratitud, es todo cuanto pido.

Una mentira patética. Además, se daba cuenta de que ni por asomo Matthew se la había creído.

—Un año, pues. —Lo dijo como si estuviera cerrando una transacción financiera.

—No debe haber ningún contacto entre nosotros —puntualizó ella.

La soledad la consumiría y él descubriría un mundo sin rastro de Grace Paget. A ella se le hizo un nudo en el estómago ante ese pensamiento.

—De acuerdo. No te escribiré ni intentaré verte. Tienes doce meses para llorar la muerte de Josiah y decidirte. Ya tienes tu pacto, pero no pienses ni por un instante que esto ha terminado. Tú y yo tenemos asuntos pendientes, Grace.

Con decisión y sin lamentaciones, le levantó la mano y le quitó el guante. Ella debería quejarse, porque, al fin y al cabo, aquel momento se convertiría en un recuerdo amargo que la acabaría persiguiendo.

Al inclinar la mano de Grace, sus largos cabellos le ocultaron la cara. Posó los labios sobre su mano desnuda y ella no pudo contener un suspiro de placer. Era imposible no recordar las noches en las que le había besado cada centímetro de su cuerpo. Cada célula de su piel recordaba cómo la había poseído. Cada célula de su piel deseaba ardientemente que la poseyera otra vez, pero aquello no podría suceder jamás.

Las lágrimas difuminaron la última imagen que guardó de él al levantar la cabeza y alejarse tras una reverencia formal. Cuánto le quería... Jamás podría amar a otro.

Él dio media vuelta y, por fin, avanzó a zancadas hacia Kermonde. Mantenía el porte y andaba con perfecta confianza. Nunca le había visto andar así. Aquel era un hombre dispuesto a hacer frente a sus retos. Y a salir vencedor en cada uno de ellos.

Cuando se alejó el carruaje de Kermonde con un repicar de cascos de caballo y latigazos de las riendas del cochero, Grace se dio cuenta de que Matthew se había llevado su guante.

29

Un manto de sol de media tarde calentaba el cuerpo de Grace, que estaba sentada en la banqueta acolchada de la ventana de la glorieta oriental de Marlow Hall.

Se despertó después de un sueño inquieto. Había estado soñando algo que venía atormentándola con tremenda frecuencia desde hacía casi un año, el que estaba a punto de transcurrir desde la última vez que había visto a Matthew. Un sueño en el que la embestía su cuerpo largo y corpulento, en el que la abrazaban sus brazos y su voz profunda le regalaba palabras de amor.

Soltó un gemido. Tenía las mejillas pegajosas de lágrimas. No soportaba despertarse y hallar un regalo tan cruel: la desolación que reptaba por su nueva vida. La tristeza era su inseparable compañera. Poco a poco, y a su pesar, abrió los ojos.

Matthew estaba de pie entre las puertas rojas lacadas, que estaban abiertas, del último escalón de la glorieta. Llevaba una estrecha cajita de caoba bajo el brazo.

Expulsó el aire con un escalofrío, asustada. Persistían en su mente algunas imágenes carnales, muy gráficas, del sueño, que la ruborizaron y sofocaron.

No le quitaba los ojos de encima, sin pestañear, sin vacilar ni un segundo. ¿Cuánto tiempo llevaba observándola?

La fascinación física que ejercía sobre ella era más que evidente. Durante aquel año de separación había olvidado lo apuesto que era. Una suave brisa le despeinó la cabellera tupida y oscura, que llevaba cortada según la moda del momento. Se acordó con dolor de sus alocados mechones negros deslizándose como seda cálida por su muñeca cuando le había dado un beso de despedida. No conseguía imaginar a aquel hombre de elegancia sobrecogedora agarrándose a su brazo con desazón. No podía imaginárselo agarrándose a nada.

Después de muchos meses pensando en él, soñando con él, deseándole, cuando por fin lo tenía delante de ella, parecía un desconocido.

Se levantó torpemente. No se sentía cómoda; se veía en desventaja, pues estaba aún adormilada. Se pasó la mano por la mejilla para disimular las lágrimas, que resultaban humillantes. Se obligó a dirigirle una mínima sonrisa de bienvenida.

—Matthew...

¿Por qué tenía que encontrarla en ese estado? Desprevenida. Vulnerable. Deseosa.

Dos dragones con zarpas, tallados uno en cada puerta, se alzaban como heraldos portadores para enmarcarle, pero Matthew era el que parecía estar listo para disparar fuego por la boca. Las facciones de su rostro eran duras, inmóviles; y los ojos, oscuros como el caramelo quemado. Lucía cierto color en los pómulos y todo su cuerpo vibraba de tensión.

Matthew no le devolvió la sonrisa. Grace sentía una terrible aprensión por todas partes. ¿Qué demonios sucedía? Parecía enfadado. Agresivo. Y al mando de la situación.

—¿Matthew? —preguntó insegura. Se desvaneció su sonrisa— ¿Qué estás haciendo aquí?

No actuaba como un hombre a punto de pedir la mano a una mujer. Pues claro que no... Qué tonta había sido creyendo que aún la querría. Había tenido todo un año para descubrir que los encantos de Grace Paget eran moneda corriente.

¿Había ido a decirle que había forjado otra relación? En ese caso, le debía un recibimiento tranquilo y una despedida generosa, por mucho que el corazón se le hiciera añicos.

Se había preparado para aquel momento, sabía que llegaría, pero nada la había preparado para el frío que le recorría la sangre como si se estuviera muriendo por dentro.

Había seguido con avidez su progreso en los periódicos y también gracias a las cartas que su madre recibía de las amistades londinenses con las que acababa de reanudar la correspondencia. Desde el triunfante regreso de Matthew a la sociedad, habían corrido rumores de su compromiso con unas cuantas hermosuras de buena familia.

Debía de haberse decidido finalmente. ¿Qué otro motivo podría llevarlo hasta allí con aquella evidente tensión?

«Ay, qué chica más afortunada...»

Grace no pudo reprimir cierta envidia enconada al pensar en aquella desconocida a la que Matthew había decidido hacer marquesa.

Levantó la barbilla y lo miró de frente. Esperaba que lo dijera rápido y la dejara sola para llorar su destino.

Por un breve instante se quedaron mirándose como lo harían dos combatientes.

—Grace.

Alargó la palabra hasta que se convirtió en un quejido largo, profundo y gutural, un sonido tan primitivo como el rugido de un león antes de aparejarse. A Grace le ardía la piel debido a su conciencia animal, y tenía la voz tomada. Cualquier resto de saliva se había evaporado de su boca. En el bajo vientre, la sangre empezaba a latirle con lentitud y firmeza, expectante.

Su rostro debía de haberla traicionado y quizá se apreciaba en él su progresiva excitación. O acaso, como ella, Matthew había reaccionado ante la energía que se congregaba en el aire, electrizante como la pausa justo antes de la descarga de un relámpago.

Sin dejar de traspasarla con la mirada, colocó a un lado la caja que llevaba. A continuación cerró las puertas del cenador y pasó el pestillo.

Si quedaba alguna duda de sus intenciones, se esfumó. Le recorrió el cuerpo un delicioso escalofrío. La glorieta se alzaba sobre una plataforma, por lo que las ventanas se abrían por encima de la altura de los ojos. Con las puertas cerradas, aquel cenador estaba diseñado para pecar en la intimidad.

Y pecar era, obviamente, su objetivo.

Al observarlo más de cerca se dio cuenta de que lo que tensaba la piel de la cara sobre las huesos no era el enfado, sino un deseo incendiario.

Grace tendría que protestar, que hacerle preguntas, que exigirle saber por qué estaba ahí, pero una necesidad sofocante la había privado de la palabra y la tenía clavada a la banqueta de la ventana.

El pulso le latió a mil por hora al verle levantar una mano para desatarse el nudo de la corbata. Echó a un lado la prenda sin prestarle la menor atención. La suave deriva de la cinta blanca sobre el parquet le hizo removerse sobre los cojines de seda. Se sentía dispuesta para él. Su sueño sensual la había dejado húmeda y preparada para todo. Un año de deseo frustrado le hervía en las venas.

A Matthew se le acentuaron las facciones. Su mirada se posó en el cruce de sus muslos, bajo las faldas azules de muselina, donde se retorcían, prietas, tras su sueño sin tregua. Un oro fundido resplandecía entre sus negras y exuberantes pestañas.

Oh, sí, conocía aquella mirada. Sabía qué prometía aquella mirada.

Deleite. Entrega. ¿Acaso también amor?

Con un suave movimiento que le agitó los sentidos, ya de por sí volátiles, se quitó aquel hermoso abrigo azul marino y lo dejó caer sobre la corbata, que yacía arrugada en el suelo. Mientras se movía, sus ojos seguían calcinándola, hasta tal punto que sentía las golosas llamaradas que le lamían la piel. Tanta excitación la hizo estremecerse una vez más.

Tan solo llevaba puesto un chaleco de brocado color crema, una tenue camisa blanca y unos pantalones beis metidos dentro de unas botas altas negras. Una vez despojado del abrigo, vio que había ganado peso aquel año. Era la primera vez que no aparentaba estar demasiado delgado para su altura, si bien siempre había sido un hombre enjuto.

Los ojos de Grace escrutaron aquellos anchos hombros, el potente pecho y las caderas estrechas. Sus mejillas, acaloradas ya, empezaron a arderle cuando por fin detuvo su mirada sobre el bulto que sobresalía de sus pantalones.

Sin duda él también la deseaba.

Grace alzó la cabeza al oír que Matthew ahogaba un gemido. La atención desmedida que había mostrado por la zona donde se hinchaba y endurecía su sexo había derrumbado alguna barrera en él. Más ágil que un león cazando, recorrió el suelo pulido de la glorieta mientras se quitaba el chaleco por el camino.

Con un pie aún en el suelo, descansó una rodilla doblada sobre los cojines dorados y chillones con cenefas de sauces y peonías escarlata. A aquella poca distancia, emanaba de él un calor que irradiaba y atraía. El susurro ronco de su respiración le arañaba los oídos. Mostraba un rostro transido de deseo. Parecía alguien al borde de explotar.

Grace no supo quién movió la mano primero, pero al cabo de un instante la rodeaban sus brazos. Grace se levantó sobre las rodillas, sin vergüenza, para apretar todo el cuerpo contra el suyo. Matthew la observó un segundo como si fuera a encontrar en ella todas las respuestas. Después, su boca se precipitó sobre ella. Saboreó la pasión, el deseo y la fuerza. Sus brazos la aplastaron mientras aquel beso ardiente, con las bocas abiertas, la sumía en un remolino de pasión.

Sabía a algo maravilloso, a alimento para el alma. Había ardido en deseos de aquel sabor durante todo el año. Enarcó la espalda con ansias. Tan solo lograba vivir cuando lo tenía al lado. Sin él, el mundo era un olvido gris y frío.

Jugaron con las lenguas para darse la bienvenida. Él le pasó los dientes por los labios. Su aliento colmaba los pulmones de Grace. Se perdió en el calor salvaje que desprendía. Aquello parecía una guerra más que una seducción, pero no le importaba. La estaba tocando y no necesitaba nada más.

—¡Señor, cuánto te he echado de menos! —murmuró Matthew, cambiando de postura y contemplando sus ojos empañados.

—Y yo también, muchísimo...

La besó una vez más. Con ganas, implacable. Matthew temblaba desesperado. Ella le acarició el costado y sintió que la camisa se arrebujaba bajo sus dedos. Debajo de la tela se le tensaban los músculos de la espalda al besarle el rostro, los ojos y el cuello en un mar de caricias. Pronto, muy pronto, le subiría la falda, le separaría las piernas y la poseería. Se moría de las ganas.

Ella se estremeció cuando le mordisqueó la garganta. Soltó un sonido bajito y le rozó la erección. Parecía más grande, caliente y potente que en anteriores ocasiones.

Matthew deslizó la mano por la pendiente de sus senos, atormentándola con su lentitud. La demora iba atizando sus ansias y haciéndola tiritar por lo que vendría luego. Jugueteó con el borde bordado del corpiño. Luego metió la mano por debajo de la curva de su escote y palpó un pezón, que se erizó al instante.

Grace gimió de placer mientras él le enroscaba la punta, tiraba, la apretaba... Cada movimiento enviaba una descarga de deseo a sus entrañas. Cuando su atención derivó hacia el otro pecho, ella ya se estaba retorciendo sobre la seda como animal enjaulado.

Matthew se inclinó sobre Grace y le separó los muslos con las rodillas. Se apoyaba en los brazos, enmarcándola en un espacio creado por su imaginación. Estaba lo bastante cerca para observar el calidoscopio dorado y salvaje de sus ojos.

Se sentía envuelta por olores conocidos a limón y a Matthew, y la embriagaban. Al poco se mareó de verdad cuando la tumbó sobre los cojines resbaladizos y se agachó entre sus piernas.

Le levantó las faldas hasta la cintura y colocó con firmeza una mano en su centro. Ella retrocedió bajo la presión, calentándose y humedeciéndose copiosamente. En pocos segundos se había desprendido de sus calzones. Matthew se despojó de sus pantalones con urgencia.

Faltaban segundos para que la penetrara. En la glorieta de su padre. Quién era y dónde estaba en realidad era un pensamiento que rechinaba levemente desde las profundidades húmedas de su mente.

—No deberíamos —dijo ella haciendo un esfuerzo, mientras levantaba las rodillas para acercarlo hasta donde quería.

—Sí deberíamos —contestó él en un tono áspero. Apuntaló un brazo a cada lado—. He cerrado la puerta y nadie puede vernos.

En ese momento desaparecieron todas las palabras, pues se estaba introduciendo en ella. Fueron unos segundos deliciosos en los que su paso se resistía a la intrusión. Estaba totalmente mojada, pero había transcurrido más de un año desde la última vez que dejara espacio a un hombre en su cuerpo y sus músculos más íntimos se negaban a la incursión. Matthew empujó de nuevo con una confianza que la desbordó. Grace arqueó las caderas y él la penetró con toda su envergadura.

Al fundirse ella jadeó, pues aquello era más nítido e intenso que sus sueños gráficos y solitarios. Él repetía su nombre entre gemidos y ocultaba su cabeza en el hombro de Grace.

Le costó un rato acostumbrarse a su tamaño y a su peso después de tanto tiempo sin él. Matthew le ensanchaba su entrada y sus músculos se contraían a su alrededor.

La sensación era tan increíble que se echó a llorar. Matthew volvía a ser suyo, aunque solo fuera aquel instante.

Con cuidado levantó una mano para acariciarle el cabello mojado y aferrarse a su rostro. Todo el amor que no osaba pronunciar se expresaba en sus dedos.

«Oh, Matthew, no me dejes nunca. Te quiero.»

Reprimió aquella súplica patética antes de que se le escapara.

Aquella espera tan dulce no podía durar mucho tiempo. Él enderezó la espalda y empezó a moverse con mayor intensidad, seguro, posesivo... Ella gemía y se alzaba para unirse a él mientras duraba aquel ritmo tan glorioso.

Estaba tan excitada que la fricción la desbordó. Sin preaviso, su cuerpo se contrajo en convulsiones al alcanzar la cima. Fueron instantes eternos, extáticos, en los que el aire que la rodeaba ardió de placer.

Notó el regusto salado de sus lágrimas en los labios. Su cuerpo no había dejado de temblar. Deslizó tiernamente los brazos por las caderas de Matthew para masajearle aquellas nalgas de acero. Parte de ella seguía aferrada al éxtasis mientras las llamas iban bajando de intensidad.

El placer físico no había desaparecido. Si acaso se había agudizado, profundizado. Había madurado sufriendo aquella pérdida, aquella escasez...

Pensaba que habían terminado, pero Matthew aún no estaba satisfecho. Le encorvó las caderas implacable y siguió embistiendo contra ella. Fue una sorpresa entender que él no se había desahogado al culminar ella. Se había sumido tanto en su propio placer que no se había percatado de su reacción.

Cuando parecía que se desvanecía el clímax, la asaltó otro embate más exaltado aún. Se llevó una mano a la boca y mordió con fuerza para sofocar un grito descomunal. Las garras del éxtasis la destrozaban. Era como si los dragones de las puertas hubieran insuflado fuego en su amante.

Con todo, él no cejaba. Casi con violencia, Matthew bajó un brazo hasta los suaves e hinchados pliegues de su entrepierna para acariciarlos, pero en esa ocasión Grace no gritó. Se alzó para besarle usando lengua y dientes. No lo estaba tocando tiernamente, aunque en su corazón sentía un lago inmenso de ternura por aquel hombre a quien tanto amaba.

Llegó el embate de otra ola y se estremeció por aquella salvaje lluvia de sensaciones. El tiempo se interrumpió para que pudiera disfrutar de los últimos momentos de pasión.

Matthew soltó un quejido muy hondo para por fin ceder al éxtasis. Grace abrazó con fuerza su cuerpo tembloroso, mientras su vientre se llenaba de un líquido caliente.

Despacio, como no podía ser de otra manera, inició su deslumbrante descenso desde el cielo. Cerró los ojos y dejó que el placer remitiera por la oscuridad electrizada y aterciopelada. Matthew estaba tumbado encima de ella. Era una mole a la que quería y que había vuelto a ella.

Permanecieron inmóviles mucho rato tras la contienda. A continuación, Grace, que estaba exhausta, notó cómo se movía y se apartaba.

Matthew se reincorporó para sentarse apoyándose en la pared. Su belleza masculina quedaba enmarcada por unos puentes y jardines chinos pintados a su alrededor. Acercó el cuerpo de Grace para que descansara sobre él. Bajo la mejilla de ella, su corazón palpitaba con fuerza y su pecho intentaba recobrar el aliento.

Le había hecho el amor como si el mundo fuera a acabarse ese día. Había disfrutado a cada segundo. Grace lo miró con detenimiento. En su ágil boca se dibujaba una sonrisa. Parecía tranquilo, feliz. Su necesidad más perentoria había sido satisfecha, aunque en sus ojos seguían ardiendo las ascuas de la pasión.

Grace se recostó y esperó hasta que el pulso volviera a la normalidad. Se sentía como si le hubiera exprimido hasta la más mínima gota de pasión. Su vientre vibraba aún con la fuerza de su posesión volcánica. Se sentía ensanchada, aprovechada, repleta.

Puede que se adormilara. Matthew sí lo hizo, recostado en la pared, con las piernas estiradas sobre la banqueta.

Poco a poco recobró la conciencia sobre el mundo exterior: el suave crujir de las contraventanas de sutil talla empujadas por la brisa, el calor de la luz del sol, el graznido lejano de un ganso salvaje sobre el lago... La mente de Grace regresó paulatinamente a la normalidad después de una impresionante expedición hacia el éxtasis.

¿Por qué motivo había aparecido Matthew? ¿Por qué había cambiado Londres por los campos de Yorkshire?

Suponía que no solo por un revolcón rápido con una fulana voluntariosa. En la capital debía de disponer de todas las mujeres que quisiera, y ellas estarían encantadas de complacer al marqués de Sheene. Se había convertido en toda una sensación, en el preferido de la alta sociedad.

A lo largo de aquel año le habían sucedido muchas cosas. En primer lugar, el escándalo de la muerte de lord John y que sus crímenes vieran la luz. La certificación a ojos de todos de la salud y cordura de Matthew. El juicio y ejecución de Filey y de los médicos sobornados. El apoyo incondicional de Matthew a su tía y primas, que habían sido repudiadas y abocadas a la indigencia. El triunfante regreso a Nueva Gales del Sur de la servidumbre de la familia, que habían arriesgado la vida por su señor.

Entonces ¿qué hacia ahí? ¿Acaso había emprendido aquel largo viaje para contarle que había elegido a otra mujer para convertirse en su esposa?

Algo en su frenesí al tocarla le decía que la había deseado con idéntica fuerza que ella.

A lo mejor estaba actuando como una boba, pero no podía evitar pensar que, al menos de momento, Matthew seguía siendo suyo.

Cielo santo, la había tumbado en un segundo y la había poseído como si fuera a consumirse en cenizas si malgastaba un momento más. Era increíble. Allí lo tenía. Por el momento, era todo cuanto pedía a su suerte.

—Me halaga que me hayas echado de menos —exclamó Matthew con voz cavernosa.

Grace se desperezó de su jubilosa inercia. Seguía tendida sobre su pecho y movió la cabeza hacia su hombro. Debía de haberse quedado dormida otra vez.

Las palabras parecían extrañas después de la comunión perfecta de sus cuerpos. ¿Cuánto tiempo llevaban descansando en aquella paz tan radiante? Lo suficiente para que el sol se zambullese detrás de la colina que señoreaba la glorieta.

—Puedes sentirte halagado. —Grace se echó a reír de puro cansancio y acarició el corpulento antebrazo que le rodeaba la cintura. Se le había obsequiado con la misma resistencia que ofrece la mantequilla fundida al cuchillo, y ambos lo sabían—. Te he dejado que retozaras conmigo como la peor de las mujerzuelas.

—Tú eres mi pequeña mujerzuela. Ven aquí... —dijo en un tono rudo, y la levantó hacia él para darle un largo beso.

Las bocas se entrelazaron con ansia. Matthew sabía a sexo y a deseo. Como si aún la quisiera.

«Por favor, que así sea», repetía su dolido corazón.

Grace fue separándose poco a poco y se recolocó las faldas. Se deslizaron por sus muslos, que se sintieron abandonados. Como abandonada se sentía ella en sus brazos, pensó, y la comparación la ruborizó. ¿Qué pensaría el mundo si pudiera ver a lady Grace Marlow, de habitual comedida y decorosa, en aquella situación?

—Te he traído una cosa —dijo Matthew.

Se deshizo del abrazo y se levantó a recoger la cajita que había dejado en la entrada. Se abrochó los pantalones, pero dejó el resto de su ropa donde la había arrojado.

Con una adoración que ella advirtió sin duda, levantó la cajita y la llevó hasta ella. Se sentó a su lado con la camisa colgando, caída sobre las esbeltas caderas. La batista le rodeaba el cuello y dejaba entrever los músculos de su pecho. Grace se relamió los labios al recordar su sabor.

Él murmuró algo y apartó la vista de su boca.

—Basta, Grace. Podemos seguir con eso más tarde. Antes, tenemos que hablar.

—¿Más tarde? —preguntó ella sin aliento.

Aquel era el primer indicio de que pretendía seguir con ella más allá de una tarde de ocio.

—Sí, más tarde. —Matthew no parecía ser consciente de que una palabra había vuelto del revés el mundo de Grace. Inspiró hondo y siguió hablando más tranquilo, mientras dejaba la cajita sobre el regazo de ella—. Esto es para ti.

No quería regalos. Lo quería a él. Es más, quería que le dijera que había venido para quedarse.

No obstante, no había duda de que a él le interesaba mucho más el contenido de la caja. Se obligó a cogerla y lo miró. Sobre su frente colgaba un mechón de sus negros cabellos y apareció el espectro de una sonrisa. El corazón le dio un vuelco en un arranque repentino de amor.

—¿Qué es? —preguntó en voz baja.

—Ábrelo y lo verás. El cierre está aquí, en el lateral. Me siento orgulloso del diseño, porque se me ha ocurrido a mí. —Su tono era relajado, confiado, como no lo había visto nunca. Antes siempre había percibido cierta intranquilidad en el ambiente, como si el ojo de su tío lo vigilara. Acababa de darse cuenta de que todas aquellas sombras habían desaparecido.

Le costó un poco, pero consiguió abrir la tapa. Dentro descubrió una lámina de cristal esmerilado. La deslizó y vio por fin lo que contenía.

—Oh, Matthew... —susurró, emocionada.

—La he llamado «Grace», espero que no te importe.

Por primera vez se comportaba con cierta timidez, algo que desconcertaba en un hombre que acababa de hacerle el amor con aquella seguridad y decisión.

Lentamente rodeó con las manos el contenido de la caja y lo levantó para que lo bañara la luz.

—Es tu rosa.

—No, esta rosa es tuya.

El aire se impregnó de una fragancia embargante. Con un dedo inseguro tocó un pétalo, que era rosa e impoluto. El color era impresionante. Era la rosa más bonita que había visto en la vida. Resultaba imposible pensar que los modestos tallos de su patio podían producir aquella flor exquisita.

—Es perfecta, un milagro.

«Tú sí que eres un milagro», pensó Grace.

¿Cómo no iba a amar al hombre que había creado semejante belleza con tan solo sus dedos y un poco de imaginación?

Su fina sonrisa se ensanchó. ¿Acaso se había preocupado

por que le rechazara el obsequio? Querido Matthew, qué tontería... La cuestión era si aquella rosa era una promesa de futuro o un símbolo de despedida.

—He trabajado en ella cuando me ha sido posible. Este último año he estado muy atareado.

Atareado era decir poco. El marqués de Sheene había sido una presencia ubicua en Londres desde que había sido liberado. Allí adonde iba, la sociedad lo aplaudía como un héroe. Se había mantenido al corriente de la sucesión de honores que había recibido, la amistad del rey, las invitaciones a formar parte de consejos y asociaciones científicas.

Él también tocó los pétalos, a imagen de su anterior gesto. La sensibilidad de aquellos dedos sobre la flor le recordó la manera en que le acariciaba la piel.

—La mayoría de los experimentos básicos los hice durante mi época de reo, pero no lograba dar con la fórmula exacta. —La miró con una mezcla de orgullo e inseguridad que resultaba terriblemente hermosa—. Este es el primer espécimen, Grace. Ha florecido prácticamente al año de mi promesa de espera. Me pareció un bonito signo.

—Y me la has traído —dijo ella bajito, sin dejar de mirar la flor. Faltaban dos días para el aniversario de su rescate. Era una fecha que tenía grabada a fuego en su maltrecho corazón.

Devolvió la rosa a su receptáculo con sumo respeto. El cristal conservaba el aire húmedo y frío en su interior. Era normal que Matthew se sintiera orgulloso de su diseño.

Pero se dio cuenta de algo más.

—Mi guante —reparó atónita. Acercó la mano y sacó un guante verde claro de piel de cabrito que había escondido en un hueco tallado, resguardado de la humedad. El cuero cremoso estaba cuarteado y manoseado—. ¿Lo has guardado desde entonces?

—Pues claro.

Había dejado de sonreír y sus ojos adquirían un tono dorado más intenso, excepcional. Hermoso, imperturbable, sombrío.

—Vas a hacerme llorar. —Su voz parecía no pertenecerle.

Grace dejó la cajita sobre el banco y apretó el guante con toda la fuerza de la que fue capaz. ¿Qué intentaba decirle con aquello? ¿Qué significaba la rosa? ¿Y el guante?

¿Había guardado aquel guante al entrar en su nueva vida como el caballero que recuerda a su dama durante la batalla? Se le hizo un nudo en la garganta con solo imaginárselo.

—Amor mío, estás llorando —le susurró Matthew.

Le apartó una lágrima con un dedo. Aquellos ojos le transmitían un mensaje, pero ella estaba demasiado enfrascada para leerlo con certeza. Necesitaba una declaración, pero en ese momento, cuando había llegado la hora, tenía demasiado miedo de escuchar las palabras que pondrían fin a sus sueños.

Sin que realmente le preocupara su respuesta, formuló la primera pregunta que le vino a la cabeza.

—¿Cómo has sabido donde encontrarme esta tarde?

—Me lo ha dicho tu padre —contestó en un tono tranquilo, sin apartar la mirada.

Aquello era lo bastante sorprendente para interrumpir el suspense.

—¿Mi padre? —Se ruborizó violentamente al entender las implicaciones de lo que le decía—. Dios santo, podría haberte seguido.

—No lo creo. Es un hombre sensato. Sabía que necesitaba intimidad. Acababa de concederme su permiso para cortejar a su hija.

—Pues lo has hecho —dijo Grace con una risilla, al recordar la naturaleza desinhibida de aquel cortejo. Por fin preguntó lo que tanto deseaba—: ¿Me estás pidiendo que me case contigo, Matthew?

—Por supuesto, ¿por qué si no estaría aquí? —Alzó el mentón con ademán de convencerla de que no iba a contradecirle al respecto, pero la alegría la había dejado sin palabras y no era capaz de argumentar objeción alguna. Matthew le cogió una mano, la acercó a sus labios y le besó las marcas que le había dejado al besarla con furia poco antes. El guante cayó al suelo sin que nadie le prestara atención—. Hice lo que me pediste y he esperado un año, Grace. Que sepas que te he sido fiel todo este tiempo. No hay lugar en mi corazón para ninguna otra mujer. Te quiero. —Se detuvo un instante y le agarró la mano con más fuerza hasta casi hacerle daño—. La pregunta es: ¿me quieres tú también?

Matthew estaba rígido del miedo que sentía mientras esperaba su respuesta. Le sudaba la nuca debido al nerviosismo. La última vez que le había pedido la mano, lo había rechazado. No se veía con fuerzas de sobrevivir a otra negativa.

Parecía consternada, no una mujer que fuera a aceptar un futuro prometedor junto al hombre que amaba. Le atenazó el corazón un miedo que no había conocido jamás y se puso a latir a ritmo galopante. Por Dios, ojalá no hubiera cambiado de idea. Al recibirlo con semejante fervor, se había formado la idea de que aún lo deseaba con la misma pasión.

Sin embargo, la pasión no siempre significa amor, como bien le había enseñado un año en sociedad. Su injusto encarcelamiento y su rescate histórico le habían granjeado los agasajos de miles de mujeres que se le ofrecían como a un príncipe de un cuento de hadas. Había perdido la cuenta de las veces que le habían intentado seducir por medios lícitos o ilícitos.

—Eres la única que da felicidad a mi corazón, Grace —insistió con el escaso poder de convicción que le quedaba.

—¿Estás seguro de que es esto lo que quieres? —Hablaba tan bajito que apenas la escuchaba.

—Desde el primer momento en que te vi supe que eras la mujer de mis sueños. Gracias a la enfermedad, al sufrimiento y a la soledad, he aprendido a estar seguro de lo que quiero, amor mío.

Grace negó con la cabeza y evitó su mirada.

—No puedo ofrecerte un pasado inmaculado. He hecho cosas terribles, he causado dolor, me lo he infligido yo también... No soy una mujer virtuosa, Matthew. No soy pura. Además, probablemente sea infecunda.

—Tu pasado te ha convertido en la mujer que eres hoy. No lo cambiaría por nada de este mundo. Y Dios decidirá si tenemos hijos. —Después volvió a preguntarle algo muy urgente que aún no había respondido—: ¿Me amas, Grace?

Matthew vio cómo Grace inspiraba profundamente.

—Ya sabes te quiero mucho.

Eso esperaba oír, aunque no albergaba el convencimiento. Después de aquella separación, no había nada seguro. Podrían haber cambiado mucho las cosas en aquellos doce meses. No le había hablado de amor durante su vibrante encuentro. Claro que él tampoco, pero lo había hecho intencionadamente, pues no quería asustarla.

—¿Es eso un sí? —Le apretó la mano con las suyas como si tocándola pudiera convencerla.

Al final Grace le regaló una sonrisa, por trémula que fuera. Le resplandecían lágrimas en los ojos.

—Por supuesto que sí.

Su corazón entonó hosannas y aleluyas, aunque de su boca solo emergió una palabra, la más exquisita del mundo.

—Grace...

La estrechó entre sus brazos y le besó la mano apasionadamente, sin final.

Jamás tendría suficiente. La llevaba en los huesos, en la sangre, en la mente y en el corazón. Un año sin ella había sido un infierno insoportable; no importaba el éxito social que había cosechado. Ella daba sentido a todo cuanto hacía. Sin ella, él no era nada. Estaba perdido, atrapado. Seguía siendo el mismo reo de siempre.

Grace le devolvió el beso, como si sintiera lo mismo. En algún rincón de su mente, empezaba a claudicar y a aceptar que sí sentía lo mismo.

Cuando deshicieron el abrazo, Grace descubrió que se habían derramado algunas lágrimas. Y, sin importarle lo más mínimo, reconoció que no todas eran suyas.

Ella sonrió y se secó las mejillas con la mano.

—Me siento tan feliz...

—Yo también —dijo Matthew con la voz igual de entrecortada.

Unos ojos color añil lo observaban como si pudieran sondarle el alma. De ser verdad, sabría que tan solo resonaba en ella una palabra: «Grace».

Una palabra que conservaría en lo más profundo de su ser hasta el día de su muerte.

A lo mejor sí podía verlo, pues le dedicó una hermosa sonrisa que le iluminó el rostro.

—Esta historia merece un final feliz. Démosle el desenlace que le corresponde —dijo Grace con inmensa ternura.

—Vamos, querida. —Se levantó y le tendió la mano—. Tenemos una boda por planificar.

Grace le tomó la mano y se puso a su lado sin vacilar. Matthew respiró profundamente el aire puro del campo y sintió que se desataban las cadenas que le habían apresado el corazón.

El amor le había dado, por fin, la libertad.

¿Te gustan las buenas historias de amor?

Entra en

www.megustaleerromantica**.com**

y descubre el mundo de emociones y sensaciones, romanticismo y pasión, que contienen nuestros libros.

Descarga primeros capítulos,
entrevistas y contenidos multimedia.
Entérate de nuestras novedades y noticias.
Comenta y valora tus libros favoritos.
Apúntate a nuestra newsletter.

¡Y mucho más!

DEBOLS!LLO CISNE PLAZA JANÉS